Christy Lefteri

Die Nacht der Zugvögel

CHRISTY LEFTERI

Die Nacht der Zugvögel

ROMAN

Aus dem Englischen
von Bettina Spangler

LIMES

Die Originalausgabe erschien 2021 unter dem Titel »Songbirds« bei Zaffre, London.

Sollte diese Publikation Links auf Webseiten Dritter enthalten, so übernehmen wir für deren Inhalte keine Haftung, da wir uns diese nicht zu eigen machen, sondern lediglich auf deren Stand zum Zeitpunkt der Erstveröffentlichung verweisen.

MIX
Papier | Fördert gute Waldnutzung
FSC® C014496

Klimaneutral*
Druckprodukt
ClimatePartner.com/14044-1912-1001

Penguin Random House Verlagsgruppe FSC® N001967

1. Auflage 2023

Redaktion: Kerstin von Dobschütz
Umschlaggestaltung: © Patrizia Di Stefano, Berlin
Umschlagmotiv: © Sönke Poppe
JS · Herstellung: DiMo
Satz: Uhl + Massopust, Aalen
Druck und Bindung: GGP Media GmbH, Pößneck
Printed in Germany
ISBN 978-3-8090-2752-2

www.limes-verlag.de

Für Marianne

1

Yiannis

Eines Tages verschwand Nisha und wurde zu Gold. Sie wurde zu Gold in den Augen des Geschöpfes vor mir. Sie wurde zu Gold am Himmel der Morgendämmerung und im Gesang der Vögel. Später dann in der schimmernden Melodie des Mädchens aus Vietnam, das in Theos Restaurant seine Lieder sang. Und noch später in den Gesichtern und Stimmen all der jungen Frauen, die durch die Straßen wogten wie ein reißender Fluss und wütend einforderten, endlich gesehen und gehört zu werden. Das sind die Orte, an denen Nisha jetzt noch existiert. Aber gehen wir zurück. Wir müssen erst zurück in die Vergangenheit.

2

Petra

Am Tag, an dem Nisha verschwand, gingen wir drei in die Berge. Wir schnürten unsere Wanderstiefel und warteten auf den Bus, der zweimal täglich nach Troodos hinauffährt. Normalerweise zog Nisha sonntags allein los, doch diesmal, das erste Mal überhaupt, hatte sie Aliki und mich begleitet.

Oh, wie herrlich es dort oben war! Die herbstlichen Dunstschleier wurden eins mit dem Farn und den Kiefern und den knorrigen alten Eichen. Diese Berge haben sich vor Urzeiten aus dem Ozean erhoben, als die Kontinentalplatten Afrikas und Europas kollidierten und sich übereinanderschoben. Man kann die Bruchstelle in der ozeanischen Erdkruste recht gut erkennen. Die Felsformationen mit den darin verlaufenden Gesteinsgängen und den Basaltkissen sehen aus wie von einer Schlangenhaut überzogen.

Ich mag Anfänge. Wie diese Geschichte, die meine Tante oft erzählte, bei uns im Garten hinterm Haus: *Als unser Schöpfer sein Werk am siebten Tag beendet und die Erde erschaffen hatte – Petra, hörst du auch zu? –, da schüttelte er sich die restlichen Lehmklumpen von den Händen, und sie fielen ins Meer. So ist unsere Insel entstanden.*

Ja, wirklich, ich mag Anfänge. Nicht so gern mag ich es, wenn etwas endet, wobei es damit wohl den meisten Menschen geht wie mir. So ein Ende hat die unschöne Eigenschaft, dass es sich meist ohne Vorwarnung, wie aus dem Nichts vor einem aufbaut. Wie zum Beispiel die letzte Tasse Kaffee, die man mit jemandem trinkt, obwohl man in dem Moment überzeugt ist, es würde noch viele weitere Gelegenheiten dazu geben.

Während Nisha und ich uns in einer der Tavernen entlang unserer Wegstrecke zum Aufwärmen an die Heizung setzten und zusammen Kaffee tranken, spielte Aliki mit dem herumliegenden Laub. Ich erinnere mich noch genau an unser Gespräch.

Nisha war ungewöhnlich schweigsam gewesen und hatte eine Weile abwesend in ihrer Tasse gerührt, ohne zu trinken. »Madam«, sagte sie dann unvermittelt, »ich muss Sie etwas fragen.«

Ich nickte und sah sie abwartend an, während sie verlegen herumdruckste.

»Ich möchte mir heute Abend freinehmen, weil …«

»Aber, Nisha, du hattest doch den ganzen Tag frei!«

Das brachte sie zum Verstummen. Aliki sammelte währenddessen ganze Armladungen trockene Blätter auf und breitete sie auf einer Sitzbank aus. Wir sahen ihr schweigend dabei zu.

Nisha hatte von sich aus entschieden, ihren freien Tag mit uns zu verbringen und sich Aliki und mir auf unserer Wanderung anzuschließen. Wie konnte sie da erwarten, dass ich sie auch noch in den Abendstunden von ihren Aufgaben entband?

»Nisha«, sagte ich, »du hast den kompletten Sonntag zur

freien Verfügung. Am Abend hast du ein paar Dinge zu erledigen, zum Beispiel Aliki dabei zu helfen, ihre Schulsachen zu packen und sie zu Bett zu bringen.«

»Madam, viele von den anderen Mädchen haben auch den Sonntagabend frei.« Dies sagte sie betont langsam.

»Nun, andere Mädchen dürfen sich aber genauso wenig nachts herumtreiben und amüsieren.«

Diese Bemerkung überging sie geflissentlich und sagte: »Sicher hat Madam heute Abend nichts vor.« Dabei warf sie mir einen verschmitzten Blick zu, ehe sie sich wieder ihrem Kaffeebecher zuwandte. »Also könnte Madam Aliki heute Abend ausnahmsweise einmal selbst zu Bett bringen. Ich übernehme dafür nächsten Sonntag zusätzliche Aufgaben als Wiedergutmachung.«

Gerade wollte ich sie fragen, was sie denn vorhätte; was konnte so wichtig sein, dass sie bereit war, dafür unsere Routine zu durchkreuzen? Vermutlich war ihr meine Missbilligung nicht entgangen, doch fand unser Disput ein jähes Ende, weil im selben Moment eine Lawine trockenes Laub auf unsere Köpfe niederging. Nisha schrie auf, wenn auch nur pantomimisch: Den Mund weit aufgerissen, wedelte sie aufgebracht mit den Händen und setzte Aliki nach, als diese die Flucht ergriff und über einen Trampelpfad in den Wald davonjagte. Nach einer Weile hörte ich die beiden lachen, wie herumtollende Kinder, während ich in Ruhe meinen Kaffee trank.

Bis zu unserer Heimkehr am Abend verlor Nisha kein Wort mehr über die Angelegenheit. Sie bereitete ein Dhal-Curry zu, sodass die ganze Wohnung schlagartig vom Duft nach Zwiebeln und grünen Chilis, Kreuzkümmel, Kurkuma, Bockshornklee und Curryblättern erfüllt war. Ich sah zu, wie sie Zwiebeln in der Pfanne anbriet und Gewürze und rote Linsen dazugab, um das Ganze zum Schluss mit einem Schuss Kokosmilch abzulöschen. Mir lief das Wasser im Mund zusammen. Nisha wusste genau, wie sehr ich dieses Gericht liebte, es war mein absolutes Leibgericht. Während das Essen vor sich hin köchelte, machte ich Feuer im Kamin im Wohnzimmer. Am früheren Nachmittag hatte es geregnet, vom Fenster aus konnte ich sehen, dass Yiakoumi auf der gegenüberliegenden Straßenseite seine Markise ausgefahren hatte, und das Kopfsteinpflaster glänzte im warmen Schein aus seinem Antiquitätenladen.

Wir haben keine Zentralheizung, deshalb setzten wir uns, jede mit einer Schale Dhal-Curry auf dem Schoß, möglichst nah ans offene Feuer. Nisha brachte mir ein Glas süßen Zivania – von der besonders aromatischen Sorte, die nach Karamell und Muskat schmeckt, ideal, um sich an einem kühlen Abend wie diesem aufzuwärmen. Dabei fragte sie Aliki die Neunerreihe des kleinen Einmaleins ab.

»Sieben mal neun?«, fragte Nisha.

»Dreiundsechzig!«

»Gut. Neun mal neun?«

»Einundachtzig! Aber du brauchst das nicht zu tun.«

»Warum nicht?«

»Ich kann es schon.«

»Aber du hast doch gar nicht geübt.«

»Das brauche ich nicht. Man muss sich doch nur das Muster ansehen. Wenn du mich fragst, was sieben mal neun ist, weiß ich sofort, dass die Antwort mit einer sechs beginnt. Ich weiß auch, dass die zweite Zahl immer eins niedriger als die vorherige ist. Also ergibt acht mal neun zweiundsiebzig.«

»Du bist viel zu vorlaut für dein Alter, weißt du das? Ich frage dich trotzdem lieber ab.«

»Meinetwegen. Wenn es dich glücklich macht.« Aliki seufzte theatralisch und zuckte mit der Schulter, als würde sie sich der Sinnlosigkeit ihres Schicksals, etwas lernen zu müssen, das sie längst beherrschte, ergeben. Sie verfügte über das typische freche Mundwerk einer Neunjährigen.

Ja, ich erinnere mich sehr gut an alles: Wie Aliki kaute und gelangweilt gähnte und die Antworten nur so rausfeuerte, wie Nisha sich ganz auf meine Tochter konzentrierte und kaum ein Wort mit mir wechselte. Im Hintergrund flimmerte der Fernseher. Gerade liefen die Nachrichten, der Ton ganz leise gestellt: Es waren Aufnahmen von Flüchtlingen zu sehen, die von der Küstenwache vor einer griechischen Insel aus dem Wasser gefischt wurden. Ein lebloses Kind wurde ans Ufer getragen.

Ich hätte das alles längst vergessen, wäre ich die Ereignisse des Abends nicht wieder und wieder gedanklich durchgegangen, als würde ich Fußspuren im Sand folgen, auf der Suche nach einem kostbaren verlorenen Gegenstand.

Aliki lag auf dem Rücken und stieß die Beine in die Luft.

»Setz dich anständig hin«, schalt Nisha sie, »sonst kommt dir das Essen wieder hoch.«

Aliki zog eine Grimasse, gehorchte aber: Sie hockte sich aufs Sofa und schaute zum Fernseher, musterte die Gesichter der Menschen, die sich mit letzter Kraft aus dem Wasser schleppten.

Nisha füllte mein Glas bereits zum dritten Mal, allmählich wurde ich schläfrig. Ich betrachtete meine Tochter; ein monströses Kind, sie war schon immer zu groß für mich, selbst ihre Haare sind zu viele, als dass ich sie komplett umfassen könnte. Locken so dick wie die Tentakel von einem Oktopus; sie scheinen sich gegen die Schwerkraft aufzulehnen, als lebte sie in einer Unterwasserwelt.

Im Schein des Kaminfeuers fiel mir auf, wie außerordentlich blass Nisha war. Unwillkürlich musste ich an eine von diesen in Sirup eingelegten Feigen denken, die mit der Zeit ihre natürliche Farbe verlieren. Sie fing meinen Blick auf und lächelte, ein kleines zuckersüßes Lächeln. Mein Blick wanderte weiter zu Aliki.

»Hast du deine Schulsachen für morgen gepackt?«, fragte ich.

Aliki starrte konzentriert auf den Fernsehbildschirm.

»Das machen wir jetzt, Madam.« Nisha stand auf und sammelte die Schälchen auf dem Couchtisch ein.

Meine Tochter und ich redeten nur noch selten miteinander. Sie nannte mich nie Mum, sprach mich nie direkt an. Irgendwann war der Same der Schweigsamkeit auf fruchtbaren Boden gefallen, und seither war das Pflänzchen gewachsen und gewachsen und hatte zwischen uns gewuchert, bis jeder Austausch unmöglich geworden war. Die meiste Zeit richtete Aliki ihre Anliegen über Nisha an mich. Die wenigen Worte, die wir wechselten, waren eher zweckmäßiger Natur.

Ich sah zu, wie Nisha über ein Taschentuch leckte und einen Fleck auf Alikis Jeans wegrubbelte, dann brachte sie Geschirr und Besteck in die Küche. Vielleicht lag es am vielen Alkohol, oder es war unser Ausflug nach Troodos, jedenfalls war ich extrem müde, eine bleierne Schwere steckte mir in den Knochen. Also verkündete ich, dass ich mich lieber gleich hinlegen werde. Ich muss augenblicklich eingeschlafen sein, denn ich bekam nichts mehr davon mit, wie Nisha Aliki zu Bett brachte.

3

Yiannis

Am Tag, an dem Nisha verschwand, noch bevor ich realisierte, dass sie fort war, begegnete ich im Wald einem Mufflon. Was absolut verblüffend war. Diese uralte Wildschafart, die bei uns heimisch ist, sieht man nämlich nur äußerst selten. Bekannt als extrem scheu, ziehen sich diese Tiere normalerweise in die entlegeneren Gebirgsregionen zurück. Noch nie war ich einem von ihnen im Flachland begegnet, schon gar nicht so weit im Osten. Wenn ich erzählte, dass ich einen Mufflon gesehen hatte, noch dazu unten an der Küste, würde man mich für verrückt erklären; diese Meldung würde es garantiert in die Nachrichten schaffen. Schon da hätte ich merken müssen, dass etwas nicht stimmte. Vor langer Zeit hatte ich gelernt, dass die Erde gelegentlich einen Weg findet, zu uns zu sprechen. Man braucht nur mit den Augen und den Ohren eines Kindes hinzusehen und zu lauschen. Das war etwas, das mein Großvater mir beigebracht hatte. Aber an jenem Tag im Wald, als ich plötzlich dieses Schaf vor mir hatte, dachte ich nicht daran.

Es kündigte sich durch Blätterrascheln und knirschenden Waldboden an. Ich war an diesem späten Oktobermorgen hergekommen, um die Singvögel einzusammeln. Dazu war ich an die Küste rausgefahren, in einen Landstrich westlich von Larnaka, unweit der Dörfer Alethriko und Agios Theodoros, wo es noch wilde Olivenhaine und Johannisbrotbäume sowie Orangen- und Zitronenplantagen gibt. Außerdem wachsen hier Akazien und Eukalyptusbäume, dicht an dicht – ein exzellenter Flecken zum Wildern. In den frühen Morgenstunden hatte ich meine Leimruten ausgebracht – Hunderte davon, strategisch in Bäumen platziert, die die Vögel auf ihrer Suche nach essbaren Beeren ansteuern. Zusätzlich hatte ich in den Baumkronen Geräte aufgehängt, die Aufnahmen von Vogelrufen abspielten. Damit lockte ich meine Beute an. Dann suchte ich mir ein gutes, geschütztes Versteck und machte Feuer.

Ich benutzte Olivenzweige als Spieße und röstete über den Flammen Halloumi und Brot. Im Rucksack hatte ich eine Thermoskanne Kaffee und ein Buch gegen die Langeweile. Auf keinen Fall wollte ich an Nisha und die Dinge denken, die sie gestern Nacht gesagt hatte, an ihren ernsten Gesichtsausdruck beim Verlassen meiner Wohnung, an ihre angespannten Kiefermuskeln.

Diese Gedanken umschwirrten mich zusammen mit den Fledermäusen, und ich versuchte, sie fortzuscheuchen, einen nach dem anderen. Ich wärmte mich am Feuer, aß und lauschte im Halbdunkel dem Gezwitscher der Vögel.

Bisher war die Jagd ereignislos wie immer verlaufen.

Irgendwann schlief ich am Lagerfeuer ein und träumte, Nisha bestünde aus purem Sand. Vor meinen Augen löste sie sich auf, wie eine Sandburg, die von den Wellen fortgespült wird.

Die aufgehende Sonne war mein Wecksignal. Zum Wachwerden trank ich einen letzten Schluck Kaffee aus der Kanne und kippte den Rest ins Feuer. Dann trat ich die übrigen Flammen und Glutnester aus. Die Erinnerung an den Traum begann bereits zu verblassen, während das Dickicht um mich herum allmählich zu neuem Leben erwachte. Im Normalfall verdiene ich mit einem einzigen Jagdgang mehr als zweitausend Euro, und diesmal hatte ich besonderes Glück – schätzungsweise zweihundert Mönchsgrasmücken klebten an den Leimruten. Diese kleinen Singvögel, die im Winter von Europa nach Afrika ziehen, um der Kälte zu entfliehen, sind mehr wert als ihr Gewicht in Gold aufgewogen. Sie kommen von Westen her, über das Gebirge, und machen Zwischenstopp auf unserer Insel, bevor sie ihre Reise übers Meer in Richtung Ägypten fortsetzen. Im Frühjahr treten sie dann die Rückreise an und treffen vom Süden her auf die Küste Zyperns. Diese Vögel sind so klein, dass man sie mit einer Flinte niemals treffen würde. Außerdem gelten sie hierzulande als gefährdete Art und stehen deshalb unter besonderem Schutz.

An diesem Punkt bekam ich es jedes Mal mit der Angst zu tun. Immer wieder sah ich mich fast zwanghaft über die Schulter um, aus Furcht, ich könnte auf frischer Tat ertappt und ins Gefängnis gesteckt werden. Dann wäre ich geliefert. Das war mein größter Schwachpunkt – die Panik, die mich zuverlässig überkam, kurz bevor es ans Töten der Vögel ging. Doch jetzt herrschte absolute Stille im Wald, nicht das leiseste Knacken war zu hören. Lediglich Vogelgezwitscher und das Rauschen des Windes in den Wipfeln.

Vorsichtig entfernte ich den ersten Vogel von der Rute, indem ich das Gefieder sachte vom Kleber löste. Wie es aussah, hatte der kleine Kerl alles versucht, um sich zu befreien. Je heftiger sie sich sträuben, desto stärker kleben sie nämlich fest. Ich hielt das Tier zwischen den Handflächen fest und spürte sein kleines Herz rasen. Dann biss ich ihm blitzschnell ins Genick, um sein Leiden zu beenden, und ließ das leblose Tier in den großen schwarzen Müllsack fallen. Es ist die gnädigste Art, sie zu töten – mit einem schnellen, tiefen Biss ins Genick.

Den ersten Sack hatte ich bereits voll und auch schon begonnen, die Federn und Beeren mit den Lippen von den Leimruten zu zupfen, damit ich sie ein weiteres Mal verwenden konnte, als ich plötzlich Laub rascheln hörte.

Mist. Für einen Moment war ich wie versteinert und hielt vor Schreck die Luft an. Fieberhaft suchte ich die unmittelbare Umgebung ab, und da war er, auf einer von dichtem Gestrüpp gesäumten Lichtung. Der Mufflon starrte mich seelenruhig an. Er stand im langen Schatten der Bäume, und erst als die Sonne weiterwanderte und das Licht sich veränderte, machte ich eine erstaunliche Entdeckung: Statt wie gewöhnlich rot und braun war sein kurzes Fell von goldener Farbe; die beiden gebogenen Hörner waren bronzen. Und er hatte exakt die gleichen bernsteinfarbenen Löwenaugen wie Nisha.

Im ersten Moment dachte ich, ich träume. Sicher lag ich immer noch neben der Feuerstelle und schlief.

Ich machte einen Schritt auf das Tier zu, woraufhin der goldene Mufflon ein Stück zurückwich. Seine Haltung aber blieb aufrecht und kraftvoll, die Augen unbeirrt auf mich gerichtet. Langsam nahm ich den Rucksack herunter und holte ein Stück Obst heraus. Der Mufflon scharrte mit den Hufen und senkte den Kopf, sodass er zu mir aufsah, halb wachsam, halb drohend. Ich legte den Pfirsichschnitz auf meine flache Hand und streckte sie ihm hin. Dann hielt ich still, reglos wie ein Baum. Ich hoffte, der Widder würde näher kommen.

Während ich seine anmutige Schönheit bewunderte, stieg

eine Erinnerung in mir auf, klar und deutlich. Im vergangenen März waren Nisha und ich zusammen ins Troodos-Gebirge gefahren. Sie liebte es, am Sonntagvormittag, wenn sie nicht arbeiten musste, ausgedehnte Wanderungen zu machen. Oft ging sie mit mir in den Wald, um Pilze, wilden Spargel, Malven oder gelegentlich auch Schnecken zu sammeln. An diesem Tag hatte ich mir fest vorgenommen, nach einem Mufflon Ausschau zu halten. Ich hoffte, wir würden in den Tiefen des Waldes oder auf einem Felsvorsprung, an der Schwelle zwischen Erde und Himmel, einen entdecken. Wir waren so hoch oben wie nie zuvor, und sie schob aufgeregt ihre Hand in meine.

»Wir suchen also nach einem Schaf?«, fragte sie.

»Streng genommen, ja.«

»Ich habe schon viele Schafe gesehen.« In ihren Augen lag ein amüsierter Ausdruck, als würde sie sich über mich lustig machen.

»Ich sag doch, es sieht nicht aus wie ein Schaf! Es ist ein ganz wunderbares Geschöpf.«

»Okay. Wir suchen also nach einem Schaf, das nicht wie ein Schaf aussieht.« Sie schirmte die Augen ab und ließ den Blick über das Gelände schweifen, als würde sie ernsthaft Ausschau halten.

»Exakt«, sagte ich todernst.

Das brachte sie zum Lachen, und ihr Lachen entwischte in die Weiten des Himmels. In diesem Moment hatte ich das Gefühl, sie schon ewig zu kennen.

Wir waren stundenlang gelaufen und wollten gerade wieder umkehren, um vor der Abenddämmerung zurück zu sein, als ich an einer steilen Felskante plötzlich eines stehen sah. Ich erkannte auf Anhieb, dass es sich um ein weibliches Tier handelte, da es vergleichsweise kleine, nur leicht gebogene Hörner hatte, und auch das typische Vlies der Männchen aus längerem drahtigem Fellhaar unterhalb des Trägers fehlte. Ich deutete wortlos zu der Stelle, damit Nisha es auch sah.

Das Mufflonschaf bemerkte uns und schaute direkt zu uns.

Nisha starrte das Tier voll ehrfürchtigem Staunen an. »Wie schön«, flüsterte sie. »Sieht aus wie ein Reh.«

»Sag ich doch.«

»Überhaupt nicht wie ein Schaf.«

»Siehst du!«

»Sein Fell ist glatt und braun … und es hat einen so sanften Gesichtsausdruck. Fast, als wollte es uns etwas sagen. Sieht es nicht haargenau so aus, als würde es gleich mit uns reden?«

Ich antwortete nicht und betrachtete stattdessen Nisha, die vor Begeisterung übers ganze Gesicht strahlte.

Da war ein Glanz in ihren Augen, als würden die Farben des Waldes aus ihnen herausleuchten, als wäre eine geheimnisvolle Energie, ein flinkes Tier, das sich bisher im Dickicht der Bäume versteckt hielt, plötzlich zum Leben erwacht. Sie ließ meine Hand los und machte ein paar zaghafte Schritte auf den Mufflon zu. Erstaunlicherweise wich er daraufhin von der Felskante zurück und kam näher. Noch nie hatte ich erlebt, wie sich eins dieser Tiere an einen Menschen heranwagte. Nisha streckte ihm ihre Hand mit unendlicher Sanftheit entgegen, wartete geduldig ab. Gleichzeitig aber stand ihr Körper unter Hochspannung. Es ging allein von ihren Augen aus: In ihnen loderte ein Gefühl, das ich nicht klar bestimmen konnte.

In diesem Moment spürte ich eine tiefe Kluft zwischen uns dreien, als würden sie und das Tier etwas teilen, das ich nicht begriff.

Und im nächsten Augenblick drehte sie sich zu mir um und küsste mich. Ein einziger sanfter Kuss.

Jetzt und hier, im ersten Dämmerlicht, versetzte diese Erinnerung mir einen schmerzhaften Stich. Der Mufflon starrte mich an, wie gebannt, den Kopf leicht zur Seite geneigt. Dabei produzierte er einen Laut, als würde er mir eine Frage stellen. Eine Frage, bestehend aus einem einzigen Wort.

»Ich tu dir nichts«, sagte ich und stellte erschrocken fest, wie laut meine Stimme zwischen den Bäumen widerhallte und den Frieden störte. Der Widder schüttelte den Kopf und wich einen weiteren Schritt zurück.

»Entschuldige«, sagte ich, diesmal etwas behutsamer.

Jetzt löste er den Blick von mir und richtete ihn auf den Sack voller Vögel auf dem Boden neben mir.

»Verstehe«, sagte ich. »Du hast vollkommen recht. Ich würde es auch nicht wollen, wenn ein Mörder mir ein Stück Pfirsich anbietet.« Angesichts der Ironie des Ganzen stieß ich ein leises Lachen aus, als könnte das Tier sich gemeinsam mit mir über den Witz amüsieren.

Ich warf den Obstschnitz auf den Boden, und diesmal machte ich ein paar Schritte nach hinten und zog mich in den Schutz der Bäume zurück. Von dort aus beobachtete ich den Mufflon noch eine Weile, dieses unglaubliche Tier, so schön und kraftvoll. Es stand ganz still, bis es den Blick auf etwas zu meiner Linken richtete, mir den Rücken zukehrte und im Dickicht verschwand.

Ich beeilte mich, die restlichen Vögel von den Leimruten zu befreien, damit ich nach Hause zu Nisha konnte. Ich konnte es kaum erwarten, ihr von meiner Entdeckung zu erzählen. Denn insgeheim hegte ich die Hoffnung, dass diese Geschichte von dem Mufflon sie wieder zum Leuchten bringen könnte.

4

Petra

Mitten in der Nacht wachte ich auf. Etwas war zu Bruch gegangen. Ich hatte ein Krachen gehört, laut und deutlich, als hätte jemand ein Fenster eingeschlagen oder ein Glas mit voller Wucht auf den Boden geschmettert. Das Geräusch war von draußen gekommen, da war ich mir sicher. Der Wecker auf meinem Nachttischchen stand genau auf Mitternacht. Konnte es der Wind gewesen sein? Aber eigentlich war die Nacht recht ruhig, und abgesehen von dem Lärm gerade eben herrschte absolute Stille. Vielleicht eine Katze?

Ich schlüpfte in meine Pantoffeln und öffnete erst die Rollläden und dann die Terrassentür zum Garten. Es war eine sternenklare Vollmondnacht. Ich lebe in einem dreistöckigen Haus im venezianischen Stil im ältesten Teil der Stadt, östlich von Ledra und Onasagorou, unweit der grünen Grenze, die die Insel seit 1974 in zwei Teile spaltet. Mitten im kristallklaren blauen Wasser des östlichen Mittelmeers gelegen, ist unsere kleine Insel schon von jeher sowohl europäischen als auch fernöstlichen Einflüssen ausgesetzt. Wir standen unter der Herrschaft der Ottomanen. Wir waren eine britische Kolonie. Und zuletzt wurden wir zum umkämpften Schlachtfeld zwischen Griechen und Türken, unser Volk tief gespalten, bis sich Friedenskräfte einmischten und buchstäblich die Grenze zogen. Diese Trennlinie wahrt bis heute den zerbrechlichen Frieden auf unserer Insel, auch wenn immer wieder Meldungen über Wiedervereinigungsbestrebungen die Schlagzeilen machen. Ich wohne in Nikosia, auf der griechischen Seite der Stadt, unmittelbar an der sogenannten »Grünen Linie«. Als ich ein kleines Mädchen war, dachte ich, unsere kleine Straße führe ans Ende der Welt. Heutzutage kommt es glücklicherweise nicht mehr zu Gewaltausschreitungen zwischen uns und unseren türkisch-zyprischen Nachbarn im Norden, aber der Frieden ist auf sehr unsicherem Boden gebaut, keine Frage.

Wir bewohnen lediglich das Erdgeschoss des Hauses, deshalb gelangt man von jedem der Schlafzimmer hinaus in den Garten. Vor zwei Jahren habe ich das Stockwerk über uns an einen Mann namens Yiannis untervermietet. Er verdiente sich seinen Lebensunterhalt damit, dass er im Wald Pilze und Wildkräuter sammelte. Er lebte recht zurückgezogen, aber er war zuverlässig und bezahlte seine Miete immer pünktlich. Das oberste Stockwerk dagegen steht leer oder wird von Gespenstern bewohnt, wie meine Mutter gern behauptete, woraufhin mein Vater jedes Mal abfällig schnaubte und mit den immer gleichen Worten antwortete: *Gespenster sind Erinnerungen. Nicht mehr, nicht weniger.*

Im Garten steht ein Boot. Es gab Zeiten in der Vergangenheit, lange Nächte, in denen ich nicht schlafen konnte, da sah ich Nisha oft draußen im alten Fischerboot meines Vaters sitzen, *The Sea Above the Sky* war in himmelblauer Farbe quer über den Bootsrumpf gepinselt. Die Farbe ist inzwischen abgeblättert, und auch das Holz ist morsch geworden. Dieses Boot hat schon so manche Reise hinter sich. Nisha saß regelmäßig darin und starrte hinaus in die Dunkelheit. Es ist nur noch ein Ruder da – das andere fehlt schon, solange ich denken kann –, aber irgendwann hat es jemand durch einen Ast von einem Olivenbaum ersetzt. Weil mein Bett direkt am Fenster steht, beobachtete ich sie dann immer eine Weile durch die Schlitze der Jalousien und fragte mich, was ihr wohl durch den Kopf ging, wenn sie mitten in der Nacht mutterseelenallein darin saß.

Doch in dieser Nacht war sie nicht da. Ich sah mich um und versuchte, den Ursprung des Krachs auszumachen. Fast erwartete ich, Glassplitter am Boden zu entdecken. Doch nichts war zerbrochen, alles schien in Ordnung zu sein.

Der Mond tauchte alles in sein helles Licht, die Kürbisse, den Kletterjasmin, die Weinreben, den Kaktus und den Feigenbaum ganz rechts im Garten, gleich neben der Terrassentür zu Alikis Zimmer, und mittendrin, auf einem leicht erhöhten Flecken, der Orangenbaum – wie eine Königin auf ihrem Thron. Früher, in jungen Jahren, dachte ich immer, dieser Baum würde eine stumme Herrschaft über den Garten ausüben.

Alles war so still. Still und friedlich. Kein Blatt rührte sich. Ich ging im Garten umher. Unweit der Stufen, die hinauf zu Yiannis' Wohnung führten, entdeckte ich schließlich den Ursprung des Geräuschs: eine Spardose aus Keramik, die ich schon seit meiner Kindheit besaß – sie war vom Tisch gefallen und auf den Boden gekracht, in unzählige weiße Scherben zerbrochen, und dazwischen Hunderte alter Lirastücke, wie winzige goldglänzende Pfützen.

Es war eine Spardose von der Sorte, die man zerbrechen muss, um an den wertvollen Inhalt zu gelangen. Ich weiß noch, wie ich die Münzen reingeworfen habe und mir dabei vorstellte, wie ich sie eines Tages wieder rausholen würde. Meine Tante Kalomira, die mit ihrem Ehemann in Lefkara lebte, hatte sie eigenhändig für mich getöpfert. Ich hatte ihr dabei zugesehen, wie sie den Ton auf der Scheibe drehte. Ihr Mann aß gern Ziegenhoden und Hirn und Augen vom Lamm, gewürzt mit Zitrone und Salz. Einmal hat er mir ein Auge zum Probieren angeboten. Ich lehnte ab. Später hat meine Tante die Dose weiß angemalt und noch eine lustige Zeichnung von einem Hund draufgepinselt. Sie wartete auf einem Regalbrett auf mich, als ich die beiden Wochen später zusammen mit meiner Mutter besuchen kam.

Ich hatte die Sparbüchse nie aufgebrochen; der Zeitpunkt war mir einfach nie richtig erschienen. Deshalb bewahrte ich die Münzen weiter darin auf, wo sie sicher waren, wie Wünsche oder geheime Träume, die sich im Laufe meiner Kindheit angesammelt hatten.

Aber wer hatte sie jetzt zerbrochen? Wie hatte sie vom Gartentisch herunterfallen können?

Ich beschloss, wieder ins Bett zu gehen und Nisha am nächsten Morgen zu bitten, sich um die Scherben zu kümmern.

Ich zog mir die Decke über den Kopf und dachte in der Dunkelheit und Stille meines Zimmers daran, wie meine Mutter mich damals gefragt hatte: »Was hast du mit dem vielen Geld vor?«

»Ich kaufe mir Flügel!«

»Du meinst wie von einem Vogel.«

»Nein, eher Libellenflügel. Die sind durchsichtig, und nachts fliege ich durch den Garten und leuchte im Dunkeln.«

Daraufhin hatte sie nur amüsiert gelacht und mir einen Kuss auf die Wange gedrückt. »Du wirst wunderschön aussehen, wie immer.«

Die Erinnerung verblasste, und plötzlich versetzten die Schuldgefühle mir einen Stich, weil meine Tochter und ich nicht auch Worte und Träume teilten und zusammen lachten. Wie hatte ich sie nur verlieren können?

Oder hatte sie mich verloren?

5

Yiannis

Es war erst früher Nachmittag, als ich von der Jagd heimkehrte. Ich konnte es kaum erwarten, Nisha von meiner Begegnung mit dem Mufflon zu erzählen. Ich wollte ihr seine unbegreifliche Schönheit schildern, wie außergewöhnlich sein goldenes Fell gewesen war und dass er Augen wie ein Löwe hatte.

Je öfter ich mir all das im Kopf vorsagte, desto verrückter klang es. Aber ich wusste, dass Nisha mir aufmerksam zuhören würde. Sie würde mich ansehen, als wäre ich völlig bekloppt, und sich mit diesem für sie typischen trägen Nicken über mich lustig machen, und trotzdem würde sie vorschlagen, am späteren Nachmittag noch einmal gemeinsam mit mir zu der Stelle zu gehen, damit sie das Tier mit eigenen Augen ansehen könnte.

Ich klopfte an die doppelte Terrassentür zu ihrem Schlafzimmer und wartete. Normalerweise hörte ich ihre Flip-Flops wenig später über den Marmorboden schlappen, aber heute blieb es still. Ich klopfte noch einmal an die Scheibe und wartete einige Minuten, dann versuchte ich es erneut und wartete weitere fünf. Vielleicht war sie runter zum Laden gegangen, um Besorgungen zu machen, oder sie war in der Kirche. Obwohl sie keine Christin war, zündete sie dort gern Kerzen an und genoss die friedliche Stille im Gotteshaus. Dort wurde nichts von ihr erwartet, es gab keinen Tadel, kein Kopfschütteln. Niemand störte sie. Die Leute sahen lediglich eine gute Christin, die inmitten anderer guten Christen ins Gebet vertieft dasaß. Dort drinnen, hatte sie mir erzählt, waren alle gleich, solange man eine von ihnen war.

Ich beschloss, nach oben zu gehen und mit dem Säubern der Vögel zu beginnen. Dazu setzte ich mich auf einen Hocker im Arbeitszimmer, rupfte einen Vogel nach dem anderen und warf sie in eine große Plastikwanne. Es war eine mühselige Arbeit, die unheimlich viel Zeit in Anspruch nahm und mir persönlich lästig war. Gelangweilt führte ich die immer gleichen Bewegungen aus, und hinterher waren meine Hände mit Blut und Federn verklebt. Sobald ich mit dem Rupfen fertig war, legte ich die Tiere in Wasser oder Essig ein, packte sie je nach Umfang der Bestellung in verschieden große Behälter und lieferte sie anschließend an Restaurants, Hotels und andere Lokalitäten auf der ganzen Insel aus.

Während ich jetzt einen der Vögel in der linken Hand hielt, um ihm mit der rechten die Federn auszurupfen, spürte ich ganz unerwartet ein Pulsieren an der Handfläche. Ich hielt inne, betrachtete das Tier und bemerkte, dass die weichen braunen Federn an der zarten Brust sich hoben, und auch der rechte Flügel zuckte. Mit einem Mal fühlte der Vogel sich bleischwer an, als würde ich einen Briefbeschwerer in der Hand halten, und das Pulsieren schien durch mich hindurchzuwandern – entlang meiner Adern, den Arm hinauf, bis ich eine heftige Erschütterung verspürte, ein tiefes Beben in der Brust.

Mir wurde speiübel. Ich ließ den Vogel auf den Tisch fallen und rutschte auf dem Hocker hin und her, während ich lange, tiefe Atemzüge nahm. Der Vogel lag vor mir und atmete, seine Brust hob und senkte sich jetzt ganz deutlich.

Ich war vier oder fünf Jahre alt und wanderte mit meinem Vater über wilde Bergwiesen. Er blieb stehen, um einige Weißdornbeeren zu pflücken. Mein Blick fiel auf etwas zu meinen Füßen, das gelb leuchtete: eine Schafstelze. In meinem zarten Alter kannte ich bereits die Namen von einigen Vogelarten, einheimischen wie Zugvögeln. Mein Großvater hatte sie mir beigebracht. Ich liebte Vögel. Begeistert sah ich ihnen dabei zu, wie sie hoch am Himmel und in den Baumwipfeln ihr Leben lebten. Ich wollte sie so gern einfangen, sie in der Hand halten, mir ihr Gefieder genauer ansehen und die prächtigen Farben studieren.

Das war meine Gelegenheit! Diese gelbe Schafstelze lag reglos unter dem Dornengestrüpp. Selbst als ich mich dem Tier näherte, blieb es unbewegt liegen. Ich hob den Vogel auf und hielt ihn in der hohlen Hand – er war tot, schon völlig vertrocknet. Ich inspizierte ihn: den kleinen silbergrauen Schnabel, die braune Schwanzfeder und die farbgleichen Handschwingen; Kehle und Brust, Bauch und unteres Gefieder leuchteten dagegen in einem Gelb, wie ich es nie zuvor gesehen hatte. Scheitel, Schulter und Rücken waren von einem etwas dunkleren Gelbton mit einem Stich ins Graue. Ich betrachtete Augenring und Augenstreif, die ausdruckslosen geöffneten Augen selbst, seine Flügelbinden und Zügel, die Beinchen so dürr wie Zweige.

Ich stellte mir vor, reines Gold in der Hand zu halten.

Ich führte ein einfaches Leben und sparte Geld, damit ich mit der Wilderei irgendwann aufhören konnte. Meine Nachbarn dachten alle, ich würde mir meinen Lebensunterhalt mit dem Sammeln und Verkauf von wildem Spargel und Pilzen, Wildkräutern, Artischocken und Schnecken verdienen – je nach Jahreszeit. Ich meine, klar, diese Art Nahrungssuche war meine Tagesbeschäftigung und brachte mir ein ganz ansehnliches Taschengeld ein. Aber wenn ich mich allein auf die mageren Einkünfte aus dem Verkauf von Gemüse und Schnecken verlassen hätte, hätte ich mir niemals eine Zukunft aufbauen können. Nicht nach allem, was passiert war. Das war ein Risiko, das ich unmöglich eingehen konnte.

Ich hasste es, Nisha zu belügen. Lange Zeit war es mir gelungen, das mit dem Wildern geheim zu halten: Es war nicht allzu schwer – denn wenn ich mit zum Bersten vollen Mülltüten nach Hause kam, gingen die Leute automatisch davon aus, dass ich wieder irgendwas gesammelt hatte. Hier bei uns stellte man nicht viele Fragen, und viele der Häuser standen ohnehin leer, weil die wenigsten so dicht an der grünen Grenze leben wollten. Es erinnerte sie zu sehr an den Krieg, an die Teilung, an die verlassene Heimat und die vielen verlorenen Leben. An so etwas will man nicht Tag für Tag erinnert werden.

Ich hatte meine Gründe, weshalb ich ausgerechnet hier im Viertel eine Wohnung mietete. Es war vergleichsweise ruhig, die meisten Anwohner waren alt, und ich wusste genau, dass ich mir hier viel mehr Freiheiten erlauben konnte. Außerdem gefiel es mir, abends auf dem Balkon zu sitzen, den Klängen der Bouzouki aus Theos Restaurant zu lauschen und den alten Männern beim Essen, Trinken und Kartenspielen zuzusehen. Manchmal gesellte ich mich zu ihnen, aber ansonsten blieb ich lieber für mich. In diesem Teil des alten Nikosia gab es einige bordellähnliche Bars, und wenn die Männer in den Restaurants mit Essen und Trinken fertig waren, landeten viele von ihnen früher oder später in einem dieser Etablissements.

Eine solche Bar gab es auch am Ende unserer Straße, das Maria's. Die Fenster waren mit Milchglas verglast, und aus den alten Holztüren waberte der schwere Dunst von Schweiß und schalem Bier, vermischt mit Zigarettenqualm. Die Bardame in den hautengen schwarzen Klamotten servierte Apfelschnitze und Erdnüsse, Oliven und Hummus. Ich war selbst zweimal dort, beide Male, um mich mit Seraphim zu treffen.

Jetzt beobachtete ich, wie der Vogel auf dem Tisch seinen Schnabel öffnete und wieder schloss, wie die matten Federn zuckten. Ich sah mir sein Genick an und stellte fest, dass die Wunde, die ich ihm zugefügt hatte, nicht tief war. Er sah zu mir auf, direkt in die Augen, und schien zu sagen: »Du krankes Arschloch, ich weiß genau, was du getan hast.«

Ich benetzte meinen Finger mit Wasser und hielt ihn ihm an den Schnabel. Im ersten Moment weigerte er sich zu trinken, doch dann tauchte er seinen Schnabel in den Tropfen und neigte das Köpfchen, um zu schlucken. Ich beschloss, einen kleinen Behälter mit einem sauberen Küchentuch auszukleiden und den Vogel da reinzusetzen. Eine Weile saß ich da und beobachtete ihn. Er schien mir zu misstrauen und sah mich immer wieder mit diesem Blick an, als wüsste er genau, was ich tat.

Irgendwann hatte ich einen ganzen Müllsack voll Federn beisammen. Das kleine Kerlchen saß regungslos in dem Behältnis und atmete gleichmäßig. In der Plastikwanne neben mir türmten sich die nackten Vögel.

Ich dachte, du wärst ein anderer Mensch, hatte Nisha gesagt.

Mithilfe eines Schlauchs füllte ich die Wanne mit Wasser und ließ die gerupften Tiere einige Zeit darin einweichen.

Dann tauchte ich den Finger in ein Glas Wasser und hielt ihn dem Vogel wieder an den Schnabel. Dieses Mal trank er sofort und legte den Kopf schief, um besser schlucken zu können. Er schien in mir schon viel weniger den Mörder zu sehen, worüber ich sehr froh war. Ich benetzte den Finger noch ein paarmal, bis er kein Wasser mehr wollte.

Ich dachte, du wärst ein anderer Mensch.

Nachdem ich mit dem Säubern der Vögel fertig war, bereitete ich mir ein Abendessen zu und setzte mich raus auf den Balkon, wo ich ungeduldig auf Nisha wartete. An den meisten Abenden schlich sie sich erst raus in den Garten, wenn Petra zu Bett gegangen war. Die Treppe befand sich ganz links am Haus, hinter einem großen Feigenbaum, deshalb konnte Petra sie von ihrem Fenster aus nicht sehen. Nisha wollte auf keinen Fall, dass Petra etwas mitbekam. Eine Beziehung war für sie nämlich tabu. Gegen elf Uhr huschte Nisha meist unbemerkt nach draußen. Dann blieb sie in der Regel einige Stunden bei mir – wir redeten eine Weile, liebten uns und schliefen dann eng umschlungen ein. Um vier klingelte ihr Wecker. Dann löste sie sich aus meinen Armen, lief hinunter in den Garten und setzte sich in das Boot, wo sie zusah, wie die Sonne aufging. Es war mir ein Rätsel, warum sie nicht direkt zurück in ihr Zimmer ging, aber die Zeit, die sie allein in dem alten Fischerboot verbrachte, schien ihr wichtig zu sein, deshalb stellte ich keine Fragen. Ich knipste einfach das Licht aus und legte mich noch ein paar Stunden schlafen.

Als sie gestern Nacht kam, war irgendetwas anders. Wir saßen an der offenen Doppeltür zum Balkon mit Blick auf die darunterliegende Straße, beim Klang der Bouzouki, über uns ein Himmel voller Sterne. Es war kühl, deshalb hatte sie sich eine Decke um die Schultern gelegt. Sie war ungewöhnlich ruhig, als ginge ihr etwas durch den Kopf, doch dann erzählte sie mir eine Geschichte von ihrem Großvater und wie er zu seinem Glasauge gekommen war.

Nisha war gerade mitten im Satz – »... und dann verfolgte er ihn mit einem Baseballschläger ...« –, als ich den Ring vor ihr auf den Tisch legte.

Sie richtete den Blick darauf und betrachtete ihn verdutzt, dann griff sie danach und steckte ihn nicht an den Finger, sondern legte ihn sich auf die flache Hand. Sie starrte ihn mit gesenktem Blick an, sodass ich ihre Augen nicht sehen konnte, nur die dunkle Weichheit ihrer Lider und Wimpern.

»Heiratest du mich, Nisha?«, fragte ich.

Sie schwieg.

»Ich trage den Ring schon eine Weile mit mir herum. Eigentlich wollte ich dich diesen Sommer fragen ...« Ich legte eine Pause ein, weil ich den Satz nicht zu Ende sprechen konnte: Ich brachte es nicht über mich, sie an das zu erinnern, was vor gerade mal zwei Monaten geschehen war. »... aber dann warst du so todunglücklich, dass ...«

Sie nickte.

»Aber ich meine es ernst, alles, was ich gesagt habe.«

Sie sah zu mir auf. Ihre Lippen eine schnurgerade Linie. Ein harter Ausdruck in den Augen.

Sie glaubte mir nicht.

»Wir können immer noch all das nachholen, was wir uns vorgenommen hatten. Wir können zusammen nach Sri Lanka reisen, deine Heimat besuchen. Du kannst endlich bei Kumari sein. Wir können zusammen eine Familie gründen.«

»Ich habe mich auf den ersten Blick in dich verliebt.« Ihre Stimme war kaum mehr als ein Flüstern.

Krampfhaft versuchte ich, mich an unsere erste Begegnung zu erinnern. Womit war ich beschäftigt, als wir uns das erste Mal trafen? Was hatte sie in diesem Moment in mir zu sehen geglaubt?

»Aber ich habe auch meinen Ehemann geliebt.« Jetzt spannte sich ihre Kiefermuskulatur an, ihre Schultern und ihr Körper versteiften sich. Sie schloss ihre Finger um den Ring, ballte die Hand zur Faust, nahm das Schmuckstück in Besitz.

Ohne ein weiteres Wort, ohne ein Ja oder ein Nein, ging sie auf die Hintertür zu, die zu der steinernen Treppe führte.

»Was habe ich getan, als du mich das erste Mal sahst?«, fragte ich.

Sie blieb stehen, drehte sich aber nicht um. »Du hast die Hühner gefüttert.«

»Die Hühner?«

Sie antwortete nicht. Stattdessen wandte sie nun doch den Kopf und sah mich über die Schulter an. Dann sagte sie: »Weißt du, ich dachte, du wärst ein anderer Mensch.«

In dieser Nacht saß sie nicht im Boot; sie ging geradewegs zu Bett.

Gegen elf Uhr nachts wartete ich wie immer auf das leise Klopfen an der Hintertür, doch Nisha kam nicht. Sonntagabends telefonierte sie oft mit Kumari, deshalb war ich überzeugt, dass sie noch auftauchen würde. Sie sprach immer in den frühen Morgenstunden mit ihrer Tochter, wegen der Zeitverschiebung, und sie tat es am liebsten bei mir, weil ich ein Tablet besaß und sie Kumari gerne sah, wenn sie mit ihr sprach. Bevor sie mich kannte, hatten sie immer nur am Telefon gesprochen. Um ihr eine gewisse Privatsphäre zu lassen, setzte ich mich immer raus auf den Balkon und wartete dort, bis sie fertig war mit Telefonieren.

Einmal gestand sie mir, dass das ihre Art war, die beiden Welten, die ihr Leben bestimmten, voneinander getrennt zu halten, streng abgegrenzt und doch im Einklang miteinander.

»Was meintest du eigentlich damit?«, hatte ich sie eines Nachts gefragt, als sie nach ihrem Telefonat mit Kumari aufgelegt hatte. Ich kam wieder nach drinnen, und wir schlüpften gemeinsam ins Bett.

»Tja«, hatte sie darauf geantwortet, »unten bei Petra bin ich Alikis Nanny. Aber wenn ich zu dir nach oben komme, und unten schlafen alle, und niemand will etwas von mir, dann fällt mir wieder ein, wer ich wirklich bin. Dann kann ich meiner eigenen Tochter eine echte Mutter sein.«

Jetzt machte ich mir einen Kaffee, setzte mich auf den Balkon und folgte den Klängen der Bouzouki. Ich holte den kleinen Vogel aus seinem Behälter und hielt ihn in der Hand. Es kostete mich einige Überzeugungsarbeit, bis er stillhielt, doch dann schlief er ein und atmete langsam und gleichmäßig, sein winziger Körper weitete sich, um die Luft aufzunehmen, und ließ sie wieder entweichen. Als er aufwachte, gab ich ihm Wasser, Tropfen für Tropfen, bis er nichts mehr wollte.

Eine Stunde verging, und immer noch keine Spur von Nisha. Um Mitternacht beschloss ich, nach unten zu gehen und an ihre Schlafzimmertür zu klopfen.

Auf der letzten Stufe stolperte ich über etwas – es war eine der herrenlosen Katzen, die schwarze mit den verschiedenfarbigen Augen. Ich verlor das Gleichgewicht und musste mich an einem kleinen Gartentischchen festhalten, damit ich nicht hinfiel. Der Tisch kippelte, und eine alte Spardose aus Keramik, die Petra gehörte, fiel zu Boden. Sie zersprang in tausend Stücke, die Münzen lagen überall verstreut, und als ich in Petras Zimmer das Licht angehen sah, flitzte ich schnell wieder nach oben und schloss leise die Tür hinter mir.

In dieser Nacht fand ich keinen Schlaf. Meine Gedanken kreisten ununterbrochen um Nisha.

Wo war sie nur abgeblieben?

Hatte ich sie vergrault?

Weißt du, ich dachte, du wärst ein anderer Mensch.

Den Rest der Nacht saß ich mit dem Vogel auf dem Balkon, bis die Sonne sich hinter den Häusern im Osten zeigte. Ich stellte mir vor, wie ihre Strahlen in weiter Ferne das Meer zum Leuchten brachten. Und der kleine Vogel füllte seine Lunge und begann zu zwitschern.

Der rote See bei Mitsero reflektiert das Abendrot, fängt es ein, hält es fest, selbst dann noch, wenn die Sonne längst untergegangen ist.

Der rote See, Giftsee, Kupfersee. Mütter und Väter erzählen ihren Kindern Geschichten darüber. Wage dich niemals in die Nähe des Mitsero-Sees! Geschichten von tiefen, unterirdischen Gängen, durch die früher Menschen wie Tiere krochen und in der Finsternis umkamen. Halte dich vom roten See bei Mitsero fern! Um Himmels willen, lauf nur fort, über die staubigen Feldwege und Wiesen – solange du gut auf die Schlangen und Hornissen achtest. Aber was auch immer passiert, komm nur dem Wasser nicht zu nah.

An diesem Tag gegen Ende Oktober liegt ein toter Hase auf dem steinigen Untergrund am Ufer des Sees. So frisch, dass der Leichnam noch völlig intakt ist. Der Wind bläst in sein Fell, sodass es sich aufrichtet. Die Abdrücke seiner Pfoten sind neben ihm in die Erde gebrannt. An seinem Körper finden sich keinerlei sichtbaren Wunden; seine Lebenszeit scheint einfach abgelaufen zu sein, aus dem einen oder anderen Grund. Schon bald wird der Hase selbst zu Erde werden, doch vorerst liegt er reglos da, in einer Position, als würde er laufen, als ob er gehofft hätte, es noch ein Stückchen weiter zu schaffen, so wie wir alle.

Was für ein malerischer See. Kupfer blutet vom Rand her ins Wasser, die Nachwehen der Vergangenheit. Er ist das Ergebnis dessen, was der Mensch achtlos zurückgelassen hat: Als man die dortigen Minen aufgab, blieb ein offener Krater zurück. Sobald es auf die Wintermonate zugeht, so wie jetzt, füllt sich dieser Krater mit Wasser. Nach starken Regenfällen ergießen sich gelbe und orange Rinnsale in das rot gefärbte Becken, sodass sich seine Farbe verändert – auf diese Weise entsteht darin der Sonnenuntergang.

Aber warum kein Sonnenaufgang?

Weil ein Sonnenaufgang durchdrungen ist vom Versprechen eines neuen Tages.

Ein Sonnenuntergang birgt die Erwartung von etwas anderem – nämlich der Stille und Dunkelheit der Nacht. Der See existiert am Rand der Finsternis.

6

Petra

Es war sechs Uhr dreißig in der Früh, als ich aufwachte. Nisha hatte sicher schon geduscht und war mit noch nassen Haaren in den Garten gegangen, um Orangen zu pflücken und frische Eier zu holen. Die briet oder kochte sie dann für uns. Wenn wir Zucchiniblüten oder Wildkräuter im Garten hatten, bereitete sie Rührei damit zu und gab jede Menge Zitrone und Pfeffer darüber. So mochte Aliki es am liebsten.

An diesem Morgen war Nisha nicht draußen. Ein silbriger Schleier lag über den Blättern, als hätte der Garten den Nebel ausgeatmet. Die Lirastücke auf dem Boden funkelten in der Sonne.

Aliki saß am Küchentisch, noch im Schlafanzug, und spielte mit baumelnden Beinen auf dem iPad. Die Haare fielen ihr offen über die Schultern und hingen ihr ins Gesicht. Um diese Zeit waren sie normalerweise zu einem ordentlichen Pferdeschwanz zurückgebunden, außerdem sollte sie längst in ihrer Schuluniform stecken und ihren Orangensaft trinken.

»Wo ist Nisha?«, fragte ich.

Aliki sah kurz vom Tablet auf und zuckte mit der Schulter.

»Hast du schon was gegessen?«

Nein, signalisierte sie mir mit einem mürrischen Laut. Ich bemerkte einen Anflug von Unsicherheit in ihrem Blick. Erst dachte ich, sie wollte etwas sagen, doch dann sackte sie in sich zusammen und versank noch tiefer auf ihrem Stuhl.

Ich ging in Nishas Zimmer und stellte fest, dass sie nicht da war. Tatsächlich sah ihr Bett unberührt aus, als hätte sie gar nicht darin geschlafen.

Ich kehrte zu Aliki zurück und sagte möglichst gut gelaunt: »Warum gehst du dich nicht schon mal anziehen, und ich mach derweil Frühstück?«

Zögerlich stand sie auf, kam meinem Vorschlag aber nach. Währenddessen versuchte ich es ein paarmal auf Nishas Handy, doch die Anrufe landeten direkt auf der Mailbox.

»Nisha«, sprach ich ihr schließlich drauf. »Wo steckst du? Ruf mich bitte zurück.«

Ich machte mich daran, Eier zu kochen und Brot zu toasten, und dann musste ich sämtliche Schränke durchsuchen, weil ich nicht wusste, wo Nisha die Feigenmarmelade aufbewahrte. Mein Frust wuchs – aber die Angst sollte mich erst später packen.

Es war Aliki, die offenbar den tieferen Instinkt hatte, welcher mir komplett fehlte. Nachdem ich die gekochten Eier geschält und den Frühstückstisch gedeckt hatte, war sie immer noch nicht wieder in die Küche zurückgekommen, deshalb ging ich in ihr Zimmer, wo ich sie vor dem Spiegel vorfand, tränenüberströmt. Sie hatte ihre Schuluniform angelegt, es aber nicht geschafft, sich die Haare selbst zu frisieren. Das Gummiband hatte sich in ihren verknoteten Locken verheddert.

Ich wies sie an, sich aufs Bett zu setzen, hockte mich neben sie und befreite ihre Haare von dem Gummi. Dann versuchte ich, die Lockenmassen mit einer breiten Haarbürste zu einem hohen Pferdeschwanz zusammenzufassen, wie ich es bei Nisha beobachtet hatte. Aber sie waren widerspenstig und wild und versuchten zu entwischen – wenn ich eine Seite oben hatte, kam mir die andere Hälfte aus und fiel wieder runter.

Ich merkte, dass Aliki langsam unruhig wurde und ungeduldig zappelte.

»Weißt du was?«, rief ich. »Vergiss den Pferdeschwanz. Versuchen wir es mal mit was anderem.«

Also flocht ich ihr die Haare, und sie zog den dicken schwarzen Zopf über ihre rechte Schulter nach vorn und betrachtete sich im Spiegel. Ihre Terrassentür stand offen, der Raum war erfüllt von Sonnenlicht und Vogelgezwitscher. Selbst der morgendliche Dunst stahl sich ins Zimmer, wie eine verirrte Seele.

Es war ein so schöner Herbsttag, und eigentlich hätte es ein glücklicher Morgen wie jeder andere sein sollen. Aber was ich jetzt in Alikis Augen sah, während sie ihr Spiegelbild anstarrte, war deutlich wachsende Besorgnis.

Ich brachte Aliki zur Schule, was normalerweise Nisha übernahm. Am Nachmittag musste ich den Laden eine Stunde schließen, um sie wieder abzuholen – meine Assistentin Keti war montags nicht da. Anschließend musste ich Aliki mit dorthin nehmen. Durch den dichten Verkehr schafften wir es zur Onasagorou-Straße, direkt am Eleftheria-Platz, zum Sun City. Ich bin Optikerin von Beruf und habe einen eigenen Laden, der sich inmitten einer Reihe herrschaftlicher Häuser zwischen teuren Boutiquen, Eisdielen, Patisserien, Restaurants, Galerien, Cafés und der Geschäftsstelle des British

Council befindet, in einem umgebauten Stadthaus am Solomou-Platz. Aliki vertrieb sich die Zeit, indem sie die billigsten Brillenmodelle aufprobierte und vor dem großen Spiegel im vorderen Ladenbereich Leute imitierte. Mit einer runden Brille mit Metallgestell auf der Nase mimte sie den Ghandi, mit einer durchsichtigen runden Blaulichtfilter-Brille gab sie den K-Pop-Star, und mit einem schlichten Modell mit braunem Rahmen war sie Nisha und schnappte sich den Staubwedel, um die Regale abzustauben.

Bis zum Abend fehlte von Nisha immer noch jede Spur. Ich bereitete ein Abendessen zu, doch Aliki hatte keinen Hunger. Sie saß vor dem Fernseher.

»Dein Essen steht auf dem Tisch. Ich habe es abgedeckt, damit es warm bleibt«, sagte ich. »Ich gehe kurz raus und rede mit Frau Hadjikyriacou von nebenan. Vielleicht hat sie Nisha gesehen. Ich bin draußen, wenn du was brauchst.«

Aliki nickte und sah weiter Nachrichten, aber ich bin mir sicher, dass sie dem Geschehen auf dem Bildschirm gar nicht ernsthaft folgte. Es sah aus, als wäre sie mit den Gedanken ganz woanders, und sie saugte am Knöchel ihres Zeigefingers, wie sie es als kleines Mädchen getan hatte.

Ich hatte den anderen Haushaltshilfen in unserer Nachbarschaft nie besondere Aufmerksamkeit geschenkt. Sie erledigten so ziemlich alles – sie wurden angestellt und bezahlt, meist unter dem Mindestlohn, damit sie das Haus sauber hielten, kümmerten sich letzten Endes aber auch um die Kinder, halfen in Läden mit, servierten das Essen. Draußen gingen gerade zwei Frauen, vermutlich Filipinas, die Straße entlang, zwischen ihnen ein zyprisches Kind – ein kleines Mädchen mit Zöpfen, das die beiden an den Händen hielt. Sie rannte und hüpfte, und dann hoben die beiden Frauen die Kleine im Laufen hoch. Ein Stück weiter die Straße hinunter klopfte eine Hausangestellte einen Teppich aus, der über dem Geländer der Veranda hing. Sie winkte den beiden Vorübergehenden freundlich zu. Im selben Moment kam eine weitere Hausangestellte um die Ecke gebogen, mitgeschleift von einem riesigen Jagdhund mit sandfarbenem Fell. Draußen vor Yiakoumis Laden schaffte ein Mädchen die Antiquitäten, die tagsüber auf einem Tisch ausgestellt waren, nach drinnen, um das Geschäft für heute zu schließen. Zu meiner Rechten kehrte in Theos Restaurant allmählich Leben ein, da bald Abendessenszeit war. Seine beiden vietnamesischen Hausangestellten eilten mit ihren Reishüten auf den Köpfen umher, Tabletts voller Dips und Getränke in den Händen. Beim Anblick dieser Frauen wurde mir schwer ums Herz. Ich hoffte, Nisha würde einfach wieder auftauchen, als wäre nichts gewesen.

Direkt nebenan saß Frau Hadjikyriacou, die Aliki nur die Papier-Lady nannte, wie üblich in ihrem Liegestuhl im Garten vor dem Haus. Ihre Haut war so weiß und knittrig, dass es den Eindruck machte, als hätte man sie zu einer Kugel zusammengeknüllt und dann wieder auseinandergefaltet und geglättet. Sie saß den lieben langen Tag nur da und sah bis spätabends, manchmal bis Mitternacht, zu, wie die Zeit verstrich und die Jahreszeiten sich veränderten, und sie erinnerte sich an alles – ihr Gedächtnis war wie ein Tagebuch, die Seiten voll mit der Vergangenheit, oder zumindest mit jenen Details, die ihren Weg gekreuzt hatten. Man erzählt sich, dass ihre Haare über Nacht weiß geworden sind, während des Krieges, als die Insel geteilt wurde. Zu diesem Zeitpunkt fing sie an, alles in ihrem Gedächtnis abzuspeichern, damit niemand ihr ihre Seele streitig machen konnte. Das hat sie mir vor vielen Jahren erzählt.

Jetzt saß sie da in ihrem Liegestuhl und sah fern, auf dem Gerät, das extra nach draußen gebracht worden war, das Kabel straff gespannt, weil es im Wohnzimmer eingesteckt war. Sie spuckte in ein Stofftaschentuch, betrachtete den Schleim darin, dann schrie sie etwas in Richtung Fernseher. Wie es aussah, war sie mit irgendeiner Entscheidung des Präsidenten nicht einverstanden.

Ich hegte die leise Hoffnung, dass sie vielleicht mitbekommen hatte, wie Nisha weggegangen war.

Ich beobachtete, wie ihr Hausmädchen Obst und Wasser auf einem Tablett nach draußen brachte und die Sachen auf dem kleinen Tischchen neben der alten Dame abstellte.

»Ich will nichts«, schimpfte die und machte eine fahrige Handbewegung. Das Mädchen murmelte etwas in ihrer eigenen Sprache und kehrte dann ins Haus zurück, um sich weiter ihren Aufgaben zu widmen. Diese Hausangestellte war neu und beherrschte noch kein Wort Griechisch oder Englisch, deshalb kommunizierten sie in ihrer jeweiligen Muttersprache, unterstützt von Gesten und viel Augenrollen.

Wie immer war die Papier-Lady umringt von Katzen, denen Aliki allen einen Namen gegeben hatte. Eine der Katzen saß in Habachtstellung neben ihr, miaute und starrte sie an.

»Was ist denn los, meine Liebe?«, fragte die alte Dame seufzend. »Was hast du, mein süßes Sesambällchen? Möchtest du was zu trinken? Futter? Komm her, dann kriegst du einen Kuss!« Daraufhin kehrte die Katze ihr den Rücken zu. Ohne einen Blick in meine Richtung zu werfen, stellte die alte Dame den Ton leiser und rief: »Petra, kommen Sie rüber und essen Sie etwas Obst.«

Ich ging also zu ihr, begleitet von den üblichen freundlichen Worten über das Wetter, und nahm mir aus reiner Höflichkeit ein Stück Orange, ehe ich sie fragte, ob sie Nisha in der vergangenen Nacht oder am frühen Morgen gesehen hätte.

Die Finger vor der Brust ineinander verschränkt, lehnte meine Nachbarin sich zurück und schien zu überlegen, den Kopf leicht nach rechts geneigt, hin zum Licht aus Yiakoumis Laden. Ihr Blick heftete sich auf die Auslage im Schaufenster. »Auf sieben von Yiakoumis Uhren war es exakt halb elf, als ich sie das letzte Mal sah. Auf einer war es Mitternacht.«

Ich wartete ab, ob vielleicht noch mehr kam, doch dann nahm sie eine der Katzen hoch und setzte sie sich auf den Schoß. Die Augen der schwarzen Katze waren golden, mit einem Bereich, der mit seinen unregelmäßigen blauen Flecken aussah wie die Erde aus weiter Ferne.

»Hat sie gesagt, wo sie hinwollte?«

»Sie hatte es eilig. Sagte etwas von einem Mann, den sie treffen wollte.«

»Wen?«

»Soll ich mir die Antwort aus den Fingern saugen?« Ihre Standardreaktion auf alles.

Eine Weile starrte sie mich an, als wartete sie darauf, dass ich endlich fertig war mit dem Kauen. Als ich den letzten Bissen Orange hinunterschluckte, tippte sie mit dem Finger auf den Teller.

»Nehmen Sie sich noch was.«

Mir war klar, dass sie nicht lockerlassen würde, also nahm ich mir noch ein Stück. Sie sah zu, wie ich hineinbiss und mir den herabrinnenden Saft vom Kinn wischte.

»Ist Ihnen irgendwas aufgefallen an ihr?«, versuchte ich es weiter.

»Meine Tochter kommt nächste Woche aus Neuseeland. Sie fliegt extra um die halbe Welt, um mich zu besuchen.«

»Das ist wundervoll.« Durch den gehäkelten Vorhang am Fenster hinter ihr sah ich die Umrisse des Hausmädchens, das sich vor dem orangefarbenen Schein der Lampe in ihrem Rücken abzeichnete; es sah aus, als würde die junge Frau sich bücken, um den Wohnzimmertisch abzuwischen. Jetzt schüttelte sie den Kopf, wahrscheinlich führte sie Selbstgespräche und beschwerte sich gerade über die alte Dame – wenn nicht etwas anderes ihr die Laune verhagelt hatte. Jedenfalls zog sie ein angesäuertes Gesicht, als hätte sie eine Zitrone vom Baum gepflückt und reingebissen.

Genau in dem Moment waren im Restaurant die ersten Töne der Bouzouki zu hören, und die Katzen huschten in die Richtung davon, aus der die Klänge kamen, als hätte man sie gerufen.

»Hat sie sonst noch was gesagt?«, fragte ich. »Nisha, meine ich.«

»Nein.«

»In welche Richtung ist sie gegangen?«

Frau Hadjikyriacou deutete nach rechts die Straße hinunter. »Ganz am Ende ist sie links abgebogen.«

»Aber da ist doch eine Sackgasse«, wandte ich ein. Was sollte Nisha dort zu suchen haben? Die Straße führte zur grünen Linie, zur Militärbasis und zur Pufferzone, die den türkischen und den griechischen Teil der Insel voneinander trennte. Niemand ging je da lang.

Meine Nachbarin sah zu mir auf und musterte mich. Von der Hornhaut ihrer Augen ausgehend, drohten dreiecksförmige Gewebswucherungen ihre Augen einzunehmen. »Was ist das Problem?«, wollte sie wissen.

»Ich weiß nicht, wo Nisha steckt. Sicher besteht kein Anlass zur Sorge, sie ist vermutlich nur …«

Barsch fiel sie mir ins Wort: »Nur was? Wollen Sie mir etwa erzählen, dass sie noch nicht wieder zurück ist?«

Ich nickte stumm.

»Ich nehme an, Sie haben es auf ihrem Telefon versucht?«

Wieder nickte ich. Sie richtete den Blick zum Himmel, die silbrigen Augen rastlos. Sie wirkte derart beunruhigt, dass ich plötzlich das Gefühl hatte, sie trösten zu müssen.

»Ehrlich, ich bin mir sicher, dass alles in Ordnung ist. Es muss eine vernünftige Erklärung geben.«

»Nein«, sagte die alte Dame entschieden.

»Vielleicht ist sie eine Freundin besuchen gegangen.«

»Nein«, sagte sie wieder. »Nisha würde niemals einfach so verschwinden, nicht mal für einen Tag. Das sollten Sie doch wissen. Sie ist eine extrem gewissenhafte junge Dame.«

Damit griff sie nach einer Orangenspalte, führte sie an die Lippen und schien sich plötzlich zu entsinnen, dass sie ja gar kein Obst wollte. Also riss sie die Orange in kleine Stücke und warf sie für die Katzen auf den Boden.

Dann beugte sie sich vor und legte mir ihre klebrige Hand auf den Arm. »Petra«, sagte sie und bedachte mich dabei mit einem festen Blick, als versuchte sie, mich durch dichten Nebel auszumachen. »Da stimmt etwas nicht.«

Ich ging zurück ins Haus und sah nach Aliki. Ich fand sie in ihrem Zimmer, wo sie im Dunkeln auf dem Bett hockte. Sie war schon im Pyjama und nippte an einem Becher warmer Milch, den sie mit beiden Händen umschlossen hielt. Ihre Schultasche stand am Fußende des Bettes, und ihre Uniform hing auch bereit, an der Rückenlehne des Stuhls vor ihrem Schreibtisch. Wenn ich es nicht besser gewusst hätte, hätte ich angenommen, dass Nisha da war.

»Hast du was gegessen?«, fragte ich. Aliki sah mich über den Rand der Tasse an und nickte. »Alles in Ordnung?« Wieder ein Nicken.

Ich ging zu meiner Tochter und drückte ihr einen Kuss auf die Stirn. Erst da fiel mir auf, dass die schwarze Katze mit den verschiedenfarbigen Augen neben ihr auf dem Bett lag und schlief. Auf den ersten Blick war sie nur als ein leichtes Schimmern erkennbar, das schwarze Fell ölig glänzend in der Dunkelheit. Gerade wollte ich Aliki dafür rügen, weil sie genau wusste, dass ich keine Katzen im Haus duldete, aber offenbar hatte sie meine Ermahnung bereits erwartet, denn jetzt kam sie mir zuvor: »Monkey hatte einen schweren Tag. Er braucht dringend ein wenig liebevolle Zuwendung.«

»Du hast ihn Monkey getauft?«

»Sieh dir seinen langen gebogenen Schwanz an. Ich glaube, er schwingt sich daran von Ast zu Ast.«

Ich musste lächeln. *Mein kluges Mädchen.* Ohne ein weiteres Wort zog ich mich aus ihrem Zimmer zurück und schloss die Tür hinter mir.

Aber ich war nervös. Ich konnte das Gefühl von Frau Hadjikyriacous Hand auf meinem Arm nicht abschütteln, ihr Beharren, dass irgendetwas nicht stimmte. Ich spähte zum Fenster hinaus und stellte fest, dass sie mittlerweile reingegangen war. Die Straße lag dunkel und verlassen da.

7

Yiannis

Mitten in der Nacht brachen Seraphim und ich auf. Unser Ziel war ein Strand in Protaras. Während der Vogelzüge im Herbst fuhren er und ich einmal wöchentlich runter ans Meer, um Vögel zu fangen. Das waren unsere ertragreichsten Jagden. Jetzt waren wir in Seraphims Van unterwegs an die Ostküste. Obwohl es in den frühen Morgenstunden noch recht frisch war, hatte Seraphim sein Fenster komplett heruntergekurbelt und saugte gierig Luft in seine Lunge. Das tat er immer, wenn wir uns dem Wasser näherten. Ich war recht schweigsam. Weil ich einfach nicht aufhören konnte, an Nisha zu denken. Ich versuchte mir vorzustellen, wo sie sein könnte, aber in meinem Kopf war alles schwarz. Auch meine unzähligen Versuche, sie telefonisch zu erreichen, waren erfolglos geblieben; ihr Handy war ausgeschaltet.

In den umliegenden Dörfern war alles finster, nur in einem der Häuser am Hang brannte Licht. Bald würde man das Meeresrauschen hören.

Weißt du, ich dachte, du wärst ein anderer Mensch.

Es war Seraphim, der mich zur Wilderei gebracht hatte. Seraphim liebte Geld – aber es wäre geschwindelt, wenn ich von mir Gegenteiliges behaupten würde. Früher mal war ich leitender Angestellter bei der Laiki Bank. Damals wohnte ich in einem Luxusapartment auf der anderen Seite der Stadt – dem glitzernden, modernen Viertel. Mein Großvater war in jungen Jahren Bauer gewesen und hatte danach als Parkranger gearbeitet. Meine Vorfahren hatten ein ländliches Leben geführt, als Bauern und Schafhirten, die das Land bestellten. Vater war entschlossen gewesen, dass ich es in der Welt zu etwas bringen würde. Er ermunterte mich dazu, fleißig zu lernen, damit ich mich *von der Scholle zu den Sternen hocharbeiten* konnte!

Und natürlich tat ich das. Ein Leben als Banker schien mir verlockend, solide. Ich wäre finanziell abgesichert, sogar reich, und anders als meine Vorväter nicht vom Wetter und den Jahreszeiten abhängig. Zumindest hat mein Vater mir das so dargelegt. Zu dem Zeitpunkt war mir noch nicht klar gewesen, dass auch die Finanzwelt nicht gegen Stürme und Dürren gefeit war.

Vor der Finanzkrise 2008 erlebte die Laiki Bank einen Boom – sie war kurz davor, zum wichtigsten europäischen Anlageinstrument von Dubais Staatsfonds zu werden, und spielte eine zentrale Rolle in der Serviceindustrie des Landes, indem sie junge russische Unternehmer mit Taschen voller Geld auf die Insel lockte, damit diese Firmen aufbauten, die von örtlichen Anwälten und Buchhaltern geführt werden sollten. Es gab einen Zeitpunkt, da hatte der Geldfluss zwischen Russland und Zypern astronomische Ausmaße angenommen. Laiki hatte sich sogar um die Angelegenheiten von Slobodan Milošević gekümmert. Seine Regierung wusch über die Laiki

Bank in den Neunzigern trotz UN-Sanktionen Milliarden von Dollar.

Derlei Geschichten gab ich wahnsinnig gern bei exklusiven Dinnerpartys zum Besten – die Leute waren von so etwas fasziniert. Teresa, meine damalige Frau, liebte dieses Luxusleben. Sie hätte mich niemals geheiratet, wenn ich in die Fußstapfen meines Großvaters getreten wäre. Unsere Story ist schnell erzählt: Sie arbeitete bei der Konkurrenz, wir begegneten uns, verliebten uns.

Aber Laiki geriet in ernsthafte Bedrängnis, wegen ihrer aggressiven Expansion nach Griechenland. Die Bilanz war aus dem Gleichgewicht, und dann schlug die globale Finanzkrise zu, und alles ging den Bach runter. Laiki wurde unter Zwangsverwaltung gestellt, und ich verlor meinen Job, meine Ersparnisse, meine Ehefrau – exakt in der Reihenfolge. Doch während die schändlichen Vermögensverluste der Bank die tief liegenden strukturellen Probleme Zyperns widerspiegelten, warf die Wendung in meinem Leben ein Licht auf das schwarze Loch im Herzen unserer Insel.

Der Lieferwagen holperte über einen Feldweg. Seraphim fing wie üblich an, ein Kinderlied zu summen. Er summte diese Melodie jedes Mal, wenn wir uns dem Meer näherten, was mit etwas zu tun hatte, das weit in die Tage vor dem Krieg zurückreichte. Aber die Erinnerung war zu tief vergraben, als dass ich sie hätte abrufen können, und ich fragte ihn nie danach.

»Du musst lockerer werden«, meinte er jetzt. »Wie oft soll ich es noch sagen, komm mal mit ins Maria's – ich regle das für dich. Gestern Nacht war ich wieder mit dieser Filipina zusammen. Die ist so entzückend, sag ich dir. Wenn ich nicht verheiratet wäre, könnte ich mich glatt in sie verlieben.«

Ich starrte schweigend aus dem Fenster und beobachtete die immer durchlässiger werdende Dunkelheit zwischen Himmel und Meer.

»Was ist los mit dir?«, fragte Seraphim und warf mir einen Blick zu. Er war ungefähr zwei Jahre älter als ich und trotz der vielen Kohle angezogen wie ein Hilfsarbeiter, egal zu welcher Gelegenheit. Er war klein, dunkelhäutig und hatte große Hände, seine Haare waren meist ungekämmt und wurden vorn am Ansatz bereits dünn, und vom Rasieren hielt er offenbar auch nicht viel. Er erinnerte mich an die Ratten, die in den Abwasserrohren entlang des Ufers des Pedieos hausten. Er war mit einer Russin namens Oksana verheiratet, von der er oft und liebevoll sprach; trotzdem trieb es ihn fast jede Nacht in die Bars der Altstadt von Nikosia, auf der Suche nach Frauen, die andere Wege finden mussten, um über die Runden zu kommen. Nette rumänische, moldawische, ukrainische Mädchen – das waren die billigsten –, Mädchen aus Sri Lanka, Vietnam, Nepal. Junge Frauen, die hierherkamen, um Geld zu verdienen, auf die eine oder andere Art – wie er es ausdrückte. Als würde er ihnen einen Gefallen tun.

Ich stellte mich in der Regel taub für den Schwachsinn, den Seraphim so von sich gab. Er war ein durch und durch zwielichtiger Typ, aber er hatte einen gewissen Charme, das musste ich zugeben, und war erstaunlich warmherzig. Und man konnte ihm sehr gut ein Geheimnis anvertrauen. Er hielt das Lenkrad fest umklammert, während der Van über das holprige Gelände rumpelte. Seraphim war der einzige Mensch auf der ganzen Welt, der von meiner Beziehung zu Nisha wusste.

»Nisha ist weg«, sagte ich.

Jetzt konnte ich das Meer hören, unter uns zur Rechten, sein schweres Atmen. Die Wolken teilten sich, und der Himmel um den Mond herum wurde zu Silber. Mir fiel auf, dass Seraphim für seine Verhältnisse erstaunlich lange nichts mehr gesagt hatte.

»Nisha ist weg«, sagte ich erneut.

»Das kann nicht sein.«

»Warum nicht?«

Wieder schwieg er und bog rechts ab, auf eine Straße, die zu einer kleinen privaten Bucht mit eigenem Anleger führte. In dieser Ecke gab es eine winzige Kirche, erbaut aus Kalkstein, mit einem riesigen weißen Kreuz davor, das nachts beleuchtet war.

»Warum hätte sie fortgehen sollen?«, fragte er schließlich.

»Ich weiß es nicht«, sagte ich. »Sie ist einfach verschwunden.« Ich zögerte, ehe ich weitersprach. »Ich habe ihr am Samstag einen Antrag gemacht, und am Sonntagabend war sie nicht mehr da. Tja, sie muss irgendwann Sonntagabend abgehauen sein.«

»Sonntagabend«, wiederholte er. Es war keine Frage, keine Feststellung. Aber bevor ich noch etwas sagen konnte, hatte er den Lieferwagen angehalten, den Motor abgestellt und die Fahrertür geöffnet.

Vyacheslav erwartete uns wie üblich bei einem der Boote, eine Kippe zwischen die Lippen geklemmt, eine silberne Thermosflasche in der einen Hand, sein Handy in der anderen. Offenbar las er gerade die neuesten Nachrichten. Seine Haare waren so hellblond, dass sie fast weiß wirkten. Als er uns bemerkte, grinste er und warf den Zigarettenstummel weg, um uns mit Handschlag zu begrüßen.

Seraphim und ich zogen ein riesiges zusammengerolltes Japannetz von der Ladefläche des Vans, einer auf der einen, einer auf der anderen Seite, als würden wir einen Leichnam tragen. Wieder und wieder sah ich mich furchtsam über die Schulter um, kam ins Schwitzen. Diese Jagden direkt am Meer waren am riskantesten. Wenn man uns hier erwischte, würden bis zu zwanzigtausend Euro Strafe fällig, und wir kämen ins Gefängnis. Jedes Mal, wenn wir uns so dicht ans Wasser heranwagten, dachte ich: *Diesmal kriegen sie uns, garantiert.*

Vyacheslav machte sich daran, das Netz auseinanderzuwickeln, um es zwischen den beiden Booten zu spannen. Er segelte zusammen mit Seraphim, wie immer, und ich würde allein rausfahren. Ich glaube, ihm war Seraphims Gesellschaft lieber.

»Wir haben Glück, es ist klar«, sagte Vyacheslav mit einem Blick zum Himmel, die Augen verengt. Seine Mundwinkel hoben sich zu einem breiten Grinsen. »Das wird eine gute Jagd.«

»Wollen wir es hoffen«, gab Seraphim zurück. Wir unterhielten uns auf Englisch, jeder mit seinem eigenen unverkennbaren Akzent.

Vyacheslav zündete sich noch eine Zigarette an und teilte uns die wichtigsten Schlagzeilen des Tages mit. Das hatte er sich zur Gewohnheit gemacht, während Seraphim sich davon überzeugte, dass die Netze sicher befestigt waren. Ich verteilte währenddessen ein paar von den Lockgeräten auf den beiden Booten.

Tausende von Zugvögeln tauchen um diese Jahreszeit vom Himmel herab, sobald die Sonne aufgeht, und landen auf der Insel, um sich von den Strapazen ihrer langen Reise über das Mittelmeer zu erholen. Zypern, nichts weiter als ein Felsbrocken im Meer, liegt direkt auf einer der größeren Routen der Zugvögel. Die Tiere sehen die Lichter und halten automatisch darauf zu. Einige Arten nutzen die Küste als Orientierungslinie, die ihnen den richtigen Weg weist. Die Japannetze sind so fein gewoben, dass die Vögel blindlings hineinfliegen. Jeder Versuch, sich daraus zu befreien, ist von vornherein zum Scheitern verurteilt und sorgt nur dafür, dass sie sich noch mehr darin verheddern. Wir fangen nicht nur Mönchsgrasmücken, sondern alle möglichen Arten – die Netze machen da keinen Unterschied. Im Sommer herrscht Flaute, aber während der Zugzeiten im Frühjahr und im Herbst kommen hier ganze Scharen von Vögeln vorbei – so viele, dass wir einen Mordsreibach machen.

Als wir nun aufs offene Meer hinaussegelten, überkam mich plötzlich ein Gefühl, als ob ich mich damit noch weiter von Nisha entfernte: als würde mir das unsichtbare Band, das uns zusammenhielt, von einer ebenso unsichtbaren, aber kraftvollen Strömung entrissen. Sie schien immer genau zu wissen, was ich empfand, oder vielmehr brachte sie meine Gefühle zum Vorschein, sogar jene, von denen ich selbst nicht wusste, dass ich sie in mir hatte. Dann stützte sie immer das Kinn auf ihre Faust, während sie auf meinem Bett lag oder am Esstisch saß, und sah mich mit ihren Löwenaugen eindringlich an.

»Was macht dich so traurig?«, fragte sie dann. Oder: »Warum bist du heute so wütend?« Oder: »Wohin bist du verschwunden?« Sie kannte meine Launen besser als ich selbst. Der einzige andere Mensch, der mir je diese Art von Aufmerksamkeit entgegengebracht hatte, war mein Großvater, als ich noch ein kleiner Junge war. Wenn wir gemeinsam durch die Wälder streiften, entging ihm nichts: wohin ich meine Füße setzte, wenn ich zu hibbelig war und Gefahr lief, die Tiere aufzuscheuchen, wenn ich müde war, hungrig. Einmal, kurz nachdem meine Hündin gestorben war, ließ er mich den ganzen Weg von Troodos bis zur Ostküste über sie reden. Wir stiegen aus dem Bus, und obwohl ich total aufgedreht war und ihm allerlei lustige Geschichten erzählte, verriet ihm mein schwerer, schleppender Gang sofort, dass mich etwas bedrückte und ich beim Schwimmen untergehen würde, wenn ich die Last dieser Erinnerungen nicht auf ihn ablud.

Im vergangenen Sommer hatte ich Nisha ein Foto von mir mit sechs Jahren gezeigt, aufgenommen vor dem Bauernhaus in Troodos. Direkt hinter mir stand eine Kuh, mitten auf dem Hof, und ich kauerte in der Hocke und band mir die Schnürsenkel. Dabei sah ich lächelnd zur Kamera auf. Meine Mutter hatte dieses Foto gemacht; ich weiß noch, dass sie meine kleine Schwester auf der Hüfte sitzen hatte. Sie war gerade erst zurück, nachdem sie meinem Vater und meinem Großvater das Mittagessen aufs Feld gebracht hatte, mit hochrotem Kopf, ein Tuch um die Haare gebunden. Nisha kamen die Tränen, als sie es sah. Sie saß nackt auf meinem Bett, direkt neben der offenen Balkontür, die Luft war heiß und stickig und erfüllt vom Duft des Jasmin und dem Parfüm der Frauen, die durch die Straßen zogen. Es ging schon auf Mitternacht zu, und vom Theo's her war Musik zu hören. Zwischen uns stand der angeschaltete Ventilator. Ihre bernsteinfarbenen Augen waren feucht geworden, und dann tropften plötzlich Tränen auf mein Handgelenk, während ich das Foto hochhielt.

»Warum weinst du?«

»Du warst ein so niedliches, hübsches Kerlchen«, sagte sie und wischte sich mit dem Handrücken über die Wangen. Dann schmiegte sie sich in meine Arme, und ich spürte ihre heißen Tränen an meiner Brust. Ich hielt sie ganz fest und hatte keine Ahnung, ob ich sie tröstete oder es in Wirklichkeit andersherum war und sie mich tröstete. Ich verstand beim besten Willen nicht, was der Auslöser für ihre Tränen war. Was hatte sie in meinem Gesicht von damals, vor all diesen Jahren, gesehen? Was für unergründliche Träume hatte sie auf die Zukunft projiziert?

Je weiter wir aufs Wasser hinaustrieben und den Abstand zwischen uns vergrößerten, desto mehr spannte sich das Japannetz zwischen den beiden Booten. Die Lichter der Stadt wurden mit zunehmender Entfernung kleiner, während wir dafür sorgten, dass die Distanz nun möglichst gleich blieb und wir parallel nebeneinander herfuhren. Es brauchte ein gewisses seglerisches Geschick, damit man das Netz nicht zerriss oder es schlaff herunterhing, aber ich hatte reichlich Erfahrung, und Vyacheslav war mir ein guter Lehrmeister gewesen.

Als wir weit genug draußen waren, hob Vyacheslav die Hand, das Zeichen, den Motor abzustellen. Jetzt dümpelten die beiden Boote sachte auf den Wellen, und uns blieb nur noch abzuwarten. Der Horizont war immer noch tiefschwarz.

Du warst ein so niedliches, hübsches Kerlchen.

Ich muss eingeschlafen sein, denn als ich wach wurde, sah ich die Umrisse von Tausenden von Flügeln am Himmel, und die Sonne spähte bereits über den Rand der Welt. Die Vögel, die am höchsten flogen, entkamen dem Netz und schafften es an die Küste; der ganze Rest, die vielen Hundert, die knapp über der Wasseroberfläche oder in wenigen Metern Höhe dahinsegelten – für sie endete die Reise hier. Sie prallten gegen eine unsichtbare Barriere, verfingen sich in den feinen Maschen unseres riesigen Netzes, und dort zappelten sie dann und kreischten und zeterten. Aber es gab kein Entkommen; sie hingen darin fest.

Ehe die Sonne sich endgültig über dem Horizont erhob, steuerten wir die Boote zurück ans Ufer, wo wir das Netz mit vereinten Kräften an Land zogen. Einige Vögel waren ertrunken, andere kämpften immer noch und versuchten verzweifelt zu entkommen. Wir legten das Netz am Strand aus und fingen an, die Vögel einen nach dem anderen herunterzupflücken. Zwischen den ganzen Mönchsgrasmücken fanden sich auch Rotkehlchen und Rotdrosseln, Graureiher und Purpurreiher, Wespenbussarde, Rotfußfalken, Wintergoldhähnchen und einige größere Mantelmöwen.

Die toten Tiere warfen wir in die Müllsäcke, und dem Rest – denjenigen, die beharrlich zappelten – bissen wir ins Genick und durchtrennten so die Halsarterie, um ihnen einen möglichst schnellen Tod zu bescheren. Dann warfen wir sie zu den anderen. Immer noch erreichten zahlreiche Vögel die Küste, und direkt neben uns hopsten einige winzige Spatzen über den Sand. Eine herumstreunende Katze mit hervortretenden Augen kam auf uns zu, um schnuppernd herauszufinden, was hier vor sich ging. Sie tigerte furchtlos zwischen uns dreien herum und stieß mit dem Kopf gegen unsere Knie und Ellbogen, um auf sich aufmerksam zu machen. Seraphim warf ihr einen der Vögel hin, und die Katze nahm ihn, ohne zu zögern, ins Maul und sprintete davon.

»Das solltest du nicht tun«, sagte Vyacheslav mit gerunzelter Stirn. »Da kannst du diesem Mistvieh gleich bares Geld hinwerfen.«

»War doch nur einer!« Seraphim lachte. »*Keep your hair on,* wie der Engländer so schön sagt. Reg dich ab. Katzen sind Jäger, genau wie wir.«

»Sie jagen, um zu überleben, und sie jagen um des Jagens willen, je nachdem«, sagte ich. Bis zu diesem Moment hatte ich nicht viel zum Gespräch beigetragen, deshalb zuckten die Blicke der beiden Männer kurz zu mir, ehe sie mit ihrer Arbeit fortfuhren. Der Himmel im Osten wurde heller, wir mussten uns beeilen – schließlich mussten wir mit allem fertig sein und aufgeräumt haben, bevor die Leute in der Stadt aus ihren Betten krochen.

Auf dem Heimweg wollte ich mit Seraphim noch ein paar Worte über Nishas Verschwinden wechseln, aber er wirkte abgelenkt und war hibbelig wegen des großen Fangs heute Morgen. Er quasselte in einer Tour und schmiedete bereits Pläne für unsere nächste Jagd: Er wollte zur Akrotiri-Halbinsel fahren, ein exzellenter Ort zum Fallenstellen – als Teil der dortigen britischen Militärbasis verirrte sich kaum jemand in diese Gegend. Dort würden wir mit unseren Leimruten und mit Japannetzen im Gepäck in das Sumpfgebiet von Akrotiri und zu den Salztümpeln hinter dem Lady's Mile Beach gehen. Es wären sehr viele Leimruten nötig, um einen ordentlichen Fang zu machen, deshalb wollte er sie möglichst bald vorbereiten.

Es war Seraphim, der unsere kleine Organisation am Laufen hielt, aber er hatte wiederum Leute über sich, die ihm Befehle erteilten. Wir hatten die prall gefüllten Säcke hinten auf der Ladefläche des Vans liegen: Seraphim und ich nahmen jeder ein paar davon mit nach Hause, reinigten die Tiere und gaben Vyacheslav einen Anteil am Erlös ab. Vyacheslav selbst war vom Säubern der Vögel entbunden, weil ihm die beiden Boote gehörten. Die morgendlichen Mühen würden uns jedem um die dreitausend Euro einbringen.

Bevor ich aus dem Wagen stieg, hielt ich mit der Hand an der offenen Beifahrertür inne. »Sonntag«, sagte ich zu ihm. »Nisha ist am Sonntag verschwunden. War irgendwas Besonderes los an dem Tag? Erinnerst du dich an irgendwas?«

»Nein, warum sollte ich?«, fragte er.

»Weil du vorhin meintest, es könne nicht sein. Dass Nisha niemals weggelaufen wäre. Was wolltest du damit sagen?«

»Da musst du dich verhört haben, mein Freund. Du weißt doch, wie diese Frauen sind – sie kommen und gehen wie der Regen.«

Nicht Nisha, wollte ich entgegnen. Aber ich verkniff es mir.

Als ich nach Hause kam, brachte ich die vollen Säcke nach oben und stellte sie im Arbeitszimmer ab. Ich ging weiter in die Küche, um nach dem kleinen Vogel zu sehen. Er schlief. Sanft streichelte ich über sein Gefieder. Dabei stellte ich mir vor, dass Vögel kein Gedächtnis haben, dass sie voll und ganz im Hier und Jetzt leben, dass die Vergangenheit hinter ihnen fortgespült wird und verebbt wie die Wellen im Meer.

Ich dachte an die toten Vögel im Arbeitszimmer. Momentan hatte ich nicht die Energie, sie zu säubern, deshalb ging ich noch mal rein und steckte sie in einen der geräumigen Kühlschränke in Gastrogröße, die ich dort stehen hatte. Ich beschloss, mir die unliebsame Arbeit für den nächsten Tag aufzusparen.

Dann machte ich ein ausgiebiges Nickerchen, weil ich die Nacht zuvor kaum geschlafen hatte. Als ich wieder aufwachte, war es bereits dunkel. Ich rief noch ein paarmal bei Nisha an. Wieder landeten die Anrufe direkt auf der Mailbox. Ich bereitete mir ein Abendessen aus Couscous und Schnecken zu und setzte mich zum Essen raus auf den Balkon, die Decke, die Nisha immer benutzte, um die Schultern gelegt. Der Stoff roch nach ihr – nach Möbelpolitur und Bleichmittel, Gewürzen und Milch. Es fühlte sich an, als wäre sie unendlich weit weg. Wohin war sie verschwunden? Was hatte Seraphim gemeint? Wusste er irgendwas? Bei ihm konnte man das nie so genau sagen.

Seraphim ist der Sohn eines langjährigen Freundes der Familie. Als ich noch ein kleiner Junge war, kam er jedes Jahr ein paarmal mit seinen Eltern und seiner Schwester zu Besuch. Weil er zwei Jahre älter war als ich, ignorierte er mich bei diesen wenigen Begegnungen entweder, oder er kommandierte mich herum. Irgendwann verloren unsere Familien sich aus den Augen, und ich ging nach Athen, um zu studieren. Bei meiner Rückkehr zog ich mitten ins Stadtzentrum. Jahre später, nachdem ich meinen Job bei Laiki verloren hatte und bereits zur Miete in der Wohnung über der von Petra lebte, traf ich ihn zufällig beim Gemüsehändler am Ende der Straße. Er erkannte mich auf Anhieb wieder, fiel mir um den Hals und klopfte mir mit seinen riesigen Pranken kameradschaftlich auf den Rücken. Er erzählte mir von seinem Jaguar (er sammelte Oldtimer), seinem Haus (einer geräumigen Villa) und seiner bildhübschen russischen Ehefrau. Es machte den Eindruck, als hätte auch hier noch etwas in Klammern stehen sollen, aber das überging er geflissentlich.

Ich wurde grün vor Neid. Da stand er also vor mir und hatte sein Leben weitestgehend im Griff, während meins gerade komplett auseinanderfiel.

»Und, wie geht's dir, mein Freund?«, fragte er. »Du hast es weit gebracht in der Welt der Finanzen, wie ich höre?«

Gerade wollte ich nicken und ihm beipflichten, aber dann schob er noch hinterher: »Oder hat die Krise dir auch das Genick gebrochen?«

Also erzählte ich ihm ganz nüchtern, ja, die Krise habe auch mich nicht verschont. Allerdings erwähnte ich nicht, dass ich bislang erfolglos nach einem neuen Job suchte und keinen Schimmer hatte, wie ich Petra die Miete für den kommenden Monat zahlen sollte.

Er nickte nachdenklich. »Mir ist auch zu Ohren gekommen, dass du geheiratet hast … und das so jung!«

»Ja«, antwortete ich, »sie ist wunderbar. Eine große Stütze.« Ich erzählte ihm nicht, dass ich auch sie verloren hatte.

Der erste Verlust hatte zum zweiten geführt, und diese beiden hatten tatsächlich noch einen dritten zur Folge gehabt – nämlich den Verlust meiner kindlichen Naivität, für die ich in Wirklichkeit längst zu alt war. Erst als wir uns etwas besser kannten, gestand ich ihm, dass meine Frau mich in Wahrheit verlassen hatte.

»Wohnst du jetzt hier in der Gegend?«

Ja, hatte ich geantwortet und ihm meine Adresse genannt.

»Wie toll. Dann sind wir praktisch Nachbarn.« Dann hatte er flüchtig gezögert. »Weißt du was … ich hab da einen Vorschlag. Du wirst begeistert sein. Treffen wir uns morgen Abend, sagen wir um halb zwölf?« Er zog eine zerknüllte Quittung aus der Hosentasche, glättete das Papier auf dem Ladentresen und schrieb einen Straßennamen, den Namen einer Bar und seine Handynummer darauf. Im Gegenzug wollte er meine haben. »Nur zur Sicherheit«, meinte er.

Ich wollte ihn treffen, keine Frage. Er hatte etwas an sich, eine sprühende Energie, die sagte: *Folge mir, und ich zeige dir ein besseres Leben.* Er besaß ein ansteckendes Lächeln, und in seinen Augen funkelten unbegrenzte Möglichkeiten.

Als ich mir die hingekritzelte Adresse ansah, stellte sich raus, dass es um das Maria's ging. Allein die Uhrzeit, die er für das Treffen vorgeschlagen hatte, hätte mich stutzig machen sollen – der Laden war bis in die frühen Morgenstunden geöffnet.

Das Maria's war erste Anlaufstelle für Sexarbeiterinnen, Zuhälter und versoffene alte Säcke. Es befand sich in einer Seitenstraße, die von der Hauptstraße abging, mit dunklen Fenstern und groben Holzdielen. Mitten auf der Tanzfläche stand eine ältere Frau und warf winzige Papierstückchen in die Luft, wie eine Konfettidusche.

Seraphim saß am Tresen und unterhielt sich mit einer der Bardamen, die die üblichen engen schwarzen Klamotten trug. Er entdeckte mich sofort und winkte mir zu. Ganz offensichtlich hatte er nach mir Ausschau gehalten.

Ich setzte mich zu ihm. Ohne zu fragen, was ich wollte, bestellte er eine Runde Bier. Er knabberte Nüsse. Jetzt schob er mir das Schälchen hin. »Greif zu«, sagte er.

»Nein danke.«

»Die musst du probieren. Frisch vom Baum. Leicht geröstet. Kein Salz.«

Ich hatte das Gefühl, nicht ablehnen zu können. Es war genau wie damals, als wir Kinder waren. Einmal, als ich dreizehn war und er fünfzehn, überredete er mich, auf einen Baum zu klettern. Er erzählte mir was von einem prächtigen Vogel, der angeblich dort oben saß, eine seltene Art, die er noch nie in echt gesehen hätte. Natürlich war ich neugierig und kletterte hinauf. Ich war ziemlich gelenkig und muskulös, deshalb war das Raufkommen ein Kinderspiel. Aber das Runterkommen ist bekanntlich nicht ganz so einfach und wurde wie zu erwarten zum Problem. Ich saß eine gute Stunde dort oben fest, bevor mein Opa mit zwei Heuballen auf den Schultern den Hügel heraufgestapft kam. Diese legte er unter mir auf den Boden, damit sie meinen Sprung abfederten.

Die Nüsse sahen gut aus. Ich war tierisch nervös gewesen vor unserem Treffen und gleichzeitig unheimlich gespannt, wie sein Vorschlag aussehen würde, deshalb hatte ich kaum einen Bissen hinunterbekommen. Jetzt nahm ich mir eine Handvoll und warf sie mir in den Mund.

Die Bardame stellte zwei Flaschen vor uns auf den Tresen,

und Seraphim holte sein Portemonnaie heraus, um zu bezahlen. Ich sei sein Gast, so teilte er mir mit, er würde mich einladen. Gierig trank ich von dem Bier. Auf dem Hocker neben mir saß eine junge Frau, die Arme um den Nacken eines grauhaarigen Typen geschlungen, der mit ihren Haaren spielte. Sie war dunkelhäutig und sah aus, als wäre sie noch keine achtzehn. Ein paar Hocker weiter versuchte ein kahlköpfiger Kerl, eine andere Frau auf den Hals zu küssen – sie kam mir flüchtig bekannt vor, aber mir fiel beim besten Willen nicht ein, wo ich sie schon mal gesehen haben könnte. Seraphim orderte gleich noch eine Runde Bier. Jetzt stellte die Barfrau Schälchen mit Apfelschnitzen, Oliven und Chips vor uns hin. Doch diesmal bezahlte Seraphim nicht. Wir tranken die Biere im Nullkommanichts leer, und sie ersetzte die leeren Flaschen umgehend durch neue.

An einem Tisch hinter uns saßen zwei bildschöne Frauen bei zwei uralten Knackern auf dem Schoß. »Das sind ganz reizende rumänische Mädels«, sagte Seraphim. »Nicht so teuer.«

Das viele Bier stieg mir allmählich zu Kopf. Bis jetzt hatten wir nur Belanglosigkeiten ausgetauscht. Er hatte mir ein bisschen was von seinen Autos erzählt. Einem Porsche 911 in Eins-A-Zustand zum Beispiel. »Dieses Fahrzeug ist pure Magie«, sagte er. »Du solltest bei Gelegenheit mal mit zu mir kommen, dann fahren wir in die Berge hoch. Dann kannst du dich selbst überzeugen, was für eine Mordskraft in dieser Karre steckt.« Er erzählte mir auch von seinem Mercedes SL 300 Gullwing. »Einer der ersten Sportwagen der Nachkriegsgeschichte. Silber. Die Türen gehen nach oben auf, sehen aus wie Vogelschwingen. In dem Ding glaubt man echt, man kann fliegen.« Er fahre allerdings nicht so gern damit herum, meinte er. Lieber ließ er das Prachtstück in der Garage stehen. Nur einmal in der Woche mache er eine kleine Spritztour, damit der Motor nicht einroste.

Selbst in meinem leicht angesäuselten Zustand war mir nicht entgangen, wie schäbig seine Klamotten aussahen. Sein T-Shirt war alt und abgetragen, genau wie seine Jeans; die Haare hatten allem Anschein nach schon länger keine Bürste mehr gesehen und standen ihm in alle Richtungen vom Kopf ab. Bei seiner vielen Kohle fragte man sich schon, warum er Fetzen trug, die aussahen, als wären sie mindestens zwanzig Jahre alt.

Der Nachschub an Bier riss nicht ab, und ich trank mittlerweile etwas langsamer.

Zwei Filipinas näherten sich uns: eine noch relativ jung mit auffälligem Make-up; die andere, etwas älter, so gut wie ungeschminkt, und ihre Haut glänzte im spärlichen Licht. Seraphim schien die beiden gut zu kennen. Sie plauderten über dies und das.

»Und, wann soll ich euch beide mal in meinem Auto mitnehmen?«, hatte Seraphim sie gefragt.

Die Ältere lächelte höflich, sagte aber nichts. Die Jüngere schob sich die Haare aus der Stirn und klemmte sich beide Hände zwischen die Knie. Diese unscheinbaren Gesten verrieten mir, dass den Frauen der Vorschlag unangenehm war. Ich leerte ein weiteres Bier. Die beiden Frauen verschwanden in der Menge.

Als Nächstes bestellte Seraphim bei einer der Bardamen Couscous.

»Couscous?«, fragte ich verwundert, doch er zwinkerte nur.

Binnen Kürze kehrte die Kellnerin mit einem Keramiktopf auf einem Silbertablett zurück. Sie platzierte das heiße Geschirr und zwei kleine Teller sowie Besteck vor uns auf dem Tresen.

»Jetzt probier das mal, mein Freund«, sagte Seraphim. »Saisonal und bio. Du wirst es lieben.«

Er hob den Deckel vom Topf, stach mit der Gabel hinein – und brachte einen winzigen, wild gefangenen Singvogel zum Vorschein. Dampf stieg in langen, sich kräuselnden Schwaden aus dem Topf auf und vermischte sich mit dem dichten Zigarettenrauch, der in der Luft hing. Vorsichtig legte er einige von den Vögeln auf meinen Teller und den Rest auf seinen. Dann beförderte er den ersten schwungvoll in seinen Mund und kaute genüsslich auf dem Knochen herum.

»Greif zu«, forderte er mich mit vollem Mund auf. »Das schmeckt dir, garantiert. Ich bin noch keinem begegnet, dem sie nicht geschmeckt hätten. Kennst du diese Delikatesse nicht aus deiner Kindheit?« Er spuckte den Knochen achtlos auf den Tresen.

Ich gab zu, dass ich in der Tat schon Vögel gegessen hätte. Und dass ich wüsste, dass es illegal sei.

»Ich habe nur keinen rechten Hunger«, wehrte ich ab. »Ich hatte eine große Portion Abendessen, bevor ich los bin. Bin immer noch pappsatt.«

»Sieht ganz so aus, als wäre es schwerer als gedacht, dich auf meine Seite zu bringen.« Seraphim schluckte den letzten Bissen und pulte sich mit dem Nagel des kleinen Fingers Fleisch aus den Zahnzwischenräumen. Das brachte mich beinahe zum Würgen.

»Ich verstehe nicht.«

»Diese Singvögel – wie soll ich sagen? Dass sie hier auf deinem Teller liegen, hast du allein mir zu verdanken. Man könnte sagen, dass ich die Tradition aufrechterhalte. Allerdings fange ich Tausende davon. Ein weiteres Paar helfende Hände würde mein Einkommen verdoppeln. Es sind nur ein paar Fallen pro

Woche während der Jagdsaison im Frühjahr und Herbst.« Er machte eine kleine Pause und musterte mich abschätzig. »Was dachtest du denn, wie ich mir diesen ausschweifenden Lebensstil leisten kann?«

Ich wusste nicht, was ich darauf erwidern sollte.

»Ich sehe doch genau, dass die schicken Klamotten und dein gepflegtes Äußeres nur Tarnung sind. In Wahrheit bist du schwer am Kämpfen, mein Freund – glaub nicht, dass ich das nicht mitgekriegt hätte. Ich habe es dir bei unserer Begegnung im Laden auf Anhieb von den Augen abgelesen. Es war nicht zu übersehen, wie eine fette Narbe quer übers Gesicht.«

Mir fehlten die Worte. Aber Seraphim hatte mich durchschaut. Das war eins seiner größten Talente.

»Du musst mir nicht gleich heute eine Zusage machen. Lass es dir durch den Kopf gehen und schlaf ein paar Nächte drüber, ich ruf dich in einer Woche an. Wenn du Ja sagst, legen wir direkt los. Ich brauche dringend einen Gehilfen. Jemanden, dem ich vertrauen kann. Du warst immer zuverlässig, ist doch so, oder?« Er grinste breit und schob mir dann den Teller hin. »Komm schon, probier wenigstens mal. Du wirst sehen, das versetzt dich mit einem Schlag zurück in die Kindheit.«

Zu Hause stellte ich fest, dass ich mein Abendessen kaum angerührt hatte. Also stand ich auf und füllte es in eine Tupperbox, um es in den Kühlschrank zu räumen. Ich gab dem kleinen Vogel noch etwas Wasser, und er trank, Tropfen für Tropfen. Am Morgen hatte ich ihm einen Teller voll Samen hingestellt, und er hatte bereits einige davon aufgepickt. Dann hielt ich ihn in der Hand und ging mit ihm nach draußen auf den Balkon wie schon einmal, um zu warten, bis es elf wurde. Ich sah zu, wie sich die kleinen schwarzen Stecknadelkopfaugen öffneten und wieder schlossen und er die Federn aufplusterte, während er es sich auf meiner Hand bequem machte. Vor meinem geistigen Auge sah ich die anderen Vögel, die toten, Tausende von ihnen in den schwarzen Abfallsäcken, die Federn verklebt vom eigenen Blut und dem Blut ihrer Artgenossen. Kleine Knopfaugen, für immer geöffnet trotz der Dunkelheit.

An diesem Abend war ich noch unruhiger. Direkt unter mir fiel Licht aus Petras Schlafzimmer auf das Kopfsteinpflaster. Da waren auch Schatten auf der Straße, man sah Umrisse von Menschen, die sich durchs Zimmer bewegten. Ja, einer gehörte definitiv zu Petra – lang und schlank, die Haare hochgesteckt. Der andere gehörte zu Aliki – viel kleiner und stämmiger. Gerade trat sie ans Fenster und stellte sich neben ihre Mutter. Einmal glaubte ich kurz einen dritten Schatten wahrzunehmen, weicher, rundlicher – die Person stand separat. Das muss Nisha gewesen sein. Aber ich konnte schlecht runtergehen und nachfragen, ob sie da war. Also rief ich sie an, aber auch diesmal ging der Anruf direkt auf die Mailbox. Mir fiel kein plausibler Grund ein, warum ich um diese Zeit bei Petra an die Tür klopfen sollte. Trotzdem geisterte mir die ganze Zeit dieser eine Gedanke durch den Kopf – *sie wird zurückkommen*. Es sei denn, sie ist heim nach Sri Lanka … Nein, ich war mir sicher, dass Nisha um elf an die Hintertür klopfen würde, wie sie es immer tat, und das qualvolle Warten würde zu einer fernen Erinnerung verblassen und nach und nach in Vergessenheit geraten.

Frau Hadjikyriacou war wieder draußen und plapperte irgendwas vor sich hin. Offenbar redete sie mit den Katzen. Ich konnte allerdings kein Wort verstehen – die Bouzouki spielte heute Abend nicht, stattdessen sang ein Mädchen in einer anderen Sprache, und die fremdländischen Worte flogen zu Hunderten durch die Straßen und nahmen sie vollkommen ein. Ich hatte sie noch nie zuvor gesehen, sie war wunderschön: dunkelhaarig mit braunen Augen. Ihre rechte Hand war etwas kleiner und schien irgendwie nicht richtig entwickelt zu sein, vielleicht ein Geburtsfehler. Sie hielt sie gekrümmt, dicht an die Brust gepresst. Ihre linke Hand dagegen tanzte, sie hob und senkte sich begleitend zum bezaubernden Klang ihrer Stimme, und ihre Finger tippten in die Luft, als würde sie ein unsichtbares Instrument spielen. Ihre Stimme war wirklich außergewöhnlich, glockenrein. Die Männer an den Tischen rings um sie herum, von denen die meisten Offiziere beim Militär gewesen waren und die sehr wahrscheinlich Medaillen und Flashbacks zu verbergen hatten, weggesperrt in finsteren Schubladen, kippten einen Ouzo nach dem anderen, nuckelten mit dem Zahnfleisch an Schnecken und lachten – ohne sie eines Blickes zu würdigen. Sie war nichts weiter als eine Geräuschkulisse im Hintergrund.

Ich sah Yiakoumi aus seinem Laden treten. Er setzte sich auf einen Korbstuhl, um Kaffee zu trinken und der Musik zu lauschen. Die Zifferblätter der Uhren im Schaufenster hinter ihm leuchteten – es war zehn Uhr dreißig.

Ich saß da mit dem Vogel in der Hand, lauschte ebenfalls der Musik und wartete die nächste halbe Stunde voller Ungeduld. Aber Nisha kam nicht.

Um fünf Uhr morgens wurde ich vom Klingeln meines iPads geweckt. Ich sprang auf, um ranzugehen, weil ich dachte, es müsste Nisha sein, aber der Name, der grell auf dem Display aufleuchtete, war Kumari. Ich stand da und starrte eine Weile hilflos darauf. Was sollte ich ihr sagen?

Im nächsten Moment hörte das Klingeln auf. Aber keine

zehn Sekunden später fing es wieder an, und auch diesmal fiel mir nichts Besseres ein, als untätig dazustehen und mir das kleine Mädchen am anderen Ende vorzustellen, das es nicht erwarten konnte, mit seiner Mutter zu sprechen.

8

Petra

Am nächsten Morgen, beim ersten Hahnenschrei, bereitete ich eine Kanne Tee und Toast zu und ging in Nishas Zimmer. Ich sah mich um, ohne recht zu wissen, wonach ich suchte. Ihre Make-up-Utensilien standen ordentlich aufgereiht auf der Frisierkommode. In den Pinseln glitzerten Reste von Rouge. Dann fiel mein Blick auf ein Tagebuch, und ich bemerkte einen goldenen Ring, der darauf lag. Er sah aus wie ein Verlobungsring. Ich hatte ihn noch nie an ihrer Hand gesehen – es war ein schlichtes Modell, mit einem Diamanten von dezenter Größe, der in einer leicht erhöhten Fassung saß. Ich nahm den Ring und legte ihn auf die Ablage, dann öffnete ich das Tagebuch. Auf der ersten Seite befand sich eine grobe Skizze unseres Gartens – ja, eindeutig, da waren das Boot und der Orangenbaum. Die restlichen Seiten waren vollgeschrieben mit Worten auf Singhalesisch. Ich suchte weiter.

In der obersten Schublade von Nishas Nachtschränkchen stieß ich auf ein goldenes Medaillon. Es war herzförmig, und in seinem Inneren fanden sich zwei unsauber ausgeschnittene Fotografien – eins von ihr und eins von einem jungen Mann. Sie trug diesen Anhänger nie, aber manchmal, abends, wenn sie sich hinsetzte, um sich auszuruhen oder fernzusehen, hielt sie es fest in ihrer Hand oder wickelte sich die goldene Kette um die Finger, wie es gläubige Christen mit einem Rosenkranz tun.

In der Schublade darunter fand ich eine abgeschnittene Haarsträhne.

»Diese Strähne gehört meiner ... na ja, meiner Beinahe-Schwester in Sri Lanka.« Ich drehte mich um und sah Aliki im Türrahmen stehen. »Ihr Name ist Kumari. Sie ist zwei Jahre älter als ich – also elf.« Mit ernster Miene starrte sie mich an. »Wusstest du das?«

»Nicht wirklich«, gab ich zu. Mir kam der Gedanke, dass ich nie daran gedacht hatte, Nisha nach ihrer Tochter zu fragen, mich zu erkundigen, wie sie aussah, wie sie war, wie es ihr ging, so ganz ohne ihre Mutter. Sprach Nisha hin und wieder mit Kumari?

Die Haarsträhne steckte in einem kleinen durchsichtigen Plastiktütchen, wie man sie verwendet, um Münzen aufzubewahren, die man zur Bank bringen will.

»Aber meine Haare sind lockig, und ihre sind glatt.«

Ich nickte.

»Dieses Medaillon hat Nishas Ehemann ihr kurz vor seinem Tod geschenkt. Sein Foto ist im Inneren des Herzens. Sie wäre niemals ohne ihn gegangen.«

Das waren also Nishas kostbarste Besitztümer.

Keines von Nishas Kleidungsstücken fehlte, und auch ihre Schuhe waren alle noch da. Sie besaß drei Handtaschen, aber nur zwei standen nebeneinander am Boden ihres Kleiderschranks. Ihre Lesebrille lag auf dem Kopfkissen. Das Bett war ordentlich gemacht, die Kanten der gefalteten Decke kerzengerade.

Ich drehte mich nach Aliki um, weil ich sie etwas fragen wollte, stellte aber fest, dass sie schon wieder aus dem Zimmer gehuscht war. Vermutlich, um sich Frühstück zu machen.

Neben der Tür zur Terrasse stand ein antiker Schreibtisch, und als ich die oberste Schublade aufzog, entdeckte ich ihren Reisepass. Ich musste mich auf den nächstbesten Stuhl setzen, so sehr brachte mich das alles aus der Fassung. Denn insgeheim hatte ich gehofft, ich würde nichts dergleichen finden, schon gar nicht ihren Pass. Ich wollte glauben können, dass Nisha einfach nur abgehauen war – was zumindest bedeuten würde, dass ihr nichts Schlimmes zugestoßen war. Aber wenn es so wäre, warum hätte sie dann ihren Reisepass zurücklassen sollen? Das Medaillon? Abermals schlug ich das Tagebuch auf und fuhr mit den Fingern über die fremdländischen Worte, die wunderschönen Zeilen, die sich über das Papier rankten wie die Weinreben im Garten. Ich wünschte, ich könnte den Text entziffern, vielleicht würde ich darin einen Hinweis auf Nishas Verbleib finden.

Sie war wie vom Erdboden verschwunden.

Ich griff nach dem Anhänger und hielt ihn fest in der geschlossenen Faust, so wie Nisha es beim Fernsehen immer tat. Es erinnerte mich an Alikis kleines Herz beim letzten Ultraschall gegen Ende der Schwangerschaft, unmittelbar vor dem Einsetzen der Wehen.

Stephanos war nicht dabei gewesen. Er war damals Offizier bei der Armee und hatte auf der britischen Militärbasis gearbeitet, der Hauptgrund, weshalb wir nach unserer Hochzeit beschlossen hatten, hier wohnen zu bleiben, im Haus meiner

Eltern. Stephanos war britischer Zyprer, geboren in Islington, aufgewachsen in Edmonton. Seine Eltern flohen nach dem Krieg nach London. Er hatte sich in England zum Militärdienst gemeldet, kam dann aber irgendwann im Sommer nach Zypern, wo er bei Verwandten wohnte, dabei mich traf und sich verliebte. Gleich im Anschluss beantragte er seine Versetzung hierher. Die Briten halten nach wie vor eine Basis auf Zypern, ein Überbleibsel der Besatzung der Insel bis zu ihrer Unabhängigkeit im Jahr 1960.

Von hier aus kam er gut zur Arbeit, er konnte zu Fuß gehen und war in zehn Minuten da, und mit dem Auto dauerte es sogar nur zwei Minuten. Zu der Zeit war Mum bereits tot, und Dad hatte sich ein kleineres Apartment oben in den Bergen genommen, deshalb zogen wir in dieses wunderschöne Anwesen im venezianischen Stil mitten in der Altstadt – das Haus, in dem ich aufgewachsen war.

Es gehörte der Tante meines Vaters, und einige Jahre lang, als ich zwischen fünf und sieben war, wohnte sie über uns, in der Wohnung, in der Yiannis heute lebt. Ich habe sie als sehr kleine, adrette alte Dame in Erinnerung, mit silbergrauen Haaren, die sie stets von einem Netz gebändigt trug. Sie saß die meiste Zeit über im Garten, wo sie Tischdecken, Vorhänge, Hochzeitskleider und Schleier klöppelte. Sie erzählte mir Geschichten vom Anbeginn der Zeit bis zu ihrem Ende, die Hände unermüdlich beschäftigt. Einmal gestand sie mir, dass sie so versuchte, sich Zeit zu erkaufen, dass sie einfach arbeiten würde, bis sie bereit wäre, diese Welt zu verlassen und wieder mit ihrem geliebten Mann zusammen zu sein – dem Onkel meines Vaters, der im Zweiten Weltkrieg im Kampf auf der Seite der Briten gefallen war.

Stephanos bekam seine Krebsdiagnose, als ich gerade im

fünften Monat schwanger war. Der Krebs hatte von der Prostata in seine Knochen und seine Leber gestreut. Der stolze Mann, der jeden Morgen in seiner stattlichen Militäruniform das Haus verlassen hatte, der abends in der Altstadt seine Runden drehte, der mich zum Lachen brachte, dass mir die Tränen kamen, verwandelte sich in … etwas völlig anderes. Etwas Verwelktes, nicht mehr Menschliches. Etwas, das weder tot noch lebendig war. Eine Kreatur, schwach wie ein kleiner, todkranker Vogel.

Aliki hingegen wuchs und gedieh. Sie wuchs und wuchs, wie eine Frucht an einem Baum, wie eine pralle Feige, sie wuchs und weitete mich von innen heraus, bis ich fast glaubte, platzen zu müssen. Sie wand sich und zappelte und stieß zu, was mich schließlich auf den Vergleich mit einem Oktopus brachte.

Als der Zeitpunkt für den großen Ultraschall zur Schwangerschaftsmitte gekommen war, war Stephanos bereits bettlägerig. Ich versprach ihm, die Bilder des Scans mit nach Hause zu bringen. Er hoffte, so seine Worte, Aliki würde meine Schönheit erben. Er hatte den Namen ausgewählt. Wenn er so redete und mir dabei tief in die Augen sah, wusste ich, dass er immer noch irgendwo da drinnen war. Aber dann betrachtete ich seine äußere Hülle, sah, wie fremd sein Anblick auf mich wirkte – die Knochen brüchig, die Wirbelsäule krumm, der Hals vorgebeugt wie bei einem Geier –, und da überkam mich das Gefühl, mich auflösen zu wollen. Ich wollte in ihm verschwinden, durch seine Augen, damit ich mich in ihm zur Ruhe betten und mich an seiner Seele festklammern konnte. Ich fing an, seine Augen als winzige Türen zu betrachten, die mich zu dem Mann führten, den ich gekannt hatte. Jeden Morgen saß ich an seinem Krankenhausbett und wartete darauf, dass er die Augen aufschlug. Dann wanderte mein Blick jedes

Mal über die verwelkte Gestalt vor mir, die über diverse Kabel mit verschiedenen Apparaturen verbunden war, und hoffte ungeduldig darauf, dass diese Türen sich öffneten. Denn sobald seine Augen sich für immer schlossen, hätte ich ihn endgültig verloren.

Am Tag des Ultraschalls verteilte die Arzthelferin das Gel auf meinem kugelrunden Bauch und fuhr mit dem kalten Stab über meine Haut. Doch ich schaffte es nicht, auf den Monitor zu sehen. In Gedanken war ich beim ersten Scan in der zwölften Woche. Stephanos hatte mich zu diesem Termin begleitet – wir hatten die Diagnose zu dem Zeitpunkt bereits erhalten, aber es ging ihm noch vergleichsweise gut. Wir hatten beide andachtsvoll auf den Monitor gestarrt, nicht sicher, was genau wir da sahen. Der Fötus hatte die Größe einer Himbeere und sah kein bisschen wie ein Mensch aus. Der Herzschlag war zu dem Zeitpunkt nur ganz schwach und gedämpft zu hören. Aber wenn ich jetzt auf den Monitor sähe, wäre da ein richtiges Kind, und ich war nicht bereit, mir ein Bild von ihr zu machen. Nicht ohne Stephanos. Und dennoch hörte ich ihren Herzschlag. Er war regelmäßig und kräftig und strotzte vor Leben; er klopfte an die Grenze zur diesseitigen Welt und verlangte danach, gehört zu werden. Und ich hörte ihn. Oh, und wie ich ihn hörte! Ich hatte gar keine andere Wahl. Aliki kündigte sich lautstark an und bereitete den Weg für ihre Ankunft.

Im selben Moment löste mein Herz sich in einen Dunstschleier auf und verflüchtigte sich.

Ich stellte Nisha unmittelbar nach Stephanos' Tod an. Sie war sogar bei der Geburt anwesend. Die meisten anderen Frauen in der Stadt hatten Hausangestellte, deshalb sah ich kein Problem darin, mir auch eine zu holen. Nach einigen Recherchen stellte ich fest, dass es gar nicht mal so teuer war und ich es mir durchaus leisten konnte. Ich würde dem Mädchen Kost und Logis bieten, was den tatsächlichen Monatslohn selbstverständlich drückte, sodass er relativ gering ausfiel. Tatsache war, dass ich es allein nicht mehr schaffte, und mir war bewusst, dass ich früher oder später wieder würde arbeiten gehen müssen. Schließlich hatte ich mein eigenes Geschäft. So war zumindest meine Überlegung.

Aliki war ein dreieinhalb Kilo schweres Baby mit einem dichten dunklen Haarschopf. Sie war Stephanos wie aus dem Gesicht geschnitten. Ich bin eher zierlich mit mausbraunen Spaghettihaaren und olivfarbener Haut. Von mir selbst sah ich nichts in ihr. Selbst meine Brüste waren zu klein für sie, ich produzierte nicht ausreichend Milch. Sie schlug mir ihre kleinen Fingernägel in die Haut, zerrte und kratzte und saugte an den Brustwarzen, bis sie wund waren, weil sie immer mehr wollte, als ich ihr geben konnte. Ich muss zugeben, ich war eifersüchtig auf Nisha und ihre Fähigkeit, sie bedingungslos zu lieben, sie im Arm zu halten, ganz dicht an ihrer Haut.

Aliki weinte und weinte.

»Madam«, sagte Nisha dann, »Ihr Baby weint. Gehen Sie zu ihr, sie braucht Sie.«

Es ging nicht. Ich konnte mich nicht von der Stelle rühren. »Bitte, Nisha, kannst du dich um sie kümmern, nur dieses eine Mal? Ich gehe das nächste Mal.«

»In Ordnung, Madam, wenn Sie das so wollen.«

Sie hob das schreiende Bündel hoch und lief damit umher, aber Aliki wollte nicht aufhören. Und dann, eines Tages, legte Nisha sich rücklings auf den Boden, schob ihr Oberteil hoch und legte sich das Baby auf die nackte Brust. Schlagartig hörte Aliki auf zu schreien. Eine Weile war noch leises Wimmern zu hören, dann schlief sie ein. Ich setzte mich in den Sessel, lehnte mich zurück und sah den beiden zu – betrachtete Alikis weißen zusammengerollten Körper an Nishas dunklerer Haut; der Anblick erinnerte mich an die Nacht, die den Mond in den Armen wiegt.

Aliki war voller Liebe für Nisha: Sie sehnte sich nach ihrem Geruch und der Wärme ihrer Haut. Ich stellte mir vor, wie Nisha in Alikis Herzschlag den ihres eigenen Kindes spürte. Ich wollte nicht darüber nachdenken. Deshalb verscheuchte ich den Gedanken und verstaute ihn an einem sicheren Ort, wo die Schuldgefühle mir nichts anhaben konnten.

Nisha ließ nichts unversucht, um mich meinem Kind näherzubringen. Sie forderte mich auf, Aliki im Arm zu halten, ganz entspannt mit ihr dazusitzen. Aber ich schaffte es nicht. In Alikis Gesicht, in ihren Augen, in der weichen Rundung ihres Kinns, der rosigen Frische ihrer Haut, selbst in dem Leberfleck an ihrer Wange, sah ich Stephanos. Ich wurde von Albträumen heimgesucht. Ich setzte mich auf und sah riesige weiße Spinnen, so groß wie Schuhe, ins Kinderzimmer krabbeln. Ich folgte ihnen, trat auf sie drauf, versuchte, sie von meinem Baby fernzuhalten. Dann wachte ich auf, und ich stand über die Wiege gebeugt, Nisha neben mir, während sie mir mit der Hand über den Rücken strich.

»Ganz ruhig, ruhig, Madam. Alles ist gut.«

Dann griff sie nach meiner Hand und legte sie auf Alikis Brust, damit ich spürte, wie sie sich mit jedem Atemzug weitete.

»Sehen Sie«, flüsterte Nisha an meinem Ohr, »Ihrer Tochter geht es gut. Wenn sie aufwacht, können Sie sie mit nach draußen nehmen und den Sonnenschein genießen. Der Tag morgen wird warm.«

Dann nahm sie mich an der Hand, führte mich ganz behutsam zurück zum Bett, deckte mich zu und flüsterte: »Schlafen Sie jetzt.«

Nein, Nisha hätte Aliki nie im Leben verlassen, ohne sich zu verabschieden. Da war ich mir sicher.

Ich legte das Medaillon zurück in die Schublade, nahm den Reisepass mit und ging nach draußen, um nachzusehen, ob Frau Hadjikyriacou da war. Sie saß in ihrem Liegestuhl vor der Haustür, und ihre Hausangestellte kniete vor ihr und rieb ihre Unterschenkel mit Zivania ein. Ihre transparent wirkende Haut kräuselte sich unter den Fingern des Mädchens wie winzige Wellen. Es war tatsächlich warm, aber windig an diesem Morgen. Als meine Nachbarin mich sah, scheuchte sie ihre Angestellte fort und lagerte ihre Beine auf einem Hocker hoch.

»Ist erstaunlich früh für dich«, sagte sie, ohne in meine Richtung zu blicken. Sie schaute in den Himmel hinauf, den Kopf weit in den Nacken gelegt. Es war tatsächlich früh; Yiakoumi hatte seinen Laden noch nicht geöffnet, und alle seine Uhren bis auf eine zeigten sieben Uhr an.

Die alte Frau richtete den Blick wieder nach unten und wandte sich mir zu. Der Wind frischte auf, ein intensiver Geruch nach Alkohol stieg von ihren Beinen auf und wehte mir in die Nase. Sie roch, als hätte sie die Nacht in einer Bar durchzecht. Als ich die Hand vors Gesicht hob, bemerkte sie den Pass.

»*My darling*«, sagte sie auf Englisch, dann auf Griechisch: »Wo willst du hin?«

»Nisha ist nicht nach Hause gekommen.«

»Ich weiß«, gab sie zurück und nickte.

»Das ist ihr Pass.«

»Ah.«

»Wenn sie vorgehabt hätte zu verschwinden, hätte sie den doch mitgenommen, oder? Sie hat sogar das Medaillon hiergelassen, das ihr Ehemann ihr kurz vor seinem Tod geschenkt hat, und die Haarsträhne ihrer Tochter.«

Ich wartete ab, überzeugt, dass ich ein weiteres *Ah* zu hören bekommen würde, aber Frau Hadjikyriacou schwieg. Sie schien nachzudenken.

Dann spähte sie die Straße entlang, erst links, dann rechts, ehe sie sich wieder mir zuwandte und mich mit einem beängstigten, bohrenden Blick ansah. »Sie trug ein langärmeliges schwarzes Kleid«, sagte sie, »und weiße Turnschuhe. Sie hatte sich einen grünen Schal umgelegt, der ihren Mund halb bedeckte. Sie trug diesen Schal, als hätten wir tiefsten Winter, aber ich bin sicher, dass es ein warmer Abend war, weil mein Mädchen mir keine Decke rausgebracht hat.«

»Wozu dann diese Aufmachung?«

»Soll ich die Antwort aus meinen Fingern saugen?«

Ich rollte verstohlen mit den Augen.

Eine der Katzen sprang auf den Hocker und spazierte an ihrem Bein entlang, als wäre es ein Ast, ehe sie sich auf ihrem Schoß niederließ. Die alte Dame streichelte das schnurrende Tier. »Petra«, sagte Frau Hadjikyriacou, »wenn sie morgen nicht wieder da ist, musst du zur Polizei gehen.«

Ich sah auf meine Armbanduhr. Mir blieb keine Zeit, lange darüber nachzudenken, weil ich Aliki für die Schule herrichten musste.

Auch heute musste ich am Nachmittag früher von der Arbeit weg, um Aliki von der Schule abzuholen. Ich hatte keine andere Wahl, als sie mit ins Geschäft zu nehmen. Diesmal saß sie hinter dem Tresen und erledigte mit Ketis Hilfe ihre Hausaufgaben. Sie lernte gerade das Periodensystem.

»Es ist verblüffend, sämtliche Elemente des Universums auf einer Seite vereint zu sehen!«, hörte ich sie aufgeregt sagen, während ich eine Kundin wegen einer Augenuntersuchung in mein Sprechzimmer führte.

Am Abend kochte ich einen Topf Pasta mit Halloumi und Minze. Aliki und ich aßen schweigend. Die Augen meiner Tochter flackerten zu Nishas leerem Platz. Das Foto von Stephanos in seiner Uniform stand dahinter auf einem Konsolentisch. Manchmal ertappte ich Aliki dabei, wie sie mitten im Spiel davor stehen blieb und kurz innehielt, um es zu betrachten. Konnte sie sehen, wie sehr sie ihm ähnelte? Der gleiche blasse Teint, die weit auseinanderstehenden Augen und das rundliche Gesicht – ja sogar der kleine Leberfleck auf der rechten Wange war gleich.

Ich versuchte, Aliki einzubinden, ihr Fragen zu stellen. Wie läuft es in der Schule, und hast du heute Abend noch Hausaufgaben auf? Sie reagierte mit einem Nicken, einem Schulterzucken oder einem Kopfschütteln, sagte aber nie einen Ton. Nicht ein Wort. Manchmal hatte ich das Gefühl, sie wollte gern etwas sagen, nur dass sie die Sätze, die ihr auf der Zunge lagen, im nächsten Moment wieder hinunterschluckte, zusammen mit den Nudeln.

Als wir mit Essen fertig waren, half ich Aliki am Küchentisch bei ihren Hausarbeiten, dann brachte ich sie zu Bett. Wir taten beide so, als würde sie sofort einschlafen, aber natürlich würde sie heimlich noch eine Zeit lang lesen.

Als aus ihrem Zimmer nichts mehr zu hören war, schlich ich zur Haustür und zog sie leise hinter mir zu, ehe ich die Straße zu Theos Restaurant überquerte.

Theo selbst war gerade in der Küche und machte seine Köche zur Schnecke. Ich stand da und wartete ab, bis er seine Schimpftirade beendet hatte und sich lächelnd zu mir umdrehte. »Petra, meine Liebe, ein Tisch für heute Abend? Ein spätes Abendessen?«

»Nein, Theo, ich bin gekommen, um mit deinen Hausmädchen zu sprechen.« Er zog seine Augenbrauen verwundert nach oben. »Es ist wichtig und betrifft Nisha. Sie ist verschwunden, deshalb würde ich gern rausfinden, ob sie was wissen.«

»Setz dich«, sagte er. »Ich bring dir einen Kaffee aufs Haus. Sie sind noch beschäftigt, machen aber bald Pause.«

Ich nahm also unter der Weinlaube Platz und trank langsam meinen Kaffee. Es war kurz nach neun Uhr, ein paar Gäste hatten sich bereits an den Tischen eingefunden, um zu Abend zu essen, einige saßen an der Bar. Nach etwa einer Viertelstunde kamen die Frauen aus der Küche, beide in schwarzer Hose und weißem Hemd, dazu die üblichen Reishüte, deren rote Bänder unter dem Kinn zu Schleifen gebunden waren. Mir kam unwillkürlich der Gedanke, wie demütigend es für diese Frauen sein musste, dass Theo sie zwang, die Hüte zu tragen; ich konnte mir beim besten Willen nicht vorstellen, dass sie das freiwillig taten. Das hier war schließlich kein vietnamesisches Restaurant, sondern ein griechisches. Die Hüte hatten etwas Exotisches, sie waren eindeutig so was wie ein Fetisch. Die anwesenden Männer jedenfalls beäugten die beiden interessiert von ihren Plätzen aus. Wie hatte mir das all die Zeit entgehen können?

Theo gestikulierte in meine Richtung, woraufhin sie an meinen Tisch kamen, offensichtlich erschöpft, aber mit einem Lächeln im Gesicht.

»Madam«, sagte die Linke. »Sir sagt, Sie wollen über etwas Wichtiges sprechen.«

»Wir haben nur kurz Pause. Wir arbeiten seit sechs Uhr heute Morgen«, sagte die andere, in einem Ton, der gleichermaßen freundlich wie gereizt klang.

Die Kleinere stieß sie mit dem Ellbogen an und warnte sie mit einem Blick, still zu sein. »Entschuldigung, Madam«, sagte sie und hielt mir die Hand hin. »Ich bin Chau, und das ist meine Schwester, Bian.«

Ich schüttelte ihnen beiden die Hand. »Ich wohne hier in der Straße, direkt gegenüber«, sagte ich. »Mein Name ist Petra.«

Sie lachten beide. »Das wissen wir, Madam«, sagte Chau. »Wir sehen Sie jeden Tag, und wir sind Freundinnen von Nisha.«

»Ich hatte gehofft, ihr wisst vielleicht, wo sie ist. Ich habe sie seit Sonntagabend nicht gesehen.«

»Nein, Madam«, sagte Chau kopfschüttelnd. »Sie kommt jeden Morgen, nachdem sie Aliki zur Schule gebracht hat, vorbei, um Hallo zu sagen, aber wir haben sie seit ein paar Tagen nicht mehr gesehen. Wir dachten, dass sie vielleicht weggefahren ist.«

»Morgens arbeiten wir hier im Restaurant, wenn die Gäste zum Frühstücken kommen«, fügte Bian hinzu, »dann gehen wir in Sirs Haus zum Saubermachen, kommen am Nachmittag zurück und bleiben bis spät in die Nacht. Wir sehen Nisha am Morgen und manchmal auch am Nachmittag. Jetzt, seit ein paar Tagen, nichts.«

Das Wort »nichts« traf mich wie ein Dolchstoß. Es erinnerte mich an die Leere, die Nisha hinterlassen hatte.

Bian spähte zu Theo, der uns von seinem Posten hinter dem Tresen aus beobachtete. Mehrere Gäste waren mittlerweile von ihren Tischen aufgestanden, das schmutzige Geschirr stapelte sich an den Abräumstationen.

Chau warf einen besorgten Blick zu ihrem Chef. »Wir müssen gehen«, sagte sie. »Sir wird sonst wütend. Wir müssen noch sehr viel sauber machen bis zur Sperrstunde.«

»Wartet«, sagte ich. »Bitte, wenn ihr etwas hört, kommt ihr dann sofort und klopft an meine Tür?«

Sie starrten mich beide einen Tick zu lange an, ehe sie nickten.

»Selbstverständlich, Madam«, antwortete Bian. »Wir sagen es Ihnen als Erstes.«

Wieder zurück zu Hause, war alles ruhig. Ich warf einen Blick in Alikis Zimmer. Sie schlief tief und fest, ein Buch lag offen auf ihrer Brust. Getrieben von einer inneren Unruhe, ging ich in den Garten, um die Scherben der zerbrochenen Spardose und die verstreuten Münzen vom Boden aufzusammeln. Ich warf die ganzen Lirastücke in eine Glasschüssel und besprühte sie mit Wasser, bis sie glänzten. Die schwarze Katze saß zu meinen Füßen.

Dann ging ich raus auf die vordere Veranda und saß eine Zeit lang da. Ich sah zu, wie die Leute in der Nachbarschaft allmählich alles dichtmachten. Auch Frau Hadjikyriacou war heute Abend drinnen. Yiakoumis Hausmädchen brachte die Antiquitäten nach drinnen, um den Laden abzuschließen. Zu meiner Rechten in Theos Restaurant wurde es ebenfalls ruhiger, es waren nur noch einige wenige Gäste übrig, die ihre Getränke austranken und schließlich bezahlten. Bian und Chau liefen immer noch geschäftig umher, wischten die Tische sauber und deckten sie für das Frühstück am nächsten Morgen mit frischen Tischdecken ein.

Jetzt sah ich den Rhythmus dieser Frauen mit ganz neuen Augen – die gesamte Nachbarschaft schien zu pulsieren von ihrem unermüdlichen Eifer. Bis zu Nishas Verschwinden waren sie für mich unsichtbar gewesen: Das Einzige, was ich registriert hatte, war das kleine zyprische Mädchen, das munter die Straße entlanghopste, begleitet von zwei Erwachsenen, die glänzenden Antiquitäten draußen vor Yiakoumis Laden, den gepflegten Garten ein Stück weiter die Straße entlang, die zufriedenen Kunden im Theo's. Diese fleißigen Frauen hingegen hatte ich nie richtig wahrgenommen.

Als ich zu Bett ging, hörte ich die Stimme meiner Tochter; ich war wie versteinert, weil ich mich das gesamte Abendessen hindurch danach gesehnt hatte, sie spielen zu hören. Ich hatte das Fenster einen Spalt geöffnet, der Himmel war tiefblau, als der Wind ihre Stimme zu mir trug. Diese Stimme, so sanft, aber doch vielschichtig, die vor Aufregung anschwoll und dann in einem traurigen Singsang wieder nach unten sackte. Ich spähte zwischen den Lamellen der Jalousien nach draußen und war überrascht, sie im Boot sitzen zu sehen. Wann war sie aufgewacht? Diesmal hielt sie das Ruder und den Olivenzweig in den Händen, ruderte aber nicht. Dann lachte sie und hielt sich dabei den Bauch, als hätte jemand etwas Urkomisches gesagt. Ich rief sie nach drinnen, legte mich aufs Bett und schloss die Augen.

Ich muss eingeschlafen sein, denn als ich das nächste Mal aufwachte, war es stockdunkel, und ich vernahm ein Klopfen aus dem Garten. Rasch stieg ich aus dem Bett und öffnete die Terrassentür. Yiannis stand vor Nishas Zimmerfenster und klopfte gegen die Scheibe.

Erschrocken drehte er sich zu mir um. »Petra«, sagte er.

»Was tun Sie da?«

»Ich habe was gehört.«

»Aber Sie sind doch derjenige, der hier Lärm macht«, gab ich zurück. »War da noch ein Geräusch?«

Er antwortete nicht darauf.

»Wissen Sie, wo Nisha steckt?«

»Nein«, gab er schroff zurück. Doch dann schien er seine abweisende Haltung zu bereuen und sagte: »Ich wollte sie etwas fragen. Wissen Sie, wo sie ist?«

»Leider nein.«

Ein besorgter Ausdruck trat in seine Züge, seine Augen. Das Mondlicht brachte die silbernen Strähnen in seinem Haar zum Leuchten, und ich dachte mir, was für ein schöner, einsamer Mann er doch war.

Ein Fördergerüst überragt den roten See bei Mitsero, ein kolossales korrodiertes Gerippe, das im Wind knarzt. Es herrscht friedliche Stille am See an diesem freundlichen Oktobertag. Der Hase liegt in der prallen Sonne, sein Körper aufgebläht von den Gasen, die sich in seinem Inneren anreichern und die Haut spannen, während die Bakterien sich an dem weichen Gewebe gütlich tun. Der Hase, der im Lauf erstarrt zu sein scheint, ist immer noch intakt, nur dass die kräftigen Hinterläufe ihren Nutzen eingebüßt haben. Er liegt auf einem Vorsprung aus gelbem Sandstein, ungefähr fünf Meter vom Kraterrand entfernt, der zum Wasser hin steil abfällt.

Eine Gottesanbeterin kommt angeflogen – grün wie ein anderes Land zu einer anderen Zeit –, alle fünf Augen aufmerksam nach der geringsten Bewegung oder Lichtveränderung Ausschau haltend. Das Insekt krabbelt auf den toten Hasen zu, schiebt mit den Hinterbeinen sein grasgrünes Gestell vorwärts, während die beiden Vorderbeine mit ihren spitzen Dornfortsätzen sich nach vorn strecken und sich eine herumlaufende Fliege schnappen.

Der Kopf des Hasen ist leicht nach oben gereckt, weg von seinen Vorderpfoten. Fast bekommt man den Eindruck, als würde er der Gottesanbeterin beim Fressen der Fliege zusehen, aber sein linkes bernsteinfarbenes Auge ist flach auf die Erde gedrückt, während das rechte direkt in die gleißende Sonne blickt und von goldener Farbe ist. Die langen, an der Spitze schwarzen Ohren des Hasen erwecken den Anschein, als würden sie vom Wind nach hinten geweht. Als befände er sich mitten im Lauf.

Rund um den See gibt es kaum Vegetation, das Erdreich ist völlig ausgedörrt. Etwas weiter vom Ufer entfernt ist der Boden dafür reich an Kupfer, Pyrit und Gold, und entlang der Straße Richtung Dorf gibt es Gersten- und Getreidefelder und weite Flächen voller Sonnenblumen. Hinter dem Dorf wachsen Obstbäume auf den Wiesen, und von dort kommen die entfernten Geräusche, die auf Leben hindeuten – raschelndes Laub, Flügelgeflatter, herumstreunende Tiere zwischen Kirsch- und Pekannussbäumen, die langsam ihre goldenen Blätter abzuwerfen beginnen.

Jetzt riecht man deutlich den Kadaver des Hasen, der Gestank nach Verwesung wird von einer sachten Brise über das rote Wasser des Sees getragen, streift durch das Gerippe des Förderturms weiter über das Gelände, bis er auf die ersten Pflanzen in Form von Rosmarin und Thymian, Eukalyptus und Kiefern trifft.

9

Petra

Am nächsten Tag rief ich bei Nishas Agentur an. Fragte dort nach, ob sie von ihr gehört hätten.

»Nein«, sagte die Frau, nachdem sie im Computer nachgesehen hatte. »Wir machen bei jedem Kontakt einen Vermerk im System, aber hier steht nichts.«

Ich erklärte ihr, dass Nisha vor drei Tagen verschwunden sei und ich sie auch auf ihrem Handy nicht erreichen könne.

»Nun«, meinte die Frau, »in dem Fall halten Sie uns bitte auf dem Laufenden, weil sie uns nämlich noch Geld schuldet.« Die Dame hatte ein Organ so laut wie ein Nebelhorn, mir fielen fast die Ohren ab, und was sie sagte, half mir auch nicht weiter.

»Wie viel?«, fragte ich, doch die Frau wollte es mir nicht sagen, das seien streng vertrauliche Informationen. Allerdings wusste ich vom Hörensagen, dass die Agenturen den Arbeiterinnen teils horrende Summen abknöpften, dafür, dass sie sie unter Vertrag nahmen und ihnen eine Stelle im Ausland vermittelten.

Gleich im Anschluss daran telefonierte ich mit dem Krankenhaus in Nikosia, um zu überprüfen, ob Nisha vielleicht eingeliefert worden war, aber man fand ihren Namen in keiner Patientenliste.

Als ich wieder auflegte, sah ich mich ratlos um und bemerkte die schmutzigen Teller vom gestrigen Abendessen, die noch im Waschbecken standen, und die vom Frühstück türmten sich obendrauf. Eine feine Staubschicht hatte sich auf die Möbel gelegt, und auch auf den marmornen Bodenfliesen hatten sich Wollmäuse angesammelt.

Es war erst neun Uhr morgens, aber ich war bereits so erschöpft, als hätte ich einen harten Arbeitstag hinter mir.

Ich war früh aufgewacht, hatte Keti eine Nachricht hinterlassen, um ihr mitzuteilen, dass ich mir den Tag freinehmen würde, und hatte Frühstück für Aliki gemacht – zum Glück hatte ich ein Glas ihrer geliebten Feigenmarmelade im Schrank gefunden, was sich für mich wie ein kleiner Triumph anfühlte. Anschließend hatte ich sie in Windeseile zur Schule gebracht.

Jetzt ging ich in Nishas Zimmer und suchte alles zusammen, was ich brauchen würde: ihren Reisepass, den Vertrag, das Medaillon und die Haarsträhne. Ich wollte mich an die Polizei wenden.

Mit den Sachen im Gepäck fuhr ich zur Lykavitos-Polizeistation am Spyrou Kyprianou, einem etwas älteren weißen Gebäude mit blauen Fensterläden. Ich war bereits unzählige Male daran vorbeigefahren, war aber noch nie drin gewesen. Der Beamtin am Empfang erzählte ich, dass ich eine Vermisstenanzeige aufgeben wolle. Die Frau notierte sich meinen Namen und bat mich, Platz zu nehmen, jemand würde sich in einer Minute um mich kümmern.

Aus der Minute wurden fünf, dann zehn, zwanzig Minuten,

eine halbe Stunde. In Zimmern entlang unsichtbarer Korridore klingelten unablässig die Telefone; gelegentlich kamen Polizeibeamte vorbei, die mir einen guten Morgen wünschten. Ihre Schritte auf dem Steinboden erinnerten mich an die vielen Stunden, die ich in Krankenhauswartezimmern verbracht und für Stephanos gebetet hatte: das sporadische Getuschel, das behutsame Aufsetzen von Sohlen, der Geruch nach Desinfektionsmittel und Kaffee, hin und wieder ein Lächeln von Ärzten, die mit den Gedanken woanders waren. Ich nickte jedes Mal höflich, stellte aber fest, dass ich nicht zurücklächeln konnte, die Hand auf meinem Bauch, der zusehends größer wurde, während das Baby heranwuchs, Tag für Tag, Woche für Woche, Monat für Monat.

»Frau Loizides?«

Ein Mann von Mitte bis Ende sechzig sah wie aus weiter Höhe auf mich herab. Er war größer als der durchschnittliche Zyprer, sein Bauch quoll ihm über den Bund der Hose, die Hemdsärmel waren hochgekrempelt.

»Ja«, sagte ich. »Das bin ich.«

Er hielt mir die Hand hin, entweder um die meine zu schütteln oder um mir aufzuhelfen – für einen kurzen Augenblick war ich mir nicht sicher, was von beidem zutraf, und zögerte.

»Vasilis Kyprianou«, stellte er sich vor.

»Schön, Sie kennenzulernen«, sagte ich und griff nach seiner Hand. Freundlich lächelnd führte er mich durch einen der Korridore in einen kleinen Büroraum mit einem überquellenden Schreibtisch, einem Aktenschrank und einem Ventilator, der einige Unterlagen auf den Boden wehte, als wir eintraten. Der Polizeibeamte schickte sich an, die Blätter mit seinen großen ungeschickten Händen wieder aufzusammeln, sortierte sie zu einem ordentlichen Stapel und legte sie zurück auf den

Schreibtisch – von wo aus sie der Ventilator, als er sich wieder in diese Richtung bewegte, erneut zu Boden wehte. Diesmal ließ der Beamte sie achtlos liegen. Stattdessen griff er nach einem Becher Kaffee und nippte daran. Angewidert verzog er das Gesicht.

»Kalt«, sagte er, als er merkte, dass ich ihn ansah. »Immer das Gleiche.«

Es war düster im Zimmer, die Rollläden waren geschlossen, nur einige wenige Sonnenstrahlen fielen durch die verstaubten Lamellen ins Büro. Als der Polizist sich setzte, legte sich ein Lichtstrahl quer über sein Gesicht und machte die weißen Bartstoppeln sichtbar. Er bedeutete mir, auf einem der Stühle ihm gegenüber Platz zu nehmen.

»Loizides«, sagte er. »Warum kommt mir der Name so bekannt vor?« Er schien einen Moment zu überlegen. »Ah, ja. So hieß ein ehemaliger Kollege von mir. Nicos Loizides. Wir waren zusammen in der Ausbildung. Kennen Sie ihn?«

»Nein. Nicht dass ich wüsste.«

Lächelnd lehnte er sich vor und stemmte die Ellbogen auf den Schreibtisch. Sein Gesicht erinnerte mich an einen roten Heliumballon, der langsam, aber sicher zu schrumpfen begann, wie diese Geburtstagsballons, denen schon kurz nach dem Fest die Luft ausgeht, bis sie vollkommen verschrumpelt nur noch knapp über dem Boden schweben.

»Nun, was kann ich für Sie tun?«

Ich holte Nishas Sachen aus der Handtasche und legte sie vor ihm auf den Tisch. »Meine Haushaltshilfe ist verschwunden«, sagte ich. »Ihr Name ist Nisha Jayakody. Sie ist achtunddreißig Jahre alt und wird seit Sonntagabend vermisst.«

»Heute haben wir Mittwoch«, sagte er, als wüsste ich das nicht selbst.

»Ja.« Ich schlug den Reisepass auf und legte ihn vor ihn hin. Dann erzählte ich die Ereignisse im Detail nach: von unserem Ausflug nach Troodos, dass Nisha mich gefragt hatte, ob sie sich den Abend freinehmen könne, von der Rückkehr nach Hause, was wir zum Essen hatten, um welche Uhrzeit wir aßen, dass ich zu Bett gegangen war und es Nisha überlassen hatte, sich um Aliki zu kümmern, und dass ich am nächsten Morgen aufgewacht sei und festgestellt habe, dass Nisha verschwunden war. Zu guter Letzt erläuterte ich, dass eine verlässliche Nachbarin bezeugen könne, dass Nisha um halb elf am selben Abend das Haus verlassen habe.

»Sie hat ihren Pass nicht mitgenommen«, schloss ich meinen Bericht und schob ihn noch dichter zu ihm hin, weil er ihn noch keines Blickes gewürdigt hatte. »Wenn sie vorgehabt hätte abzuhauen, hätte sie den doch mitgenommen.«

»Ha«, stieß er schlicht hervor und hob den Handrücken an den Mund, um ihn abzuwischen, als wäre er gerade mit Essen fertig. Jetzt lehnte er sich auf seinem Stuhl zurück.

»Woher kommt sie?«, wollte er wissen.

»Sri Lanka. Sie arbeitet seit fast zehn Jahren für mich. Sie hat mir geholfen, meine Tochter großzuziehen. Nisha würde niemals fortgehen, ohne sich von ihr zu verabschieden.«

Einen Moment herrschte Stille. Dann stieß Officer Kyprianou ein tiefes Seufzen aus und sah mir direkt in die Augen, als wollte er mich dazu auffordern, seine Gedanken zu lesen, oder als hätte ich einen Witz nicht verstanden. Dann sagte er: »Es sind ja erst ein paar Tage. Warum warten Sie nicht erst mal ab und sehen, ob sich das Problem vielleicht von allein löst?«

»Aber so was ist noch nie vorgekommen«, protestierte ich. »Ich weiß, dass da was faul ist. Sehen Sie« – ich tippte auf das Medaillon und auf die Haarsträhne vor ihm auf dem Tisch –,

»das hier ist ihr wertvollster Besitz. Sie hat das Medaillon nie getragen, aus Angst, es zu verlieren. Es war ein Geschenk von ihrem verstorbenen Ehemann. Und das ist eine Haarsträhne von ihrer Tochter in Sri Lanka. Die hat sie seit mehr als neun Jahren nicht gesehen, seit sie hierherkam. Diese Sachen würde sie niemals zurücklassen.«

Er griff wieder nach dem Kaffeebecher und nahm einen weiteren unzufriedenen Schluck, dabei nickte er, als würde er einen inneren Monolog führen.

Ich wünschte, ich hätte eine Nadel, um seinen riesigen, aufgeblasenen Hohlschädel zum Platzen zu bringen.

»Ich dachte, Sie könnten sich vielleicht ein paar Notizen machen und Ermittlungen einleiten …«, doch er unterbrach mich, ehe ich den Satz zu Ende führen konnte.

»Hören Sie, ich kann mich nicht auch noch um diese ausländischen Frauen kümmern. Ich habe dringlichere Dinge auf der Tagesordnung stehen. Wenn sie nicht zurückkommt, würde ich davon ausgehen, dass sie sich in den Norden abgesetzt hat. Das tun die doch alle. Sie ist bestimmt auf die türkische Seite getürmt, um sich einen besseren Job zu suchen. Diese Frauen sind wie Tiere, sie folgen ihren Instinkten. Oder besser gesagt dem Geld. Das ist alles, was ich zu dem Thema zu sagen habe. Sie gehen am besten wieder heim und fangen an, ihr Zimmer auszuräumen. Wenn sie nicht bis Ende der Woche zurück ist, rufen Sie bei der Agentur an und holen sich eine neue Haushaltshilfe.«

Damit erhob er sich von seinem Stuhl, als Zeichen, dass unser Gespräch für ihn damit beendet war, und streckte mir die Hand entgegen.

Ich stand ebenfalls auf und starrte auf seine Hand, griff aber nicht danach. Ich wollte noch so viel sagen, doch es war offensichtlich, dass der Mann von alldem nichts wissen wollte. Also klaubte ich Nishas Sachen auf, verstaute sie in meiner Handtasche, wobei ich mit voller Absicht auf die Unterlagen trat, die am Boden lagen, und verließ sein schäbiges Büro.

Wieder zu Hause sah ich, dass Yiakoumis Hausmädchen im Antiquitätengeschäft war und irgendwelche Sachen polierte. Ich nutzte die Gelegenheit und überquerte die Straße, um ein wenig mit ihr zu plaudern, vielleicht wusste sie ja etwas.

Yiakoumi saß im Hinterzimmer und hatte die Beine auf einen überquellenden Schreibtisch hochgelegt. Als ich den Laden betrat, nickte er mir zu. »Lassen Sie sich von Nilmini helfen«, sagte er. »Ich erwarte einen wichtigen Anruf.«

»Nilmini«, sagte ich. Sie saß umringt von verschiedenen Kupfergegenständen auf einem Hocker. Jetzt blickte sie auf. Wie jung und selbstbewusst sie wirkte. Eine bildschöne Frau Ende zwanzig, wie Nisha aus Sri Lanka, mit Haaren, so lang, als wären sie noch nie im Leben geschnitten worden.

»Das ist ein hübscher Name«, fügte ich hinzu.

»Es bedeutet ›strebsame Frau‹.« Sie polierte weiter an einer antiken Vase herum.

Hinter ihr bemerkte ich einen Stapel zerlesener Bücher – *Alice im Wunderland*, *Huckleberry Finn*, *Peter Pan*. Eins davon lag aufgeschlagen auf dem Boden vor ihr, die Seiten mit zwei Strandkieseln beschwert. Sie registrierte meinen Blick.

»Ich liebe Bücher, Madam. In Sri Lanka wollte ich Literatur studieren. Sir hat mir diese Klassiker auf dem Markt gekauft. Er meinte, ich könne jederzeit lesen, solange ich meine Arbeit anständig erledige.«

Ich nickte und spähte zu Yiakoumi hinüber, der gerade ausgiebig gähnte, während er auf seinem Handy las.

»Ich wollte dich fragen, Nilmini, ob du Nisha in letzter Zeit gesehen oder was von ihr gehört hast.«

Sie hielt inne und blickte zu dem Messingleuchter an der Decke über ihr.

»Das letzte Mal habe ich Nisha am Samstagabend gesehen, Madam.«

»Was tat sie da?«

»Normalerweise kommt sie vorbei, um Hallo zu sagen. Diesmal hatte sie es aber sehr eilig.«

Im selben Moment klingelte Yiakoumis Handy, und er sprang auf, um das Gespräch im Lagerraum hinten zu führen, wo er ungestört war.

»Um wie viel Uhr war das?«, fragte ich.

»Ich war ungefähr seit einer Stunde da, also muss es nach zehn gewesen sein. Sir wollte, dass ich Sonntagabend arbeite, weil am nächsten Tag gleich in der Früh wieder Kunden kommen. Morgens habe ich bei ihm zu Hause sauber gemacht, und nach einer kurzen Pause kam ich gegen neun hierher.«

»Hat Nisha irgendwas gesagt?«

»Nein, Madam, sie hat nichts gesagt. Normalerweise winkt sie, manchmal kommt sie rein und macht einen Witz, und dann lachen wir, oft bringt sie Obst mit. Nein, sie hat nicht zu mir reingeschaut, und ich sage Ihnen, sie war beunruhigt.«

»Bist du dir sicher?«

»Ja, Madam. Ich arbeite schon seit einem Jahr hier gegenüber von Nisha. Ich kenne ihr Gesicht. Ich sehe es einer Freundin an, wenn sie glücklich, traurig, wütend oder müde ist. An dem Abend war sie besorgt, sag ich Ihnen.«

»Erinnerst du dich sonst noch an etwas?«

»Nun ja, Madam, vielleicht ist es nicht wichtig, aber die Katze ist ihr gefolgt.«

»Die Katze?«

»Ja. Ich habe ihr nachgesehen, als sie die Straße hinuntergegangen ist. Ich war draußen. Die Katze ist ihr den ganzen Weg hinterhergelaufen und mit ihr um die Ecke gebogen. Die Katze könnte also wissen, wo Nisha steckt.«

Ich starrte sie an. Meinte sie das ernst?

»Es war diese Katze, Madam.« Damit deutete sie durchs Fenster zu der schwarzen Katze mit den verschiedenfarbigen Augen, die auf einem Tischchen zwischen Töpfen und Vasen saß und sich putzte. Es war die Katze, die meine Tochter auf den Namen Monkey getauft hatte.

Auch an diesem Nachmittag holte ich Aliki von der Schule ab. Ich fuhr nicht mit dem Auto, weil ich gern ein Stück mit ihr spazieren gehen wollte. Sie trug ihr Lieblings-T-Shirt, mit ihrem weiblichen K-Pop-Idol vorn drauf, dazu eine hellblaue Jeans, und sie hatte den Pferdeschwanz gelöst und trug ihre Haare offen, sodass sie ihr in dicken Locken über die Schultern fielen.

»Aliki«, sagte ich, »ich war heute bei der Polizei.«

Alarmiert sah sie zu mir auf, die Wangen leicht gerötet.

»Ich habe Nisha als vermisst gemeldet, aber man wollte mir dort nicht helfen. Sie meinten, sie ist vielleicht in den Norden gegangen. Allerdings glaube ich das nicht«, sagte ich.

Schlagartig füllten ihre Augen sich mit Tränen.

»Ich sag das nicht, um dir Angst zu machen. Ich will nur, dass du Bescheid weißt, was vor sich geht. Ich suche nach Nisha, aber im Moment bin ich ratlos. Hat sie irgendwas zu dir gesagt? Weißt du etwas, das uns vielleicht helfen könnte zu verstehen, was passiert ist?«

Aliki starrte im Gehen auf ihre Füße.

»Aliki?«, sagte ich. Doch mein Drängen sorgte lediglich dafür, dass sie sich noch mehr in ihr Schneckenhaus zurückzog – sie marschierte zum Schaufenster eines Geschäfts und betrachtete die Schuhe in der Auslage. Sie schottete sich komplett von mir ab.

Zu Hause machte ich Essen. Nisha hatte sich immer um die Einkäufe gekümmert, jetzt begann das Gemüse im Kühlschrank welk zu werden. Also schnitt ich einfach alles klein, was noch halbwegs gut war, und verarbeitete die Zutaten zu einem Salat: rote Paprika, Tomaten, Frühlingszwiebeln und Petersilie. Aliki stocherte lustlos in ihrem Essen herum und summte eine leise Melodie vor sich hin.

Später stand ich an dem großen Fenster, das nach vorn rausging, und sah auf die Straße, und mit jeder verstreichenden Sekunde wuchs bei mir die Hoffnung, dass Nisha gleich um die Ecke gebogen käme. Ich kam einfach nicht dagegen an. Ständig hatte ich das Gefühl, sie könnte jeden Moment im Lichtschein von Yiakoumis Laden und Theos Restaurant auftauchen, zur Haustür marschieren, den Schlüssel im Schloss umdrehen, die Handtasche abstellen und mir erklären, wo sie abgeblieben war.

Ich muss eine halbe Stunde so da gestanden haben, vielleicht länger. Wie eine Katze kam Aliki ins Wohnzimmer geschlichen, stand eine Weile neben mir und ging dann wieder. Sie war nervös. Das erkannte ich an ihren Bewegungen, an der Dringlichkeit ihrer Schritte.

Der Olivenbaum gegenüber wurde erhellt von den Lichtern aus den umliegenden Läden. Yiakoumi kam mit einer Tasse Kaffee nach draußen und setzte sich direkt darunter. In Theos Restaurant sang eine Frau – ich konnte sie nicht sehen, weil mir die Männer, die an den Tischen unter der Pergola saßen, die Sicht verbauten, aber ihre Stimme war glockenrein, so voller Pathos, voller Schönheit und Traurigkeit, dass etwas in mir hochwallte und ich zu weinen begann.

Wer war diese Frau, die in dieser fremden Sprache sang? Woher kam sie? Mit welchen Hoffnungen hatte sie sich getragen, bevor sie hierhergekommen war? Alle diese Fragen brachten mich zurück zu Nisha, und plötzlich sah ich sie in einem völlig neuen Licht. Ich war blind gewesen dafür, dass auch sie eine Frau voller Schmerz und Hoffnung war. Dies war in meinem Bewusstsein lediglich eine Randnotiz gewesen – ich hatte es nur nie an mich rangelassen. Denn im Grunde hatten wir sehr viel gemeinsam: Sie hatte wie ich ihren Ehemann verloren. Sie stammte wie ich von einer kriegsgebeutelten Insel, die viele Jahre unter fremder Herrschaft gestanden hatte. Auch ihr Land und ihr Volk hatten gelitten. Und wir wissen beide: Diese Dinge leben in einem weiter, sie verschwinden nicht einfach so, sondern begleiten einen in die Zukunft, ohne dass man sich dessen bewusst wäre. Wer war Nisha? Was hatte das Leben ihr für Prüfungen auferlegt? Warum hatte sie diese weite Reise auf sich genommen? Um ihre Tochter zu retten … aber wovor?

All diese Fragen hatte ich mir nie gestellt.

Ich wusste, wie lieb und teuer ihr dieses Medaillon war. Ich wusste, wie sehr sie Aliki liebte. Ich kannte den Geschmack ihrer Speisen, nach Gewürzen und Curry und Kokosnussmilch. Ich hatte gesehen, wie sie Staub wischte und saugte und unsere Kleidung bügelte, mit welcher Sorgfalt sie die Einkaufszettel schrieb, sich für jeden einzelnen Buchstaben Zeit ließ, sich jedes Wort genau überlegte, als würde sie ein Gedicht verfassen. Ich wusste, dass sie die Einkäufe nach ihrem eigenen ausgeklügelten System in Taschen verstaute, sodass ihr das Auspacken später leichter fiel. Ich wusste, dass sie eine Kopie der Schriften Buddhas auf ihrem Nachtkästchen liegen hatte, daneben eine dicke kleine Buddhastatue. Ich wusste, dass sie beim Obstwaschen zusah, wie das Wasser an der Schale herabrann, und sich jedes Mal in dem Anblick verlor.

Trotzdem kannte ich Nisha nicht.

Jetzt, da ich den Gesang dieser Frau hörte – diese Melodie, die eine Geschichte erzählte, welche ich leider nicht verstehen konnte –, hoffte ich von ganzem Herzen, dass es nicht zu spät war.

Ich merkte, dass Aliki neben mir stand, dachte, sie würde ihre Hand in meine schieben. Doch als ich mich zu ihr drehte, war sie nirgends zu sehen.

Aliki saß abermals im Boot. Sie ruderte und summte versonnen vor sich hin. Ich ging nach draußen, drehte einen leeren Pflanztopf um und setzte mich darauf, mit etwas Abstand zu ihr. Die Bäume ringsum sorgten dafür, dass der Garten windgeschützt war. Darüber stand hell der Mond am dunklen Himmel, doch um ihn herum zogen dichte Wolken auf – die ersten Boten eines bevorstehenden Sturms. Die schwarze Katze war ebenfalls im Garten, sie lag langgestreckt auf der Veranda und schnurrte. Ich beobachtete sie nachdenklich. Wenn sie doch nur sprechen könnte.

»Willst du reinkommen?«

Ich drehte mich um und sah Aliki in meine Richtung blicken. »Du möchtest, dass ich mich zu dir ins Boot setze?«, fragte ich.

Sie nickte.

Also stieg ich ins Boot, nahm ihr gegenüber Platz, und sie reichte mir den Olivenast. Die Katze sprang zu uns rein und schmiegte sich an ihren Oberschenkel. Verstohlen spähte ich zu Nishas Zimmerfenster.

»Sie liebt mich«, sagte Aliki, und ich war mir nicht sicher, ob sie von Nisha oder der Katze sprach.

»Ich weiß«, gab ich zurück. Wer auch immer gemeint war, jedenfalls schien meine Antwort sie zufriedenzustellen, denn jetzt fing sie munter zu rudern an.

»Du musst auf der anderen Seite mithelfen, sonst drehen wir uns im Kreis. Deshalb ist es auch so wichtig, im Gleichtakt zu rudern. Weil man sich nämlich sonst nur im Kreis drehen würde.«

Ihre Worte brachten mich zum Schmunzeln, weil sie so voller Lebensweisheit waren. Ich setzte mich also um, direkt neben sie, und benutzte den Ast als Ruder, das ich im von Aliki vorgegebenen Rhythmus vor und zurück bewegte.

»Wohin fahren wir?«, fragte ich.

»Zum Meer über dem Himmel. Dort fahre ich mit Nisha immer hin. Es ist wunderschön da oben. Manchmal habe ich ein bisschen Angst, aber nicht immer.«

»Verstehe«, antwortete ich, ihre Bewegungen imitierend.

Ich hoffte, sie würde noch mehr erzählen, aber sie war wieder in das gewohnte Schweigen verfallen. Ihre letzten Worte waren entschwebt, hoch hinaus in den Himmel, und waren nur noch winzige Pünktchen über uns, wie die Heliumballons aus meiner Kindheit, die wir zur Karnevalszeit hatten steigen lassen: Nach Unmengen Süßigkeiten und den knallbunten Farben und dem ganzen Trubel sahen wir am Ende zu, wie sie fortflogen.

Endlich meldete sich Aliki wieder zu Wort. »Mum, bitte

finde sie«, sagte sie. »Ich wünsche mir so sehr, dass du sie findest.«

In diesem Moment öffnete der Himmel seine Schleusen, und wir wurden bis auf die Haut nass.

Das Fell des Hasen ist völlig durchnässt. Ölig schimmert es im Sonnenlicht, das ab und an die dichte Wolkendecke durchdringt. Regentropfen landen im roten See. Sie fallen auf das gelbe Gestein, wo sie sich zu goldenen Rinnsalen formieren. Sie bringen den Förderturm zum Klirren, das rostige Metallgestell knarzt. Das Regenwasser beginnt seine hohle Hülle zu füllen.

Auf den dahinterliegenden Wiesen und Feldern fallen die Tropfen durch die belaubten Baumkronen der Obst- und Pekannussbäume. Sie landen auf den Weizen- und Gerstenfeldern. Niemand wagt sich bei diesem Wetter vor die Tür; im Dorf bleiben Fenster und Türen und Jalousien geschlossen, das Wasser ergießt sich in Sturzbächen von den Dachvorsprüngen.

Regen ist immer eine Überraschung. Die Leute im Dorf sind erleichtert, weil die Erde die Feuchtigkeit dringend braucht. Die sengend heißen Sommertage liegen noch nicht allzu weit zurück, die Regenfässer sind leer, das Erdreich knochentrocken. Jetzt nehmen die Bäume die Wassermassen gelassen hin. Sobald der Regen versiegt, werden die Bewohner des Dorfes kommen und die Pekannüsse aufsammeln, bevor die Krähen sie sich holen.

Es gibt eine Kapelle in diesem Dorf, in der herrscht heilige Ruhe, weil sie meist menschenleer ist, aber ein Stück entfernt, in Agrokipia, kann man die Kirchenglocken genau wie an jedem Morgen hören. Erbaut von der Hellenic Mining Company, war die Kirche einst dem Schutzpatron der Minenarbeiter geweiht, die unter Tage ihr Leben riskierten. Noch weiter weg, jenseits der Grenzlinie, vernehmen die Vögel die leisen Klänge des Morgengebets aus der Moschee.

Irgendwo dazwischen, inmitten des Regenschauers, treffen sich die beiden Geräusche, berühren und vereinen sich zu einem einzigen Ton, der sich auf den Hasen herabsenkt, den Schmutz und die frisch geschlüpften Maden fortwäscht, das getrocknete Blut fortwäscht, die Haut, die zu offenen Wunden aufgeplatzt ist.

10

Yiannis

Zwei Tage lang regnete es ununterbrochen. So heftig, dass die Wassermassen im Rinnstein entlang der mit Kopfstein gepflasterten Straßen zu reißenden kleinen Bächen anschwollen. Am Abend begaben sich die Gäste des Theo's widerstrebend nach drinnen, weil man bei einem derartigen Regenguss nicht einmal unter der Weinlaube sitzen konnte. Wir überleben mühelos Kälte – dank der wärmenden Freiluftheizungen und der Lehmöfen in den Tavernen kein Problem –, aber der Regen, so selten es ihn auch gibt, scheucht jeden nach drinnen. Selbst Frau Hadjikyriacou hatte sich heute im Haus verbarrikadiert. Und auch die Katzen hatten sich verkrochen.

Ich blieb die ganzen zwei Tage zu Hause. Fast so lang brauchte ich auch, um die Vögel von meiner letzten Jagd mit Seraphim zu säubern, zu rupfen und einzuweichen. Ich musste die Arbeit in Etappen erledigen. Im Arbeitszimmer hatte ich drei große Kühlschränke stehen, wie man sie sonst nur in der Gastronomie fand. Ich überprüfte die Bestellzettel und sortierte die

Vögel in verschieden große Behälter, die ich beschriftete, um sie dann in den Kühlschränken zu verstauen. Da waren zwei Betriebe – ein Hotel und ein Restaurant in Larnaka –, die darum gebeten hatten, dass ich die Vögel sauer mariniere, also übergoss ich die entsprechende Charge mit Essig.

Während dieser trüben Tage versuchte ich, nicht an Nisha zu denken. Was natürlich überhaupt nicht klappte – wie auch. Der Regen prasselte von der Dachtraufe herunter gegen das Fenster und übertönte jedes andere Geräusch, sodass ich meine Einsamkeit noch stärker spürte.

Doch Nishas Abwesenheit war noch lauter als der Regen.

Unten im Garten füllte sich das Boot mit Wasser und sah aus, als würde es jeden Moment sinken, dem Untergang geweiht.

Nisha liebte Regen. Sie lag dann gern bei mir auf dem Bett in der Nähe der Balkontür und sah zu, wie er herunterkam. Sie sah überhaupt gern zu, wie Wasser irgendwo herablief. Es erinnerte sie an etwas, hatte sie gesagt, wobei sie mir nie verraten hatte, was es war. Eine geheime Erinnerung.

Wenn es regnete, wollte sie immer, dass ich ihr türkischen Kaffee kochte, serviert in einer kleinen Tasse, und dazu einen Sesamkeks auf der Untertasse.

»Manchmal ist es schön, bedient zu werden«, sagte sie jedes Mal lachend. Wie sie diesen Kaffee genoss, den Keks andächtig eintunkte, bis er dunkel durchtränkt wieder herauskam.

»Zu Hause trinken wir Tee und kauen Betelblätter«, sagte sie dann. Jedes Mal. Wie ein Mantra. Als könnte sie es sich nicht erlauben, die Freuden der einen Welt zu genießen, ohne sofort wieder in die andere hineingezogen zu werden. Ihre Heimat war immer bei ihr. Zumindest hatte ich diesen Eindruck, und es weckte in mir den Wunsch, sie zu berühren, die weiche dunkle Haut an ihren Schenkeln und ihrem Bauch zu fühlen, meine Gliedmaßen mit den ihren zu verschränken und sie festzuhalten. Doch stattdessen saß ich einfach nur neben ihr und spürte, dass sie meine Gesellschaft in diesen Momenten dringender brauchte als Geborgenheit.

»Schon seltsam, wenn man darüber nachdenkt«, sagte sie einmal, »dass unsere Länder beide von den Briten besetzt waren. Man stelle sich nur vor, was sie uns alles weggenommen und was sie hinterlassen haben …«, und der Satz blieb unvollendet, wie so viele von Nishas Sätzen, sodass ich mir selbst zusammenreimen musste, was vielleicht als Nächstes gekommen wäre. Ich nehme an, wir haben ihre Sätze beide mit unseren eigenen Gedanken vollendet.

Sie erzählte mir von Nuwara Eliya, oben in den Hügeln des zentralen Hochlands von Sri Lanka, weit weg von ihrer Heimatstadt Galle im Süden der Insel. »Dort leben die meisten Engländer«, sagte sie, »hoch oben, weil sie das kalte Wetter dort vorziehen. Es hat ungefähr fünfzehn Grad! Und sie haben *typische* englische Häuser errichtet.« In ihrer Stimme lag ein missbilligender Tonfall, als sie das Wort *typisch* aussprach, und dabei kniff sie die Augen leicht zusammen.

In diesen Momenten fühlte ich mich ihr ganz nah – da war diese eine Sache, die wir gemeinsam hatten, die britische Besatzung, etwas, das wir beide kannten: Geschichten, die von Generation zu Generation weitererzählt wurden, die geraubte Kultur und das geraubte Land, das unstillbare Streben nach Freiheit und einer eigenen Identität. Ich stellte mir diese Häuser vor, errichtet aus roten Backsteinen mit steilen Giebeldächern und penibel gepflegten Vorgärten, völlig fehl am Platz inmitten des Regenwaldes mit seinen Schmuckkittas und den

Jackfruchtbäumen. Andererseits, ich hatte selbst noch keinen Fuß in das Land gesetzt, in dem Nisha aufgewachsen war, hatte nie einen Blick auf die Reisfelder geworfen, von denen sie so oft erzählte.

»*Tiryak* ist einer der sechs Daseinsbereiche im Buddhismus«, sagte sie einmal, als der Regen gerade nachgelassen hatte und sie zusah, wie unten auf der Straße Schlangen und Schnecken aus ihren Löchern krochen und die Vögel sich wieder aus den Baumkronen hervorwagten. »Es ist die Wiedergeburt als Tier. Da frage ich mich ... Stell dir vor, als Schnecke wiedergeboren zu werden!« Sie hatte einen Schluck von dem öligen Kaffee genommen und eine Weile gegrübelt. »Während meiner Kindheit in Galle bekam ich jede Nacht Besuch von einem Eulenschwalm. Es war ein Weibchen, leicht getüpfelt und weiß, circa zwanzig Zentimeter Körperhöhe, mit vergleichsweise großem Kopf und einem flachen, gekrümmten Schnabel. Tagsüber muss sie im Wald geschlafen haben. Ihre Schwingen waren so weich, dass ihr Flug lautlos war. Eines Nachts, es war der elfte Geburtstag meiner Schwester, kam sie wieder zum Fenster. Und danach kam sie eine ganze Woche lang jeden Abend, also fing ich an, das Fenster offen zu lassen, und sie flog rein und setzte sich auf das Bett meiner Schwester. Aber sie war nicht da. Sie war schon lange tot.«

»Du hattest eine Schwester?«, fragte ich. Sie hatte noch nie eine Schwester erwähnt.

»Sie starb, als sie zehn war. Sie ist mit einem gebrochenen Herzen zur Welt gekommen. Zumindest hat meine Mutter das immer gesagt – dass manche Babys mit einem gebrochenen Herzen geboren werden, weil sie so viel Trauer über ein vergangenes Leben in sich tragen, dass sie nicht bereit sind, ein neues zu beginnen. Sie war operiert worden, als sie drei war, davon zeugte eine Narbe, die sich vertikal über ihren Brustkorb zog und aussah wie ein wunderschöner Ast. Manchmal bat sie mich, ringsum Blüten dranzumalen, mit dem Lippenstift unserer Mum. Sie wollte, dass die Narbe hübsch aussah, wie manche Gegenden im Tropenwald. So hat sie es formuliert. Eines Tages wachte sie einfach nicht mehr auf.«

Ich schloss meine Hand um Nishas; sie war warm. Sanft drückte sie meine Finger.

»Der Eulenschwalm kam ins Zimmer geflogen und setzte sich auf das Lieblingsbuch meiner Schwester – *Maha Danamuttha und seine Schüler*. Sie liebte diese Geschichten. Jeden Abend bat sie mich, ihr daraus vorzulesen. Eines Tages scheuchte ich den Eulenschwalm von dem Buch herunter und fing zu lesen an. Der Schwalm saß neben mir und sah zu, wie ich Seite für Seite umblätterte. Ich glaube, der Vogel hat mir zugehört! Er kam wieder und wieder, ein ganzes Jahr lang, und jedes Mal las ich aus dem Buch vor. Doch zum nächsten Geburtstag meiner Schwester verschwand er.«

Wieder drückte sie meine Finger und sah schweigend zum Fenster hinaus. Ich folgte ihrem Blick.

»Ich mag es, wie die Schneckenspur im Licht glänzt«, hatte sie gesagt.

»Ich liebe dich, Nisha«, entgegnete ich.

Ohne Zögern sprach sie weiter.

»Ich bin nicht hergekommen, um irgendjemand zu lieben«, sagte sie und entzog mir ihre Hand. »Ich bin hergekommen, um meiner Tochter Geld heimzuschicken.« Ihre Worte klangen so wohlüberlegt, als wären sie einstudiert. Die Art, wie sie dieses *irgendjemand* betont hatte, mit dieser Härte im Blick, sorgte dafür, dass ich mir jeden weiteren Kommentar verkniff.

Ich nickte nur, und sie legte mir die Hand aufs Knie, ehe sie einen weiteren Keks in ihren Kaffee tunkte.

Wenn ich rückblickend an diesen Abend zurückdachte, verfestigte sich meine Befürchtung, dass ich Nisha mit meinem Antrag vergrault hatte, dass es der sprichwörtliche Tropfen gewesen war, der das Fass zum Überlaufen gebracht hatte. Ihr war das alles schlicht und ergreifend zu viel geworden. Vermutlich hatte sie kurzerhand ihre Sachen gepackt und war nach Hause zurückgekehrt, ohne mir ein Wort zu sagen. Aber ich hatte sie am Samstag um ihre Hand gebeten, und am Sonntag war sie verschwunden. Wie hätte sie so schnell einen Flug bekommen sollen? Irgendwie passte das alles nicht recht zusammen. Vielleicht hatte sie vor meinem Antrag schon entschieden zu gehen? Und als ich sie dann bat, meine Frau zu werden, war es ihr gleich noch schwerer gefallen, es mir zu sagen, deshalb war sie einfach abgehauen. Ich kam zu dem Schluss, dass das die einzig plausible Erklärung war. Aber hundertprozentig sicher sein konnte ich mir nicht.

Mir fiel auf, dass der kleine Vogel Schwierigkeiten hatte, den rechten Flügel zu heben. Ich füllte einen kleinen Napf mit einem Fingerbreit Wasser und setzte ihn für ein Bad hinein. Ich glaubte nicht, dass der Flügel verrenkt war, und ich hoffte, dass er nur leicht verletzt und nicht gebrochen war. Der Vogel hüpfte in dem Wasser herum, tauchte spritzend mit dem Schnabel ein und drehte sich ein-, zweimal zu mir um. Dabei sackte mir jedes Mal das Herz nach unten. Als der Vogel sein Bad beendet hatte, hopste er heraus, ohne den rechten Flügel zu bewegen, und fraß ein paar von den Beeren, die auf einem Teller neben dem Schüsselchen lagen.

Endlich hörte es auf zu regnen, und die Sonne zeigte sich.

Ich beschloss, runter zum Fluss zu gehen, um Schnecken zu sammeln: So unmittelbar nach dem Regen dürfte es davon reichlich geben, und ich konnte beim besten Willen nicht länger still sitzen.

Es sah aus, als wäre der Fluss über die Ufer getreten, und er trug allen möglichen Unrat mit sich. Da waren Plastikkanister und Tüten, Stacheldraht, Autoreifen und Radkappen, eine Sonnenbrille, eine gelbe Schaumstoffmatte, die an einem Baumstamm hängen geblieben war, und sogar eine tote Kuh trieb vorbei. Die Fluten führten einen unerträglichen Gestank mit sich. Sehr wahrscheinlich kam der Müll vom nördlichen Teil der Insel, wo das Abwassersystem in einem besonders maroden Zustand war, sodass es immer wieder zu Lecks und Verunreinigungen kam. Die Gerüche wurden vom Wasser her an Land getragen, wenn der Wind südwärts wehte, so wie heute.

Plötzlich vernahm ich eine Stimme – von einer Frau –, ein Ruf, so schnell und scharf, dass ich mir zunächst nicht sicher war, ob ich ihn wirklich gehört hatte. Ich konnte die Stimme nicht vom Wind und nicht vom Rauschen des Flusses unterscheiden.

»Hallo?«, rief ich hinaus über die Fluten. Aber ich erhielt keine Antwort, auch nicht, als ich noch einmal rief.

In den Bergen ist das Wasser frisch und klar, ganz anders als hier unten im Tal. Bevor es vom menschlichen Müll verunreinigt wird, kann man aus dem Fluss trinken und darin schwimmen; es gibt Wasserfälle, die zwischen Bäumen herabstürzen. Dieses Wasser ist von einer Qualität, wie man es sich im Paradies vorstellt, falls es einen solchen Ort geben sollte.

Vergangenen Winter bin ich mit Nisha da raufgefahren, hoch zu den Gipfeln, die das Tal überragen, um dort am Flussufer zu sitzen. Sie wollte, dass ich ihr zeige, wo meine Großeltern und Eltern früher gelebt hatten, wo ich aufgewachsen war – das alte Bauernhaus mit den Rundbogen war mittlerweile im Besitz von Touristen, die nur die Sommermonate hier verbrachten. Das restliche Jahr über stand das Gebäude finster und verlassen da. Nisha war dick eingepackt und trug gleich mehrere Kleidungsschichten übereinander: einen Schal, eine Wollmütze, dicke Handschuhe, zwei Paar Socken, eine Thermostrumpfhose unter der Jeans, ein Thermoshirt unter ihrem Pulli und ihre dicke Daunenjacke mit dem Kunstfellkragen an der Kapuze. Und trotzdem klapperten ihre Zähne! »Siehst du«, hatte sie gesagt, »es ist doch nett, den Ort zu sehen, an dem du aufgewachsen bist, weil ich nämlich glaube, dass ich dich jetzt besser kenne.« Damit drückte sie mir einen dicken, eiskalten Kuss auf die Wange.

Weißt du, ich dachte, du wärst ein anderer Mensch.

Wenn ich dem Fluss zurück in der Zeit folgen würde, würde ich dann da oben auf Nisha treffen, in ihrer dicken Schlechtwettermontur? Würde ich meinem Vater und meinem Großvater mit ihren Schafherden begegnen, beide mit hohen Stiefeln, damit sie mühelos über die Wiesen stapfen könnten, die Schäferhunde an ihrer Seite? Die Schafe liefen frei über die Weiden – damals waren die Grenzen zwischen den einzelnen landwirtschaftlichen Betrieben noch fließend, die Ländereien nicht durch Zäune abgegrenzt, sondern von Feldrainen gesäumt, an denen Wildkräuter wie Rosmarin und Thymian wuchsen.

An das alte Farmhaus grenzten zwei Schuppen, einer zum Verarbeiten der Milch zu Halloumi und Anari, der andere zum Spinnen von Wolle zu Garn. Meine Mutter und Großmutter hatten daraus Decken gestrickt. Die Männer – mich eingeschlossen, auch wenn ich noch ein kleiner Hosenmatz war – beluden die Maultiere einmal wöchentlich mit Käse, Joghurt, Milch und zusammengerollten warmen Wolldecken und gingen damit zum Bauernmarkt. Mein Großvater, stark wie ein Ochse und mit einer wilden grauen Mähne auf dem Kopf, liebte seine Tiere und kümmerte sich um sie wie um seine eigenen Kinder, und trotzdem tötete er etwa vier bis fünf Lämmer pro Jahr – eins speziell zu Ostern nach der langen Fastenzeit. Das Fleisch war sauber und rein. Wir besaßen außerdem ein paar Hühner wegen der frischen Eier und ein Dutzend Truthähne.

Das alles erzählte ich Nisha, als wir die Hügel hinaufstiegen, und ihr Gesichtsausdruck war ähnlich wie an dem Tag, als sie die Fotos aus meiner Kindheit sah. Sie hielt mich ganz fest bei der Hand, als könnte der Wind mich sonst fortwehen.

Was ich ihr allerdings verschwieg, war die Tatsache, dass mein Großvater und ich gelegentlich zusammen auf die Jagd nach Singvögeln gegangen waren. Das wollte ich ihr nicht sagen. Mein Großvater hatte mir beigebracht, die Leimruten herzustellen. Wir bereiteten sie zusammen zu Hause vor und legten sie dann zum Trocknen raus in die Sonne, anschließend gingen wir in den Wald und fingen ungefähr zehn Vögel. Er besaß eine mechanische Singvogel-Spieluhr, hergestellt in Paris von einem Uhrmacher, der den Klang perfektioniert hatte. Obendrauf saß ein Vogel, fachmännisch gearbeitet und mit echten Federn geschmückt. Mithilfe eines Aufziehschlüssels kam Leben in den Vogel, und er produzierte Geräusche. Dieser Apparat, der mühelos auf die Handfläche meines Großvaters passte, bestand aus Messing- und Eisenelementen und einem kleinen Blasebalg aus Leder. Wenn man den Schlüssel drehte, trieb die Bewegung den Blasebalg an, der wiederum

Luft durch eine winzige Flöte schickte, was die erstaunlichste Melodie erzeugte. Wenn der Schlüssel komplett aufgezogen war, sang der Vogel circa eine halbe Stunde lang.

Jedes Mal bat er mich, den Schlüssel zu drehen, während wir knapp oberhalb des Tals am bewaldeten Gebirgshang standen. Dann platzierte er die Spieluhr auf einem Ast und versteckte den metallenen Unterbau unter Laub, damit die Vögel in der Sonne nichts glänzen sahen. Er achtete gut darauf, nicht übermäßig viele Leimruten auszulegen. Schließlich wollte er nicht mehr Vögel als nötig töten. Sein Ziel war es, gerade genug zu fangen, dass die Familie während der langen Wintermonate ein wenig Fleisch zu essen hatte. Sobald die Leimruten platziert waren, suchten wir uns in ausreichend Abstand einen Unterschlupf und warteten ab. Zum Zeitvertreib erzählte er mir oft Geschichten – griechische Mythen und panhellenistische Legenden und Erzählungen von Fabelwesen –, allesamt Dinge, die meinem Großvater zufolge die griechischen Zyprer dazu getrieben hatten, für ihre Unabhängigkeit zu kämpfen, zugleich aber auch einige dazu brachten, sich unbesiegbar zu fühlen. Sie hatten den leidenschaftlichen und verbitterten Wunsch verspürt, sich mit Griechenland zu vereinen, hatten sogar geglaubt, ein Anrecht darauf zu haben. »Das Reich der Mythen übt große Macht auf uns aus«, pflegte er zu sagen.

Doch oft warteten wir einfach schweigend und lauschten dem Klang der Spieluhr, der laut und deutlich zu uns drang, selbst aus größerer Entfernung.

»Klingt genau wie ein echter Vogel, Großpapa«, sagte ich bei einer dieser Gelegenheiten.

»Er hat eine Stimme aus Messing und Stahl«, sagte er. »Das darfst du niemals verwechseln.«

Zum damaligen Zeitpunkt hatte ich noch keinen Schimmer,

was er mir damit sagen wollte, aber ich nickte trotzdem brav, wie es so meine Art war.

Er fuhr fort: »Weißt du, wir müssen essen, und wir müssen überleben, und doch müssen wir unsere Würde wahren und unsere Identität schützen. Es gibt Dinge, die tun wir, um diese Ziele durchzusetzen. Aber wir respektieren das Land und die Tiere, die darauf leben. Sei immer gut zu dem Land, den Leuten und den Tieren, die darauf leben. Vergiss das nie. Es ist die wichtigste Regel auf dieser Welt.«

Das war kurz nach dem Krieg, als die Insel gerade frisch geteilt war. Mein Vater hatte gekämpft, und er war ohne seine rechte Hand und mit einer neuen Stimme zurückgekehrt. Als er sich eine Woche, nachdem wir im Radio vom Ende des Krieges gehört hatten, den Berg heraufschleppte, waren seine Augen nicht mehr die alten – sie waren gesprenkelt mit Blut, und er sprach kaum ein Wort. Er machte den Mund nur auf, wenn er sich über irgendetwas beklagen wollte oder um aus dem einen oder anderen Grund lautstark zu schimpfen. Ich weiß noch, wie seine Flüche ganz unvermittelt die Stille zerrissen. Unsere türkischen Freunde waren aus ihren Häusern im Bergland verschwunden, und von uns wurde verlangt, dass wir sie fortan als Feinde betrachteten. Das Einzige, was mein Vater je mit seiner früheren Stimme, die ich als sehr ernst und nachdenklich in Erinnerung hatte, sagte, war, dass er dort unten einen Freund getötet hatte. Auch wenn er uns nie verriet, wer es war.

Nach dem Krieg erhielt ich eine Lektion, die ich nie vergessen sollte: nämlich dass ein Mensch sich in sich selbst zurückziehen kann, ohne jemals wieder rauszufinden. So wie mein Vater.

Da war es wieder – der Ruf einer Frau. Als hätte der Wind den Mund weit geöffnet und einen Schrei ausgestoßen. Schlagartig fiel mir wieder ein, wo ich war: der Fluss zu meiner Rechten, eine Wiese zu meiner Linken. War das wirklich nur der Wind? Oder vielleicht eine Krähe? Ging meine Fantasie mit mir durch? Ich sah mich um.

»Ist da jemand?«, rief ich, aber es kam keine Antwort. Ich lief am Flussufer entlang, erst in die eine Richtung, dann in die andere, stapfte über den vom Regen aufgeweichten Boden, lief, so weit mich meine Füße trugen, bis ich überzeugt war, dass da weit und breit niemand war.

Ich hatte noch keine einzige Schnecke gesammelt, und die Erinnerungen an Nisha und an meine Kindheit hatten mich erschöpft. Ich beschloss also, mich auf den Heimweg zu machen. Aber ich konnte nicht noch eine Nacht lang grübeln, weil ich glaubte, ich hätte Nishas Schatten gesehen, und weiter herumrätseln, ob sie abgehauen war oder nicht.

Bevor ich die Stufen zu meiner Wohnung hinaufeilte, klopfte ich deshalb an Petras Tür.

11

Petra

Aliki sah aus dem Autofenster zu, wie der Regen auf das Kopfsteinpflaster prasselte, während wir auf dem Weg zur Schule an der Ampel standen und warteten. Sie wirkte abwesend, als wäre sie mit den Gedanken ganz weit weg. Heute hatte sie sich die Haare selbst zu zwei Zöpfen geflochten, die ihr über die Schultern nach vorn hingen, und sie trug einen knallblauen Regenmantel über einem grauen Jogginganzug, dazu ihre Sportschuhe. Natürlich wollte sie keine ihrer Converse nass oder sogar schmutzig machen. Sie hatte ungefähr sechs Paar davon, in verschiedenen Farben und Designs, manche mit Blumenmustern, andere mit Sternen oder Planeten oder Punkten drauf. Manchmal zog sie ganz bewusst zwei Exemplare an, die nicht zusammengehörten; sie überlegte sich sehr genau, welche sie kombinieren sollte. Sie hatte die Sneaker ordentlich auf dem Flur neben ihrer Zimmertür aufgereiht, und gelegentlich beobachtete ich sie dabei, wie sie unterschiedliche Kombinationen ausprobierte, den Kopf schüttelte, und es mit der nächsten versuchte, bis sie mit ihrem Look zufrieden war. Was ihr Schuhwerk anging, war sie sehr eigen; sie ließ noch nicht mal zu, dass sich die Katzen drauflegten: Dann drohte sie ihnen mit dem Finger und wies sie, den typischen Tonfall Erwachsener nachahmend, an, sich gefälligst *neben* die Schuhe zu setzen statt *drauf*. Wenn sie nicht sofort spurten, was oft vorkam, wies sie ihnen gnadenlos die Tür. Normalerweise duldete ich keine Katzen im Haus – bei uns gelten sie quasi als Ungeziefer. Aber wenn man in den milderen Monaten die Türen offen stehen ließ, spazierten sie einfach rein.

Ich stand am Tor zum Schulhof, wie Nisha es getan hätte, und sah zu, wie Aliki auf den Eingang der Schule zusteuerte. Sie ließ sich Zeit, wich den Pfützen aus, als handelte es sich um Landminen. Normalerweise sprang sie mittenrein, um Nisha erst zum Schimpfen und dann zum Lachen zu bringen. Nisha erzählte mir zu Hause immer davon: »Ihre Tochter! Sie hat ihre Schuhe und die Hose nass gespritzt. Springt furchtlos in Pfützen wie ein kleiner Indiana Jones!«

Da die Onasagorou eine reine Fußgängerzone ist, parkte ich in einer der Straßen dahinter und machte mich zu Fuß auf den Weg durch den strömenden Regen. Bis ich das Sun City erreicht hatte, war Keti bereits dabei, das Schild am Eingang auf »GEÖFFNET« umzudrehen. Sie trat beiseite, um mich reinzulassen, und flitzte dann gleich los, um mir ein Handtuch und einen Kaffee zu holen, wie immer darauf bedacht zu gefallen. Sie war eine wissbegierige junge Frau und studierte an der Universität von Nikosia Medizin. Sie wollte Augenärztin werden und arbeitete deshalb in Teilzeit als meine Assistentin. Sie war ausgezeichnet in ihrem Job, aufmerksam, sorgfältig. Das Sun City zog eine erlesene Klientel an; tatsächlich kamen die wichtigsten Vertreterinnen und Vertreter aus Politik, Film und

Fernsehen sowie dem Hotelgewerbe zu uns – ja sogar ein indischer Prinz war darunter. Sie alle wollten wieder besser sehen, und das mit Stil, deshalb stellte ich auch nur die besten Kräfte ein. Keti selbst hatte einwandfreie Augen, trug aber ulkigerweise trotzdem eine Brille von Chanel mit Schildpattgestell, allerdings mit Fensterglas: Sie wusste, wie sie unsere geschäftlichen Interessen optimal vertrat. Bei uns bekam man die neusten und exklusivsten Modelle von Tom Ford, Cartier, Versace, Dior, Bulgari und Chopard. Ich hatte sogar ein paar handgefertigte Unikate von Gazusa im Sortiment, und in einer diebstahlgesicherten Vitrine hinter dem Tresen bewahrte ich das teuerste Modell auf, das ich im Verkauf hatte – eins mit Goldfassung, rosa Gläsern und besetzt mit rosa Diamanten, 2,85 Karat. Ich liebte die Kunstfertigkeit, mit der diese Einzelstücke hergestellt waren, jedes für sich ein kleines Meisterwerk.

»Wo ist Nisha?«, fragte Keti, während sie mir eine dampfende Tasse Kaffee reichte.

»Nisha?«

»Heute ist Donnerstag«, sagte sie. »Sie sind spät dran – wir hätten eigentlich längst den Bestand durchgehen sollen, und die erste Kundschaft kommt in« – sie warf einen Blick auf ihre Armbanduhr – »exakt dreiundzwanzig Minuten.«

»Donnerstag?«, war alles, was ich herausbrachte. Donnerstags war Nisha von ihren häuslichen Pflichten entbunden und kam stattdessen mit ins Sun City, um den Boden zu saugen und zu wischen, die Regale zu säubern und die Brillen zu polieren. Anschließend machte sie im Behandlungszimmer sauber, und zu guter Letzt reinigte sie noch die dahinterliegende Küche. Sie legte ihr ganzes Herzblut in diese Arbeit: Schließlich wusste sie genau, wie wichtig es war, dass im Laden alles blitzsauber war.

»Alles in Ordnung mit Ihnen?« Keti hatte ihre Brille angehoben und spähte darunter hervor, als würde sie ohne besser sehen. Eindringlich musterte sie mein Gesicht.

»Ja, alles in Ordnung.«

»Und? Wo steckt Nisha?«, fragte sie noch einmal.

»Nisha«, wiederholte ich.

Wieder sah sie mich abwartend an, die Brille immer noch hochgeschoben.

»Ich habe keinen Schimmer.«

Ihre Stirn legte sich in Falten.

»Ich habe wirklich keine Ahnung. Ich weiß nicht, wo sie steckt. Sie ist weg.«

»Weg?« Jetzt senkte sie die Brille wieder auf die Nase und fing an, mich mit Fragen zu bombardieren: Wo ist sie hin? Hat sie gesagt, dass sie fortwill? Kann es sein, dass sie nach Sri Lanka zurück ist? Hatte sie vielleicht genug von Ihnen? (»Nur ein Witz, sehen Sie mich nicht so an!«)

Ich beantwortete ihre Fragen nach bestem Wissen und Gewissen und merkte, wie erschöpft ich war. In diesem Moment wurde mir erst richtig bewusst, wie sehr mich die letzten Tage geschlaucht hatten.

Schon bald traf unsere erste Kundin ein, um ihre neue Sonnenbrille abzuholen: ein Porsche-Modell mit einem 18-Karat-Goldgestell. Sie war neu bei uns und hatte einen Akzent, den ich nicht einordnen konnte. Groß, akkurat geschnittener blonder Bob mit geradem Pony, ganz in Schwarz gekleidet. Sie war einige Wochen zuvor das erste Mal in den Laden gekommen, und ich hatte ihre Augen überprüft und vermessen. Jetzt setzte sie die Brille auf und betrachtete sich eingehend im Spiegel, ehe sie das Etui in ihre Handtasche warf, ihre restlichen Schulden beglich – sie hatte bereits eine Anzahlung von zweihundertfünfzig Euro geleistet – und mit ihrer neuen Sonnenbrille auf der Nase hinaus in den Regen trat.

Normalerweise hätte Keti sich über eine Kundin wie sie wortreich ausgelassen. Sie hätte darüber sinniert, wer sie war, woher sie kam, sie hätte sich allerlei lächerliche und doch völlig plausible Geschichten ausgedacht, wozu sie mitten im größten Regen eine so teure Sonnenbrille brauchte. Aber heute hielt sie sich mit Kommentaren zurück und spähte verstohlen aus dem hinteren Ladenbereich, wo sie den Bestand überprüfte, zu mir. Sie war unübersehbar besorgt.

Der restliche Vormittag verlief zum Glück relativ ereignislos: Ich hatte noch ein paar Kundentermine, wobei einige wegen des schlechten Wetters abgesagt hatten, und es kamen nur zwei Passanten im Vorbeigehen hereingestolpert, um sich die Auslage anzusehen. Keti ging mittags los und besorgte für uns beide Sandwiches mit warmem Halloumi und Tomaten; dann sperrte sie den Laden zu und kochte Kaffee. Zum Essen setzten wir uns in die Küche, während es draußen unablässig weiterregnete.

»Also, gehen wir die Einzelheiten noch mal durch«, sagte sie und legte die offene Hand auf den Tisch, Innenfläche nach oben, als hätte sie einen Augapfel darauf liegen, den es zu sezieren galt.

Ich nickte.

»Sie hat tatsächlich ihren einzigen freien Tag darauf verschwendet, um mit Aliki und Ihnen in die Berge zu fahren?«

Wieder nickte ich und ignorierte Ketis kleine Spitze. Ich hatte es nicht anders verdient.

»Und bei der Gelegenheit hat sie gefragt, ob sie sich den Abend freinehmen kann? Immerhin hatte sie sich praktisch den ganzen Tag um Aliki gekümmert, verständlich. Und sie wollte sich mit jemandem treffen?«

Ich nickte.

»Wen wollte sie denn treffen?«, hakte Keti nach.

»Ich weiß es nicht«, sagte ich und fügte dann widerstrebend hinzu: »Ich bin ihr mittendrin ins Wort gefallen, deshalb hat sie das nicht weiter ausgeführt.«

»Sie haben ihr also klipp und klar gesagt, dass das nicht geht.«

»Ich habe nicht direkt Nein gesagt. Aber es war wohl offensichtlich, dass es mir nicht recht war.«

»Und Sie haben keinerlei Vorstellung, wen sie treffen wollte?«

»Nicht die geringste.«

»Okay. Sie sind also nach Hause gekommen, sie hat Abendessen gekocht, und dann haben Sie sich alle zusammen hingesetzt und gegessen, korrekt?«

»Korrekt.«

»Und was dann?«

»Dann bin ich ins Bett gegangen. Ich war hundemüde und wollte früh schlafen. Ich überließ es Nisha, Aliki zu Bett zu bringen und ihre Schulsachen für den nächsten Tag herzurichten.«

»Und am Morgen …«

»Am Morgen war sie nicht mehr da. Sie hat ihren Reisepass und ein paar andere Dinge dagelassen, die ihr viel bedeuten. Ich habe außerdem einen goldenen Ring gefunden, sah fast aus wie ein Verlobungsring, der lag auf ihrer Kommode. Ich hatte ihn noch nie an ihr gesehen.«

Jetzt war es an Keti zu nicken, vermutlich weil sie ebenso ratlos war wie ich.

»Heute haben wir Donnerstag«, stellte sie fest. »Waren Sie schon bei der Polizei?«

»Ja, gestern.«

Ich berichtete ihr von der enttäuschenden Begegnung auf dem Präsidium: Was der Beamte zu mir gesagt hatte und dass ich beim Verlassen seines Büros auf seinen Unterlagen herumgetrampelt war. Aber während ich die Geschichte erzählte, verspürte ich ein dumpfes Drücken in der Magengegend, so als würde mir irgendetwas entgehen, etwas, das sich meinem Verständnis entzog. Und in diesem Moment wurde mir bewusst, dass mir die Stimme des Beamten vage bekannt vorgekommen war, wie ein Echo aus meinem Inneren.

Das konnte ich Keti schlecht sagen, aber bei dieser Erkenntnis keimten Schuldgefühle in mir auf. Ich errötete und konzentrierte mich wieder ganz auf Keti.

»Sie müssen auf eigene Faust nach ihr suchen«, sagte sie entschieden und schlug zur Bekräftigung mit der flachen Hand auf den Tisch.

»Wie denn? Ich weiß ja nicht mal, wo ich anfangen soll.«

»Das finden Sie schon raus. Sie können es nicht einfach dabei belassen! Sie können doch nicht zulassen, dass eine Frau, die unter Ihrem Dach gelebt hat und Ihnen viele Jahre eine wertvolle Stütze war, einfach so verschwindet, als wäre sie nichts wert!«

Ich nickte. Sie hatte natürlich vollkommen recht.

»Und Ihr Bauchgefühl sagt Ihnen, dass etwas nicht stimmt?«

»Ja. Absolut.«

»Und das ist alles gar nicht typisch für sie?«

»Nein.«

»Tja dann. Sie haben keine andere Wahl.« Und damit war die Sache für sie erledigt. Sie sah auf die Uhr und teilte mir mit, dass die Mittagspause vorüber sei und unsere nächste Kundin in etwa drei Minuten eintreffe.

Auch am Abend regnete es weiter. Das Boot war bereits randvoll mit Wasser und lief über. Selbst die dichten Baumkronen im Garten konnten den Regen nicht aufhalten; er durchtränkte das Erdreich und brachte die Veranda zum Glänzen, dass sie aussah wie die Oberfläche eines Sees. Aliki pirschte unruhig durchs Haus und klammerte sich an der schwarzen Katze fest, als wäre sie ihr Rettungsanker. Manchmal zeigte das Tier sich kooperativ, schnurrte und rieb das Schnäuzchen an Alikis Ohr; dann wieder schlug sie mit der Pfote nach ihr, befreite sich fauchend aus der Umklammerung und schoss zum Fenster davon.

Ich hatte so gar keinen Appetit, aber Aliki zuliebe bereitete ich ein leichtes Mahl zu. Dabei musste ich ununterbrochen an mein Gespräch mit Keti und an die Dinge denken, die Nilmini gesagt hatte. Zwischendurch tigerte ich immer wieder in Nishas Zimmer, in der Hoffnung, damit irgendeine Erinnerung zu wecken, den rettenden Einfall zu haben. War da irgendetwas, das mir entgangen war? Hatte sie etwas erwähnt, das ich bloß vergessen hatte? Es war so was wie der krampfhafte Versuch, sich nach einer unruhigen Nacht an einen halb vergessenen Traum zu erinnern.

Wieder und wieder gingen mir Ketis Worte durch den Kopf: *Sie müssen auf eigene Faust nach ihr suchen.* Gewichtige Worte, Worte, die mir große Verantwortung auflasteten und mich deshalb hart trafen. Zumal mich vergangene Nacht auch Aliki angefleht hatte, sie zu finden.

Ja, das war eine Pflicht, der ich mich nicht entziehen konnte, obwohl ich nicht die blasseste Ahnung hatte, wie mir das gelingen sollte.

Ich entschied, das Gespräch mit Nishas Bekannten und Freundinnen zu suchen. Das schien mir ein guter Anfang. Vielleicht wussten sie ja etwas – wobei die eigentliche Frage war, ob sie es mir in dem Fall auch erzählen würden.

Ich wusste zum Beispiel, dass Nisha mit einer der Haushaltshilfen in dem Anwesen mit dem großen schmiedeeisernen Tor am Ende der Straße befreundet war, das mit den zwei Jagdhunden. Der Regen hatte endlich aufgehört, und trotzdem war die Kundschaft ausgeblieben – ich war also quasi allein, weil Keti freitags zur Uni musste. Deshalb sperrte ich etwas früher zu und eilte nach Hause.

Ich beschloss, ein frühes Abendessen zuzubereiten und anschließend die Straße hinunter zu der stattlichen Villa zu gehen. Doch ich hatte noch nicht mal mit dem Kochen angefangen, als es an der Tür klingelte. Aliki war draußen im Garten und versuchte, das Wasser aus dem Boot zu schöpfen.

Es war Yiannis von oben. Im schwachen Lichtschein aus Yiakoumis Laden stand er vor mir und starrte mich einen Moment zu lange an, ehe er ein Wort herausbrachte.

»Petra«, sagte er schließlich, »tut mir leid, wenn ich störe. Ich wollte nur wissen …« Er machte eine Pause und trat verlegen von einem Bein aufs andere, als würde er es sich im letzten Moment anders überlegen und einen Rückzieher machen wollen. »… ist Nisha zu Hause?« Er war kaum mehr als ein Schattenriss, deshalb konnte ich seinen Gesichtsausdruck nicht erkennen, aber in seiner Stimme lag ein zögerlicher, verunsicherter Unterton.

»Nein«, sagte ich. »Tut mir leid, Yiannis, aber sie ist nicht hier.«

Er strich sich mit der Hand durch die Haare, sodass sich das Licht aus dem Schaufenster hinter ihm in den silbernen

Strähnen fing. Seine Bewegungen waren so zaghaft, dass ich fast glaubte, die ganzen Uhren ticken zu hören.

»Wissen Sie, wo sie ist?«

»Warum?«, fragte ich, vielleicht ein wenig zu forsch. Jetzt hob er die Hand an die Wange und rieb sich über die Bartstoppeln. Dann spähte er über meine Schulter in das weitläufige Wohnzimmer und ließ seinen Blick suchend umherschweifen.

»Tja ... weil ich sie nicht gesehen habe«, meinte er. »Ich habe sie die ganze Woche über nicht gesehen, und ich mache mir Sorgen.«

Jetzt ging eine Verzweiflung von ihm aus, die mich stutzig machte. Er wirkte so verloren und verletzlich, wie diese herrenlosen Hunde, die durch die Nachbarschaft streunen, auf der Suche nach jemandem zum Liebhaben. Warum war er so besorgt um Nisha? Irgendetwas nagte an mir, etwas, das ich schon seit Langem zu wissen glaubte, bislang aber beharrlich abgestritten hatte. Diese Erkenntnis brachte mich letztlich dazu, ihn reinzubitten.

Er war ordentlich gekleidet, als plante er, auf einen Drink in eine Bar zu gehen – das schwarze Hemd sauber gebügelt, die obersten Knöpfe geöffnet, dazu eine dunkelblaue Jeans –, aber an seinen Schuhen klebte Matsch. Matsch, der noch nicht getrocknet war.

Verlegen stand er mitten im Zimmer: Es war das erste Mal, dass er bei uns war. Er sah sich um, betrachtete die Möbel, die Fotos auf dem Konsolentisch. Dann spähte er hinüber zur Küche, wo Nisha einen Großteil ihrer Zeit mit Geschirrspülen und Kochen verbracht hatte. Doch es war seltsam – er schien sich umzuschauen, als kannte er die Wohnung bereits.

Jetzt, im hellen Schein der Deckenleuchte war die Verzweiflung, die ich im Dunkeln bereits gespürt hatte, deutlich zu erkennen; sie zeigte sich vor allem in der tiefen Furche zwischen seinen Augenbrauen und in der Rastlosigkeit seines Blicks. Wir standen uns einen Moment gegenüber, ohne ein Wort zu sagen. Er war ein gut aussehender Mann: tiefdunkle Augen mit dichten Wimpern und einem ordentlich gestutzten weichen Bart, schwarz mit ersten Spuren von Grau. Es fühlte sich eigenartig an, dass er hier bei mir im Wohnzimmer stand. Wir unterhielten uns so gut wie nie, abgesehen vom gelegentlichen Austausch harmloser Nettigkeiten im Garten, über das Wetter oder die Hühner oder wie Tomaten und Kaktusfeigen gediehen.

Ich wollte seine Beziehung zu Nisha verstehen. Viele Male hatte ich sie zusammen im Garten zusammenstehen und miteinander reden sehen; mir waren die verstohlenen Blicke, die sie wechselten, keineswegs entgangen, klar – hier eine flüchtige Berührung der Hände, da leises Geflüster in der Nacht … aber wenn zwischen den beiden ernsthaft etwas gelaufen wäre, hätte ich Nisha womöglich entlassen müssen, auch wenn ich mir ein Leben ohne sie gar nicht mehr vorstellen konnte. Hausangestellten waren sexuelle oder romantische Beziehungen nur in Ausnahmefällen erlaubt – tatsächlich kam das so gut wie nie vor, es sei denn, ein Mädchen ehelichte seinen Arbeitgeber.

Mein Blick wanderte unwillkürlich zu dem Schmutz an seinen Schuhen. Wo er sich wohl herumgetrieben hatte? Jetzt bereute ich, dass ich ihn nicht gebeten hatte, sie vor der Tür auszuziehen – schließlich war Nisha nicht mehr da, um den Boden hinterher wieder sauber zu wischen. Bei diesem Gedanken, so lächerlich es klingen musste, fühlte ich mich plötzlich schrecklich allein und hilflos, und ich begriff, wie unsagbar leer mir das Haus ohne sie vorkam.

Ich bot ihm etwas zu trinken an, und er bat dankend um etwas Alkoholisches. »Egal was«, meinte er. »Hauptsache stark.«

Ich ging in die Küche und schenkte uns jedem ein Glas Zivania ein.

Als ich ins Wohnzimmer zurückkehrte, hatte Yiannis von sich aus seine Schuhe ausgezogen und stand in Socken vor dem Konsolentisch, um die Fotos darauf zu betrachten. Er muss bemerkt haben, wie ich auf seine Füße starrte.

»Tut mir leid, dass ich mit den dreckigen Schuhen hier reinspaziert bin«, entschuldigte er sich. »Ich war unterwegs, Schnecken sammeln. Mir schwirrt gerade so vieles durch den Kopf, dass ich einfach nicht nachgedacht habe.« Ehe ich etwas entgegnen konnte, fuhr er fort: »Ist das Ihr Ehemann?«, und richtete die Augen auf Stephanos in seiner Militäruniform.

»Ja, das ist er.«

Er nickte. »Ihre Tochter ist ihm wie aus dem Gesicht geschnitten.«

Jetzt registrierte ich, dass er seine Schuhe ordentlich an der Tür abgestellt hatte.

Ich stellte die beiden Gläser auf den Wohnzimmertisch und machte Feuer im Kamin. Er gesellte sich zu mir und setzte sich ein wenig verkrampft auf die vorderste Kante des L-förmigen Sofas. Dann nahm er einen gierigen Schluck von dem Zivania, und für einen kurzen Moment verzog er den Mund, doch seine Augen leuchteten. Er war kein Kerl, der an harte Sachen gewöhnt war.

Ich war nicht sicher, ob er von mir erwartete, dass ich den Anfang machte, aber ich hätte ohnehin nicht gewusst, wie ich das Gespräch beginnen sollte. Ich hätte natürlich von Nisha reden können und ihm erzählen, was diese Woche so passiert war, aber abgesehen davon, dass er mein Mieter war, war dieser Mensch für mich im Großen und Ganzen ein Fremder.

Er nahm einen neuerlichen Schluck von seinem Drink, und dieses Mal kniff er die Augen zu. Dann fuhr er mit dem Finger am Rand des Glases entlang, offenbar tief in Gedanken versunken.

Schließlich fasste ich mir ein Herz. »Sie machen sich also Sorgen um Nisha? Kennen Sie sie gut?« Auf meine Worte hin stellte er sein Glas auf dem Couchtisch ab und rieb sich mit den flachen Händen über die Augen, als hätte ich ihn aus dem Schlaf gerissen. Dann nickte er und griff wieder nach seinem Drink.

Er war nervös, das war nicht zu übersehen. Ein paarmal klappte er den Mund auf und dann wieder zu, als wollte er etwas sagen, doch es kam zunächst nichts. »Wann haben Sie sie das letzte Mal gesehen?«, fragte er endlich.

»Am Sonntagabend«, sagte ich vorsichtig. »Am Montagmorgen bin ich aufgewacht, und da war sie nicht mehr da.«

Das schien ihn noch mehr zu beunruhigen, jedenfalls stand er auf und begann, vor dem Kamin auf und ab zu laufen, tapste kaum hörbar über den Teppich, sodass sein blasser Schatten über die Möbel glitt. Mir kam der Gedanke, wie absurd es doch war, dass dieser Mann auf einmal hier in meinem Wohnzimmer war, noch dazu in Socken.

»Ich weiß nicht, wo sie steckt«, sagte ich.

»Denken Sie, dass sie nach Hause geflogen ist?«

»Nein.«

»Wie können Sie sich da so sicher sein?«

Ich dachte kurz nach, während er mich mit großen Augen abwartend fixierte. Vielleicht war es die Tatsache, dass er mindestens ebenso ratlos und beunruhigt wirkte wie ich, dass ich in Nishas Zimmer ging und mit ihren Sachen zurückkehrte, die, mit denen ich auch bei der Polizei gewesen war. Nur den Goldring ließ ich liegen. Dann legte ich alles wortlos vor ihm auf den Sofatisch.

Er setzte sich wieder und betrachtete die Sachen. Nahm den Reisepass zur Hand, öffnete ihn und starrte eine ganze Weile auf das Foto. Als Nächstes griff er nach dem Medaillon, mit einem Blick, als hätte er es schon mal gesehen, und schloss die Hand darum. Was die Haarsträhne in dem Plastiktütchen betraf – die presste er zwischen den Handflächen, so fest, dass die bläulichen Venen an seinen Handrücken deutlich hervortraten.

»Sie ist also nicht nach Hause geflogen.« Das sagte er mehr zu sich selbst als zu mir. Seine Stimme hatte sich verändert: Klar und deutlich füllte sie die Stille des Raums und hing eine Weile zwischen uns, wie ein Gong, der noch eine Weile nachhallt, ehe er verklingt.

»Waren Sie bei der Polizei?«

»Ja, am Mittwoch.«

»Und, was haben die gesagt?«

Ich antwortete nicht sofort, sondern überlegte, ob ich ihm die ganze unschöne Wahrheit erzählen sollte. »Die waren nicht besonders entgegenkommend. Man zeigt dort nicht das geringste Interesse, nach ihr zu suchen. Sie sagen, sie ist vermutlich weggelaufen, in den Norden, um sich dort eine neue Arbeit zu suchen.«

»So etwas würde Nisha nie tun«, sagte er. Und mit einem Schlag hatte ich Klarheit – die Art, wie ihm ihr Name von der Zunge perlte, als hätte er ihn schon Tausende Male ausgesprochen, verriet mir, dass er sie kannte. Und nicht nur das: Er liebte sie.

Es gab Fragen – so unendlich viele Fragen –, die ich ihm stellen wollte. Doch ich entschied, auf der Ebene der geteilten Sorge und des gemeinsamen Wissens zu bleiben, dass Nisha niemals einfach so verschwinden würde. Jedem, der sie auch nur ansatzweise kannte, musste das klar sein.

»Das einzige Mal, dass sie weggefahren ist«, sagte ich, »war vor ein paar Monaten. Sie war das komplette Wochenende bei ihrer Cousine in Limassol. Diese Frau wollte Zypern verlassen und in die Heimat zurückkehren, deshalb wollte Nisha ihr ein paar Sachen für Kumari mitgeben. Sie hat mir den Namen der Cousine genannt, den Namen von deren Arbeitgeber, dessen Telefonnummer – nur für den Fall, dass ihr Handyakku den Geist aufgab oder dergleichen ... Sie ist aber nicht einfach abgehauen, ohne etwas zu sagen. Es war alles lange im Voraus abgesprochen.«

Yiannis blieb eine ganze Weile still.

»Wann war das?«

»Im August«, sagte ich. »Ja, ich bin mir ziemlich sicher, dass es im August war. Ich weiß noch, dass es an dem Tag sehr heiß war. Sie hatte eine kleine Reisetasche gepackt und trug ein orangefarbenes Leinenkleid, das ich ihr geschenkt hatte. Ich habe sie früh am Morgen zur Busstation gefahren. Im Auto hatte sie Tränen in den Augen. Als ich sie fragte, was los sei, meinte sie, sie werde Aliki vermissen. Ich weiß noch, wie ich sagte: ›Sei nicht albern! Es ist doch nur übers Wochenende!‹ Aber Nisha war bis dahin nie auch nur einen Tag von uns getrennt, seit Aliki auf der Welt war.«

Erst jetzt wurde mir diese Tatsache so richtig bewusst. Nisha hatte fast zehn Jahre bei uns gelebt, und in dieser gesamten Zeit war sie nur zwei Tage fort. Sie hatte sich um meine Tochter gekümmert und sie lieben gelernt, sie hatte meine Böden und Toiletten geschrubbt, sie hatte warme Mahlzeiten für uns zubereitet und den Garten in Schuss gehalten. Sie hatte sogar jeden Tag liebevoll den Rahmen von Stephanos' Foto poliert, und es brach mir fast das Herz, wenn ich mir ihren Gesichtsausdruck dabei in Erinnerung rief. Auch sie hatte einen Ehemann verloren. Sie hatte uns alles gegeben. In ihrer Großzügigkeit war sie das Herz dieses Hauses gewesen. Und doch wusste ich rein gar nichts über sie und ihr Leben. Ich wusste, dass sie an manchen Abenden das Herzmedaillon in den Händen hielt, und ich wusste, dass da ein nagelneuer Goldring auf ihrer Kommode lag, den ich nie zuvor gesehen hatte. Wie war ihr Mann gestorben? Sie hatte es mir nie erzählt, und ich hatte nie nachgefragt. Wie war es ihr als junge Witwe ergangen? Wie war es gewesen, etwas für einen neuen Mann zu empfinden, nachdem sie ihn verloren hatte? Hatte Yiannis ihr diesen Ring geschenkt? Hatte sie beide Männer geliebt, genauso wie ich Stephanos geliebt hatte? Liebte sie den Mann, der hier vor mir saß? Oder hatte er etwas mit ihrem Verschwinden zu tun? Meine Gedanken überschlugen sich.

Im nächsten Moment war ein leises Poltern zu hören, und ich sah die Spitze eines roten Converse-Sneakers hinter dem Türrahmen hervorspitzen. Aliki belauschte uns offenbar, aber die Nachdrücklichkeit von Yiannis' Worten hüllte mich in eine bleierne Schwere. Ich wollte den Bann nicht brechen, nur um mit meiner Tochter zu schimpfen.

»Hat sie etwas gesagt?«, wollte Yiannis jetzt wissen. »Bevor sie verschwand? Hat sie irgendwas erwähnt, das uns verraten könnte, wo sie steckt?«

»Am Sonntag haben wir zusammen einen Ausflug in die Berge gemacht. Da oben hat sie mich gefragt, ob sie sich den Abend freinehmen könne. Es kam mir so vor, als hätte sie eine Verabredung.«

»Mit wem?«

»Ich habe nicht die leiseste Ahnung. Das hat sie nicht gesagt. Und ich war auch nicht einverstanden damit.« Von meinem Gespräch mit Frau Hadjikyriacou erzählte ich ihm nichts – davon, dass sie gesehen hatte, wie Nisha in jener Nacht gegen halb elf das Haus verließ. Irgendetwas sagte mir, dass ich das besser für mich behielt.

»Am Sonntagnachmittag war sie also mit Ihnen in den Bergen.« Er schien das gedanklich abzuwägen. »Und am selben Abend wollte sie sich mit jemandem treffen. Sie sagen, Sie wären nicht einverstanden gewesen. Aber ist sie nun gegangen oder nicht?«

»Nisha ist mit uns nach Hause gefahren, und ich bin um neun schlafen gegangen. Nisha war auf jeden Fall noch hier, um Aliki ins Bett zu bringen. Hören Sie«, sagte ich und stand auf, mit einem Mal unendlich müde, »ich verstehe ja, dass Sie sich Sorgen machen, aber mehr kann ich Ihnen auch nicht sagen.« Ich stellte fest, dass Alikis Schuhspitzen nicht mehr zu sehen waren. »Und außerdem ist es schon spät, und ich habe noch kein Abendessen gekocht. Aliki muss am Verhungern sein, und ich war den ganzen Tag in der Arbeit.«

Jetzt erhob er sich ebenfalls, einen bestürzten Ausdruck auf dem Gesicht. »Ja, sicher – tut mir leid, Petra. Ich wollte Ihnen nicht zur Last fallen.« Einen Moment zögerte er noch, unsicher, ob er die Wohnung durch die Vordertür oder die Hintertür verlassen sollte – auf beiden Seiten gab es eine Treppe, die nach oben zu seiner Wohnung führte. Dann aber schienen ihm seine Schuhe wieder einzufallen, und er ging zur Haustür, wo er sich bückte, um sie wieder anzuziehen. Der Dreck war inzwischen getrocknet und fiel in kleinen Bröckchen ab, die auf dem Teppich landeten.

»Danke, dass Sie sich die Zeit genommen haben, Petra. Und wenn Sie doch noch was hören …«

»Ich gebe Ihnen sofort Bescheid.«

Damit verabschiedete er sich. Nachdem ich die Tür hinter ihm geschlossen hatte, trat ich ans Fenster und sah ihn wieder im Lichtschein aus Yiakoumis Laden stehen und hinauf zu seiner Wohnung starren. Und wie schon zuvor musste ich an einen von diesen streunenden Hunden denken, die von ihren Herrchen ausgesetzt werden, sobald sie aus dem einen oder anderen Grund nicht mehr für die Jagd taugen.

In der Nacht kreist eine Fledermaus über dem See, fast unsichtbar vor dem Hintergrund des pechschwarzen Wassers. Für einen kurzen Moment teilen sich die Wolken, und der Neumond erfasst ihre weit ausladenden Flügel, die präzise Flugbahn.

Wenig später verzieht er sich wieder hinter die Wolken, und es ist, als wäre er nie da gewesen.

Das Erdreich rund um den Krater strömt nach dem vielen Regen einen frischen Geruch aus, und das Fell des Hasen beginnt bereits wieder zu trocknen. Vor einer Weile, als die Sonne hoch am Himmel stand und die Luft wärmer war, kehrten die Schmeißfliegen zurück, um ihre Eier in den offenen Wunden in der aufgeplatztzten Haut abzulegen, während die Fleischfliegen für ihre Larven den Bereich der Augen und des Mauls bevorzugen.

In dieser Nacht gehen Erde und Himmel nahtlos ineinander über. Auf den Wiesen wachsen weiße Blumen, Hunderte und Tausende von ihnen. Wäre der Mond voller, würden nicht immer noch dichte Wolken am Himmel hängen, würden sie leuchten wie Sterne, und Himmel und Erde wären wie das Spiegelbild des jeweils anderen.

Ein Mann nähert sich zu Fuß. Er leuchtet den Weg mit seinem Mobiltelefon. Er ist kilometerweit am Flussufer entlanggelaufen. Die künstliche Lichtquelle hat etwas Metallisches. Er hat nichts weiter bei sich, keine Tasche, kein Portemonnaie, nur das Telefon, das er wie eine Fackel in der Hand hält. Der Lichtschein streift über den Hasen, der Mann zuckt vor Schreck zusammen, dann richtet er den Strahl auf den See, wo er die Fledermaus im Flug erfasst. Er geht ein paar Meter weiter zum Förderturm, und seine schweren Stiefel hinterlassen Spuren im aufgeweichten Erdreich.

12

Yiannis

Ich konnte noch nicht nach oben gehen. Dafür war ich einfach zu ruhelos.

»Darling«, hörte ich zu meiner Linken eine Stimme auf Englisch sagen. Ich drehte mich in die Richtung und sah Frau Hadjikyriacou in ihrem Liegestuhl sitzen, eine wärmende Decke um die Schultern gelegt. Dann wechselte sie zurück in ihre Muttersprache, und ein besorgter Ausdruck stahl sich auf ihre Züge: »Mein Lieber, Sie sehen aus, als hätte man Ihnen das Herz gebrochen.«

Ich erwiderte nichts.

»Wie wäre es mit etwas Baklava?« Auf einem Tischchen neben ihr stand eine kleine Auswahl an süßen Leckereien, als würde sie noch Besuch erwarten.

»Nein danke, Frau Hadjikyriacou. Ich denke, ich mache einen Spaziergang. Es ist ein herrlicher Abend, wenn auch ein wenig kühl.«

»Da kann ich nicht mitreden. Ich bin völlig unempfindlich

gegen die Kälte. Seit dem Krieg spüre ich nichts mehr, nicht die Hitze, nicht die Kälte. Ruba ist stur – sie besteht darauf, mir diese lästige Decke umzulegen. Sie sagt, ich hole mir den Tod. Dann antworte ich immer, dass ich ihn mir doch schon längst geholt habe, viele Male. Nur dass ich zäher bin als er.«

Ich nickte. Daran bestand für mich kein Zweifel.

»Und ich habe es Ihnen schon mal gesagt, nennen Sie mich Julia. Frau Hadjikyriacou lässt mich so fürchterlich alt klingen.« Ich konnte mir ein Lachen mit Müh und Not verkneifen, in Wirklichkeit sah sie nämlich aus, als hätte sie sich aus dem Grab freigeschaufelt.

Sie streckte die Hand aus, wählte zwei kleine Stücke Baklava, wickelte sie vorsichtig in ein Taschentuch und drückte mir das Päckchen in die Hand. Sie beharrte, ich sähe unterernährt und sterbenshungrig aus – wobei in ihren Augen jeder, der nicht eine fette Wampe vor sich herschob, verhungert aussah.

Ich bedankte mich und ging mit ihrem sorgfältig verpackten Geschenk weiter, vorbei am Theo's, wo die Heizpilze angeschaltet waren und Rauch aus den Öfen aufstieg. Einige der Männer winkten mir zu, und ich hob die Hand und bemühte mich um ein Lächeln. Ich ging weiter in Richtung der grünen Linie, wo Katzen die Straße entlangflitzten und über den Grenzzaun in die Pufferzone sprangen. Alles wirkte so surreal, als würde die Welt weiterticken, nur ohne mich. Das Einzige, was mir echt erschien, war der Mond.

Eine Katze versuchte, meine Aufmerksamkeit zu erregen, indem sie trillerte und mir im Gehen zwischen den Beinen hindurchstrich. Es war die schwarze Katze, die ich schon öfter bei Aliki und Nisha gesehen hatte.

Plötzlich musste ich wieder an Nishas Reisepass denken – die Tatsache, dass sie ihn nicht mitgenommen hatte, konnte nur eines bedeuten: dass sie anders, als ich vermutet hatte, nicht nach Sri Lanka zurückgereist war. Bei diesem Gedanken überkam mich Erleichterung und Furcht zugleich. Wenn sie nicht in die Heimat zurückgekehrt war, wo steckte sie dann? Warum hatte sie niemandem Bescheid gegeben? Ich dachte an das Medaillon, das ihr verstorbener Ehemann ihr geschenkt hatte, und an Kumaris Haarsträhne. Ohne diese Dinge wäre sie nie im Leben freiwillig weggegangen, so viel stand fest. Selbst als sie dieses eine Mal für zwei Tage fort war, hatte sie die Sachen mitgenommen, sorgfältig in ihrer Brieftasche verstaut.

Jetzt jaulte die Katze mich an und streckte sich erwartungsvoll auf dem Boden vor mir aus, als ich kurz stehen blieb, Pfoten in der Luft, Bauch nach oben.

Ich beugte mich zu dem Tier runter und streichelte es, spürte das Vibrieren seines tiefen, zufriedenen Schnurrens. Ich setzte mich im Schneidersitz zu ihr auf den Asphalt und streichelte weiter. Die Katze schien beschlossen zu haben, dass das für uns beide im Moment genau das Richtige war. Die Straße lag dunkel und verlassen da, und in keinem der umliegenden Häuser brannte Licht: An diesem Ende, so nah an der Pufferzone, standen vermutlich viele von ihnen leer. Ein Neumond hing am Himmel, noch mit schwachen Spuren von Rot.

Ich musste an Nishas orangefarbenes Leinenkleid denken und an das Wochenende, das sie bei ihrer Cousine Chaturi in Limassol verbracht hatte. Die Geschichte war nicht ganz so einfach, wie Petra annahm.

Alles hatte an einem Sonntag im August angefangen. Petra war aus Nikosia rausgefahren, um den Tag mit Aliki am Strand von Makronisos im Osten zu verbringen. Sie hatten Liegestühle, Handtücher und Sonnenhüte in den Kofferraum gepackt und waren schon in aller Früh aufgebrochen, weil die

Fahrt zwei Stunden dauerte. Petra hatte Nisha mitgeteilt, dass sie den ganzen Nachmittag wegbleiben und vermutlich bei Freunden in Ayia Napa zu Abend essen würden. Nisha und ich hatten also den ganzen Tag und Abend zur freien Verfügung. In dieser Bruthitze konnte man nichts unternehmen, außer vielleicht an den Strand gehen, aber Nisha hasste das Meer, deshalb hatten wir entschieden, im kühlen, dunklen Schlafzimmer zu bleiben, die Balkontüren weit geöffnet. Ich werde diesen Tag nie vergessen. Es war kaum ein Windhauch zu spüren: An den Bäumen regte sich kein Blatt. Das Zirpen der Zikaden und der intensive Duft des Jasmins erfüllten den Raum. Wann immer doch eine leichte Brise aufkam, brachte sie keine Erleichterung, sondern nur noch mehr Hitze.

Gegen Mittag telefonierte Nisha auf meinem Tablet mit Kumari. Sie saß am Schreibtisch, während ich auf dem Bett lag und zuhörte, wie sich die beiden auf Singhalesisch unterhielten, ihre Stimmen abwechselnd voller Freude und dann wieder ernst, zwischendurch auch ein paar Brocken auf Englisch. Auch wenn ich ihrem Gespräch nicht wirklich folgen konnte, kannte ich Nisha gut genug, um zu merken, dass sie abgelenkt wirkte. Ich ging in die Küche, um Frappé für uns beide zu machen, mit sehr viel Eis und extra Milch und Zucker für Nisha, genau wie sie es am liebsten mochte. Ich reichte ihr das Getränk, nachdem sie das Telefonat beendet hatte; sie nahm einen winzigen Schluck, stellte das Glas an der Schreibtischkante ab und starrte zum geöffneten Fenster hinaus. Eine ganze Weile sagte sie kein Wort. Irgendwann bereiteten wir gemeinsam das Mittagessen zu und aßen Hoppers – Pfannkuchen, wie man sie in Sri Lanka aß. Nisha rührte den Teig an und sagte Sätze wie: »Reich mir doch bitte das Reismehl.« Oder: »Jetzt gib ein wenig Kokosmilch dazu.« Ich verteilte einen Schöpflöffel voll von der Mischung im Wok und schwenkte ihn kräftig, dann schlug ich das Ei auf, gab es in die Mitte des schalenförmigen Pfannkuchens und machte mich daran, die Garnitur aus Zwiebeln, Chilis und Zitronensaft vorzubereiten. »Denkst du nicht, dass der schon fertig ist?«, fragte sie, als ich den Pfannkuchen ein wenig zu lang auf dem Herd gelassen hatte, weil auch ich jetzt mit den Gedanken woanders war und mich fragte, was mit ihr los war. Sie hatte es nicht gern, wenn man nachbohrte, deshalb übte ich mich in Geduld.

Später an diesem Abend, es war Vollmond, tummelten sich im Theo's zahlreiche Gäste, die Bouzouki spielte, und Nisha lag, auf die Seite gedreht, auf dem Bett und starrte in den Himmel. Sie wollte, dass wir sämtliche Lichter ausknipsten: So wäre es kühler, hatte sie gemeint. Das Mondlicht war kühl. Mit glänzenden Augen starrte sie hinauf, als würde sie einen Punkt irgendwo zwischen sich selbst und dem Mond fixieren.

Nach einer gefühlten Ewigkeit richtete sie sich auf, schlug die Beine übereinander und sah mich an. Ich tat es ihr nach. Sie schaute mir unverwandt in die Augen.

»Ich bin schwanger.«

»Schwanger?«

Sie nickte.

»Du bist schwanger.«

Wieder nickte sie. »Dabei haben wir so gut aufgepasst«, meinte sie.

Ich konnte ihren Gesichtsausdruck nicht richtig deuten, er war wie versteinert, völlig ausdruckslos. Doch dann beugte sie sich auf mich zu, schmiegte ihren Kopf an meine Brust, und wir legten uns gemeinsam aufs Kissen.

»Was denkst du?«, fragte sie.

»Ich finde es großartig.«

»Im Ernst?«

»Ja.«

Sie rollte sich auf den Rücken, nahm meine Hand und führte sie zu ihrem Bauch, dann legte sie ihre Hand auf meine. Ich hatte mich einem anderen Menschen noch nie so nahe gefühlt wie in diesem Moment. Unsere Körper gingen eine Verbindung ein – meiner, Nishas und der des kleinen Fötus, der in ihr heranwuchs. Unser Baby. Meins und ihrs. Eine Woge reinen Glücks schwappte über mich hinweg, als hätte jemand ein Fenster geöffnet, mit Blick auf die Landschaft meiner Kindheit, und mich daran erinnert, wie es sich anfühlte, mit Liebe und Staunen erfüllt zu sein. Wie würde dieses Kind aussehen? Gut möglich, dass diese Gedanken voreilig waren, aber ich stellte mir vor, dass er oder sie Nisha bis aufs Haar gleichen würde. Die Bilder purzelten in meinen Kopf, so frisch und kühl wie Regen in der Hitze dieses Zimmers.

»Was denkst du?«, fragte sie wieder.

»Ich finde es wirklich wundervoll. Ich liebe dich.«

»Das liegt daran, dass du fühlst, statt zu denken.«

»Das ist nicht wahr«, gab ich zurück. »Meine Gefühle und Gedanken sind ausnahmsweise einmal absolut im Einklang!« Und dann lachte ich.

Nisha aber blieb ernst. Behutsam hob sie meine Hand von ihrem Bauch herunter und starrte wieder aus dem Fenster. Schließlich sagte sie: »Ich werde meine Anstellung verlieren. Niemand kann ein schwangeres Hausmädchen gebrauchen.«

»Wir finden schon eine Lösung. Ich helfe dir, was anderes zu finden. Oder ich sorge für dich. Was auch immer du möchtest, gemeinsam schaffen wir das.«

»Du verstehst nicht«, sagte sie. »Was ist mit Kumari? Ich muss ihr Geld schicken. Wenn ich meinen Job verliere, wovon soll sie dann leben? Ich habe Schulden abzubezahlen. Ich habe Schulden bei der Agentur, Yiannis – ich bezahle immer noch dafür, dass sie mich hierher geholt haben. Und was ist mit meiner Mutter? Sie verlässt sich ebenfalls auf mich. Nur dank meiner Arbeit hier haben die beiden genug Geld für Essen und den täglichen Bedarf. Was soll aus ihnen werden, wenn ich diesen Job verliere? Es geht hier nicht nur um dich und mich und das Baby.«

Das alles sagte sie in einem einzigen Atemzug, bis ihre Stimme versagte, aber Tränen flossen keine: Die schien sie tapfer hinunterzuschlucken.

»Verstehe«, sagte ich. Ich zog sie an mich und hielt sie ganz fest. »Was, wenn ich dir finanziell unter die Arme greife? Was, wenn ich dir Geld gebe, damit du deine Schulden abbezahlen und was nach Hause schicken kannst?«

»Wovon denn?«, fragte sie. »Indem du wilden Spargel und Schnecken verkaufst?« In ihrer Stimme lag eine Spur von Sarkasmus.

Und sie hatte völlig recht, denn wenn das die ganze Wahrheit gewesen wäre, hätte man mich tatsächlich für verrückt erklären müssen – dann litt ich unter Größenwahn. Am liebsten hätte ich ihr die Sache mit den Singvögeln erzählt. Aber es hätte ihr garantiert das Herz gebrochen.

»Es ist so«, sagte sie, »wenn ich diese Schulden nicht hätte, wäre ich höchstwahrscheinlich längst heimgekehrt, und wir hätten nicht … wir wären so oder so nicht in dieser Situation.«

Sie klang sachlich, entschieden; ihre Worte drohten meinen fragilen Traum zu zerbrechen. Doch dann griff sie wieder nach meiner Hand, und diesmal presste sie sie sich fest auf den Bauch, sodass ich das Gewicht ihrer Liebe in dieser Geste spüren konnte.

Am folgenden Abend unternahm ich einen Versuch, ihr von den Vögeln zu erzählen. Es war meine einzige Chance, sie davon zu überzeugen, dass ich finanziell dazu in der Lage war, sie zu unterstützen. Ich wollte dieses Baby, unser Baby, mehr als irgendetwas je zuvor. Es war schon spät, als sie bei mir anklopfte – gegen elf Uhr wie an den meisten Abenden. Ich nahm sie an der Hand und führte sie zum Arbeitszimmer, und dort stand sie einige Atemzüge lang und sah sich verwundert um, bis ihr Blick an einem der riesigen Kühlschränke hängen blieb.

»Wozu ist das alles?«, wollte sie wissen.

»Es ist so was wie mein zweites Standbein«, sagte ich verlegen. »Ich möchte nur, dass du weißt, dass ich genug Geld gespart habe, um dich, Kumari und deine Mutter zu versorgen.«

»Aber du hast doch gesagt, diese Tür ist verschlossen, weil hier drinnen so ein heilloses Durcheinander herrscht.«

In Wirklichkeit war das Zimmer immer ordentlich aufgeräumt. Ich beobachtete, wie sie alles auf sich wirken ließ, sich umsah, die Leimruten betrachtete, die Schultertasche aus Korbgeflecht, die ich bei der Jagd immer dabeihatte, die schwarzen Lockgeräte, die ordentlich aufgereiht auf dem Tisch standen, die Plastikbehälter, die sich entlang der Wand stapelten.

»Das ist ja wie bei Indiana Jones, nur mit Kühlschränken. Was treibst du hier?«, wollte sie amüsiert wissen.

»Nachdem ich meinen Job bei der Laiki verloren hatte, habe ich mich im Jagen versucht. Ich war verzweifelt. Allein mit dem Verkauf von Pilzen hätte ich mich niemals über Wasser halten können, und …«

»Jagen nach was?«, unterbrach sie mich.

»Singvögel«, antwortete ich mit leiser Stimme.

»Singvögel?«

Sie ging schnurstracks auf einen der Kühlschränke zu, öffnete ihn und warf einen Blick hinein. Zum Glück waren sie an diesem Tag alle leer. Dann schloss sie ihn wieder und öffnete den zweiten Kühlschrank, dann auch noch den dritten. Die Tür des letzten ließ sie offen und sah mich an.

»Wo sind sie?«, fragte sie.

»Ich habe im Moment keine hier. Habe gerade eine Lieferung ausgefahren.«

Sie nickte. In ihrer Miene zeichnete sich Enttäuschung ab. Doch dieses Gefühl behielt sie für sich; sie war nicht bereit, es in Form von Worten mit mir zu teilen.

»Ich will das nicht tun«, sagte ich, in der Hoffnung, sie möge verstehen. »Aber wenn man sich da erst mal hat reinziehen lassen, ist es schwer, wieder auszusteigen. Es ist ein bisschen so, wie wenn man mit Drogen dealt – es gibt da diese mächtige Untergrundorganisation, die einen nicht mehr rauslässt, weil es für sie zu riskant wäre.« Ich hütete mich, ihr zu erzählen, dass ein Bekannter von mir erst in der Woche zuvor das Handtuch geworfen hatte, und noch am selben Abend war sein Bootshaus auf mysteriöse Weise abgebrannt.

»Wer sind *die*?«, wollte Nisha wissen.

»Die Typen ganz oben.«

»Das heißt also, wenn man erst mal einen ordentlichen Batzen verdient hat und wieder aussteigen möchte, kommt man nicht wieder raus?«

»Ganz genau.«

Sie schlug die Kühlschranktür zu, legte sich die Hand auf den Bauch und stand mit hängendem Kopf da.

»Ich verspreche dir, ich finde einen Weg da raus. Ganz bestimmt. Ich habe mehr als genug gespart, um für uns alle zu sorgen, bis ich einen neuen Job gefunden habe. Die Krise ist überstanden. Ich habe langjährige Erfahrungen im Finanzbusiness. Ich will nicht bestreiten, dass ich mein Vermögen nicht gerade auf redliche Weise verdient habe, aber wir können eine Familie gründen.«

»Nicht redlich«, wiederholte sie leise. Sie wandte sich ab, verließ das Zimmer und ging auf die Hintertür zu. Mit der Hand bereits am Griff drehte sie sich noch einmal zu mir um und sagte: »Ich werde darüber nachdenken«, dann verschwand sie über die Außentreppe nach unten.

Nach diesem Abend kam sie mehrere Tage lang gar nicht. Erst etwa eine Woche später stand sie wieder bei mir vor der Tür – ich weiß noch, dass es ein Freitagmorgen war, und es überraschte mich, sie am helllichten Tag zu sehen. Sie sah bezaubernd aus, in ihrem leuchtend orangefarbenen Kleid, das den goldenen Schimmer ihrer Augen besonders gut zur Geltung brachte. Sie hatte ihr langes Haar zu einem Pferdeschwanz hochgebunden. Auf ihren Lippen glänzte ein Hauch von Lipgloss. An den Füßen aber trug sie wie immer ihre praktischen, abgetragenen, aber robusten Trekkingsandalen.

Ich wollte die Arme nach ihr ausstrecken und sie fest an mich drücken. »Komm rein«, sagte ich.

»Nein. Ich bin nur gekommen, um dir zu sagen, dass ich übers Wochenende nach Limassol fahre, zu meiner Cousine Chaturi. Weißt du noch? Sie war mal hier zu Besuch.«

»Natürlich«, gab ich zurück.

»Sie geht nächste Woche zurück nach Sri Lanka, da will ich ihr ein paar Sachen mitgeben, die sie nach Galle bringen wird.«

Ich nickte.

»Ich brauche dringend Abstand, damit ich nachdenken kann.«

Wieder nickte ich.

»Ruf mich nicht an oder versuch, mich zu kontaktieren. Es sind nur ein paar Tage.«

»Schon gut«, sagte ich. »Ich verstehe.«

Ihre Lippen verzogen sich zu einem kleinen Lächeln, aber in ihren Augen lag eine Traurigkeit, die nicht mehr weggehen wollte. Dann stieg sie die Treppe hinunter, und ich sah von oben aus zu, wie sie durch die Terrassentür in ihrem Zimmer verschwand.

Am Montag hörte ich spätabends ein Klopfen. In einem leuchtend weißen Nachthemd stand sie vor mir, eine rosa Strickjacke um die Schultern gelegt. Ihre Haare waren offen, die Wangen leicht gerötet, als wäre sie gerannt.

»Ich konnte es nicht erwarten, dich zu sehen«, sagte sie.

Sie schlang die Arme um meinen Rücken und vergrub ihr Gesicht an meiner Halsbeuge; ich spürte ihren warmen Körper, ihren feuchten Atem an meiner Haut. Tiefe Erleichterung überkam mich, und ich war unendlich froh über ihre Rückkehr und dankbar, sie wieder in die Arme schließen zu dürfen.

»Ich wollte gestern Nacht schon vorbeikommen, aber Aliki hatte Fieber. Ich konnte sie nicht allein lassen«, sagte sie.

Wir legten uns aufs Bett. Es wehte eine leichte sommerliche Brise. Sie lag auf dem Rücken, ich auf der Seite; ich küsste ihre Schulter und streichelte über ihr Haar, was sie sichtlich genoss. Ich war fassungslos vor Glück, dass sie zu mir zurückgekehrt war.

»Wie geht es Chaturi?«, erkundigte ich mich.

»Gefällt dir mein Nachthemd? Sie hat es mir geschenkt. Selbst genäht. Aus echter Beeralu-Spitze.«

»Es ist traumhaft schön«, sagte ich. Und das war es. Ich glitt mit den Fingern über das fein gewebte Blütenmuster. Wie ein reinweißer Garten.

»Sie hat das Muster erst auf Millimeterpapier gezeichnet und es mit Nadeln an dem *kotta boley* befestigt. Die Fäden hat sie dann einzeln um die Stecknadeln gelegt. Kannst du dir vorstellen, was für eine mühselige Arbeit das ist?«

»O ja.«

»Ihre Arbeitgeber waren an diesem Wochenende weg, deshalb hatten wir das komplette Haus für uns. Ich habe ihr bei den Hausarbeiten geholfen, dann haben wir uns für den Rest des Tages in den Garten gesetzt und uns unterhalten, während sie weiterwebte. Sie wollte unbedingt fertig werden, bevor ich wieder abreise. Sie hatte die Befürchtung, wir würden uns eine ganze Weile nicht mehr sehen.«

In den vergangenen Jahren hatte Nisha Chaturi alle paar Monate getroffen. Chaturi kam manchmal sonntags zu Besuch nach Nikosia. Die Familie, bei der sie angestellt war, hatte hier Verwandtschaft und setzte sie jedes Mal gleich bei ihrer Ankunft bei Petra ab, um sie am Abend vor der Heimreise nach Limassol wieder abzuholen. Es war immer ein besonderes Ereignis für Nisha. Die beiden Frauen verbrachten den Tag meist damit, *aluwa* herzustellen, eine Süßigkeit aus Cashewkernen, oder, was mir persönlich am besten schmeckte, *aasmi*, das aus Kokosmilch und dem Saft von Zimtblättern gemacht wird. Chaturi reiste jedes Mal mit einer Ladung Tupperdosen voll Süßem ab. Nisha legte immer ein wenig für mich beiseite und brachte mir die Leckereien später am Abend, in Alufolie gewickelt, mit. Dann erzählte sie mir von ihren Gesprächen, von den Witzen, die Chaturi zum Besten gegeben hatte, von den Neuigkeiten aus ihrer Heimat.

»Ich hoffe, sie irrt sich«, meinte sie. »Von wegen, dass es länger dauern wird, bis wir uns wiedersehen.« Sie strich mit den Fingerkuppen über die Blüten auf ihrem Nachthemd.

»Sicher seht ihr euch bald wieder«, sagte ich zum Trost.

Sie druckste einen Moment herum, dann gestand sie: »Ich hatte einen Termin in der Klinik in Limassol. Für einen Schwangerschaftsabbruch. Aber ich konnte es nicht.« Ihre Augen waren angstvoll geweitet. »Dieses Baby wird anfangen zu wachsen, und ich werde ohne Job und ohne ein Dach über dem Kopf dastehen. Weißt du, was aus Frauen wie mir wird, wenn sie gegen die Regeln verstoßen?«

Die Worte purzelten jetzt nur so aus ihrem Mund, sodass ich ihr kaum mehr folgen konnte.

»Meine Freundin Mary, die von den Philippinen, ihr Arbeitgeber hat sie dabei ertappt, wie sie nachts über den Zaun geklettert ist, um sich mit ihrem Freund zu treffen. Er hat ihr fristlos gekündigt. Es war nahezu unmöglich für sie, eine neue Anstellung zu finden, weil ihr Arbeitgeber in der ganzen Gemeinde großes Ansehen genoss. Sie musste mit fünfzehn anderen Frauen in eine Notunterkunft ziehen, auf der anderen Seite der Insel. Die Bedingungen da waren so schlecht, dass sie am Ende ihren Körper verkauft hat. Dafür durfte sie bei einem alten Mann in dessen Villa am Meer wohnen, zusammen mit drei anderen Frauen.«

Ich streckte die Hand nach ihr aus, doch sie schob sie weg. Sie schuf bewusst Distanz zwischen uns, damit sie mir in die Augen sehen konnte.

»Und die kleine Diwata ein Stück die Straße runter, deren Ex-Arbeitgeber hat sie geschlagen. Sie hatte überall blaue Flecken, an den Armen und Beinen, außerdem bekam sie so wenig zu essen, dass sie am Ende nur noch Haut und Knochen war. Sie sah aus wie ein zwölfjähriges Kind! Tja, sie hatte

Glück, weil sie einen neuen Arbeitgeber gefunden hat. Der hat ihr sogar ein Auto gekauft. Er behandelt sie gut, sie hat immer neue Kleidung, und er überlässt ihr seine Kreditkarte, damit sie sich kaufen kann, was sie will. Warum, denkst du, tut er das?«

Sie starrte mich an, ohne zu blinzeln. Ich hatte keine Antwort darauf.

»Petra wirft mich raus. Garantiert. Wer weiß, wo ich dann lande? Aber wenn ich einen neuen Job finden will, muss ich das Baby aufgeben. Was, wenn ich das nicht übers Herz bringe? Genau wie ich das mit der Abtreibung nicht geschafft habe?« Jetzt liefen ihr dicke Tränen über die Wangen, die sie hastig mit dem Handrücken wegwischte. »Ich bin durch diese Tür gegangen. Ich war tatsächlich drinnen in dieser Klinik.«

Es gab nichts, was ich dazu hätte sagen können. Ich wollte ihr versichern, dass alles gut werden würde, dass es bei ihr anders laufen würde, weil ich ihr helfen würde. Aber was wusste ich schon von der Welt, in der sie lebte? Wie hoch ihre Schulden waren. Ich konnte ihr schlecht irgendwelche Zusagen machen, da ich doch keine Ahnung hatte.

Nach längerem Schweigen sprach sie schließlich weiter. »Was auch immer geschieht«, sagte sie, »du musst mir versprechen, mit dem aufzuhören, was du diesen armen Singvögeln antust. Das ist nicht gut.«

»Ich verspreche es«, antwortete ich. »Hoch und heilig.«

Mit einem Mal legte die Katze die Ohren flach an und fauchte. Hinter mir hörte ich Schritte näher kommen. Ich drehte mich um und sah Spyros. Spyros war unser Postbote. Ein gut gebauter Kerl, vom Hals abwärts tätowiert. An einer Leine führte er einen sorgfältig gepflegten, winzigen Pudel, der in einer kakifarbenen Bomberjacke speziell für Hunde steckte. Das ungleiche Paar hatte Nisha immer zum Lachen gebracht, wenn sie sie sonntags vom Balkon aus sah. Dann spähte sie jedes Mal vorsichtig übers Geländer, ohne sich von neugierigen Nachbarn sehen zu lassen, und pfiff die Titelmelodie von Indiana Jones, woraufhin er immer zurückpfiff. Das bedeutete so viel wie: *Ich weiß, dass du da oben bist, aber dein Geheimnis ist bei mir sicher.* Spyros, der Postbote, wusste über so gut wie alles Bescheid, und jeder in der Nachbarschaft wusste, dass Spyros, der Postbote, über alles im Bilde war. Und trotzdem bewahrte er alles für sich. Nisha liebte dieses Spiel zwischen ihnen – auf diese Weise fühlte sie sich akzeptiert, mehr wie ein Mensch, meinte sie einmal. Sie hatte mir erzählt, dass *Indiana Jones und der Tempel des Todes* in den Achtzigerjahren in Kandy gedreht worden war, und sie hätte es als kleines Mädchen geliebt, sich all die Abenteuer vorzustellen, die sich gerade mal zweihundert Kilometer von ihrer Heimatstadt entfernt abspielten.

Jetzt fauchte die Katze und umkreiste Spyros' Hund, der seinerseits knurrte und wie verrückt an der Leine zerrte. Der Hund fletschte seine Zähne, und die Katze stieß wieder ein Fauchen aus. Es war ein recht amüsantes Kräftemessen, und wäre ich nicht so nervös gewesen, hätte ich vermutlich gelacht.

»Sitz, Agamemnon!«, rief Spyros. Der Hund gehorchte, hörte aber nicht damit auf, aus tiefster Kehle zu knurren.

»Was tust du hier, Kumpel?«, fragte der Postbote und sah auf mich herunter.

»Nachdenken.«

»Auf dem Boden? Mitten auf der Straße?«

»Ja.«

Er setzte sich neben mich. »Irgendwas stimmt doch nicht.«

»Nisha ist weg. Ich weiß nicht, wo sie steckt.«

»Wie lange schon?«

»Seit fast einer Woche. Sonntagabend oder in der Nacht ist sie verschwunden.«

Spyros runzelte die Stirn und sah aus, als würde er grübeln. »Ich hab sie am Sonntag noch gesehen«, sagte er schließlich, »gegen halb elf in der Nacht. Ich bin ein wenig später als sonst mit Agamemnon raus, weil meine Mutter zu Besuch war. Ich bin meine übliche Route gegangen, diese Straße hier runter, und da ist sie an mir vorbeigelaufen, hatte es ziemlich eilig. Ich hab sie gefragt, wo sie hinwill, und da meinte sie, sie wolle ins Maria's, um sich mit Seraphim zu treffen.«

»Seraphim?« Ein Ruck durchfuhr mich, es war ein Gefühl, als würde ein Eiswürfel meine Wirbelsäule hinabgleiten. »Warum?«

»Ich hab keinen Schimmer«, meinte er. »Mehr weiß ich auch nicht. Aber ich hab sie gesehen, und ich bin mir sicher, dass es Sonntagabend war.«

Die Katze verfolgte mich wie ein kleiner Schatten bis vor die Haustür und verschwand dann in der Dunkelheit des Gartens. Zu meiner Überraschung fand ich den kleinen Vogel auf dem Teppich im Flur unweit der Tür sitzend vor, als ich in die Wohnung kam. Jetzt hüpfte er munter herum. Ich stellte ihm frisches Wasser und ein paar Brotkrumen hin und setzte mich raus auf den Balkon. Dort öffnete ich mir ein eiskaltes Bier und trank es in gierigen Zügen. Wozu hatte Nisha sich mit Seraphim getroffen? Und warum hatte er mir gegenüber mit keinem Ton erwähnt, dass er sie gesehen hatte? Und was in drei Teufels Namen hatte sie in diesem zwielichtigen Laden verloren? Ich kannte die Bar. Dort hatte auch ich mich mit Seraphim getroffen, damals, als er mich angeworben hatte.

Ich bekam kein Auge zu, weil mir das alles ununterbrochen durch den Kopf schwirrte. Deshalb lag ich auch wach, als das iPad wieder einmal um fünf Uhr morgens klingelte. Ich stand auf und sah Kumaris Namen auf dem Display aufleuchten. Das Klingeln hörte auf, aber kurz danach begann es erneut. Und wie schon zuvor war ich wie gelähmt, ich konnte nichts tun. Doch der Name flehte mich an ranzugehen, verzweifelt klopfte der Schriftzug im Dunkeln an.

Also nahm ich den Anruf entgegen.

Kumari blickte mich verstört an, offenbar verwundert darüber, mein Gesicht zu sehen. »Wo ist Amma?«, fragte sie auf Englisch, als sie sich gefangen hatte, und reckte den Hals, als wollte sie über meine Schulter spähen. Das Mädchen trug seine Schuluniform und hatte einen Rucksack mit lila Trägern auf den Rücken geschnallt.

»Ich bin Yiannis«, sagte ich. »Erinnerst du dich an mich?«

Sie nickte. »Selbstverständlich erinnere ich mich, Herr Yiannis. Wir haben doch schon oft miteinander geredet! Sie sind Ammas Freund.«

»Das ist richtig. Ist deine Großmutter in der Nähe? Kann ich sie sprechen?«

»Sie ist gerade zum Laden gegangen.«

»Deine Mum ist bei der Arbeit. Sie hat das Tablet hier bei mir gelassen. Aber sie hat mich gebeten, dir zu sagen, dass sie dich liebt, dass du dich in der Schule anstrengen sollst und dass sie sich sehr bald bei dir melden wird.«

Kumari nickte. »Ist gut, Herr Yiannis«, sagte sie. »Vielen Dank. Strengen Sie sich auch an in der Arbeit.« Dann grinste sie. Sie hatte etwas Verschmitztes, genau wie ihre Mutter. Diese Erkenntnis versetzte mir einen schmerzhaften Stich.

Dann legte sie auf, und der Bildschirm wurde wieder schwarz.

13

Petra

Am Samstagmorgen beschloss ich, endlich in dem Anwesen mit dem Tor am Ende der Straße vorbeizuschauen. Aliki erzählte ich, dass Frau Hadjikyriacou ein Auge auf sie haben werde, sie dürfe aber jederzeit im Garten spielen. Meine Tochter nickte, ohne sich groß dafür zu interessieren, schnappte sich eins ihrer Lieblingsbücher und ging raus zum Boot. Sie setzte sich rein und fing an zu lesen. Bevor ich ging, brachte ich ihr noch einen Teller mit Orangenstücken und drückte ihr einen Kuss auf die Stirn, dann bedankte ich mich bei Frau Hadjikyriacou und versicherte ihr, dass ich nicht lange wegbleiben würde. Sie wusste, was ich vorhatte, und war froh, mir helfen zu können.

Mein erster Zwischenstopp führte mich in Yiakoumis Laden. Ich hatte Nishas Tagebuch mitgebracht und hielt es fest an meine Brust gepresst, als ich über die Schwelle trat. So früh am Samstagmorgen war noch keine Kundschaft da, aber wie erwartet war Nilmini am Putzen. Vornübergebeugt stand sie da und wischte den Staub von den Glasvitrinen unter dem Verkaufstresen. Von Yiakoumi selbst keine Spur.

»Guten Morgen«, sagte ich.

»Guten Morgen, Madam«, antwortete Nilmini. Das Mädchen hörte auf mit Staubwischen, richtete sich auf und beäugte interessiert das Tagebuch in meiner Hand.

»Nilmini, tust du mir einen Gefallen? Oder vielmehr, tust du Nisha einen Gefallen?«

»Sicher, Madam«, sagte sie.

»Das hier ist ihr Tagebuch«, erklärte ich und legte es auf den Tresen. »Könntest du das für mich lesen und mir sagen, ob da irgendwas drinsteht, das mir helfen könnte, sie zu finden?«

Sie nahm das Tagebuch zur Hand und schlug es auf. Sie blätterte flüchtig darin und warf jeweils einen kurzen Blick auf die Seiten. »Das mache ich, Madam«, sagte sie. »Ich lese es für Sie.«

Ich hatte es eilig, deshalb bedankte ich mich bei ihr und verließ den Laden. Vom Schaufenster aus sah sie mir nach und winkte, während ich weiter die Straße hinunterging.

Ich kam an der Kirche vorbei und nahm die klare Herbstluft mit all ihren Gerüchen wahr. Die Sonne stand zu dieser frühen Stunde noch tief am Himmel, aber es versprach ein sonniger und klarer Herbsttag zu werden. Vor dem Gotteshaus kehrte ein Hausmädchen den Weg und befreite ihn von Laub und Kakerlaken. Als ich vorübereilte, blickte sie auf und nickte mir kurz zu.

Ein Stück weiter die Straße hinunter gab es ein Bildhaueratelier, das sich zwischen den anderen Häusern einfügte, ganz ohne Hausmauer oder Tür oder Fenster; da war nur eine riesige Öffnung, die nie verschlossen war – es gab noch nicht mal eine Jalousie, die man am Abend hätte herunterfahren können, um das Grundstück vor unerwünschten Eindringlingen zu schützen. Der Boden des höhlenartigen Raums war übersät mit geborstenen Brettern, rostigen Nägeln, alten Werkzeugkisten und knorrigen Ästen, die wie abgetrennte menschliche Gliedmaßen herumlagen. Gelegentlich sah man den Eigentümer, einen Mann mittleren Alters namens Muyia, dort drinnen bei der Arbeit, aber die meiste Zeit glaubte man, eine baufällige Garage vor sich zu haben, die nicht mehr genutzt wurde. Heute Morgen allerdings war Muyia tatsächlich da, und ich stellte fest, dass er an einem Stück Holz herumschnitzte. Offenbar formte er etwas, das ihm sehr viel zu bedeuten schien: Er war hoch konzentriert, die Stirn tief gefurcht, die Lippen fest aufeinandergepresst.

Als er meine Schritte hörte, blickte er auf und hob die Hand zum Gruß. »Petra! Wie war Ihr Ausflug in die Berge?«, rief er mir zu.

»Berge?«, fragte ich und trat zum Eingang.

»Ja, Nisha meinte, sie wollten zusammen in die Berge fahren. Kommen Sie rein, nur hereinspaziert! Ich will Ihnen etwas zeigen.«

Ich stieg über krumme Drähte und Holzreste hinweg. Der Raum war sehr tief und hätte eigentlich stockdunkel sein müssen, aber Muyia hatte zwei grelle Lampen über seiner Werkbank hängen. Ich war zum ersten Mal hier drinnen, und mir wurde bewusst, dass die Werkstatt gar nicht so unordentlich war, wie ich angenommen hatte. Tatsächlich gab es sogar ein riesiges Regal, in dem reihenweise wunderschöne handgeschnitzte Holzskulpturen standen. Es waren in erster Linie Gesichter von irgendwelchen Leuten, aber auch Tiere: eine Schlange, ein Elefant, drei Libellen, die an unsichtbaren Fäden zu schweben schienen. Da waren filigran gearbeitete Blüten und verschiedene Vögel und Fische, sogar eine Erdkugel entdeckte ich – alle aufwendig von Hand geschnitzt, mit feinen, liebevollen Details. Sie waren unbemalt, weshalb das Holz seinen weichen, warmen Honigton bewahrt hatte, und man sah sogar die feine Maserung des Materials. Es kam mir vor, als hätte ich eine Art Zauberwald betreten.

»Gefallen sie Ihnen?«, fragte er.

»Sie sind außergewöhnlich.«

Das Kompliment brachte ihn zum Lächeln, und er meinte: »Sehen Sie sich das hier an.«

Ich drehte mich um und hatte das Stück vor mir, an dem er gerade arbeitete. Es war eine Madonna mit Kind, von beeindruckender Größe, fast lebensgroß. Die Frauengestalt war von stiller Schönheit, die in der Rundung ihrer Wangenknochen, dem weichen Schwung ihrer Augen und der Nase, dem herzförmigen Gesicht zum Ausdruck kam. Eine Haarsträhne hing ihr über ein Auge, und auf ihrer Schulter saß eine kleine Eule. Doch was mich am meisten beeindruckte, war, wie lebensecht sie wirkte – nicht nur, was ihre anmutige Erscheinung betraf, sondern auch in ihrer Essenz, ihrer Energie, in ihrer Kraft und ihrer Sachlichkeit. Es verbarg sich im sanften, aber doch bestimmten Blick, mit dem sie das Kind in ihren Armen betrachtete, der festen und zärtlichen Berührung ihrer Finger am Schenkel des Kleinen.

»Sie hält *ihr* Kind in den Armen«, sagte er und legte eine besondere Betonung auf das Wörtchen *ihr*.

Jetzt warf er selbst einen Blick darauf und begutachtete sein Werk, als hätte er ganz vergessen, dass es da war. Mit zusammengekniffenen Augen strich er mit der Daumenkuppe über den Flügel der Eule. »Hm«, brummte er, »da muss ich noch ein wenig nachbessern. Sehen Sie, der Winkel ist zu spitz, hier am

Flügel? Das verleiht dem Vogel eine falsche Charakterqualität, denken Sie nicht auch?«

»Ich könnte nicht sagen, welche Qualität eine Eule in der Hinsicht haben sollte.«

An dieser Stelle bedachte er mich mit einem prüfenden Blick, ehe er die Stirn runzelte und kaum merklich nickte, als hätte er verstanden oder sich an etwas erinnert. Dann sagte er: »Wissen Sie, wir haben uns noch nie richtig unterhalten. Stellen Sie sich nur vor, all die Jahre leben wir fast Tür an Tür, und jetzt wechseln wir zum ersten Mal mehr als nur ein paar Worte miteinander.«

Ich richtete meine Aufmerksamkeit wieder auf die Statue, und diesmal fiel mir etwas auf, das mir zuvor entgangen war: Es lag eine tiefe Traurigkeit im Blick der Frau. Aber nicht nur ihre Augen wirkten traurig, nein, sie strahlte es mit ihrem ganzen Wesen aus, mit ihrer Haltung, ihrer beständigen stillen Berührung, selbst in ihrer Reglosigkeit zeigte es sich; zu guter Letzt erkannte ich es sogar in der Maserung des Holzes. Und da war noch etwas – sie hatte eine auffallende Ähnlichkeit mit Nisha.

»Möchten Sie eine Tasse Kaffee?«, fragte er. »Ich kann einen zweiten Stuhl holen, dann können Sie sich setzen.«

»Nein danke«, gab ich zurück. »Tut mir leid, aber ich muss etwas erledigen und habe nicht viel Zeit.«

Plötzlich verspürte ich den überwältigenden Drang, mich schleunigst zu verabschieden. Tausende von Fragen schwirrten mir durch den Kopf, aber ich war nicht bereit, sie zu stellen. Hatte Nisha für diese Statue Modell gesessen? War sie seine Muse? Wie viele andere Männer aus der Nachbarschaft kannte sie noch? Allmählich wurde mir mulmig bei dem Gedanken, was ich noch alles über diese Fremde herausfinden würde, die unter meinem Dach gelebt hatte, die meine Tochter großgezogen, unser Leben in geordnete Bahnen gelenkt, die unser Haus nach Stephanos' Tod wieder zu einem Heim gemacht hatte. Wer war diese Frau, die ich bisher nur als einen Schatten meiner selbst betrachtet hatte? Ein dunkler, wunderschöner Schatten, der in alten Sandalen herumwuselte, mit Feuer in den Augen.

Erst jetzt traf mich die Erkenntnis, dass es in Wirklichkeit umgekehrt gewesen war: Ich war ihr Schatten.

Hastig verabschiedete ich mich von Muyia, stammelte eine Entschuldigung und versprach, ein anderes Mal auf einen Kaffee vorbeizukommen. Ich wollte mich wirklich gern mit ihm unterhalten, aber erst musste ich Ordnung in das Chaos meiner Gedanken bringen. Und überhaupt, ich war spät dran und wollte Aliki schließlich nicht den ganzen Vormittag mit Frau Hadjikyriacou allein lassen.

Ich eilte weiter die Straße entlang, zu dem Anwesen mit dem Tor, einem neoklassizistischen Gebäude von beachtlicher Größe mit Balkonen unter jedem Fenster. Ich drückte auf den Klingelknopf und hielt mein Gesicht abwartend vor die Gegensprechanlage. Nach einem kurzen Moment meldete sich eine knisternde Stimme: »Madam, kommen Sie rein!«, gefolgt von einem leisen Klickgeräusch. Knarzend öffnete sich die Pforte.

Ich war schon einmal im Anwesen von Herrn und Frau Kostas zu Besuch gewesen, anlässlich einer Silvesterparty. Sämtliche Nachbarn – oder zumindest diejenigen, die sie für würdig hielten – waren eingeladen gewesen, und ich hatte es auf die Gästeliste geschafft. Vermutlich, weil ich von Berufs wegen mit den Reichen und Schönen zu tun hatte; vielleicht dachten sie, ich hätte möglicherweise ein paar interessante

Geschichten auf Lager. Dieses herrschaftliche Wohnhaus war die Altersresidenz der Kostas: Sie waren aus dem Vereinigten Königreich hierher übergesiedelt, von London, wo Herr Kostas Inhaber einer Kette von Versicherungsgesellschaften gewesen war.

Ich ging über einen gepflasterten Pfad durch einen sorgfältig gepflegten Obstgarten: Auf der einen Seite standen Feigenkakteen und andere Kakteenarten, Apfel- und Birnbäume; auf der anderen Seite sah ich Zitronenbäume, Kirschbäume und Aprikosenbäume, Weinranken und Tomatenpflanzen. Der Winter war nicht mehr weit, deshalb verloren die Bäume allmählich ihre Blätter, aber ich wusste, dass sich in nur wenigen Monaten wieder winzige Knospen an den Ästen zeigen würden, und einige Wochen später würde dieser Ort hier duften wie eine Parfümerie.

Auf halbem Weg zur Haustür zögerte ich, in der Erwartung, dass jemand nach draußen kommen würde, um mich zu begrüßen.

»Madam, kommen Sie rein!«, rief eine Stimme, und ich folgte dem Weg um das Haus herum zum hinteren Garten mit einem weitläufigen Rasen und einem geräumigen Metallkäfig, in dem zwei Jagdhunde mit sandfarbenem Fell zu sehen waren. Sie waren schlank und muskulös und hätten eigentlich etwas Bösartiges ausstrahlen müssen, doch ihre Augen wirkten fügsam und gleichmütig. Eins der Hausmädchen war im Käfig und stand gebückt da, um einem der Hunde das Hinterteil zu säubern.

»Madam«, sagte sie, richtete sich auf und versteckte die behandschuhten Hände hinter dem Rücken, »Binsa … sie hat Ihnen aufgemacht. Sie ist drinnen. Bitte, gehen Sie rein.« Sie deutete auf eine Tür unterhalb der Terrasse. »Ich muss den

Hund sauber machen, er hat sich den Magen verdorben.« Während sie sprach, verharrte das Tier mit dem Hinterteil in der Luft, die Vorderpfoten nach vorn ausgestreckt, folgsam darauf wartend, dass sie ihre Arbeit fortsetzte.

Ich bedankte mich bei ihr und stieg die paar Stufen hoch zur Veranda, wo eine Glastür offen stand, aus der Essensgerüche wehten.

»Madam, hier lang!«

Binsa war in der Küche und gerade dabei, etwas zu frittieren. »Tut mir leid, Madam, ich konnte nicht an die Tür kommen. Ich bereite gerade Keftedes für Sir und Madam zu. Wissen Sie, die darf man nicht einfach unbeaufsichtigt im Öl lassen. Sonst werden sie nichts. Und, wie geht es Nisha, Madam? Sie ist schon lange nicht mehr für einen Plausch ans Gartentor gekommen. Wir vermissen sie. Ich habe auf ihrem Handy angerufen, aber sie geht nicht ran. Sie wissen, dass Madam uns nicht aus dem Haus lässt, deshalb konnte ich nicht kommen und sie besuchen. Ich hoffe, es geht ihr gut, Madam?« Jetzt warf sie mir einen kurzen Blick zu, doch sie richtete ihre Aufmerksamkeit sofort wieder auf das Öl und das Feuer.

»Wo sind denn Sir und Madam?«, fragte ich.

»Sie sind unterwegs, einkaufen, Madam. Wenn Sie in einer Stunde wiederkommen, sind sie sicher zurück.«

»Eigentlich bin ich gekommen, um mit Ihnen zu reden, Binsa.«

Wieder blickte sie für einen kurzen Moment von ihrer Arbeit auf, runzelte die Stirn und sagte dann hastig: »Okay, Madam. Ich hole die hier noch raus, drei Minuten, dann unterhalten wir uns, bevor ich weitermache. Können Sie kurz warten?«

»Selbstverständlich, Binsa«, sagte ich. »Lassen Sie sich Zeit.«

Auf der Arbeitsplatte neben ihr stand eine große Platte voller roher Fleischbällchen, die mit Mehl bestäubt waren, bereit, ins heiße Fett zu wandern. Nisha hatte mir oft von Binsa und Soneeya aus Nepal erzählt. Sie waren beide etwa Mitte zwanzig, ungefähr zehn Jahre jünger als Nisha, und das erste Mal von ihren Familien getrennt, seit sie in Zypern waren. Bevor sie beschlossen hatte auszuwandern, hatte Binsa als Radiosprecherin bei einem kleinen Lokalsender gearbeitet, und Soneeya war, glaube ich, als Kindergärtnerin tätig. Ihr Englisch war nicht so gut wie das von Nisha, weil die es schon als kleines Mädchen in Sri Lanka gelernt hatte. Aber Binsa und Soneeya lebten bereits seit zwei Jahren hier und konnten sich deshalb recht gut verständigen. Frau Kostas erteilte ihnen abends Englischunterricht. Nisha hatte mir erzählt, dass sie das Grundstück nicht verlassen durften, weil die Kostas sich Sorgen machten, sie könnten auf Abwege geraten.

Kurz darauf kam Soneeya ins Haus und streifte die blauen Gummihandschuhe ab, die sie in den Mülleimer warf. Sie wusch sich die Hände mit reichlich Seife. Nicht lange, und ich saß mit einer Tasse Tee in der Hand im Wohnzimmer. Die beiden Frauen sahen mich erwartungsvoll an.

»Ich mache mir Sorgen um Nisha«, erklärte ich schließlich.

Bei diesen Worten stieß Soneeya Binsa mit der Faust fest gegen den Oberschenkel, verzog die Lippen und sagte etwas auf Nepalesisch. Dann stand Soneeya auf, verließ den Raum und kehrte wenig später wieder zurück. Sie hielt etwas Glänzendes in der Hand, das sie mir wortlos hinhielt. Es war ein Armband, silbern mit einem einzelnen Anhänger daran, einem Nazar-Auge. Ich hielt den Atem an und griff nach dem Schmuckstück, drehte und wendete es in meiner Hand. Und da war es. Die Gravur mit Alikis Namen auf der Innenseite.

Wir hatten Nisha das Armband vor einigen Jahren zum Geburtstag geschenkt. Sie trug es jeden Tag. Jetzt sah ich, dass der Verschluss kaputt war.

Fragend sah ich zu Soneeya und Binsa auf. »Woher habt ihr das?«, wollte ich wissen. Meine Atmung beschleunigte sich, und ich verspürte ein panisches Flattern in der Brust.

»Ich habe diese Woche schon mehrmals zu Binsa gesagt, dass wir Madam bitten müssen, uns Ihre Telefonnummer zu geben, damit wir Sie anrufen können. Wir haben es auf Nishas Handy versucht, aber sie geht nicht ran. Ich habe Madam nicht gefragt, weil Binsa ein engeres Verhältnis zu ihr hat. Ich bin nur ihre Nummer zwei. Binsa hätte sie fragen sollen.«

»Soneeya hat es gefunden«, beeilte Binsa sich jetzt zu sagen, als wollte sie sich verteidigen. »Sie hat die Hunde spazieren geführt, runter zum Ende der Straße. Nicht weit vom Maria's steht ein altes, verfallenes Haus. Niemand lebt darin. Soneeya lässt die Hunde manchmal in dem dazugehörigen Garten ihr Geschäft erledigen«, sagte sie, wobei sie Soneeya einen tadelnden Blick zuwarf. »Und da hat sie etwas Glänzendes auf dem Boden liegen sehen, direkt vor der Haustür. Es war Nishas Armband. Wir haben uns Sorgen gemacht.«

»Sehr große Sorgen«, bestätigte Soneeya.

»Und dann ging Nisha nicht ans Telefon«, fuhr Binsa fort, »und da dachten wir, dass Nisha vielleicht zu ihrer Cousine gefahren ist. Es geht uns aber nichts an. Das habe ich zu Soneeya gesagt.«

Mit zitternden Händen stellte ich die Teetasse auf dem Wohnzimmertisch ab. »Die Sache ist die«, begann ich vorsichtig, »ich habe nicht die leiseste Ahnung, wo Nisha steckt. Sie ist wie vom Erdboden verschwunden. Sie hat ihren Reisepass und andere wichtige persönliche Dinge dagelassen. Ich kann sie auch nicht auf ihrem Handy erreichen. Ihr Freund Yiannis hat sie nicht gesehen, aber einige Nachbarn sagen, sie hätten sie Sonntagabend gesehen, wie sie das Haus verlassen hat.«

Ich wartete ab, während die beiden Frauen einen Blick wechselten und kurz und heftig auf Nepalesisch diskutierten. Soneeya wurde zwischendurch laut und klang verängstigt, während Binsa vergleichsweise ruhig blieb.

»Madam«, sagte Binsa schließlich, »waren Sie schon bei der Polizei?«

Ich erklärte den beiden, dass ich in der Tat dort gewesen sei, dass man mir dort allerdings nicht helfen könne; selbstverständlich ging ich nicht darauf ein, was Officer Kyprianou über Gastarbeiterinnen gesagt hatte.

»Ich bin hergekommen«, sagte ich, »weil ich gehofft hatte, ihr wisst vielleicht etwas darüber, wo sie hin ist.«

Sie schüttelten einhellig die Köpfe.

»Hat sie je davon gesprochen, dass sie weggehen will? Dass sie vielleicht in den Norden wollte, um sich dort Arbeit zu suchen?«

»Niemals!«, erklärte Soneeya hastig. »Madam, Nisha hätte nicht im Traum daran gedacht. Das sähe Nisha nicht ähnlich.«

Ich nickte. Natürlich wusste ich, dass sie vollkommen recht hatte.

»Wisst ihr irgendwas über Yiannis?«

Die beiden Mädchen unterhielten sich wieder auf Nepalesisch, diesmal tuschelnd, als bestünde Gefahr, ich könnte sie verstehen. Sie waren sich offenbar nicht einig, aber nach einer Weile richtete Soneeya das Wort wieder an mich.

»Madam, Binsa ist sich nicht sicher, ob sie Ihnen das sagen soll, aber ich denke, Sie sorgen sich um Nisha. Ich möchte

Ihnen das sagen, weil Yiannis vielleicht etwas weiß, das Sie nicht wissen.«

Jetzt richtete ich mich etwas auf, und ich denke, Binsa musste das bemerkt haben, denn sie wirkte betroffen. Sie murmelte leise ein paar Worte, doch Soneeya brachte sie zum Schweigen.

»Dieser Mann, Yiannis, er liebt Nisha so sehr. Er *liebt* sie, Madam. Ich weiß nicht, wie ich Ihnen das sagen soll. Er liebt sie von hier bis zum Mond.« Dabei machte sie eine ausholende Geste und breitete die Arme weit aus.

»Verstehe«, sagte ich. »Liebt sie ihn denn auch?« Die Frage schien mir durchaus berechtigt.

»Ja, Madam«, antwortete Soneeya. »Wenn jemand weiß, wo Nisha ist, dann er. Sie teilt all ihre Geheimnisse mit ihm, wirklich alles.«

Ich nickte und spürte einen Knoten in der Magengegend, hart wie ein Stein. Denn wenn ich daran zurückdachte, wie verängstigt Yiannis gestern Abend gewirkt hatte, war klar, dass er nicht die geringste Ahnung hatte.

»Madam«, sagte Binsa jetzt und unterbrach meine Gedanken, »sagen Sie Nisha bitte nicht, dass Sie diese Information von uns haben. Sie wird nicht glücklich darüber sein. Sie liebt nämlich auch ihren Job, Madam. Sie würde diese Anstellung bei Ihnen niemals verlieren wollen. Sie macht sich Sorgen, dass Ihnen ihr Verhältnis mit Yiannis nicht gefallen würde.«

»Ich verspreche es«, beteuerte ich. »Ich werde keinen Ton sagen.«

Im selben Moment schrillte das Geräusch der Türklingel durch den Raum.

»Ah!«, rief Binsa und sprang auf, um zum großen Fenster zu laufen, das nach vorn rausging. Aus der Tasche ihrer Schürze fischte sie eine Fernbedienung für das Gartentor und drückte ein paarmal darauf.

»Sir und Madam sind zurück!«, sagte Soneeya, die anfing, die Teetassen einzusammeln.

Ich hörte die Metallpforte knarzen, gefolgt vom leisen Schnurren eines Motors und dann dem dumpfen Schlagen von Autotüren. Hastig wühlte ich in meiner Handtasche, zog eine alte Quittung heraus und kritzelte meine Telefonnummer darauf. »Soneeya«, ich drückte ihr den Zettel in die Hand, »bitte rufen Sie mich an, wenn Ihnen noch was einfällt. Ganz gleich was.«

Soneeya nickte und ließ das Stück Papier in ihrer Schürzentasche verschwinden, ehe sie mit dem Teetablett in die Küche zurückeilte.

Binsa öffnete währenddessen die Haustür, und Herr und Frau Kostas traten ein. Sie trugen beide weiche Kaschmirpullover, dazu Jeans und Turnschuhe. Frau Kostas griff nach ihrer Armanibrille mit Goldfassung (ich erkannte das Modell, ich hatte es ihr selbst verkauft) und schob sie sich in die Haare.

»Petra!«, sagte sie, »wie schön, Sie zu sehen. Was führt Sie zu uns?« Ehe ich antworten konnte, hatte sie sich schon Soneeya zugewandt. »Soneeya, die Einkäufe sind im Wagen. Geh und hol sie.«

Soneeya nickte und antwortete: »Ja, Madam, ich gehe sofort.« Damit huschte sie zur Tür raus, um Binsa zu helfen, die schon dabei war, Tüten aus dem Auto ins Haus zu schaffen und sie im Flur abzustellen.

Herr Kostas mit seinem dichten braunen Haarschopf begrüßte mich nun ebenfalls, entschuldigte sich aber gleich wieder, er müsse einen wichtigen Anruf tätigen. Binsa kehrte jetzt in die Küche zurück, um sich um die restlichen Fleischbällchen zu kümmern, die sie wegen unseres Gesprächs nicht fertig frittiert hatte, und schickte sich an, die verlorene Zeit wieder aufzuholen. Frau Kostas warf ihre Schlüssel in eine riesige Schale, die in der Mitte eines runden Marmortischchens stand, und hängte ihre Handtasche an die Garderobe direkt neben der Tür. Dann wandte sie sich mir zu.

»Petra, wie geht es Ihnen? Ich habe Sie lange nicht gesehen. Haben meine Mädchen sich gut um Sie gekümmert? Das hoffe ich doch. Sie werden immer besser. Ich unterrichte sie schon eine Weile, aber ich sage Ihnen, ich überlege, ob ich die beiden trenne und eine woandershin zum Arbeiten schicke. Sie lenken sich zu sehr gegenseitig ab, wenn sie zusammen sind, und mal ehrlich, brauche ich wirklich zwei Haushaltshilfen?« Jetzt blieb sie vor mir stehen und setzte sich die Brille wieder auf die Nase. Es war nicht zu übersehen, dass sie ihre Stirn und ihre Lippen hatte machen lassen.

»Tja, ich weiß nicht«, sagte ich. »Schätze, es kommt ganz darauf an, was alles anfällt.«

»Ich kann mich kaum retten vor Arbeit wegen der Wohltätigkeitsveranstaltungen, die ich organisiere. Und das Haus ist so schrecklich groß.« Sie lachte und seufzte und schüttelte den Kopf, als gäbe es ja immer so unaussprechlich viel zu tun, und dann bot sie mir einen Platz im Wohnzimmer an, deutete mit ihrer runzeligen Hand, an deren Fingerspitzen lange, rot lackierte, sargförmige Nägel saßen, auf einen Sessel.

»Oh, vielen Dank«, sagte ich, »aber ich muss wieder los.«

»Aber ich bin doch eben erst zur Tür herein!«

»Eigentlich bin ich gekommen, weil ich mit Binsa und Soneeya reden wollte.«

»Ach ja?« Die Dame des Hauses beäugte mich misstrauisch.

»Das Problem ist, dass Nisha, mein Hausmädchen, mein …

Mädchen, tja, wie soll ich es ausdrücken? Sie ist seit einigen Tagen verschwunden, und ich wollte sehen, ob Soneeya und Binsa vielleicht etwas von ihr gehört haben oder etwas wissen.«

»Verstehe«, sagte Frau Kostas und warf einen Blick in Richtung Küche, wo ihre Hausangestellten beschäftigt waren. »Ich bezweifle, dass sie irgendetwas wissen, schließlich haben sie hier nicht viele Freunde und kennen kaum jemanden. Darauf achte ich nämlich.«

Soneeya kam aus der Küche, ein Tablett mit einer Teekanne und zwei Tassen auf Untersetzern in den Händen.

»Sind Sie sicher, dass Sie nicht eine Tasse mittrinken möchten? Ich könnte Soneeya bitten, noch eine Extratasse zu bringen, eine Kanne ist ohnehin immer zu viel für uns. Soneeya! Was habe ich dir gesagt? In diesem Haus trinken wir unseren Tee mit Milch! Geh und hol welche. Gieß ein wenig in das kleine Kännchen. Herrje, wie oft muss ich ihr das noch sagen! Diese Mädchen haben die Aufmerksamkeitsspanne von Flöhen.« Sie seufzte und fuhr dann fort. »Petra, meine Liebe, machen Sie nicht so ein bedrücktes Gesicht! Wenn Nisha weg ist, ist sie eben weg. Das tun diese Frauen nun mal von Zeit zu Zeit, wissen Sie? Sie ziehen um die Welt, ohne lange nachzudenken. Ach, wie gern ich selbst diesen Luxus hätte!« Ihr Gesicht verzog sich zu einer Grimasse, aber ihre Stirn blieb glatt wie ein Kiesel.

»Tja …«, setzte ich an.

»Tja«, sagte sie ebenfalls und flüsterte dann betont, »dann lenken Sie mir mal Soneeya und Binsa nicht weiter ab, hm?« Damit trat sie zur Haustür, womit sie mir unmissverständlich signalisierte, dass unser Gespräch beendet war, und winkte mir noch hinterher, als ich dem Weg zur Pforte folgte, die sich nun abermals knarzend öffnete. »Kommen Sie bald mal wieder vorbei und trinken Sie eine Tasse Kaffee mit uns!«, rief sie mir noch nach. »Und rufen Sie vorher an!«

Im Licht des späten Nachmittags werden der Sonnenuntergang und der See eins. Wunderschöne rosa und rote Streifen durchziehen den seidig glänzenden Himmel. Der Hase ist nicht länger auszumachen. Die Haut hat sich weiter gelöst und ist fast vollständig zersetzt. Aus den Fliegeneiern im Auge und an der immer größer werdenden Wunde an seinem Hals sind Maden geschlüpft, während die Larven im Maul sich am Fleisch genährt haben und gewachsen sind. Dieselbe Art von Larven füllt das faulende Loch an seiner Unterseite; sie fressen und fressen und machen das Gewebe des toten Tiers zu ihrem eigenen. Der Hase verschwindet allmählich. Und trotzdem wirken seine Hinterläufe nach wie vor kräftig, und seine Löffel sehen immer noch aus, als würden sie vom Wind nach hinten geweht; sein Fell hat wie zuvor die gleiche warme Farbe wie die Erde.

Das rostige Metall des Förderturms sieht ockerbraun aus, getaucht in das rosafarbene Licht. An klaren und ruhigen Nachmittagen wie heute, so glauben die Einheimischen, hört man die Geister der Minenarbeiter dort unten schuften, rastlos ihrer Arbeit nachgehend bis in den Tod. Ihre Mühen sind mittlerweile vergebens, aber das waren sie schon damals – nicht für ihre Familien, das nicht, aber für den Rest der Welt. Sie arbeiteten immer weiter, wie Ameisen, während das Kupfer im Licht der Oberwelt funkelte.

Wenn man genau hinhört, hört man sie dort unten angeblich immer noch sich gegenseitig Dinge zurufen.

14

Yiannis

Aus welchem Grund hätte Nisha sich mit Seraphim treffen sollen, noch dazu in dieser Bar? Darüber grübelte ich nun schon seit Freitagabend nach. Und auch den kompletten Samstag, während ich Vögel in Kisten packte und sie für die Auslieferung fertig machte, die Bestellungen mit dem Inhalt der Behälter abglich, sicherstellte, dass alles korrekt verteilt war, rätselte ich weiter. Am liebsten hätte ich Seraphim angerufen und zur Rede gestellt, aber er war für ein paar Tage weggefahren. Mir blieb also nichts anderes übrig, als zu warten. Bald würden wir uns ohnehin bei der Jagd sehen, und ich sprach lieber persönlich mit ihm, weil ich seinen Gesichtsausdruck sehen wollte.

Am Sonntag fuhr ich die Lieferungen aus. Dazu brauchte ich den gesamten Tag, obwohl es zum Großteil die übliche Kundschaft war und ich die Strecke praktisch im Schlaf kannte. Während ein Teil meines Hirns also damit beschäftigt war, den Lieferwagen über schmale Straßen zu steuern und dabei auf

Kreuzungen und den Verkehr zu achten, reiste ein anderer Teil in die Vergangenheit.

Ich musste an den Abend denken, als Nisha nach ihrem Besuch bei Chaturi in meine Wohnung gekommen war. Es war ungefähr Mitte August und extrem heiß. Als sie mir gestand, dass sie es nicht über sich gebracht hatte, den Schwangerschaftsabbruch durchführen zu lassen, war ich am nächsten Tag losgezogen, um ihr einen Ring zu kaufen. Ich ging zu dem Juwelier auf der Ledra-Straße und erstand einen schlichten Goldring mit einem Diamanten, der zu einer Blüte geschliffen war. Ich würde ihr nicht einfach nur einen Antrag machen, sondern den Vorschlag unterbreiten, Zypern zusammen mit ihr zu verlassen und nach Sri Lanka zu ziehen. Für mein Empfinden würden wir damit gleich zwei Fliegen mit einer Klappe schlagen: Erstens wäre Nisha endlich wieder mit Kumari vereint, und zweitens könnte ich mit dem Wildern aufhören, ohne mich den Konsequenzen stellen zu müssen. Ich ging davon aus, dass es für mich nicht allzu schwer sein dürfte, in Sri Lanka Arbeit zu finden, erst recht nicht mit meiner Erfahrung im Finanzwesen, insbesondere mit ausländischen Märkten. Ich spreche sowohl Englisch als auch Griechisch fließend.

Das mag zwar wohldurchdacht klingen, aber im Grunde war die Idee aus einem Impuls heraus entstanden. Das liegt in meiner Natur, und genau deshalb war ich auch gut als Banker. Aber die Wahrheit ist, ich folgte meinem Herzen und nicht meinem Verstand, und deshalb erkannte ich auch nicht den Haken an meinem Plan. Zum Beispiel, wie Nisha sich fühlen würde, wenn sie finanziell komplett von mir abhängig wäre. Oder ob wir genug Geld haben würden, um Nishas Schulden bei der Jobagentur hier in Zypern zurückzuzahlen. Oder glaubte ich etwa, wir könnten einfach so von hier verschwinden, ohne sie zu begleichen? Und dann war da noch die Frage, ob Nisha bereit wäre, Petra und Aliki zurückzulassen – so gern sie auch nach Hause zu ihrer Tochter wollte, wäre es wirklich so leicht für sie, das zyprische Mädchen zu verlassen, das sie quasi großgezogen hatte? Ich schob all diese Gedanken, diese Eventualitäten ganz weit von mir und weigerte mich, mich von meinem Traum eines freien Lebens mit der Frau, die ich liebte, abbringen zu lassen.

Am Wochenende nach ihrem Besuch bei Chaturi ging ich in den Supermarkt, um die Zutaten für Nishas Lieblingsessen, Curryreis mit Gemüse, zu besorgen. Ich hatte noch ein wenig Kekulu-Reis zu Hause, außerdem Grundzutaten wie Kokosmilch und Kurkuma und ein paar Chilis, die Nisha selbst angebaut und getrocknet hatte. Ich kaufte Ananas, Süßkartoffeln und Auberginen. Es war ein einfaches Mahl, aber eins, von dem ich wusste, dass es Nisha an ihre Heimat erinnerte.

An diesem Sonntag saß sie auf einem Küchenstuhl, während ich das Abendessen zubereitete. Aliki und Petra waren wieder einmal an den Strand gefahren und würden erst spätabends zurückkommen, deshalb hatte Nisha den ganzen Tag und auch den Abend über frei. Ich wollte nicht, dass sie auch nur einen Finger rührte: Sie arbeitete ohnehin ununterbrochen und gönnte sich kaum Pausen. Sie hatte die nackten Füße auf die Sitzfläche des Stuhls hochgezogen, die Arme um die Beine geschlungen, das Kinn auf die Knie gestützt. Sie trug ein hellblaues Sommerkleid, das Petra ihr vermacht hatte. Einer der Träger war ihr von der glatten goldbraunen Schulter gerutscht. Das verwaschene Blau kontrastierte derart mit ihrer Haut, dass sie zu leuchten schien. Sie war wunderschön. Nisha war immer schön, in jeder Hinsicht.

Ich war gerade dabei, die Ananas zu würfeln, als sie sagte: »Ich würde dich sogar dann noch erkennen, wenn du ein Löwe wärst.«

»Was?« Sie kam oft mit den bizarrsten Sachen daher, aber das war selbst für ihre Verhältnisse total seltsam.

»Wenn wir uns in einem anderen Leben träfen, und du wärst ein Löwe, dann würde ich dich, glaube ich, immer noch erkennen und dich lieben.«

»Was, wenn ich eine Schlange wäre?«

»Auch egal, ich würde wissen, dass du es bist.«

»Und als Qualle?«

»Klar.«

»Küchenschabe?«

»Absolut.«

»Gilt das für den Fall, dass wir beide Löwen oder Küchenschaben wären?«

»Ja«, sagte sie.

»Okay, was, wenn du ein Reh wärst und ich ein Löwe? Würdest du mich auch dann noch lieben?«

Darüber sann sie nach, während ich die Ananasstücke in den Wok warf und als Nächstes die Aubergine klein schnitt.

»Ich glaube, wir werden uns in all unseren zukünftigen Leben begegnen.«

Ich gab die Gewürze zum Gemüse und machte mich daran, den Reis zu kochen.

»Macht es dir was aus, wenn ich mich ein wenig hinlege?«, fragte sie.

»Natürlich nicht. Ich ruf dich, sobald das Essen fertig ist.«

Sie ging ins Schlafzimmer, und ich hörte, dass sie den Ventilator anschaltete. Beim Kochen dachte ich über das nach, was sie gesagt hatte: *Ich würde dich sogar dann noch erkennen, wenn du ein Löwe wärst,* und plötzlich kam mir eine völlig neue Bedeutung dieser Worte in den Sinn. Weil ich nämlich in diesem Leben tatsächlich so was wie ein Raubtier war. Erst im Zusammenhang mit Aktien und Anleihen und jetzt in Bezug auf die Vögel. Hatte sie unterschwellig darauf angespielt? Ich war mir nicht sicher. Aber mich befielen tiefe Schuldgefühle. Ich hatte Nisha versprochen, mit dem Jagen aufzuhören, und ich hatte fest vor, dieses Versprechen zu halten. Aber war das genug? Würde das etwas daran ändern, wer ich war, ein Jäger, ein Raubtier? Oder war das mit der Wilderei umgekehrt nur eine Manifestation dieser Tatsache?

Ich wurde das seltsame Gefühl nicht los, dass sie den Mann liebte, der ich hätte sein *sollen.*

Ich schenkte mir ein großes Glas Wein ein und trank es in wenigen Schlucken leer, um alle diese Fragen fortzuspülen.

Als das Essen fertig war, ging ich ins Schlafzimmer, um Nisha Bescheid zu geben. Sie lag mit geschlossenen Augen kerzengerade auf dem Bett.

»Schläfst du?«, flüsterte ich.

Sie schüttelte den Kopf. Ich ließ mich neben ihr auf die Matratze sinken.

»In einer Geschichte«, sagte sie, »fragt ein verheiratetes Paar Buddha, wie sie es schaffen sollen, in diesem Leben zusammenzubleiben und sich auch in allen zukünftigen Leben zu begegnen. Darauf sagt Buddha: ›Wenn sowohl Ehemann als auch Ehefrau es wünschen, sich nicht nur in diesem, sondern auch in allen kommenden Leben zu treffen, sollten sie sich beide gleich tugendhaft verhalten, gleich großzügig sein, dieselbe Weisheit besitzen.‹ Ich weiß, du bist nicht mein Ehemann, aber wenn wir zusammenbleiben wollen, müssen wir versuchen, auf dem gleichen …« Sie zögerte und schien zusammenzuzucken.

»Was ist los?«, fragte ich.

»Es tut weh.«

»Wo?«

Sie nahm meine Hand und führte sie auf ihren Unterbauch, unweit ihres Beckens, an exakt dieselbe Stelle, auf die sie meine Hand schon vor zwei Wochen gelegt hatte. Ich beugte mich runter und küsste sie knapp unterhalb des Bauchnabels. Als ich mich wieder aufrichtete, sah ich Blut auf dem weißen Laken unter ihr.

Ich weiß nicht, ob es an meiner bestürzten Miene lag oder ob sie die Feuchtigkeit spürte, jedenfalls sprang Nisha sofort auf und starrte auf das Bett. Im selben Moment fiel mir auf, dass auch die Rückseite ihres Kleids blutdurchtränkt war, und auch an ihrem Bein lief ein Rinnsal hinab.

Ich versuchte, das Zittern meiner Hände unter Kontrolle zu bekommen, und rief die Notfallnummer meines Hausarztes an, um ihn herkommen zu lassen. Nisha hatte sich währenddessen ins Badezimmer geschleppt und saß bei geöffneter Tür auf der Toilette.

Ihr Gesicht war gerötet und von Schmerzen gezeichnet, das durchnässte Höschen hing ihr um die Knöchel, die Schenkel waren voller Blut. Sie murmelte etwas vor sich hin, das an mich gerichtet zu sein schien, doch ich verstand sie nicht.

Ich ging neben ihr in die Hocke und ergriff ihre Hand; sie umklammerte sie ganz fest, als könnte sie sonst jeden Moment von einer Klippe stürzen. Jetzt wurden ihre Worte deutlicher: Sie wiederholte etwas auf Singhalesisch, vielleicht ein Gebet.

Ich konnte mich weder rühren noch etwas sagen, stattdessen hielt ich einfach ihre Hand, damit sie nicht in den dunklen Abgrund gerissen wurde, der sich vor uns aufgetan hatte.

Dr. Pantelis' Ankunft ging sehr leise vonstatten: Ich sah

lediglich die Scheinwerfer seines Wagens aufleuchten, die durch das Sichtschutzglas des Badezimmerfensters verzerrt wirkten. Vorsichtig versuchte ich, meine Hand aus Nishas zu lösen, damit ich ihm die Tür öffnen konnte, doch sie wollte nicht loslassen.

»Kannst du aufstehen?«, fragte ich.

Sie nickte und kämpfte sich hoch, quälend langsam und unter größter Anstrengung. Sie klammerte sich an mir fest, während wir uns auf den Weg zur Wohnungstür machten. Dr. Pantelis war inzwischen die Treppe heraufgeeilt. Er übernahm sofort die Regie, ging zügig und professionell vor. Erst jetzt lockerte Nisha ihren Griff. Er bat mich, einen Stuhl herzuschaffen. Das tat ich. Die nächste Aufgabe, die er mir auferlegte, bestand darin, ein Glas Wasser zu holen. Auch das erledigte ich folgsam. In der Zwischenzeit hatte er seine Arzttasche auf den Boden gestellt und geöffnet und war dabei, ihren Blutdruck, die Sauerstoffsättigung, ihren Herzschlag sowie die Pupillen zu überprüfen. Dann reichte er ihr einen kleinen Behälter mit Sauerstoff, den sie sich über den Mund pressen sollte.

Kaum hatte sie begonnen, dort hineinzuatmen, entspannten ihre Schultern sich sichtlich. Über die Maske hinweg sah sie mich an, und ich wusste, was ihr Blick mir sagen sollte.

Mit vereinten Kräften hoben der Arzt und ich sie aufs Bett, und ich deckte sie sorgfältig zu. Dann führte ich Dr. Pantelis auf seine Bitte hin ins Badezimmer, da er sich ansehen wollte, was da aus ihrem Körper herausgekommen war.

Er warf einen kurzen Blick in die Toilettenschüssel.

»Es tut mir leid, aber sie hat das Baby verloren«, sagte er stumpf, aber mit einer Sanftheit in der Stimme, bei der ich am liebsten zusammengesunken wäre und zu weinen angefangen hätte.

Ich schluckte schwer. »Was kann ich tun?«

»Sorgen Sie dafür, dass sie die Nacht über gut mit Sauerstoff versorgt ist. Bleiben Sie bei ihr. Sollten Sie erneute Blutungen feststellen, die nicht von allein wieder aufhören, müssen Sie sie unter Umständen ins Krankenhaus bringen, aber vorerst kann sie hierbleiben.«

Ich wich die ganze Nacht nicht von ihrer Seite. Zwischendurch half ich ihr aus den feuchten Kleidungsstücken, zog ihr eins meiner T-Shirts über und setzte mich neben sie. Das alles taten wir, ohne ein Wort zu wechseln. Sie wollte, dass ich ihre Hand hielt, damit sie schlafen konnte.

»Wie geht es dir?«, fragte ich, sobald sich ihre Augen flatternd öffneten.

»Ja, geht schon.«

Jenseits der Terrassentür hörte ich das Gemurmel der Passanten unten auf der Straße, das Bellen eines Hundes, quietschende Autoreifen, Schritte, Tellergeklapper im Theo's. Das alles schien mir meilenweit entfernt. Ich befand mich in einer Zwischenwelt: Hinter mir lag ein Weg, der in einer Sackgasse mündete und mir nie wieder offen stehen würde, ein Kind, dem die Existenz für immer verwehrt bleiben würde. Und doch sah ich ihn oder sie genau vor mir, ein halb ausgebildeter Schemen mit Nishas strahlenden Augen. Vielleicht war ich zu voreilig gewesen. Hatte zu überstürzt Pläne geschmiedet. Ich war mir bei der ganzen Sache viel zu sicher gewesen. Dieses ungeborene Kind war für mich so real. Es füllte den Kokon, in dem ich saß und Nisha schlief, genau wie das Licht der Sonne und der Gesang der Vögel am Morgen durchs Fenster drangen.

Natürlich, dachte ich, *Vogelgezwitscher leuchtet wie Sonnenlicht*. Ein eigenartiger Gedanke, der mir abhandenkam, als der

Schlaf mich einzuholen drohte. Deshalb stand ich auf, trat ans Fenster und versuchte, mich wach zu halten.

Als Nisha gegen fünf Uhr morgens aus dem Schlaf schreckte, saß ich aufrecht neben ihr auf dem Bett.

»Guten Morgen«, sagte sie mit einer Traurigkeit in der Stimme, die mir das Herz brach.

»Guten Morgen. Hast du gut geschlafen?«

»Ja«, sagte sie.

»Wie fühlst du dich?«

»Der Schmerz ist weg. Ich bin müde.«

Ich nickte, küsste sie auf die Wange und ging los, um ein Glas Wasser zu holen. Als ich zurückkam, hielt ich es ihr an die Lippen. Sie nahm ein paar winzige Schlucke und schob es weg.

»In mir ist alles leer«, sagte sie. Eine klare, stille Wahrheit.

Die Luft in meiner Wohnung war drückend und schwül. Meine Kleidung war völlig durchgeschwitzt. Nisha hatte ein paar Anziehsachen bei mir in der Wohnung gelassen – ein wenig Unterwäsche und ein rotes Strandkleid mit gelben Blüten, das sie oft bei der Gartenarbeit trug. Ich half ihr hinein. Es war, als wäre sie im Halbschlaf, ihre Gliedmaßen und ihr Körper waren ohne jegliche Spannung, wie leicht formbarer weicher Ton – sie ließ widerstandslos zu, dass ich sie bewegte. Noch nie hatte ich sie so wehrlos und verletzlich erlebt. Nisha war immer stark, furchtlos, praktisch. Jetzt hatte sie sich mir voll und ganz ausgeliefert.

Sie sagte nicht viel, abgesehen davon, dass sie Petra informieren wollte, sie habe sich einen Magen-Darm-Virus eingefangen und würde sich hoffentlich nach ein wenig Erholung wieder ihren Pflichten widmen können. Mit jedem Wort, dass sie sagte, jeder kleinen Entscheidung, die sie traf, konnte ich sehen, wie ihre Kraft allmählich zurückkehrte, ihr Rücken sich gerader aufrichtete, nach und nach wieder Farbe in ihr Gesicht kam.

Wir gingen nach unten und durch den Garten zu ihrem Zimmer. Das rote Kleid erinnerte mich an das blutdurchtränkte blaue Kleid. Ich legte sie ins Bett und deckte sie zu, damit sie sich noch ein wenig ausruhen konnte, bevor Petra und Aliki aufstanden.

»Bleib noch ein paar Minuten bei mir, ja?«, sagte sie leise, und wieder nahm ich die tiefe Trauer in ihrer Stimme wahr.

»Klar.«

Ich saß neben ihr auf dem Bett und streichelte ihr Haar.

»Weißt du«, meinte sie nach längerem Schweigen, »jeder Mensch kommt mit einer bestimmten Anzahl an ihm zugewiesenen Atemzügen zur Welt. Man lebt, bis man diese Atemzüge aufgebraucht hat. Es spielt keine Rolle, wo man ist oder was man tut; wenn kein Atemzug mehr übrig ist, versiegt deine Lebensenergie. Dieses Baby hatte einfach nicht ausreichend Atemzüge, um zur Welt zu kommen.«

Ich ließ ihre Worte auf mich wirken, sagte aber nichts dazu. Stille senkte sich über den Raum; der Ventilator war aus, die Hitze im Raum erdrückend.

»Wenn man stirbt«, fuhr sie schließlich fort, »nimmt deine Energie eine andere Form an. Stell dir zwei Kerzen vor. Man überträgt die Flamme von einer Kerze auf die andere.«

Ich wusste, dass sie von unserem ungeborenen Kind sprach, das Kind, das nie als unsere Tochter oder unser Sohn zur Welt kommen würde. Aber ich erwiderte nichts. Das Sprechen fiel mir zu schwer, ich wusste nicht, was ich sagen sollte. Ich hörte einfach nur zu und streichelte über ihr Haar. Wenig später war sie eingeschlafen.

Ich sah mich im Zimmer um. Auf dem Nachttischchen

stand eine religiöse Statue, daneben lag ihre Lesebrille. Auf der alten Holzkommode entdeckte ich Make-up und Schmuck. In der hinteren Ecke des Raums standen ein Bügelbrett und daneben ein Wäschekorb voll mit frischen blütenweißen Handtüchern und Bettwäsche, fertig gebügelt. Dahinter, an einem Haken an der Wand, hingen ein Staubwedel und eine Reihe von kunterbunten Kittelschürzen.

Klar hatte ich gesehen, wie sie sich um den Garten kümmerte, aber nicht ein einziges Mal hatte ich mir ihr Leben jenseits dieser Schlafzimmertür vorgestellt, ihr Leben als Angestellte in diesem Haus.

Ich drückte Nisha im Schlaf einen sanften Kuss auf die Stirn und verließ ihr Zimmer durch die Terrassentür. Wieder zurück in meiner Wohnung stellte ich fest, dass in der Toilettenschüssel immer noch Nishas Blut schwamm und etwas, das nach kleinen Klümpchen, vermischt mit grauem Gewebe aussah. Ich schlug die Hand vor den Mund und würgte. Mir blieb nichts anderes übrig, als die Spülung zu betätigen und das Badezimmer zu verlassen.

Das Abendessen stand immer noch unberührt in der Küche, die leeren Gläser auf dem Tresen. Der Ring steckte in meiner Hosentasche. Ich holte ihn heraus und starrte auf den Diamanten, der das Licht reflektierte. Dann ließ ich ihn im Wandschrank verschwinden. Mir war klar, dass ich ihr jetzt schlecht noch einen Antrag machen konnte: Ich würde warten müssen, bis es Nisha wieder besser ging, würde den richtigen Zeitpunkt abpassen müssen.

Die Sonne ging bereits unter, als ich meine letzte Lieferung machte. Endlich konnte ich wieder in meine Wohnung zurückkehren, die Kühlschränke waren leer. Aber nicht lange.

Seraphim und ich würden in weniger als einer Woche wieder auf Jagd gehen. Und ich hatte ihm jede Menge Fragen zu stellen.

15

Petra

Am Montagmorgen im Laden zeigte ich Keti das Armband. Sie sah es sich sehr genau an, drehte es in den Händen hin und her, betrachtete mit gerunzelten Brauen den kaputten Verschluss. »Es sieht nicht aus, als hätte sie es bewusst abgenommen«, meinte sie.

»Nein.«

»Gehen Sie damit zur Polizei?«, fragte sie.

»Wozu?«

Keti nickte verständnisvoll.

»Warum machen wir nicht einen Aushang?«, schlug sie vor. »Vielleicht hat sie ja jemand gesehen … Ich könnte auf dem Computer einen Flyer entwerfen.«

»Wirklich?« Ich nickte. »Die Idee finde ich prima.«

»Haben Sie irgendwelche Fotos von Nisha auf Ihrem Handy?«, erkundigte sie sich.

Ich scrollte durch den Bilderordner und wurde fündig. Es war eine Nahaufnahme von Nisha und Aliki, die ich an Alikis

Geburtstag vor fast einem Jahr gemacht hatte. Die beiden standen im Garten unter einem Baum, Nishas Arm um Alikis Schulter. Die beiden strahlten um die Wette.

Keti setzte sich sofort an den Computer im Büro und gestaltete ein Flugblatt:

VERMISST

WER HAT DIESE FRAU GESEHEN?
BITTE ANRUF UNTER 9-------
GEGEN GROSSZÜGIGE BELOHNUNG

Sie beschnitt das Foto so, dass Aliki nicht mehr zu sehen war, und zoomte möglichst nah an Nishas Gesicht heran. Ihre Augen waren wahrhaftig fesselnd: Jeder, der das Bild betrachtete, würde sie auf Anhieb erkennen, hätte er sie gesehen. Nishas Augen vergisst man nicht so leicht.

Keti druckte einen ganzen Stapel von den Flugblättern aus, und dann teilten wir sie auf. Auch wenn Keti unweit der Universität wohnte, hielten wir es für keine so schlechte Idee, sie auch außerhalb des Viertels, in dem ich wohnte, unter die Leute zu bringen.

Bevor wir am Abend den Laden absperrten, bedankte ich mich herzlich bei Keti.

»Ist doch selbstverständlich«, sagte sie. »Ich habe Nisha gern. Da brauchen Sie sich nicht zu bedanken.«

Schon bald war Nishas Gesicht an allen möglichen Straßenecken in verschiedenen Gegenden unserer Stadt zu sehen.

Es gelang mir, das Geschäft einigermaßen am Laufen zu halten – was ich nicht zuletzt Keti zu verdanken hatte, die neuerdings extra früher zur Arbeit kam, um an Nishas Stelle im Laden abzustauben und zu fegen. Ich brachte es nicht über mich, eine neue Reinigungskraft anzustellen, noch nicht. Es wäre mir vorgekommen wie eine Kapitulation, das Zugeständnis, dass Nisha wirklich fort war.

Zu Hause dagegen ging alles den Bach runter. Morgens wurde ich aufgehalten, weil ich Frühstück für Aliki machen und sie zur Schule bringen musste, deshalb musste Keti den Laden allein aufschließen. Nach dem Mittagessen hetzte ich schon wieder los, um Aliki von der Schule abzuholen, und am Nachmittag passte Frau Hadjikyriacou auf sie auf, damit ich noch mal arbeiten gehen konnte. Abends kam ich dann völlig erledigt nach Hause, viel zu oft später als geplant, weil ich in der kurzen Zeit möglichst viele Kundinnen und Kunden unterbringen musste. Ich arbeitete am Rand der Erschöpfung. Ständig begleitete mich das Gefühl, an allen Fronten zu versagen.

Auch Aliki war von einer anhaltenden Ruhelosigkeit getrieben. Dauernd stromerte sie durchs Haus, probierte ihre Converse in verschiedenen Farbkombinationen an, verwarf ihre Wahl aber jedes Mal gleich wieder. Sie lief mit einem rosa und einem karierten Schuh herum. Dann mit einem grünen und einem bunt gestreiften. Die Katze namens Monkey folgte ihr dabei auf Schritt und Tritt, schnüffelte an ihren Füßen und rieb das Näschen an ihren Händen, während sie sich die Schnürsenkel band. Aliki mied den Garten, was ich sehr gut verstehen konnte: Er wimmelte von Schnecken. Besonders im Boot waren sicher an die dreißig Tiere in unterschiedlichen Größen, mit ihren glänzenden Häusern und den geschickten Augen am Ende ihrer Fühler glitten sie über Bug und Heck und krochen behäbig am Rumpf empor. Nach Regenfällen hatte Nisha die

Schnecken immer vom Boot geklaubt, eine nach der anderen, ganz vorsichtig, um sie nicht zu verletzen. Aber jetzt, da sie nicht mehr da war, hatte die Natur das Zepter übernommen.

Am Dienstagabend musste ich länger im Geschäft bleiben, es wurde ziemlich spät. Als ich heimkam, war es schon nach neun, und Frau Hadjikyriacou war im Sessel vor dem Kamin eingeschlafen. Auf ihrem Schoß lag das gerahmte Foto von Stephanos in seiner Militäruniform, ihre Hände ruhten darauf. Als sie mich kommen hörte, schlug sie die Augen auf. Das Feuer war fast komplett heruntergebrannt.

»Ah, Petra«, sagte sie. »Sie sind zurück.« Und dann schien ihr wieder einzufallen, dass sie das Foto in der Hand hielt, denn jetzt sah sie es an und fuhr mit ihren weißlichen Fingern über das Glas.

»Er war ein so gut aussehender Mann, nicht wahr?«, sagte sie.

Ich nickte.

»Und was für ein gutes Herz er hatte. Er hat mir immer was vorbeigebracht, wenn er Essen auf dem Grill hatte. Und wissen Sie noch, dieses eine Mal, als er mich vom Flughafen abgeholt hat? Es war ein Sonntag, sein einziger freier Tag, aber er ist extra meinetwegen hingefahren.«

»Ich erinnere mich.«

»Tut mir leid, meine Liebe«, sagte sie. »Ich bin sicher, Sie wollen sich momentan von solchen Dingen nicht noch zusätzlich das Herz verdüstern lassen. Ich persönlich fühle mich in den Abendstunden immer viel einsamer, Sie nicht?«

Wieder nickte ich.

»Sie haben großes Glück, dass Sie Aliki haben. Sie ist ein kleines Genie, Ihr Mädchen. Und sie hat ein paar wirklich gute Geschichten auf Lager. Sie hat mir was aus *Maha Danamuttha und seine Schüler* erzählt. Fesselnd und zum Brüllen komisch!« Sie reichte mir das Foto und kämpfte sich mühsam aus dem Sessel hoch.

Ich bedankte mich für ihre Unterstützung und dafür, dass sie auf Aliki aufgepasst hatte und so lange geblieben war.

»Das mache ich doch gern, meine Liebe«, sagte sie und machte sich auf den Heimweg, wo Ruba sicher schon auf sie wartete.

Ich fand Aliki schlafend auf Nishas Bett vor, neben ihr Monkey. In den Armen hielt sie die kleine Buddhastatue, die Nisha immer auf ihrem Nachtschränkchen stehen hatte. Ich weckte sie nicht; stattdessen breitete ich eine Decke über ihren Körper und gab ihr einen Kuss auf die Wange. Sie rührte sich nicht. Die Katze warf mir einen finsteren Blick zu, weil ich sie geweckt hatte, schlief dann aber sofort wieder ein.

Ich nutzte die Gelegenheit und sah mich erneut in Nishas Zimmer um. Es wirkte karg, nur mit dem Allernötigsten ausgestattet. Sie hatte zwar ein paar Bilder aufgehängt, aber nachdem sie bereits seit fast zehn Jahren hier wohnte, sah es immer noch so aus, als wäre es nur vorübergehend. Beim Anblick von Nishas Kommode fiel mir ein, dass ich die Schubladen darin noch nicht durchsucht hatte; ich hatte lediglich im Nachtschränkchen und im Schreibtisch nachgesehen, weil mir diese Orte am Erfolg versprechendsten erschienen waren, und hatte meine Suche dann abgebrochen, als ich auf den Pass stieß.

Aliki schlief tief und fest, deshalb zog ich möglichst leise eine Schublade nach der anderen auf. In einer fand ich Nishas Unterwäsche – Baumwolle, weiße und cremefarbene Höschen, allesamt fein säuberlich gefaltet. Wie seltsam es war, mir ihre Unterwäsche anzusehen, in den intimen Sachen einer anderen Frau herumzuschnüffeln.

In der dritten Schublade, unter einem Stapel ordentlich zusammengelegter T-Shirts, entdeckte ich ein Fotoalbum. Es war in hellblaues Leder gebunden, die Farbe des Meeres. Die ersten Fotos waren offenbar auf Nishas Hochzeit entstanden. Sie war um einiges jünger, ihr Gesicht so frisch und unverbraucht; sie sah ganz anders aus als die Nisha, die ich kannte. Ich sah eine junge Frau, voller Träume für die Zukunft. Auch ihr Mann war noch jung auf diesen Bildern, ordentlich rasiert, von eher kleiner Statur, und er schien von innen heraus zu strahlen. Ich stellte mir vor, dass er zu den Männern gehört hatte, die auf Partys gern Witze erzählten. Nisha trug ein weißes Kleid, bestickt mit roten Blüten. In den Händen hielt sie einen kleinen Strauß roter Rosen. Unter jedem Foto war ein Datum notiert, doch im Halbdunkel des Zimmers konnte ich die Schrift nicht entziffern.

Dieses Album war so etwas wie ein Fenster zu Nishas früherem Leben in Sri Lanka. Ihre persönliche Geschichte in Bildern. Da war ihr Mann, wie er allein am Straßenrand steht, neben einem Teppich roter Blumen, und auf der Fahrbahn ein ebenso roter Bus mit einer Leuchtanzeige, auf der stand 22 Kandy, darüber das grüne Laubdach der Bäume, gleichermaßen mit roten Blüten geschmückt. Auf einem anderen Foto war ein beeindruckender Wasserfall zu sehen, der eine Klippe herabstürzte, und im Vordergrund ein Markt, auf dem sich zahlreiche Menschen tummelten; inmitten des quirligen Treibens standen Nisha und noch eine Frau und winkten freudig in die Kamera. Fast glaubte ich, die dazugehörige Geräuschkulisse zu hören.

Weiter hinten im Album fehlte ihr Mann schlagartig auf den Bildern. Was mir verriet, dass diese Aufnahmen erst nach seinem Tod entstanden waren.

Auf der letzten Seite schließlich waren Fotos von Kumari zu sehen, als neugeborenes Baby und mit ungefähr zwei. So alt war sie, als Nisha damals wegging und zu uns kam. Mein Blick blieb am allerletzten Foto im Album hängen, auf dem Nisha Kumari in den Armen hielt. Es erinnerte mich daran, wie Nisha Aliki auf dem Arm getragen hatte, als sie im selben Alter war, nur dass meine Tochter ein recht feistes Kleinkind gewesen war. Beide Mädchen hatten aber das gleiche dicke, glänzend schwarze Haar. Nisha hatte alle beide auf die gleiche Weise gehalten.

Ich musste an die hölzerne Statue denken, die Muyia geschnitzt hatte. Die von Mutter und Kind. Das war eindeutig Nisha. Ja, ich war mir sicher. Die Frau mit dem Kind auf dem Arm war Nisha, und das Kind war Kumari. Ich legte mich neben Aliki und die schnurrende Katze und schlief ein.

Am nächsten Morgen ging ich zu Nilmini, während Aliki ihr Frühstück aß.

»Du hast freundlicherweise versprochen, Nishas Tagebuch zu lesen«, sagte ich zu ihr, während sie den Boden wischte. »Gestern Abend habe ich ein Fotoalbum gefunden, das wollte ich dir noch geben, vielleicht hilft es dir, Personen, die im Tagebuch erwähnt werden, zu identifizieren.«

Nilmini lehnte den Besen gegen die Wand, nahm das Album entgegen und hielt es an ihre Brust gedrückt, genau wie sie es mit dem Tagebuch gemacht hatte.

»Ich dachte, Sie möchten sich das vielleicht ansehen.«

»Vielen Dank, Madam«, antwortete sie. »Ich habe bereits begonnen, in dem Tagebuch zu lesen. Ich kann Ihnen schon sagen, dass darin zwölf Briefe sind, die sie an ihre Tochter Kumari geschrieben hat, während ihres ersten Jahrs hier in Nikosia.«

»Es steht also nichts Neueres darin?«

»Nein, Madam. Die Briefe sind datiert.«

»Verstehe.«

Ich muss völlig verzweifelt und hilflos gewirkt haben, denn jetzt fügte sie noch hinzu: »Madam, selbst wenn wir auf den ersten Blick nichts finden, das uns weiterbringt, sind da vielleicht Informationen, die uns helfen, sie besser zu verstehen.«

»Das stimmt«, gab ich lächelnd zu. Und dann griff sie nur für einen kurzen Moment nach meinen Fingern und drückte sie aufmunternd, mit Händen, die viel weicher und wärmer waren, als ich erwartet hatte. Ich blickte auf und sah, dass sie Tränen in den Augen hatte.

»Es ist wunderschön, dieses Tagebuch. Nisha sollte Schriftstellerin sein. In den Briefen erzählt sie ausführlich von ihrem Leben in der Heimat und ihrem Leben hier. Ich kann die Stimme meiner Freundin beim Lesen hören. Ich vermisse sie sehr.«

»Ich weiß, Nilmini«, sagte ich. »Ich auch.«

»Tut mir leid, Madam.«

»Was denn?«

»Dass ich nicht gefunden habe, wonach Sie gesucht haben.«

Am Abend lud ich Frau Hadjikyriacou ein, zum Abendessen zu bleiben. Erst wollte sie ablehnen, weil sie meinte, Ruba wüsste nicht, was sie anfangen sollte, wenn sie zum Abendessen nicht nach Hause käme, aber Aliki bettelte so lange, bis sie schließlich einwilligte. Ich bereitete ein Linsencurry zu, aber es schmeckte nicht annähernd so gut wie das von Nisha – es fehlte deutlich an Aroma, und ich hatte viel zu viel Kokosmilch drangetan, sodass es nur noch Brei war. Aliki aß es trotzdem. Nach dem Essen saßen wir vor dem Kamin und tranken Tee.

Frau Hadjikyriacous trübe silbrige Augen betrachteten mich mit überraschender Festigkeit und Herzenswärme. Dann richtete sie ihre Aufmerksamkeit auf Aliki. »Komm her, Kind«, sagte sie. »Ich könnte dir eine Geschichte erzählen. Welche magst du am liebsten? Und warum in Gottes Namen trägst du zwei unterschiedliche Schuhe?«

Aliki kicherte. »Ich mag Dinge, die nicht zusammenpassen. Und eine Geschichte wäre toll.«

Es war so schön, Alikis Stimme zu hören, ich saugte sie regelrecht in mir auf. Jetzt, da Nisha fort war, hatte meine Tochter zu Hause niemanden sonst zum Reden. Abgesehen von den Katzen. Bei mir war ihre Stimme verschwendet, das wussten wir beide.

»Na schön«, sagte Frau Hadjikyriacou. »Setz dich zu mir. Ich erzähle dir von Foinikas, dem Palmendorf, in dem ich geboren bin. Ich habe mein ganzes Leben dort gewohnt, habe dort geheiratet und fünf Kinder bekommen. Es ist ein so alter, geschichtsträchtiger Ort. Dort lebten die Menschen schon zu Zeiten der Kreuzritter. Weißt du etwas über die Kreuzzüge?«

Aliki nickte. »Wir haben es in der Schule durchgenommen. Wurden Sie damals geboren?«

»Nein!« Sie lachte. »Was denkst du wohl, wie alt ich bin, du kleiner Frechdachs? Achthundert Jahre?«

Aliki hörte nicht mehr auf zu lachen und beruhigte sich erst wieder, als sie sah, dass die alte Dame die Augenbrauen zusammengezogen hatte.

»Tja, dann wollen wir mal anfangen«, sagte sie. »Bist du bereit?«

Aliki richtete sich interessiert auf und nickte.

»Der Wohnsitz des ritterlichen Feldherrn war auf dem höchsten Punkt des Dorfes errichtet worden. Seit 1974, nach dem Krieg, der die Insel geteilt hat, ist es verlassen. Heute lebt dort niemand mehr, weil es regelmäßig vom Wasser aus dem Stausee überflutet wird, aber zur damaligen Zeit – tja, was soll ich sagen … es war ein Ort von reiner Schönheit.«

Wie ich meine Tochter so sah, gebannt Frau Hadjikyriacous Geschichte lauschend, da verspürte ich einen plötzlichen Anflug von Eifersucht. Mir selbst war es nie gelungen, Alikis Aufmerksamkeit zu fesseln, aber mal ehrlich, was hatte ich ihr denn zu bieten? Nisha hatte ihr spannende Geschichten erzählt, Nisha hatte lustige Spiele mit ihr gespielt, hatte ihre Fantasie herausgefordert und ihr beigebracht, die Welt mit anderen Augen zu sehen. Ich erinnere mich noch gut an den Tag, als wir hoch in die Berge fuhren und Nisha und Aliki nebeneinander im Bus saßen, während ich auf der anderen Seite des Gangs Platz genommen hatte, neben einem älteren Herrn, der eine Jasminpflanze auf dem Schoß hatte. Er musste sie in einem warmen Zimmer, an einem sonnigen Fensterplatz stehen gehabt haben, denn die Blüten dufteten, als hätten wir Sommer, und ich weiß noch, wie seltsam es war, an einem kühlen Oktobertag von diesem Geruch umgeben zu sein. Der alte Mann hatte geschnarcht, sein Kopf hatte sachte mit den Bewegungen des Buses geschaukelt, und Nisha und Aliki hatten *Ich sehe was, was du nicht siehst* gespielt.

»Ich sehe was, was du nicht siehst, und das beginnt mit N!«, sagte Aliki.

»Hm, das ist schwer«, meinte Nisha darauf. Sie tat so, als würde sie sich im Bus umsehen, dann beugte sie sich über Aliki und blickte demonstrativ zum Fenster hinaus.

Aliki kicherte.

»Hm, mal überlegen. Natur?«

»Nö.«

»Ähm … Nüsse!«

»Wo siehst du denn hier Nüsse?«

»Dort drüben auf den Hügeln stehen Mandelbäume.«

»Tja, wenn es so ist, kann ich sie jedenfalls nicht sehen.«

»Wie wäre es mit« – Nisha sah sich erneut um, diesmal unter den anderen Passagieren – »Notizbuch?«

»Nein.«

»Aliki, das ist viel zu schwer.«

»Versuch es weiter!«, sagte sie.

»Nylon? Und bevor du fragst, die Frau mit dem Notizbuch, da rechts von dir, sie trägt Nylonstrümpfe.«

»Das ist ziemlich gut«, sagte Aliki. »Aber nein.«

»Nase.«

»Nein.«

»Nasenring!«

»Nein.«

»Nonne?«

Ich erinnerte mich, wie Aliki sich an dieser Stelle umschaute und dann wieder zu lachen begann. »Nisha, wo siehst du hier eine Nonne?«

»Wir sind gerade an einer Kirche vorbeigefahren, da war eine Nonne draußen im Garten.«

»Dir entgeht aber auch gar nichts«, sagte Aliki.

»Du solltest aufmerksamer sein«, gab Nisha zurück.

»Okay, gibst du auf?«

»Warte, ein letzter Versuch noch …« Es folgte eine längere Pause. »Nasenloch!«

»Die Antwort«, sagte Aliki, »ist Nisha.«

»Ich?«

Aliki hatte genickt.

»Das ist Betrug! Ich kann mich doch nicht selbst sehen!«

»Warum nicht?«, meinte meine Tochter. »Ich sehe dich doch auch!«

»Darauf wäre ich nie im Leben gekommen. Ich hätte die ganze Fahrt lang so weitermachen können, ich hätte es niemals erraten.«

»Ist das nicht witzig«, sagte Aliki mit ihrer erwachsensten Stimme, »dass du alles sehen kannst, nur nicht dich selbst?«

Am Freitagabend gegen zehn erhielt ich einen Anruf von Soneeya. Sie war völlig aufgelöst. »Madam, bitte kommen Sie zum Gartentor und treffen Sie mich dort, ich habe wichtige Informationen. Können Sie gleich herkommen?«

Ich versprach, sofort zu kommen, ja, selbstverständlich. Vorher aber schaute ich kurz zu Aliki ins Zimmer, die friedlich in ihrem Bett lag und schlief. Frau Hadjikyriacou saß noch draußen an ihrem üblichen Platz im Garten, also fragte ich sie, ob sie wohl rüberkommen und eine Weile auf Aliki aufpassen könne.

»Aber sicher, meine Liebe«, sagte sie und legte ihre Hand auf meine. »Meine Tochter kommt mich doch nicht besuchen – hat irgendwas mit ihrer Arbeit zu tun –, sie musste die Reise absagen. Also habe ich alle Zeit der Welt. Gehen Sie und tun Sie, was Sie tun müssen, und machen Sie sich um mich keine Gedanken.«

Ich bedankte mich bei ihr und drückte ihr einen Kuss auf die Wange, wie ich es auch bei meiner eigenen Tochter oder meiner Großmutter getan hätte, und dann gingen wir ins Haus, und ich ließ sie, vor dem Kamin sitzend, allein, wo sie ein Modemagazin durchblätterte.

Beim Anwesen am Ende der Straße angekommen, erwarteten mich Binsa und Soneeya bereits ungeduldig. Ich sah sie hinter den Gitterstäben der riesigen Pforte stehen, im Schein der grellen Notbeleuchtung. Die beiden Jagdhunde liefen außerhalb ihres Zwingers herum. Einer hatte seine Schnauze zwischen den Gitterstäben des Tors durchgeschoben und schnupperte aufgeregt; der andere lag ausgestreckt auf dem Rasen, den riesigen Kopf auf die Vorderpfoten gelegt. Das sandfarbene Fell der Hunde glänzte, ihre Muskeln zeichneten sich im hellen Licht der Scheinwerfer deutlich ab.

»Madam«, sagte Soneeya. »Es ist noch eine Frau verschwunden.«

»Was meinen Sie damit, Soneeya?«

»Soneeya will sagen, dass eine weitere Frau vermisst wird. Wir haben diese Woche mit ein paar Freundinnen telefoniert, um rauszufinden, ob eine von ihnen was von Nisha gehört hat. Eine hat uns erzählt, dass die Schwester einer Freundin, die als Hausmädchen bei einer Familie auf der anderen Seite von Nikosia arbeitet, spurlos verschwunden ist. Sie ging eines Nachts raus und kam nicht wieder zurück.«

Ich versuchte zu verstehen, was das bedeutete.

»Wie lange ist das her?«

»Das war vor ungefähr drei Wochen, Madam«, sagte Binsa.

»Und man hat nichts mehr von ihr gehört?«

»Nichts, Madam. Nicht einen Mucks«, entgegnete Soneeya.

Bei diesen Worten wurde mir der Mund trocken. Ich hatte nach wie vor die Hoffnung, Nisha könnte jeden Moment wieder auftauchen, aber jetzt erzählten diese beiden mir von einer anderen Hausangestellten, die auf ähnlich mysteriöse Weise verschwunden war, ohne sich zu verabschieden.

»Wir wissen nichts über die Umstände ihres Verschwindens«, sagte ich. »Es könnte einen guten Grund geben, warum die Schwester dieser Freundin an ihrer Arbeitsstelle vermisst wird.«

Soneeya schüttelte den Kopf, sagte aber nichts weiter.

Binsa schob die Hand in die Tasche ihrer Schürze und fischte einen kleinen Zettel heraus. »Wir haben eine Nummer von jemandem, den Sie anrufen können. Sie können sich mit ihm treffen. Er kann vielleicht helfen.«

Durch die Gitterstäbe nahm ich das Stück Papier entgegen und las die hastig hingekritzelten Worte: *Herr Tony, The Blue Tiger, Limassol 09---------------*.

»Wer ist dieser Herr Tony? Was ist das Blue Tiger?«

»The Blue Tiger, Madam, ist ein Ort, an dem ich selbst nie war. Es soll sehr schön sein, sagt man, die ganzen Arbeiterinnen treffen sich sonntags dort und kochen und tanzen und essen zusammen. Den Rest der Woche ist es Herrn Tonys Restaurant. Aber am Sonntag kümmert er sich um die ganzen Hausangestellten. Er vermittelt ihnen Jobs. Er hilft ihnen, wenn sie in der Klemme stecken. Manchmal bleiben Mädchen auch bei ihm, bis sie einen besseren Arbeitgeber finden. Sie sagen, Herr Tony ist ein guter Mann, und er weiß sehr viel. Wenn es ein Problem gibt, geht jedes Hausmädchen zu Herrn Tony.«

»Ich verstehe nicht, wie er mir helfen sollte«, sagte ich. »Das Blue Tiger ist in einer anderen Stadt. Welche Art von Informationen könnte er wohl über Nisha haben?«

Wobei mir jetzt wieder einfiel, dass Nisha erst kürzlich in Limassol gewesen war. Vielleicht kannte er ja doch sie oder ihre Cousine Chaturi?

»Er weiß über diese andere verschwundene Frau Bescheid. Wir haben keine Antworten, aber Herr Tony, er hat vielleicht eine Antwort.« Soneeya sah mich eindringlich an, als wäre sie kurz davor, selbst loszuziehen und Nisha zu suchen – wenn es ihr erlaubt gewesen wäre, ihre Arbeitsstelle zu verlassen.

Die Hunde schienen ihre Nervosität zu spüren, denn jetzt strichen sie beide hinter den Mädchen auf und ab. Mit dem golden glänzenden Fell, den gesenkten Köpfen, den muskulösen Körpern und den hängenden Schwänzen wirkten sie auf mich für einen kurzen Moment wie Löwen. Löwen in Gefangenschaft. Löwen, die man aus ihrer Heimat fortgebracht hatte.

Als ich mich auf den Rückweg machte, kam mir der Gedanke, kurz in diese Bar unweit der grünen Linie zu schauen, das Maria's. Der Laden hatte bis spätnachts geöffnet und lag am Ende der Straße, in die Frau Hadjikyriacou Nisha in der Nacht ihres Verschwindens hatte abbiegen sehen. Vielleicht wusste dort jemand irgendwas über Nishas Verbleib. Natürlich hatte ich nicht viel Zeit, weil Aliki zu Hause im Bett lag und meine Nachbarin wartete, aber einen kurzen Zwischenstopp konnte ich mir erlauben. Und wenn ich nur eins von den Flugblättern daließ.

Draußen vor der Bar standen zwei Frauen unter einer Laterne und rauchten. Trotz der nächtlichen Kälte trugen sie luftige Trägertops und Miniröcke und unterhielten sich angeregt. Als ich eintrat, schlug mir ebenfalls Zigarettenqualm entgegen. Es stank nach Bier. Auf einer gähnend leeren Tanzfläche ließ eine Bauchtänzerin im knallpinken Paillettenkostüm den Bauch kreisen und brachte dabei kleine Glöckchen zum Klingen. Entlang des Bartresens saßen und standen mehrere Männer. Kellnerinnen in hautengen schwarzen Kleidern eilten mit silbernen Tabletts, voll beladen mit Dips und Drinks, umher. Auf einigen der Tische standen brennende Kerzen, aber nichts hätte dieser Kaschemme auch nur einen Hauch Eleganz verleihen können: Der Laden war zwielichtig und düster und stank nach Lust und Habgier und Verzweiflung.

Ich fühlte mich vollkommen fehl am Platz in meiner Jogginghose, den Turnschuhen und der dicken Strickjacke mit den viel zu langen Ärmeln, aber nun war ich schon mal hier, und ich hatte das Gefühl, dass es sich lohnen könnte, ein paar Fragen zu stellen. Einige Männer drehten sich nach mir um und musterten mich neugierig, aber zu meiner Erleichterung schienen sie schnell das Interesse zu verlieren. Ich trat an die Theke und bestellte ein Mineralwasser mit Kohlensäure: Wenn ich mich schon an einen solchen Ort wagte, sollte ich wenigstens einen klaren Kopf bewahren. Der Mann neben mir hatte ein Mädchen auf dem Schoß sitzen, das aussah, als wäre es noch keine achtzehn. Während sie an seinem Ohr herumzüngelte, spielte er mit dem Träger ihres pinkfarbenen Kleides und küsste ihren Oberarm. Ich wandte den Blick ab. Auf der anderen Seite saß eine Frau ganz allein und rauchte eine E-Zigarette, die dezent nach Kirsche roch. Die schwarzen Haare reichten ihr fast bis zur Hüfte.

Sobald ich für mein Getränk bezahlt hatte, fragte ich die Kellnerin, ob ich wohl ein Wort mit dem Manager wechseln könnte, unter vier Augen.

»Warum?«

»Ich bin auf der Suche nach Arbeit.«

Sie musterte mich von oben bis unten, als wollte sie sagen »dein Ernst?«, deutete dann aber mit dem Kinn auf eine Holztür hinter der Bar.

»Er ist im Büro«, sagte sie. »Klopfen Sie dreimal an und warten Sie.«

Und das tat ich. Ich wartete mehr als fünf Minuten, ehe die Tür aufging und ein kleiner Mann, der große Ähnlichkeit mit einem Hamster hatte, vor mir stand. Er hatte ein breites Grinsen im Gesicht, unnatürlich weiße Zähne und eine Wampe, die ihm über den Hosenbund hing. Und trotzdem hatte er das Gebaren eines Königs.

»Was kann ich für Sie tun, junge Dame?«, fragte er.

»Nun, ich bin eigentlich keine junge Dame mehr«, entgegnete ich.

»Sie wären überrascht.« Sein Grinsen wurde noch breiter.

Ich hatte keinen Schimmer, worauf er damit anspielte.

Er bat mich in sein Büro, wo ich mich auf einen niedrigen Hocker vor einem hohen antiken Schreibtisch setzte. Er selbst nahm in einem drehbaren Schreibtischsessel Platz – weiches Leder mit breiten Armlehnen – und sah mich von oben her an.

»Sie haben dreimal geklopft. Also sind Sie auf der Suche nach Arbeit.«

»Nein.«

Seine Augenbrauen wanderten nach oben, und zum ersten Mal sah ich so was wie Gereiztheit in seinen Zügen aufscheinen. Er warf einen Blick auf die Wanduhr. Trotz der lauten Musik draußen im Schankraum war es in diesem Büro seltsam still.

»Ich weiß, dass viele Hausmädchen aus dem Ausland hier *arbeiten*«, sagte ich, »und deshalb habe ich mich gefragt, ob Sie diese Frau hier wohl schon mal gesehen haben.« Damit zog ich einen der von Keti entworfenen Flyer aus meiner Handtasche und deutete auf das Bild von Nisha.

Der Mann fischte eine billige Lesebrille mit Goldrand aus der Brusttasche seines Hemds und setzte sie auf. Dann nahm er das Flugblatt entgegen und betrachtete das Foto. Er schien tief in Gedanken versunken und sagte eine ganze Weile nichts. Schließlich blickte er zu mir auf und meinte: »Nein.«

»Sie haben sie nie hier gesehen?«

»Nein.«

»Sie war noch nie hier?«

»Tja, falls doch, ist sie mir nicht aufgefallen. Aber ich sitze auch nicht die ganze Zeit an der Eingangstür und merke mir Gesichter.« Damit warf er wieder einen Blick auf die Uhr und stand auf.

»Sie haben hier viele Arbeiterinnen aus dem Ausland, vielleicht hat eine von ihnen Nisha gesehen, vielleicht wissen sie etwas«, ließ ich in meiner Verzweiflung nicht locker.

»Nisha, wie?«, meinte er und lächelte. »Wissen Sie eigentlich, dass Nisha im Sanskrit ›Nacht‹ bedeutet?«

Ich gestand, dass ich das nicht gewusst hatte.

»Alle Frauen namens Nisha, die ich je getroffen habe, waren wunderschön und mysteriös. Wäre ich ihr begegnet, würde ich mich definitiv erinnern. Lassen Sie mir den Flyer da, dann hänge ich ihn auf. Seien Sie unbesorgt.«

Ich beschloss, auch unter den Frauen draußen ein paar von den Blättern zu verteilen. Viele von ihnen waren Hausangestellte aus dem Ausland; es bestand durchaus die Chance, dass sie Nisha kannten oder eine von ihnen sie in jener Nacht zumindest gesehen hatte. Die Frauen hier waren normalerweise so gut wie unsichtbar, sicher verwahrt in unserer alltäglichen häuslichen Routine. Jetzt kam mir der Gedanke, dass Freiheit und Selbstverwirklichung einer Person oft erst möglich werden durch die Unterordnung und Dienstbereitschaft einer anderen. Dieser Gedanke war mir unerträglich. Ich befürchtete, Nisha niemals etwas von meiner neu gewonnenen Erkenntnis erzählen zu können.

Voller Reue stand ich im Schein der Kerzen und hielt die Flugblätter mit Nishas Bild umklammert.

Am Tisch direkt neben mir saßen drei Frauen und unterhielten sich. Sie lachten. Tranken heißen Tee aus winzigen Gläsern.

»Hallo«, sprach ich sie zögerlich an, weil ich das Gefühl hatte, mich ihnen aufzudrängen.

Alle Augen richteten sich auf mich. »Guten Abend, Madam«, sagte die Frau, die mir am nächsten saß.

»Ich wollte fragen, ob Sie diese Frau schon mal gesehen haben?« Mit diesen Worten legte ich den Zettel vor ihnen auf den Tisch, und sie beugten sich darüber, um es sich anzusehen.

»Ja!«, rief die Frau links von mir. »Ich kenne sie!« Sie war schlank und hatte dicke schwarze Locken.

»Ich auch!«, sagte die neben ihr. »Das ist Nisha … Aber ihren Nachnamen habe ich vergessen.«

Die Erste, die ihre Teetasse auf dem Tisch abgestellt hatte, lehnte sich nun besorgt vor. »Also, das ist meine Freundin, Nisha. Manchmal gehen wir sonntags gemeinsam zur Kirche, wenn sie freihat. Wir treffen uns immer in diesem anderen Café hier um die Ecke, da, wo wir Hausmädchen sonntags alle hingehen und zusammen Tee trinken.«

»Nisha ist verschwunden«, sagte ich.

»Wann?«, fragte die Frau, die bislang noch nichts zum Gespräch beigetragen hatte, mit verdutzter Miene.

»Vor zwei Wochen. Wissen Sie etwas darüber? Die Polizei denkt, sie könnte sich in den Norden der Insel abgesetzt haben.«

Jetzt stieß die erste Frau ein Lachen aus, allerdings ein Lachen von einer Düsterkeit, die selbst das ohnehin sehr spärliche Licht hier drinnen noch zu verdunkeln schien. »Das denken die doch immer. Sie halten uns auch alle für Diebinnen. Meine Madam dachte einmal, ich hätte ihren Ehering gestohlen. Deshalb wurde ich entlassen. Und so bin ich hier gelandet.« Die Frau schüttelte den Kopf und richtete den Blick auf das Foto von Nisha. Eine ganze Weile starrte sie darauf. »Ich hoffe, Sie finden sie, Madam«, meinte sie dann nur.

Als ich mich bereits von ihnen entfernte, wurde mir bewusst, dass ich die Frauen nicht einmal nach ihren Namen gefragt hatte. Sie hatten mich »Madam« genannt. Den nächsten Frauen, die ich ansprach, würde ich erst mal die Hand geben und mich vorstellen.

»Guten Abend. Mein Name ist Petra.«

Ich unterhielt mich mit so vielen von ihnen an diesem Abend. Da war zum Beispiel Diwata Caasi, eine Frau von den Philippinen, einundsechzig Jahre alt. Sie hatte in ihrer letzten Anstellung ihr Wasser immer aus einem Marmeladenglas trinken müssen, weil sie schließlich nichts weiter als ein Hausmädchen war, und ihre Mahlzeiten waren rationiert gewesen, weshalb sie insgesamt weniger zu essen bekam als die Katze. Schließlich schmiss sie ihren Job, ohne zu wissen, wo sie hinsollte.

Oder Mutya Santos, die von der Bayside Manilas stammte und früher Hebamme war. Sie hatte ihre Arbeitgeberin, eine ältere Dame, mit der sie jeden Abend gemeinsam speiste, vergöttert, aber als die starb, wurde Mutya an einen Mann vermittelt, der die Finger nicht von ihr lassen wollte. Er platzte ins Badezimmer, wenn sie gerade unter der Dusche stand, kam nachts in ihr Zimmer, während sie schlief. Sie hatte sich bei der Agentur darüber beschwert, wo man allerdings nichts gegen die Missstände unternahm. Als ihr Arbeitgeber davon erfuhr, warf er sie raus. Auch sie stand plötzlich da und wusste nicht, wo sie hinsollte, noch dazu mit einem Berg Schulden.

Ayomi Pathirana aus Sri Lanka. Ihre Eltern waren Bauern. Als Kind war sie immer ganz früh aufgestanden, um ihren

Eltern auf dem Hof zu helfen, bevor sie sich auf den Weg zur Schule machte. Später ging sie vom College ab, weil sie in finanziellen Nöten waren, und arbeitete zwei Jahre lang in einem Buchladen; die Bezahlung war allerdings unterirdisch, es gab keine Möglichkeit, beruflich aufzusteigen, und ihre Eltern wurden langsam älter. Da gab ihre Cousine ihr den Tipp, sich im Ausland als Kindermädchen zu bewerben. Sie ging nach Kuwait, wo sie sich mit einigen Schwierigkeiten konfrontiert sah. Schließlich fasste sie den Plan, nach Zypern zu gehen, wo sie allerdings vor ganz ähnlichen Problemen stand. Sie war noch blutjung, als sie hierherkam. Dann begegnete sie einem Zyprer, der ihr versprach, Arbeit für sie zu finden, und obwohl es die falsche Art von Arbeit war, konnte sie wegen ihrer Schulden nicht nach Sri Lanka zurückkehren.

Etisha aus Nepal. Sie hatte ihre einjährige Tochter Feba, ihren Sonnenschein, zurücklassen müssen, weil sie und ihr Mann in der Heimat keine Arbeit finden konnten. Anfangs sollte sie als Studentin hierherkommen; man versprach ihr einen Job. Doch bei ihrer Ankunft war da nichts dergleichen.

Jede Einzelne von ihnen hatte eine Geschichte zu erzählen. Ich hätte die ganze Nacht hier sitzen und ihnen zuhören können. Aber die Gitterstäbe vor den Fenstern, das flackernde Licht gaben mir das Gefühl, eingesperrt zu sein. Ich wollte nur noch weg von diesem Ort. Aber die Geschichten dieser Frauen … sie bewegten mich zutiefst, öffneten etwas tief in meinem Inneren.

Eins der Mädchen, mit denen ich mich unterhielt, fing unwillkürlich zu weinen an. Ich zeigte ihr den Flyer mit Nishas Foto. Sie erkannte sie nicht. Dann fragte ich sie, woher sie stammte, und statt Worten flossen bittere Tränen aus ihr heraus, kullerten ihre Wangen hinunter, verschmierten ihr Make-up. Für einen kurzen Moment legte ich meine Hand in ihre. Aus schwarzen Augen, in denen sich das Kerzenlicht spiegelte, sah sie mich an. »Ich will nach Hause, Madam«, war alles, was sie sagte. Sie verriet mir nicht, wo dieses Zuhause war.

»Kannst du nicht einfach gehen? Pack deine Sachen und kehr heim.«

Hinter einem Schleier aus Tränen lachte sie. »So leicht ist das nicht. Wenn Sie nur wüssten.«

Als ich die Bar gerade verlassen wollte, erkannte ich einen der Männer an der Theke. Ich war mir sicher, dass es derselbe Kerl war, der öfter bei Yiannis zu Besuch war – Seraphim hieß er. Ich nahm an, dass sie zusammenarbeiteten, weil er meinen Mieter manchmal zu Hause absetzte, nachdem sie gemeinsam durch die Wälder gestreift waren, um nach Schnecken und Pilzen zu suchen. Er begrüßte mich jedes Mal höflich, wenn wir uns über den Weg liefen. Ein gammeliger Typ mit ungekämmten Haaren. Er saß allein am Tresen und trank Whisky. Eigentlich wollte ich schleunigst von hier verschwinden, hatte aber noch ein paar Flyer in der Tasche, deshalb beschloss ich, ihn anzusprechen.

»Guten Abend, Seraphim«, begrüßte ich ihn, als ich neben ihn trat.

Er sah auf. »Petra!«, sagte er ein wenig verwundert. »Was führt Sie denn hierher?«

»Ich bin auf der Suche nach meinem Hausmädchen«, sagte ich. »Nisha. Erinnern Sie sich an sie?«

»Klar«, meinte er. »Ich kenne Nisha.«

»Haben Sie Yiannis in letzter Zeit gesehen? Hat er erwähnt, dass sie verschwunden ist?«

»Ich könnte nicht behaupten, dass ich mich an ein derartiges Gespräch erinnere«, meinte er. »Aber es tut mir leid, das zu hören.«

»Tja, bei der Gelegenheit ...« Ich reichte ihm einen der Flyer, und er nahm sich reichlich Zeit, sich das Foto von Nisha anzusehen. Die Musik schien schlagartig lauter zu werden, und die Bauchtänzerin glitzerte und klingelte immer noch im Kerzenschein.

»Eine überaus schöne Frau«, hörte ich ihn über den Lärm hinweg sagen. »Finden Sie nicht auch? Es sind ihre Augen, stimmt's? Sie wirken so wissend.«

Ich erwiderte nichts darauf. Schließlich reichte er mir das Blatt zurück. »Bedaure«, sagte er. »Sie muss eine echte Bereicherung für Ihren Haushalt gewesen sein. Aber ich schätze, sie kommt von allein wieder. Und wenn nicht, seien Sie nicht allzu verwundert. Diese Frauen kommen und gehen wie der Regen, wissen Sie.«

Damit grinste er mich an, aber ich blieb ernst. Der Typ gefiel mir nicht. Er war zwar immer zuvorkommend, wenn ich ihm draußen vor dem Haus begegnete, aber jetzt spürte ich eine Intensität an ihm, die mir bislang nicht aufgefallen war. Tatsächlich schien er nur aus scharfkantigen Ecken zu bestehen – seine Nase, seine Wangenknochen, ja sogar seine Ellbogen, alles war spitz. Seine gesamte Statur und sein Knochenbau hatten etwas Scharfkantiges; jetzt im Kerzenschein erkannte ich es ganz deutlich. Oder ging meine Fantasie mit mir durch? Ich wusste, dass ich mit jedem Tag länger, den Nisha fort war, nervöser und ängstlicher wurde.

»Hören Sie, wollen Sie sich nicht auf einen Drink zu mir setzen? Sie haben Glück, dass Sie mich heute Abend hier antreffen – ich war ein paar Tage auf Achse, bin aber früher als geplant zurück.«

»Nein danke, ich möchte nichts trinken«, sagte ich. »Sie kommen also öfter hierher, wenn Sie nicht gerade unterwegs sind?«

Er hob die Augenbrauen.

»Ich frage nur, weil ich gern wüsste, ob Sie Nisha vielleicht mal hier getroffen haben? Wissen Sie, die alte Dame von nebenan hat mir erzählt, dass Nisha in der Nacht, in der sie verschwunden ist, in diese Richtung gelaufen ist.«

»Wann war das genau?«, fragte er.

»Vor zwei Wochen, am Sonntagabend.«

Wieder verfiel er eine Weile in Schweigen und dachte nach. »Ich wünschte, ich könnte Ihnen was anderes sagen, aber ich habe sie nicht gesehen.«

Draußen auf der Straße sog ich die kalte Nachtluft in die Lunge. Es war frisch, deshalb entfernte ich mich mit raschen Schritten von der Bar. Trotzdem konnte ich immer noch die Stimmen der Frauen da drinnen hören. Ich hatte es eilig, wieder nach Hause zu kommen, aber als ich an Muyias Atelier vorbeikam, fiel mir die Skulptur wieder ein. Mit einem Mal verspürte ich den unwiderstehlichen Drang, dort reinzugehen und sie mir noch einmal anzusehen – der Eingang stand wie immer offen. Es war stockfinster dort drinnen, weshalb ich gut aufpassen musste, um nicht über den herumliegenden Schutt zu stolpern. Nach und nach gewöhnten sich meine Augen an die Dunkelheit, und ich erkannte die vagen Umrisse der Werkbank, tastete mit der Hand nach dem Schalter an einer der Lampen.

Die Skulptur von Mutter und Kind war mit einem weißen Laken abgedeckt. Ich zog das Tuch herunter und setzte mich auf den Hocker gegenüber. Auch diesmal verblüffte mich die große Ähnlichkeit zu Nisha. Fast glaubte ich, die Energie, die von der Figur ausging, zu spüren, so viele Gefühle. Sie hatte eine Geschichte, ein ganzes Leben. Und da war diese unerschütterliche, allmächtige Liebe zu dem Kind in ihren Armen. Eine Liebe, die durch nichts zu ersetzen war. Warum hatte Muyia dieses Standbild geschaffen? Es war Nisha, ohne Zweifel, ihr herzförmiges Gesicht, ihre feurigen Augen. Selbst das kleine Grübchen in ihrer rechten Wange war da, genau an der richtigen Stelle. Ich streckte die Hand nach ihr aus und berührte sie. Am liebsten wäre es mir gewesen, sie hätte gesprochen. Ich wünschte mir so sehr, sie könnte aus ihrer hölzernen Hülle ausbrechen und mit mir reden.

»Nisha«, sagte ich ganz sanft. »Sag mir, wo du bist.«

Ich wartete ab, in der Hoffnung, ihre Stimme zu hören. Ich blickte in ihr unbewegtes Gesicht, hörte aber nur das Rauschen des Windes – nichts sonst, nur den Wind in den Baumkronen.

Dann deckte ich die Skulptur wieder ab und ging nach Hause.

Im Dorf gibt es ein Gästehaus: ein kleines windschiefes Gebäude mit braunen Fensterläden und weiß getünchten Wänden. Es steht im Garten hinter dem Haus einer Witwe. Allerdings sind hier schon seit Jahren keine Gäste mehr untergekommen. Nur alle Jubeljahre ruft jemand aus einem fernen Land an und bucht ein Zimmer, und die alte Dame vermerkt die Daten in einem schwarzen Notizbuch, das neben dem Telefon bereitliegt. Gleich im Anschluss macht sie sich ans Großreinemachen, schüttelt Handtücher und Bettzeug auf. Sie stellt frische Teebeutel und Honig und Zucker auf ein Tablett, legt Zuckermandeln auf die Kopfkissen und backt einen Pistazienkuchen, den sie sorgsam in Zellophan wickelt, mit Papiergänseblümchen verziert und auf der Frisierkommode platziert. Sie fegt Blätter und Staub von der Veranda und hinterlässt eine Infobroschüre des Tourismusamts auf dem Nachtschränkchen.

Es dunkelt bereits, als das Telefon klingelt. Ein junger Mann meldet sich aus einem Hotel in Beirut, mit einem dieser transatlantischen Akzente, die sie nur aus dem Fernsehen kennt. Er reist mit seiner frisch angetrauten Ehefrau durch Europa, sie kommen nächste Woche an, wenn alles nach Plan läuft. Die alte Dame notiert sich seinen Namen und die Telefonnummer sowie das Datum ihrer Ankunft in ihr schwarzes Buch, gleich unter die Zeichnung von einem Clown, der auf einem Esel reitet. Sie stammt von ihrer Enkelin.

Die Nächte werden länger und kälter, und sie geht raus in den Garten, um die Wäsche von der Leine zu holen. Die Nachbarskinder von gegenüber sind schon reingegangen, nur das Hausmädchen ist noch draußen und pflückt in der Dämmerung Äpfel vom Baum. Es weht ein leichter Wind. Guten Abend, sagt sie, aber ihre Stimme trägt nicht so weit. Ein leichter Dunstschleier legt sich über den Weg, und auch die Nacht bricht schnell herein, weil hier keine Häuser mehr stehen, deren Licht Helligkeit spenden könnte. Ein Stück weiter sind nur noch Bäume und Wolken und Himmel auszumachen, und dahinter wird die Erde ganz schartig und trocken und fällt zum roten Wasser des Sees hin ab, der jetzt so schwarz ist wie die Nacht, und die leere Augenhöhle des Hasen starrt zum Himmel auf.

16

Yiannis

Am Samstag holte mich Seraphim weit vor Sonnenaufgang mit seinem Lieferwagen ab. Wir wollten zur Akrotiri-Militärbasis, die anderthalb Stunden entfernt lag. Die Fahrt verbrachten wir überwiegend in einträchtigem Schweigen: Wir waren müde; Seraphim sah aus, als wäre er lange aus gewesen. Ich hatte vor, den richtigen Moment abzupassen. Schließlich wollte ich für unser Gespräch seine volle Aufmerksamkeit.

Diesmal hatte er auf der Ladefläche des Transporters vier Singvögel in zwei Käfigen stehen, die sich unter schwarzen Decken verbargen: drei Mönchsgrasmücken und eine Amsel. Diese waren schon vor Monaten gefangen und im Dunkeln gehalten worden, sodass sie sich die Seele aus dem Leib zwitschern würden, sobald sie endlich wieder ans Tageslicht kämen. Auf diese Weise wurden sie unfreiwillig zu Lockvögeln für ihre Artgenossen.

Ich döste auf dem Beifahrersitz vor mich hin, bis wir die ersten Ausläufer des Feuchtgebiets erreichten, einem Areal von hundertfünfzig Hektar, das für seinen Vogelreichtum bekannt war und deshalb unter dem Schutz verschiedener Organisationen und Behörden stand. Wenn wir uns geschickt anstellten, würde es eine gute Jagd werden, aber wir mussten auf der Hut sein.

Jetzt, da Nisha weg war und die Erinnerung an sie an meinen Eingeweiden zerrte, überkam mich ein flaues Gefühl bei der Vorstellung, all die Vögel, die sich in den Japannetzen verfingen, töten zu müssen.

Wieder und wieder schlagen sie mit den Flügeln und versuchen zu fliegen, aber der Himmel hält sie gefangen.

Ich musste an den kleinen schwarzen Vogel bei mir zu Hause denken, wie sehr er mir inzwischen vertraute.

Falls Seraphim meine Bedenken spürte, gäbe es Ärger, deshalb schob ich die Gedanken beiseite. Vor wenigen Tagen hatte es einen weiteren Brandanschlag gegeben: Er hatte einem Mann namens Louis gegolten, der von Anfang an nicht für die Jagd getaugt hatte. Sie hatten sein Auto in Brand gesetzt, wie bei dem Mann vor ihm, nur dass diesmal der Sohn von diesem Louis im Auto saß, ein Teenager, der offenbar heimlich eine Zigarette rauchen wollte. Der Junge hatte sich zwar ins Freie retten können, hatte aber heftige Verbrennungen am Arm davongetragen. Es war überall in den Regionalnachrichten gewesen. Die Ermittlungen liefen noch, aber Louis würde selbstverständlich niemals durchsickern lassen, was er wusste. Der Polizei gegenüber würde er kein Sterbenswörtchen sagen.

Ich wusste genau, dass es Seraphim gewesen war, der ihn verpfiffen hatte. Wer sonst. Er ist wie ein Wiesel, dieser Typ: hinterlistig, scharfsichtig, schlau. Aber vor allem, und das war das Gefährliche an ihm, war er den Strippenziehern an der Spitze gegenüber loyal. Ich hatte diesen Louis kennengelernt – er war ein paarmal mit uns unterwegs gewesen. Der Mann war noch dabei gewesen, sein Handwerk zu lernen, und wir hatten ihm einige gute Plätze für die Jagd gezeigt. Doch dann wollte er auf einmal aussteigen, und Seraphim war richtig angepisst – dieser Louis war für ihn so was wie das nächste Wunderkind gewesen. »Am besten hängt man die Typen ran, bevor sie einen ranhängen«, so lautete sein Motto – das hatte er mit einem breiten Grinsen und tief gefurchter Stirn gesagt. Die Brandanschläge waren als eine Art Warnschuss gedacht.

»Du bist so still, noch stiller als sonst«, sagte Seraphim schließlich. »Denkst du an Nisha?«

»Ja.«

Durch das Seitenfenster sah ich, wie der Mond sich in der weiten Wasserfläche des Schutzgebiets spiegelte.

Seraphim parkte den Lieferwagen, und wir zogen die Japannetze und dazugehörigen Pfähle von der Ladefläche, um sie über das sumpfige Gelände zur ausgewählten Stelle zu tragen. Dann kehrten wir zurück und holten die Lockvögel. Unweit von hier gibt es eine britische Militärbasis. Die Engländer haben sehr strenge Regeln, was die Jagd betrifft, deshalb suchen Soldaten die Gegend regelmäßig nach Wilderern ab. Wir mussten also besonders wachsam sein. Sicher, es war unwahrscheinlich, aber auch nicht unmöglich, dass so früh am Morgen jemand eine Runde drehte, um nach dem Rechten zu sehen – es war halb vier in der Früh. Doch zum Glück war das Gelände schön flach und weitläufig, so würden wir jeden, der sich uns näherte, schon aus größerer Entfernung sehen. Wenn wir Augen und Ohren offen hielten, würden sie uns garantiert nicht erwischen.

Seraphim trug eine kleine Taschenlampe und ging voraus, um uns den Weg zu leuchten. Wir hängten die Netze an die Stangen, die etwa zwei fünfzig hoch waren, und zurrten sie fest, um sie zu spannen. Dann knipste Seraphim die Lampe aus und zog ganz vorsichtig die Decken von den Käfigen. Die Vögel verhielten sich ruhig, weil nach wie vor Dunkelheit herrschte. Die Federn der Amsel waren von einem sehr dunklen Schwarz, wie Ebenholz, schwarz wie die Nacht. Am liebsten hätte ich die Tür zu ihrem Käfig geöffnet, um sie freizulassen, damit sie eins werden konnte mit dem tiefschwarzen Himmel.

Wir stellten die Käfige auf den feucht glänzenden Boden, direkt unterhalb der Japannetze, die geisterhaft über der Erde schwebten. Dann suchten wir uns ein gutes Versteck ein wenig abseits inmitten von Kiefern und Rosmarinsträuchern. Seraphim hatte einen kleinen Gaskanister mitgebracht, und ich holte Brot, Halloumi und Oliven aus meinem Rucksack. Wir rösteten das Essen auf Stöcken über einem kleinen Feuer, gut verborgen hinter Stein und Gestrüpp. Schatten von den Flammen züngelten über Seraphims Gesicht.

»Am Sonntag, als Nisha verschwunden ist«, setzte ich an, und er nickte, den Blick unbeirrt auf die Oliven an seinem Stock gerichtet, den er über das Feuer hielt. »Hat sie sich da mit dir getroffen?«

Jetzt sah Seraphim mich alarmiert an. »Wie kommst du denn darauf?«

»Ich habe einen Freund getroffen, der meinte, Nisha sei an dem Abend auf dem Weg zu einer Verabredung mit dir gewesen. Gegen halb elf muss das gewesen sein.«

»Warum sollte Nisha sich ausgerechnet mit *mir* treffen?«

»Ich hatte gehofft, *du* könntest mir diese Frage beantworten.«

Seraphim sagte eine Zeit lang nichts. Die Dunkelheit hinter ihm war undurchdringlich.

»Wer auch immer dir diesen Quatsch erzählt hat, es war gelogen.«

»Warum sollte mein Freund lügen?«

»Vielleicht lügt er ja gar nicht. Er sagt einfach nicht die Wahrheit. Vielleicht war es eine Verwechslung. Andererseits, falls derjenige mit Absicht solche Lügen erzählt, hat er vielleicht seine Gründe dafür. Allerdings sind solche Spekulationen sinnlos, weil ich nicht weiß, um wen es geht.«

Dann lehnte Seraphim sich zurück und legte sich auf den Boden, die Hände hinter dem Kopf verschränkt, ein deutliches Signal, dass das Gespräch für ihn damit beendet war. Er wies mich an, Wache zu halten, und schloss die Augen für ein Nickerchen. Er schien rasch einzuschlafen, denn schon bald drang ein leises Schnarchen aus seinem geöffneten Mund.

Das Gelände erstreckte sich über viele Meilen eben in alle Richtungen, in tiefer Finsternis, mit vereinzelten Streifen von Silber, wo das Mondlicht aufs Wasser fiel. Ich sah zu, wie sich nach und nach ein Lichtstreif am Horizont abzuzeichnen begann und die Dunkelheit durchlässiger wurde. Bei diesem ersten Anzeichen des hereinbrechenden Tages fingen die Vögel im Käfig zu pfeifen an. Ihr Gesang erhob sich in einem anschwellenden, melodischen Chor – eine musikalische Explosion nach all der Zeit der Stille.

Und da hörte ich es plötzlich wieder: die Stimme einer Frau, die rief. Sie rief etwas, das ich nicht verstand, weil ihre Stimme sich mit dem Vogelgezwitscher vermischte.

Ich stand auf. Sah mich um. Natürlich hätte ich Seraphim nicht schlafend allein lassen dürfen, aber ganz instinktiv folgte ich der Stimme in Richtung der Japannetze. Am Gewässerrand angekommen, hörte es ganz abrupt auf. Hier schien niemand zu sein. Das Land lag in sämtliche Richtungen offen und menschenleer vor mir.

Im nächsten Moment war der Himmel voller Vögel – die Luft von ihrer Musik erfüllt. Zu Tausenden stießen sie herab, und in ihren Flügeln fing sich das Licht der aufgehenden Sonne – golden und rot und blau. Sie kamen steil herabgesegelt, tauchten tief hinunter zu den Lockvögeln, zu ihrem Gesang, der sie in den Tod lotste, hinab, hinab, hinab zum Ufer des Gewässers.

Stocksteif stand ich da und sah zu, wie ihre Reise endete, jäh gefangen in den Netzen. Unzählige verhedderte Flügel, unzählige Vögel, mitten im Flug gebremst. Ihr Lied veränderte sich – aus dem harmonischen Trillern wurde wildes Gekreische, oder zumindest machte es auf mich diesen Eindruck. Doch manche, so glaubte ich, setzten ihren melodischen Gesang unbeirrt fort, als müsste der nächtliche Himmel sich jeden Moment wieder öffnen und ihnen die Freiheit zurückgeben.

»Was treibst du da?«, hörte ich eine Stimme hinter mir sagen. Ich drehte mich um. Seraphim stand vor mir, mit einem wütenden Funkeln im Blick.

»Ich dachte, ich hätte was gehört«, sagte ich.

»Und da lässt du mich einfach schlafend allein liegen? Was, wenn jemand vorbeigekommen wäre? Dann wäre ich geliefert gewesen!«

»Tut mir leid, das war ein Fehler.«

Ohne zu blinzeln, starrte er mich an. »Ein Fehler? Ein Fehler ist es, wenn man vergisst, den Gaskanister oder Oliven mitzubringen.« Seine Augen verengten sich. Das Geschrei der Vögel erfüllte die Luft um uns herum. »Ach, was soll's«, meinte er schließlich, »vergessen wir's. Wir haben genug gefangen.« Er warf einen Blick zum Netz, wie um den Erfolg unserer Jagd abzuschätzen. »Holen wir uns unseren Fang, und dann ab nach Hause.«

Wir holten die Netze herunter und fingen an, die Vögel aus den Maschen zu klauben, wobei wir einen nach dem anderen töteten. Das taten wir, ohne ein Wort zu wechseln, in absolut synchronen Bewegungen. Ich befreite die Vögel und reichte sie nacheinander an Seraphim weiter, damit der ihnen das Genick durchbeißen und sie in den schwarzen Müllsack stecken konnte. Jeden Einzelnen spürte ich in meinen Händen zittern, winzige Herzen, die rasten, Flügel, die zuckten und schlugen. Die weiche Berührung ihrer Federn an meiner Haut. Es mussten mindestens zwanzig verschiedene Arten gewesen sein. Aber ich hütete mich, allzu zaghaft vorzugehen – schließlich wollte ich nicht, dass Seraphim Verdacht schöpfte und merkte, dass etwas im Busch war. Und trotzdem setzten die Vögel ihr Gezwitscher fort. Diese Tatsache verstörte mich eigentlich am meisten. Sie zwitscherten bis zum letzten Atemzug.

Gegen neun kehrte ich nach Hause zurück, gab dem Vogel was zu fressen und legte mich aufs Ohr. Ich war so unendlich müde. Das Gespräch mit Seraphim war nicht so gelaufen, wie ich es mir erhofft hatte. Ob er log? Hatte Spyros sich getäuscht in Bezug auf das, was Nisha angeblich gesagt hatte? Oder wollte Seraphim mich auf eine falsche Fährte locken? Ich vermisste Nisha schrecklich.

Irgendwann schlief ich ein und sah sie im Traum dort draußen im Feuchtgebiet. Sie stand knöcheltief im Wasser. Hinter ihr ein strahlend blauer Himmel. Sie trug ihr Nachthemd aus Beeralu-Spitze, mit dem Meer aus weißen Blüten, das Kleidungsstück, das Chaturi für sie gefertigt hatte. Sie sagte etwas zu mir, ihre Lippen bewegten sich, aber ich konnte sie nicht hören.

»Was ist denn, Nisha?«, fragte ich.

Sie deutete auf etwas hinter mir am Himmel. Als ich mich umdrehte, verfinsterte sich dieser, und mit einem Schlag war es Nacht. Und als ich wieder zu Nisha sah, war sie fort. An der Stelle, an der sie gestanden hatte, hing nun der Mond tief am Horizont, so groß, dass ich glaubte, ich bräuchte nur die Hand danach auszustrecken und ihn zu berühren. Ich bemerkte die Spiegelungen im Wasser, schmerzhaft grell, ein glänzender Tümpel silbrigen Lichts inmitten des schwarzen Wassers. Ich streifte meine Schuhe ab und watete hinein: Ich wollte sie finden, aber als ich an die Stelle kam, erkannte ich, dass das, was ich für die Spiegelung des Mondes gehalten hatte, in Wirklichkeit ein tiefer Brunnen war. Ein Brunnen, der mir bodenlos erschien. Und dennoch war er nicht dunkel, denn aus ihm strahlte ein weißes Licht und erhellte die Wände aus Steinquadern, ergoss sich über das Wasser. Es ging eine irrsinnige Hitze davon aus.

Schweißgebadet wachte ich auf, und eine grelle Wintersonne schien durchs Fenster und tauchte mich in ihr gleißendes Licht. Der kleine Vogel hockte auf meiner Brust und zwitscherte leise vor sich hin. Ich streichelte sein weiches Gefieder. Der Winter nahte. Der Oktober war vorüber, und Nisha blieb verschwunden. Der Vogel sang sein Lied für die Sonne, und zum ersten Mal seit vielen Jahren fing ich zu weinen an.

Wieder hörte ich das Geräusch, den Schrei der Frau, und mir wurde bewusst, dass er diesmal aus meinem eigenen Inneren kam und durch die Windungen meines Gehirns bis in die dunkelsten Ecken hallte. Es war ein reiner und unvorhersehbarer Laut: Wie der Wind flaute er ab und schwoll wieder an, wurde leise und kehrte dann mit aller Gewalt zurück. Das Geräusch kam von einem Ort, der nicht nur mir allein gehörte. Es war ein so gleichermaßen seltsames wie schreckenerregendes Gefühl, dass ich panisch aus dem Bett sprang und der Vogel zu Boden flatterte. Das Rascheln seiner Schwingen, so weich sie auch waren, beförderte mich schlagartig zurück in die Gegenwart, zurück in das Zimmer, in dem ich mich befand und wo die Wintersonne durchs Fenster schien.

Mir wurde übel, ein wenig Magensäure kam hoch und bereitete mir Sodbrennen. Ich ging ins Badezimmer und übergab mich in die Toilettenschüssel. Als ich die Spülung betätigte, musste ich an Nishas Blut und das graue Gewebe denken – von dem Kind, das niemals sein würde.

Ich legte mich wieder aufs Bett. Von dem Abend an, an dem Nisha die Fehlgeburt erlitt, ging eine Veränderung in ihr vor. Sie kam immer erst spätabends, genau wie früher, und legte sich dorthin, wo ich jetzt lag, die Hände schützend über dem Bauch verschränkt – aufgebahrt wie eine Leiche, nur dass ihre Hände auf dem Bauch und nicht auf der Brust ruhten.

Dann starrte sie zum Fenster hinaus und sah zu, wie der Sommer schwand, jeder Tag, der verstrich, eine neue Gleichung: »Am heutigen Tag«, sagte sie dann immer, »wäre ich in der achten Woche schwanger, aber stattdessen bin ich seit sieben Tagen leer.« Oder: »Am heutigen Tag wäre ich in der neunten Woche schwanger, aber stattdessen bin ich vierzehn Tage leer.«

Um fünf Uhr morgens wachte sie in der Regel auf und telefonierte mit Kumari. Zu dem Zeitpunkt war es in Sri Lanka halb acht in der Früh, und Nisha wollte ihre Tochter unbedingt noch erwischen, bevor diese zur Schule aufbrach. Ich war meist noch im Halbschlaf und spürte die warme Stelle neben mir, an der Nisha gelegen hatte. Sie saß am Schreibtisch, und die Stimmen der beiden und das Leuchten des Tablets drangen zu mir. Manchmal öffnete ich vorsichtig die Augen, und dann sah ich ihre Umrisse, hörte die Worte auf Singhalesisch und Kumaris Antworten. Auch wenn ich die Sprache nicht verstand, wurde ich nach und nach mit ihrer Klangfärbung und dem Rhythmus vertraut. Ich konnte einschätzen, ob die beiden sich einen Witz erzählten oder sich stritten, oder ob es sich um ein unbefangenes Gespräch über die Schule oder Kumaris Hausaufgaben oder ihre Freundinnen handelte. Ich wusste genau, wenn Nisha wegen irgendetwas gereizt war oder auf etwas beharrte oder fest von etwas überzeugt war. Manchmal hörte ich tiefe Zuneigung im Klang ihrer Stimme, andere Male Besorgnis, Freude, Verärgerung, Entschlossenheit. Kumari war manchmal frech, manchmal die Liebenswürdigkeit in Person, und oft erwies sie sich als eine solche Quasselstrippe, dass Nisha einfach nicht zu Wort kam. Andere Male war sie ruhiger und ziemlich ernst, launisch. Bei ein paar Gelegenheiten bekam ich eine erste Vorstellung von jugendlicher Rebellion, die sich bei ihr einschlich. Sämtliche Emotionen, die man zwischen einer Mutter und ihrer heranwachsenden Teenietochter erwarten konnte, waren da, allerdings nur über die Barriere des Displays hinweg.

Wie oft hatte Nisha Kumari in den frühen Morgenstunden Englischunterricht erteilt. Sie besaßen beide ein Exemplar des Romans *Der geheime Garten*, aus dem sie abwechselnd laut vorlasen. Manchmal rätselten sie beide über ein bestimmtes Wort, aber Nisha hatte ein Wörterbuch auf meinem Nachtkästchen stehen, ein Geschenk von ihrer Freundin Nilmini, das zog sie in diesen Fällen zurate. Ihre Unterhaltung überlagerte meine Träume, wie nachhallendes Vogelgezwitscher.

Einmal sagte sie: »Yiannis, komm her. Kumari möchte dir Hallo sagen.«

»Sie weiß von mir?«, formte ich lautlos mit den Lippen.

»Klar«, meinte sie mit leuchtenden Augen und sah mich aufmunternd an.

Das war ungefähr vor einem Jahr, zu dem Zeitpunkt muss Kumari zehn gewesen sein. Sie trug ihre Schuluniform, bereit für den bevorstehenden Tag, und hatte einen riesigen Rucksack auf dem Rücken.

»Hallo, Herr Yiannis«, hatte sie lächelnd zu mir gesagt. Sie hatte zwar dunklere Haut und auch dunklere Augen als ihre Mutter, aber ihr Lächeln und der Gesichtsausdruck waren genau gleich.

»Hallo, Kumari, schön, dich endlich kennenzulernen!«

»Endlich? Haben Sie denn Geschichten über mich gehört?«

»Na klar.«

»Gute Sachen?«

»Wundervolle Sachen.«

»Dann ist es ja gut.« Sie schürzte die Lippen. »Sie sind also der Freund von meiner Amma?«

»Das bin ich.«

»Sie sagt, Sie füttern die Hühner im Garten.«

»Ja, das tu ich wohl.«

»Was machen Sie sonst noch, Herr Yiannis? Oder sind Sie nur für das Füttern der Hühner zuständig?«

Ich lachte. »Ich bin *nicht* nur für die Hühner zuständig. Ich gehe auch in den Wald und sammle wildes Gemüse und Schnecken.«

»Hm. Was tun Sie damit, wenn Sie welche gefunden haben?«

»Ich verkaufe sie.«

»Hm.« Sie nickte. »Nun, das klingt ganz vernünftig.«

Nach diesem Telefonat hatte Nisha sich neben mich gelegt und ihre Gliedmaßen mit meinen verschränkt. »Ich habe noch ungefähr eine Stunde Zeit, bevor ich gehen muss. Halt mich bitte ganz fest.«

Und natürlich tat ich ihr den Gefallen liebend gern. Es war das Einzige, was ich tun wollte. Sie stellte den Wecker auf kurz vor sechs. Ich glitt abwechselnd in den Schlaf und wachte wieder auf, und zwischendurch hörte ich sie weinen.

»Was ist los, Nisha?«, flüsterte ich im Dunkeln.

»Ach, nichts, ich musste nur an was denken.«

»Was war es? Sag es mir.«

Während der Zeit der Trauer um das verlorene Kind erzählte Nisha mir drei Geschichten zum Thema Verlust. In der ersten ging es um den Tod ihrer Schwester. In der zweiten um den ihres Ehemanns. In der dritten schließlich ging es um die schwere Entscheidung, Kumari zu verlassen und hierherzukommen. Der Tod ihrer Schwester war zufällig auf das Vesak-Poya-Lichterfest gefallen, das in der ersten Vollmondnacht Anfang Mai stattfindet. Damals war sie zwölf und ihre Schwester Kiyoma gerade mal zehn. Sie erzählte mir von den weißen Laternen, die in der nächtlichen Dunkelheit über den Eingangstüren sämtlicher Häuser ihrer Straße hingen, nur nicht über ihrer eigenen. Ihre Schwester war am Morgen gestorben. Im Jahr vor ihrem Tod waren sie gemeinsam zur Koggala-Lagune gereist und hatten eine Gondel zu der kleinen Insel genommen, auf der sich ein buddhistischer Tempel befand. Da waren Hunderte von Laternen, und Tausende von Lichtern trieben auf dem Wasser, während sie über den See glitten. Ihre Schwester hatte von *winzigen Monden an einem sternenbedeckten Himmel* gesprochen. Winzige Monde, die die ganze Welt füllten.

Der Tempel war umringt von einem Meer aus Blumen, Kerzen und Räucherstäbchen; es gab Tanz und Gesang und Darbietungen von Feuerläufern. Das Gesicht ihrer Schwester leuchtete im Schein der Laternen, während sie sich an Nishas Hand festklammerte. Kiyoma war nur wenige Jahre jünger als sie, aber aufgrund ihres Herzfehlers sehr klein für ihr Alter, deshalb schätzte man sie wesentlich jünger ein, wenn man das nicht wusste. Ihre Eltern hatten ihr den Namen Kiyoma, *gute Mutter*, gegeben, weil ihre Mutter, Lakshitha, sich erhoffte, Kiyoma möge aufwachsen und groß werden und irgendwann einmal selbst Ehefrau und Mutter sein. Das war Lakshithas sehnlichster Wunsch für ihre Tochter. Aber Nisha hatte sich das Herz ihrer Schwester immer wie ein kleines Vögelchen vorgestellt, das in ihrer Brust flatterte: Sie wusste, dass es sich eines Tages, früher oder später, aus seinem Käfig befreien und fortfliegen würde. Sie wusste es, weil sie den veränderten Rhythmus ihrer Atmung hörte. Das ging so schleichend vor sich, dass es jedem anderen entgangen wäre, aber Nisha konnte es hören, weil sie beide sich ein Bett teilten.

Kiyoma trug immer einen *panchayudha* – einen goldenen Anhänger, der die fünf Waffen des Vishnu zeigte: Pfeil und Bogen, einen Säbel, eine Wurfscheibe, einen Dreizack und ein Schneckenhorn, als Abwehr gegen das böse Auge. Lakshitha sorgte dafür, dass Kiyoma es niemals abnahm, und Nisha sah es im Licht der Laternen und der Feuer glänzen, bei ihrem Besuch im Tempel auf der kleinen Insel. Als sie bei ihrer Rückkehr wieder aus der Gondel stiegen, war die Halskette mit dem Anhänger verschwunden. Es war Nisha, der das als Erstes auffiel. »Wo ist dein Anhänger?«, hatte sie ihre Schwester mit besorgtem Blick gefragt. Von Kiyoma kam nur ein gleichgültiges Schulterzucken.

Ihre Mutter aber war völlig aufgelöst. »Was hat das zu bedeuten? Nisha, hast du gesehen, wie sie die Kette verloren hat? Kiyoma, hast du denn nicht gemerkt, wie sie heruntergefallen ist? Hat denn keine von euch beiden gehört, wie sie runtergefallen ist?«

Lakshitha war völlig fixiert auf Kiyomas Herzschwäche. An manchen Tagen war sie etwas entspannter und akzeptierte, dass ihre hübsche Tochter weniger Atemzüge in diesem Leben und in dieser Welt zur Verfügung hatte als andere, eine Tatsache, mit der keine Mutter sich je abfinden kann; an anderen Tagen, und das war die große Mehrheit, konsultierte sie Astrologen oder hielt nach guten oder schlechten Omen Ausschau. Zum Beispiel achtete sie genau darauf, wem Kiyoma zu welcher Tageszeit begegnete, was eine Person zu ihr sagte oder was der- oder diejenige bei sich trug, während er oder sie sich mit ihr unterhielt. Sie bombardierte die arme Kiyoma laufend mit Fragen. Andere Male benutzte sie irgendwelche Salben, Tränke oder Öle, um die Narbe zu behandeln, die sich quer über die Brust ihrer jüngsten Tochter zog und bis hinunter zum Bauchnabel ging.

Kiyoma war für ihr Alter ein sehr aufmerksames Mädchen. Eines Tages, als sie gerade auf dem Rückweg von den Reisfeldern waren, auf denen ihre Eltern beide arbeiteten, vertraute sie Nisha an, dass sie den Anhänger in der Lagune versenkt habe, als sie in der Vesak-Poya-Nacht in der Gondel gefahren seien.

»Warum, warum, warum tust du so was?«, hatte Nisha sie gescholten.

»Weil«, hatte ihre kleine Schwester freimütig geantwortet, »sich der Anhänger für mich wie eine schwere Kette um den Hals angefühlt hat.«

Exakt ein Jahr später, am Morgen des Vesak-Poya-Festes, kurz vor Anbruch der Dämmerung, hatte Kiyoma ihren letzten Atemzug getan, und ihr Herz flog zum offenen Fenster hinaus.

Nisha wachte im selben Moment auf und drehte sich im Halbdunkel zu ihrer Schwester. Und stellte auf Anhieb fest, dass sich deren Brust nicht wie sonst sanft hob und senkte, dass ihre Augen unter den geschlossenen Lidern sich nicht im Traum bewegten. Sie beugte sich über Kiyoma, brachte ihr Ohr ganz dicht an Lippen und Nase der Schwester. Und im selben Augenblick hörte und spürte sie etwas, das ihr bis zu dieser Sekunde völlig unbekannt gewesen war. Es war die Stille und Geräuschlosigkeit des Todes.

Kiyomas Körper wurde einige Tage lang in einem offenen Sarg aufgebahrt. Mönche kamen zu ihnen nach Hause, um melodische Gebete anzustimmen und Lobgesänge über die Unbeständigkeit des Lebens zu singen. Ihr Leichnam wurde mit Blick Richtung Westen ausgerichtet, und ihre Mutter blieb Tag und Nacht bei ihr im Zimmer, um böse Geister davon abzuhalten, sich unter ihrem Dach einzunisten. Die Bilder an der Wand waren umgedreht oder mit der Bildseite nach unten auf Möbel gelegt worden; Familie und Freunde kamen vorbei, mit weißen und gelben Blumen als Opfergaben.

Lakshitha tat alles in ihrer Macht Stehende, um sicherzustellen, dass Kiyomas Übertritt in das nächste Leben garantiert war. Sie bot den Mönchen weiße Stoffe an, damit man sie bestickte und zu zeremonieller Kleidung verarbeitete. Dann gossen Verwandte und Freunde Wasser aus einem Gefäß in eine bereits randvolle Tasse und sprachen dabei Gebete.

Nisha lauschte diesen Gebeten und sah, wie das Wasser überlief – wie sich für einen flüchtigen Moment das Licht darin spiegelte, wie in Kristallen, als wäre es der wohl schönste Anblick auf dieser Welt. Und zum ersten Mal begriff sie, dass alles – wirklich alles – zu einem Ende kommen musste.

17

Petra

Am darauffolgenden Sonntag plante ich, nach Limassol zu fahren. Ich hatte ein Treffen mit Herrn Tony im Blue Tiger vereinbart, nachmittags um drei, und es lag ungefähr eine Stunde Fahrt vor mir. Nach dem Mittagessen brachte ich Aliki rüber zu Frau Hadjikyriacou, die wie immer draußen bei den Katzen saß. Das Ganze war recht kurzfristig angesetzt, aber als ich sie am Nachmittag davor fragte, ob sie auf Aliki aufpassen könne, schien sie sehr angetan von der Aussicht, Zeit mit meiner Tochter zu verbringen. »Sie ist so ein fröhliches Kind. Und so lustig!«, meinte sie freudestrahlend, wobei sich ihre papierdünne Haut in tausend kleine Fältchen legte.

Aliki ließ sich Zeit mit der Entscheidung, welche Schuhe sie zu dieser Gelegenheit tragen sollte. Am Ende fiel ihre Wahl auf einen Schuh aus grauem Jeansstoff und einen knallblauen mit Blumenmuster. Kurz bevor wir uns auf den Weg machten, schnappte sie sich noch ein anderes ungleiches Paar: einen Sneaker mit roten Katzenpfoten und einen leuchtend roten.

»Nimmst du Schuhe zum Wechseln mit?«, fragte ich verwundert.

»Nein, die sind nicht für mich.«

Bei Frau Hadjikyriacou angekommen, stellte Aliki die mitgebrachten Schuhe auf dem Boden ab. Die alte Dame warf einen fragenden Blick darauf.

»Die sind für Sie«, verkündete Aliki.

»Für mich?«

»Ja. Ich schenke sie Ihnen. Mir gefallen Ihre Omaschuhe nicht. Die da sind viel besser.«

Frau Hadjikyriacou stieß ein herzhaftes Lachen aus.

»Neulich haben wir festgestellt, dass wir beide die gleiche Schuhgröße haben«, meinte unsere Nachbarin. Und dann, an Aliki gewandt: »Tja, ich muss sagen: Das ist die perfekte ungleiche Kombination!« Dann rief sie Ruba herbei, die ihr helfen sollte, die Schuhe zu wechseln.

Das Hausmädchen kam mit einem Geschirrtuch in der Hand angelaufen. Sie begrüßte uns freundlich, bevor sie vor Frau Hadjikyriacou auf die Knie ging, ihr die Omaschuhe von den Füßen zog und in die Converse-Sneaker half.

Die Schuhe waren ein echter Hingucker unter dem wadenlangen schwarzen Rock und bildeten einen auffälligen Kontrast zu ihrer leichenblassen Haut. Frau Hadjikyriacou beugte sich unter großer Anstrengung vor und betrachtete ihre Füße, dann schlug sie mit einem lauten Knall die Hacken zusammen. Aliki fing an zu kichern. Die Katzen ergriffen die Flucht, irgendwelche dringenden Geschäfte. Ich nutzte die Gelegenheit und stahl mich unauffällig davon, begleitet von Alikis unbeschwertem Lachen hinter mir.

Der Tag war sonnig und klar. Ich fuhr die Fenster meines Range Rover hinunter und brauste in südwestlicher Richtung nach Limassol. Es war ein wenig frisch, aber ich war froh über die kühle Brise, die von den Bergen herabwehte und schon bald vom Wind abgelöst wurde, der vom Meer landeinwärts blies und das Geschrei von Seevögeln mit sich trug. Landschaft und Meer schienen ineinanderzufließen, als ich mich der Küstenlinie näherte. Die salzige Luft umfing mich, hüllte mich ein in eine Zeit, die längst Vergangenheit war. Die gesamten Wasservorkommen auf unserem Planeten stammen von Asteroiden und Kometen, die vor Urzeiten auf der Erde gelandet sind. Zumindest hatte mein Vater das immer behauptet. Er war Fischer. Er besaß eine ganze Bibliothek voller Bücher, die hatte er im Keller, wo er auch Kartoffeln lagerte –, daraus bezog er sein komplettes Wissen. Während des Krieges nahm man ihm seine Bücher weg, aber bis zu seinem Tod konnte er sich an jeden einzelnen Titel und Autor erinnern. Hier und jetzt, in diesem Auto, bei geöffneten Fenstern und mit Blick aufs Meer, das sich nun vor mir ausbreitete, glaubte ich die Stimme meines Vaters zu hören: *Seit es Wasser auf der Erde gibt, zirkuliert es kontinuierlich durch Luft, Gestein, Tiere und Pflanzen, ein ewiger Kreislauf. Jedes einzelne Molekül hat eine unglaubliche Reise hinter sich. Wenn du dich einsam fühlst, versuch dir vor Augen zu führen, dass das Wasser in dir irgendwann einmal Teil der Dinosaurier, der Ozeane oder der Polkappen war, oder es war eine Gewitterwolke, über einem fernen Meer, zu einer Zeit, als die Ozeane noch keine Namen trugen. Das Wasser durchströmt die Jahrtausende, setzt sich über alle Grenzen und Hindernisse hinweg.*

Viele Jahre hatte ich nicht mehr an die Worte meines Vaters gedacht, doch jetzt kamen sie mir wieder in den Sinn. *Vergiss nicht, wir alle haben eines gemeinsam: Es ist das Wasser, das in uns fließt.*

Das Blue Tiger lag nicht weit von der Strandpromenade entfernt, in einer der Seitenstraßen, die geradewegs hinunter zum Meer führen. Es handelte sich um ein heruntergekommenes Gebäude mit farbenfrohen Wandgemälden, in erster Linie Sportszenen: Fußballer in einem voll besetzten Stadion, Basketballspieler in leicht gebückter Haltung auf dem Court. An der Wand darüber und dann weiter über das betonierte Vordach oberhalb des mittig gelegenen Eingangs rankten gemalte Weinreben, riesige, sich windende Triebe, mit dicken Stämmen und gigantisch großen Blättern, die einem strahlend blauen Himmel entgegenkletterten. Ganz links – direkt über einem vergitterten Fenster und zwei Klimaanlagen – lugte ein blauer Tiger mit grellgelben Augen hinter dem Weinlaub hervor.

Ich sah auf meinem Handy nach der Uhrzeit.

Unter dem Tiger war ein Schild angebracht, auf dem stand:

VHZ
VEREINIGUNG DER HAUSANGESTELLTEN ZYPERN
e.V. LIMASSOL

Neben der doppelflügeligen Eingangstür stand eine Kreidetafel, auf der das Tagesmenü angepriesen wurde: BURGER, HOT DOGS, SUPER DOGS, CHILI CON CARNE.

Zwei Männer lehnten rechts davon an einem Motorrad und rauchten. »Suchen Sie was?«, fragte einer von ihnen mit einem Akzent, den ich nicht einordnen konnte.

»Ich bin auf der Suche nach Herrn Tony«, sagte ich. Meine Stimme klang belegt, als wäre ich gerade erst aus dem Bett gekrochen. »Ich habe einen Termin bei ihm.«

»Dann sind Sie hier schon richtig«, meinte er grinsend. »Er ist im Büro. Hinten rechts.«

Aus den Tiefen des Gebäudes hörte ich laut wummernde Musik, und es roch intensiv nach Gewürzen. Ich bedankte mich bei dem Mann und trat durch die offen stehende Tür. Eigentlich wusste ich nach wie vor nicht so recht, was ich hier eigentlich wollte oder inwiefern mir dieser Herr Tony helfen sollte, aber ich war froh, mit jemandem reden zu können. Immerhin ein kleiner Hoffnungsschimmer.

In einer offenen Küche zu meiner Linken rührten Frauen in riesigen Töpfen und Pfannen; andere saßen um Tische versammelt und tranken heißen Tee oder aßen dampfende Klöße, die sie in eine leuchtend orange Soße tunkten. Die meisten Anwesenden waren weibliche Hausangestellte aus Nepal oder von den Philippinen, aus Sri Lanka oder Vietnam. Ein Einheimischer saß allein an einem Tisch, leicht zu erkennen an seiner Glatze, den weißen Bartstoppeln und den lüstern funkelnden Augen – gierig glotzte er den Mädchen hinterher, die mit Tabletts voller Tee an ihm vorbeieilten. Er sah aus, als würde ihm jeden Moment der Sabber aus dem Mund laufen. Als sein Blick auf mich fiel, grinste er, und ich wandte mich angewidert ab. Im hinteren Bereich der Küche befand sich eine Schwingtür, die in einen großen Saal mit Bühne führte. Von dort kam die Musik. Menschen tanzten darin, Männer und Frauen paarweise, unter einem Baldachin aus bunten Flaggen.

Schließlich entdeckte ich das, was Herrn Tonys Büro sein musste: ein rechteckiges Glaskabuff in der rechten hinteren Ecke des Speisebereichs. Ein großer, breitschultriger Kerl mit weißen Haaren saß hinter dem Schreibtisch, über ihm ein Deckenventilator, der ihm die Frisur zerzauste, während er telefonierte, ein Gespräch, das ihn sichtlich aus der Fassung brachte. Mit hochrotem Kopf legte er auf. Ich ließ ihm ein wenig Zeit, um sich zu beruhigen, bevor ich mich dem gläsernen Abteil näherte und an die Tür klopfte.

»Hereinspaziert!«, rief er.

Er saß auf einem drehbaren Bürostuhl, vor ihm ein Computer. Freundlich lächelnd sah er mich an und zog fragend die Augenbrauen hoch. Ich schickte mich an, die Tür hinter mir zu schließen.

»Lassen Sie ruhig offen. Sonst kriegt man hier drinnen keine Luft.«

»Herr Tony?«

»Tony genügt.«

»Ich heiße Petra.« Zur Begrüßung streckte ich ihm die Hand entgegen.

»Ach ja, richtig.« Er wischte sich übers Hosenbein und schüttelte sie; sein Griff fühlte sich warm und schweißfeucht an. »Nehmen Sie Platz.« Er deutete auf einen Plastikstuhl in einer Ecke des Kabuffs.

Vielstimmiges Gelächter und Musik schallten durch das Gebäude, die Luft war erfüllt vom Duft nach Gewürzen.

»Es ist bewundernswert, was Sie hier aufgebaut haben«, bemerkte ich. »Sie leiten diese Organisation?«

Stolz lächelnd nickte er und sagte: »Verstehen Sie mich bitte nicht falsch, aber ich halte diese Asiatinnen für furchtbar undankbar …« Schlagartig verstummte er und starrte verlegen zu Boden.

»Ach ja? Und warum helfen Sie diesen Frauen dann?«

»Ich war mal mit einer von ihnen verheiratet. Stört es Sie, wenn ich rauche?«

»Nein, nur zu.«

Er fischte eine Zigarette aus einer Schachtel, zündete sie mit einem langen Streichholz an, löschte die Flamme, indem er es ein paarmal kräftig schüttelte, und warf es in einen Kristallaschenbecher, der auf einem Notizbuch stand.

»Außerdem bin ich auf einige Ungerechtigkeiten gestoßen, und ich hasse Ungerechtigkeiten.«

Im selben Moment klingelte das Telefon; er warf einen kurzen Blick auf das leuchtende Display und seufzte. »Entschuldigen Sie bitte, da muss ich rangehen«, sagte er und hob ab. »Guten Tag, Frau Kaligori, kann ich Sie zurückrufen? Sagen wir in …«

»Nein«, unterbrach ihn eine Frauenstimme. Die Anruferin war aufgebracht und sprach so laut, dass ich jedes Wort mithören konnte. »Dieses Mädchen, das Sie mir vermittelt haben, taugt nichts, Tony. Sie spricht ja noch nicht mal Englisch.« Es folgte eine längere Tirade, aber irgendwann schaltete ich ab und richtete meine Aufmerksamkeit auf das Geschehen draußen im Saal, wo eine bildschöne junge Frau in einem grüngoldenen Sari vorbeiging, eine dampfende Schüssel Nudeln in den Händen. Hinter ihr sah ich die Frauen in der Küche schuften und schneiden und die Inhalte der Woks in große blaue Teller füllen.

»Kein Problem, wir finden schon eine Lösung«, sagte Tony jetzt. »Ich habe noch andere hier. Ich rufe Sie in einer halben Stunde zurück.«

Die Frau schien einzulenken und sprach nun deutlich leiser, weshalb ich sie kaum mehr verstand.

»Ich arbeite nicht nach demselben Prinzip wie diese Agenturen«, sagte er an mich gewandt, als er aufgelegt hatte. »Die Arbeitgeber wenden sich direkt an mich. Sie können die Frauen auf Probe zu sich holen, und wenn sie nicht zufrieden sind, schicken sie sie mir zurück. Wie Frau Kaligori. Man bekommt nicht einfach irgendein Mädchen aus Nepal, an das man sich blind bindet. Diese Leute« – damit machte er eine ausladende Geste und deutete auf die jungen Frauen im Saal – »brauchen jemanden, der sie unterstützt, jemanden wie mich. Für die Agenturen sind sie nichts als eine Handelsware, keine Menschen.«

»Die Frauen schulden Ihnen also nichts?«

»Nein! Das ist es ja gerade. Die Agenturen sind stinksauer.«

Ich nickte und sah zu, wie er an seiner Zigarette zog und tief inhalierte. Dabei kniff er die Augen zusammen und blinzelte gegen den hellen Lichtstreif an, der durch die Schiebetür fiel. Ich bemerkte ein kleines grobkörniges Foto, das in einem bronzefarbenen Rahmen steckte und gegen einen Stapel Unterlagen auf dem Schreibtisch gelehnt war. Er folgte meinem Blick.

»Ihre Frau?«

»Ex-Frau. Aus Vietnam.«

Es machte den Eindruck, als wollte er noch mehr sagen, jedenfalls öffnete er den Mund und schnappte nach Luft. Doch dann schob er nur die Lippen vor und nahm noch einen langen, tiefen Zug von der Zigarette. Den Rauch blies er direkt in den Ventilator.

»Sie sind also auch auf der Suche nach einem Hausmädchen?«, fragte er.

»Nicht ganz«, gab ich zurück.

»Am Telefon meinten Sie, Sie wollten mich in einer dringenden Angelegenheit sprechen. Die einzigen dringenden Angelegenheiten, die ich hier erlebe, betreffen neue Hausmädchen, wenn jemand unzufrieden mit dem alten ist.«

»Verstehe.«

»Also, wie kann ich Ihnen behilflich sein?«, erkundigte er sich. Sein Grinsen wurde breiter. Ich traute ihm nicht über den Weg – dieser Kerl war die Widersprüchlichkeit in Person, ein bisschen wie ein Heiliger, der der Spielsucht verfallen ist.

»Nun«, fing ich zögernd an, woraufhin er mir aufmunternd zunickte, geduldig und drängend zugleich, um mich zum Weitersprechen zu animieren. »Ich *hatte* eine Haushaltshilfe, aber sie ist verschwunden. Sie war eines Morgens einfach weg. Man hat mir den Tipp gegeben, dass Sie mir vielleicht weiterhelfen können.« Ich merkte, dass meine Stimme brüchig wurde. Es vor einem Fremden laut auszusprechen, noch dazu vor einem so dubiosen Typen, machte es deutlich schlimmer.

»Verschwunden?«

Ich nickte.

»Wann?«

»Sonntag vor zwei Wochen.«

»Und Sie waren bei der Polizei.«

Das war keine Frage. Ich bejahte.

»Wie ist es gelaufen?«

»Das Ganze war reine Zeitverschwendung. Die meinten nur, sie sei wohl in den Norden verduftet. Aber ich bin sicher, dass das nicht der Fall ist.«

Hastig kramte er sein Notizbuch unter dem Aschenbecher hervor und blätterte durch die Seiten. Ohne mich anzusehen, sagte er: »Wie lautet ihr Name?«

»Nisha Jayakody.«

»Wo wohnen Sie?«

Ich sagte es ihm, und er suchte weiter in dem Buch, wobei er seinen Zeigefinger von oben nach unten über die Seiten gleiten ließ. Wieder nahm er einen tiefen Zug von seiner Zigarette, und ich beobachtete sein Gesicht, während der Deckenventilator den Rauch um ihn herumwirbelte. Sein Blick wanderte über die Zeilen, er blätterte vor und wieder zurück, wie besessen. Dann legte er die Zigarette im Aschenbecher ab und strich sich mit der Hand durchs Haar. Ich war mir nicht sicher, wonach er so fieberhaft suchte, aber als Nächstes griff er nach einem Stift und notierte sich etwas.

»Im vergangenen Monat«, sagte er schließlich, »wurden mir zwei Dienstmädchen als vermisst gemeldet.« Er blickte mit einem vielsagenden Stirnrunzeln zu mir auf, die Brauen nach außen hin leicht hochgezogen.

»Zwei?«

»Beide Philippinas. Eine hat in Akrotiri gearbeitet, die andere in Nikosia. Woher stammt Ihr Mädchen?«

»Sri Lanka.« Er schrieb auch das in sein Notizbuch. Trotz der drückenden Hitze in dem Kabuff durchrieselte mich ein eisiger Schauer. Es waren also zwei weitere Frauen verschwunden.

»Was hat das zu bedeuten?«, presste ich hervor. Meine Kehle war staubtrocken, ich hatte Schwierigkeiten zu sprechen, weil mir die Zunge am Gaumen festklebte. Das muss er gespürt haben, denn jetzt rief er ein Mädchen herein, das gerade am Büro vorbeilief.

»Bilhana! Bilhana!«

Die junge Frau im orangefarbenen Sari machte kehrt und kam zur Tür.

»Richte Devna aus, wir hätten gern zwei Kaffee.« Er sprach betont langsam und hielt zur Sicherheit zwei Finger hoch. »Zucker?«, sagte er an mich gewandt.

Ich schüttelte den Kopf. »Denken Sie, da besteht ein Zusammenhang?«, fragte ich, als die Frau wieder gegangen war.

Statt zu antworten, zog er die Augenbrauen nach oben und breitete ratlos die Hände aus – er wusste es auch nicht. »Mir war sofort klar, dass was nicht stimmte, als das erste Mädchen verschwunden ist«, meinte er. »Rosamie. Ich hatte sie vermittelt. Sie kam vor drei Jahren über eine Agentur hierher, hat für einen Mann gearbeitet, der sie nicht gut behandelt hat. Er hat sie verprügelt. Und Gott weiß, was noch alles. Sie hat sich in ihrer Verzweiflung an mich gewandt. Nach einigen anfänglichen Hürden ist es mir gelungen, sie aus ihrem Knebelvertrag mit der Agentur zu befreien und ihr eine bessere Anstellung zu vermitteln. Sie zog zu einer britischen Familie in Akrotiri. Diese Leute waren sehr gut zu ihr, und sie war froh, bei ihnen zu sein. Sonntags kam sie immer hierher, um zu essen und sich mit den anderen Frauen auszutauschen. Sie war eine ausgezeichnete Tänzerin, liebte die Musik. Eines Sonntags tauchte sie einfach nicht mehr auf.«

Er verstummte und sagte eine Zeit lang nichts. Das Telefon fing wieder zu läuten an, aber diesmal drehte er es einfach mit dem Display nach unten und beachtete es nicht weiter. Draußen im Saal lief *Billie Jean*, und unweit der Glaskabine stand eine Gruppe Frauen, die sich unterhielten.

»Am darauffolgenden Sonntag«, fuhr er fort, »kam sie wieder nicht, was mich wunderte. In der Folgewoche stattete ihre Arbeitgeberin mir einen Besuch ab und teilte mir mit, dass sie fort sei.«

»Fort«, wiederholte ich stumpf. Mehr brachte ich nicht heraus.

»Mrs Manning ging zur Polizei, doch dort versuchte man sie zu überzeugen, dass Rosamie fortgelaufen sei, um sich im Norden der Insel Arbeit zu suchen. Die arme Frau wusste nicht mehr, was sie glauben sollte. Aber ich kannte Rosamie. Jeden Sonntag kam sie freudestrahlend hier an, weil die blauen Flecken endlich verblasst waren, weil sie glücklich war bei den Mannings. Sie brachte mir aus Dankbarkeit sogar Kuchen oder

Kekse mit. Sie versicherte mir, ich hätte ihr das Leben gerettet. Warum sollte sie also weglaufen? Das ergibt doch keinen Sinn. Sehen Sie, wenn man Menschen pauschal beurteilt, ohne ihre persönlichen Hintergründe zu kennen, kann man sich natürlich jeden Mist einreden und sich in den Glauben flüchten, dass es die Wahrheit ist.«

Seine Zigarette war inzwischen fast bis zum Filter heruntergebrannt, deshalb drückte er sie im Aschenbecher aus und fischte sich eine neue aus der Schachtel. Die hielt er zwischen den Fingern, ohne sie anzuzünden. Im nächsten Moment kam Devna mit einem Tablett herein, auf dem Kaffee, zwei Gläser Wasser und ein Teller mit Sesamstangen standen. Sie war schlank und sah aus wie höchstens fünfzehn, aber ihre Bewegungen und ihre Haltung waren so voller Selbstbewusstsein, dass ich sie doch älter schätzte. Zumindest hoffte ich für sie, dass sie es war. Sie trug eine ausgewaschene Jeans mit zerrissenen Knien, dazu eine farbenfrohe Bluse. Große silberne Creolen blitzten aus ihrem schwarzen Haar hervor, als sie sich vorbeugte und das Tablett auf einem Stapel Unterlagen auf dem Schreibtisch abstellte.

»Sie wissen nichts vom Leben«, sagte Tony mit einem mitleidigen Blick auf Devna. »Diese Mädchen kommen aus winzigen Käffern, sind oft einfache Feldarbeiterinnen.« Ich beobachtete Devnas Finger, während sie die Gläser und Tassen vom Tablett nahm und sie auf den Tisch stellte – sie waren lang, feingliedrig, wunderschöne Finger, die Nägel in einem erdigen Grün lackiert.

»Sie sagen, sie wollen Geld nach Hause schicken, um ihre Familien zu unterstützen, aber viele von ihnen suchen vor allem die Freiheit. Sie bilden sich ein, hier in Europa stehe ihnen die Welt offen. Zu Hause verdienen sie im Durchschnitt zweihundert Euro pro Monat, hier sind es um die fünfhundert. Aber was tun sie? Den ganzen Tag glotzen sie auf ihre Handys und schauen TikTok-Videos und reden darüber, welche Jungs sie süß finden. Stimmt doch, Devna?«

Devna lachte, sparte sich aber jeglichen Kommentar.

»Magst du keine Jungs?«

»Schon«, antwortete sie verlegen lachend, »aber deshalb bin ich nicht hier.«

»Und warum bist du dann hier? Komm schon, verrate Petra, warum du hier bist.«

»Bitte, Madam«, sagte sie, ein freundliches Lächeln auf den glänzenden Lippen, »hier ist Ihr Kaffee und Ihr Wasser.«

»Wenn diese Mädchen schlau wären«, sagte Tony extra laut, eher zu Devna als zu mir, »dann würden sie versuchen zu sparen!«

Devna kehrte ihm den Rücken und zwinkerte mir verschwörerisch zu. Immer noch umspielte ein leises Lächeln ihre Mundwinkel, und in ihren kohlschwarzen Augen lag ein wissender Ausdruck. Ihr Augenzwinkern interpretierte ich folgendermaßen: *Hören Sie nicht auf ihn. Wir beide wissen genau, dass das Blödsinn ist.*

Aus der Küche rief jemand nach Tony. »Entschuldigen Sie mich einen Moment«, sagte er und ließ mich mit Devna allein.

»Ich verrate Ihnen, warum ich hier bin«, sagte sie. Jetzt, da Tony aus dem Raum verschwunden war, klang ihre Stimme entschiedener, nicht so zurückhaltend. »Tony ist ein guter Mann, aber er versteht nicht. Ich bin von zu Hause weggegangen, weil ich keine andere Wahl hatte. Es gab keine Arbeit, nichts, das ich hätte tun können, um Geld zu verdienen. Ich habe einen körperlich behinderten Bruder, er kann weder laufen noch sprechen. Meine Eltern sind schon alt. Ich muss Geld nach Hause schicken. Wer, wenn nicht ich, sollte es sonst tun? Früher habe ich mich Tag und Nacht abgerackert, aber es hat trotzdem nie gereicht. Sie sagen, wir hätten hier ein besseres Leben, aber darf man uns deshalb wie Kinder behandeln oder schlimmer noch wie Vieh?« Diese Sätze brachte sie mit unüberhörbarer Schärfe vor, und sie war lauter geworden. »Verstehen Sie, was ich sagen will?« Sie sah mich eindringlich an.

»Ja«, sagte ich, ohne den Blick abzuwenden, beeindruckt von ihrer Willensstärke. »Ja«, sagte ich, »ich verstehe. Haben Sie das Tony erklärt?«

»Sicher, schon viele Male«, meinte sie. »Er weiß es. Natürlich weiß er es. Er zieht mich nur gerne auf. Aber viele andere wissen es nicht. Sie sehen in mir nur die Reinigungskraft, die mechanisch sauber macht, wie ein Roboter.«

Ich trank das Glas Wasser in großen Schlucken leer und stellte es zurück auf das Tablett.

Als Tony zurückkam, zwinkerte Devna erneut und lächelte mir verstohlen zu, ehe sie den Raum verließ.

»Ich kann Ihre Besorgnis verstehen«, knüpfte er an unser Gespräch an. »Und ich bin sehr gespannt, was Sie zu berichten haben. Aber erst lassen Sie mich von diesem anderen verschwundenen Mädchen erzählen, Reyna … Reyna war ein komplett anderer Fall. Sie kam vor fünf Jahren mit ihrer Schwester nach Zypern, ganz klassisch über eine Agentur. Ihre Schwester, Ligaya, war relativ zufrieden mit ihren Arbeitgebern, aber Reyna war kreuzunglücklich. Sie arbeitete für eine ältere Dame, die sie laufend anschrie, und sie litt schrecklich an Heimweh. Eines Abends verließ sie das Haus und kehrte nicht zurück. Eine Woche später kam Ligaya zu mir, ein einziges Nervenbündel. Sie war völlig aufgelöst und weinte ununterbrochen. Es dauerte eine Weile, bis ich begriff, worum es ging. Reynas Handy war ausgeschaltet. Sie hatte alles zurückgelassen – ihren Reisepass, Wertgegenstände, sie verließ das Haus nur mit der Kleidung, die sie am Leib hatte, und ihren Schuhen an den Füßen und tauchte nicht wieder auf. Die alte Dame ließ ihr Verschwinden kalt – man riet ihr, sich ein neues Hausmädchen zu suchen, und das tat sie. Die arme Ligaya hatte meine Kontaktdaten von einem der anderen Mädchen bekommen und suchte mich auf, weil sie Angst hatte, zur Polizei zu gehen.«

»Angst? War sie denn eine illegale Einwanderin?«

»Nein«, erklärte er. »Sie war auf völlig legalem Weg hergekommen. Sie fürchtete sich nur davor, wie man sie dort behandeln würde.«

Er zündete ein Streichholz an, das mit einem leisen Zischen aufflammte. Damit steckte er sich die nächste Zigarette an. Er blies den Rauch aus, kleine Kringel, die sich in feinen graublauen Schwaden im Raum verteilten und schließlich auflösten. Er griff nach seinem Becher und trank einen Schluck. »Bedienen Sie sich«, forderte er mich mit einem Blick auf das Tablett mit Kaffee und Keksen auf.

Ich nahm ebenfalls einen Schluck. Es war viel zu viel Zucker drin, aber ich entschied, ihn trotzdem zu trinken – in dem heißen, stickigen Büro mit dem Deckenventilator, der immer wieder dieselbe verrauchte Luft durchrührte, konnte ich ihn sehr gut gebrauchen. Verschiedene Szenarien gingen mir durch den Kopf. Waren alle drei Frauen in etwas hineingeraten, das zu ihrem Verschwinden geführt hatte? Bestand die Möglichkeit, dass Nisha Reyna und Rosamie gekannt hatte? In den hintersten Winkeln meines Bewusstseins regte sich ein Schatten. Oder war irgendetwas anderes passiert, etwas viel Schlimmeres … Ich ertrug den Gedanken nicht.

»Also, dann erzählen Sie mal«, sagte er. »Woher wollen Sie wissen, dass Nisha nicht weggelaufen ist? Denn deshalb sind Sie doch wohl hier, nicht wahr?«

Ich leerte den restlichen Kaffee in einem Zug, atmete noch einmal tief durch und erzählte ihm die ganze Geschichte: von unserem Ausflug in die Berge, von Nishas Bitte, am Abend ausgehen zu dürfen, auf die sie nicht noch einmal zurückgekommen war, von dem Krach, den ich in der Nacht im Garten gehört hatte, und wie ich am nächsten Morgen festgestellt hatte, dass Nisha fort war, dass ihr Bett unberührt war, dass sie ihren Reisepass, ihr Medaillon, die Haarsträhne ihrer Tochter zurückgelassen und, das Allerwichtigste, sich nicht von Aliki verabschiedet hatte. Ich erzählte ihm, dass man beobachtet hatte, wie sie Sonntagnacht gegen halb elf das Haus verließ, nachdem ich zu Bett gegangen war, und in Richtung Maria's ging, einer bordellähnlichen Bar.

Während ich von den Ereignissen berichtete, nickte er immer wieder und kritzelte gelegentlich etwas in sein Notizbuch. Wieder einmal war von seiner Zigarette nichts als Asche übrig, die ihm auf die beige Hose fiel. Als er sie abwischte, blieben graue Streifen auf dem Stoff zurück.

»Wo ist dieses Maria's genau?«, wollte er wissen.

Ich nannte ihm die Adresse, die er sich ebenfalls in sein Büchlein notierte.

Als Nächstes zeigte ich ihm das Armband, das ich die ganze Zeit in der Hand gehalten hatte.

»Freundinnen von Nisha haben das hier in der Nähe der grünen Linie gefunden«, sagte ich, »nicht weit vom Maria's. Sehen Sie hier, der Verschluss ist kaputt.«

»Darf ich?«, meinte er und hielt die Hand auf.

Ich legte das Schmuckstück hinein. Tony sah es sich eingehend an, untersuchte jedes noch so winzige Detail, strich mit der Fingerkuppe über die Gravur von Alikis Namen auf der Innenseite.

»Wer ist Aliki?«

»Meine Tochter. Wir haben Nisha dieses Armband vor einigen Jahren zum Geburtstag geschenkt.«

Er reichte es mir zurück und saß regungslos da, tief in Gedanken versunken. Eine Zeit lang sagte keiner von uns ein Wort. Ricky Martins *Livin' La Vida Loca* drang zusammen mit dem Geklapper von Geschirr und lauten Gesprächen und Gelächter zu uns. Tony spähte durch die Glasscheibe des Büros zum Speisebereich hinaus und sah sich um wie ein Kapitän auf der Brücke seines Schiffs.

»Könnte es da vielleicht eine Verbindung geben«, fragte ich, »zwischen diesen drei Frauen?«

Statt zu antworten, riss er ein Blatt Papier aus seinem Notizbuch und schrieb die Namen der Frauen darauf, inklusive des jeweiligen Datums ihres Verschwindens. »Ich nehme an, Sie haben schon mit Personen aus Nishas Bekanntenkreis gesprochen?«

»Ja, selbstverständlich.«

Er reichte mir das Stück Papier. »Bitte sprechen Sie noch mal mit ihnen und fragen Sie sie nach diesen beiden Frauen. Hat Nisha vielleicht von ihnen gesprochen? Kennt sie jemand aus ihrem Umfeld? Fängt man erst mal an, Fragen zu stellen, führen diese zwangsläufig zu weiteren Fragen. Aber wer weiß, vielleicht kriegen Sie auch Antworten.«

Eine gefühlte Ewigkeit starrte ich auf die Namen der beiden Frauen: *Rosamie Cotabu, 12. Oktober 2018* und *Reyna Gatan, 23. Oktober 2018*. Was war mit diesen Frauen geschehen? Wie hatten sie einfach spurlos verschwinden können? Und jetzt müssten wir wohl oder übel noch einen Namen auf diese Liste setzen: *Nisha Jayakody, 31. Oktober 2018.*

Tony fragte mich nach meinem vollen Namen, Nishas vollem Namen, meiner Mobilnummer, meiner Festnetznummer und meiner Adresse. Er notierte sich die Kontaktdaten in sein Notizbuch.

»Ich gehe noch mal zur Polizei«, verkündete er. »Ich schreibe E-Mails, spreche persönlich vor, campe notfalls sogar bei denen vor der Tür, wenn es sein muss. Wäre es eine Zyprerin, die vermisst wird, hätten die längst alle Hebel in Bewegung gesetzt und würden mit Hochdruck daran arbeiten, sie zu finden. Warum machen sie sich bei diesen Frauen nicht die Mühe? Weil sie Ausländerinnen sind, klar. Es sind keine Einheimischen, keine Staatsbürgerinnen. Sie sind Mitmenschen zweiter Klasse. Niemand interessiert sich für sie.«

Als ich das Meer hinter mir ließ und wieder landeinwärts fuhr, hatte ich immer noch die Musik in den Ohren, und an meiner Kleidung hing der Geruch von Essen. Die Straßen waren an diesem Sonntagnachmittag frei, es herrschte kaum Verkehr. Ich war gleichzeitig beruhigt und aufgewühlt nach meinem Treffen mit Tony. Auf dem Heimweg spukten mir die ganze Zeit über die Namen dieser Frauen durch den Kopf. Hatte Nisha je eine von ihnen erwähnt? Ich konnte mich nicht entsinnen. Vielleicht war ihr zeitlich so dicht aufeinanderfolgendes Verschwinden purer Zufall? Aber irgendeine düstere, unheilvolle Vorahnung sagte mir, dass das nicht so war.

Um kurz vor sechs war ich wieder zu Hause. Frau Hadjikyriacou stand mit gerafftem Rock draußen vor ihrem Haus und brachte Aliki Tanzschritte bei. Dabei warf sie ihre Füße hoch, die in den neuen Chucks steckten, einem roten und einem mit Katzenpfoten. Aliki schien die Unterrichtsstunde sehr ernst zu nehmen. Ruba hatte im Garten einen klappbaren Holztisch aufgestellt und war gerade dabei, Schüsseln mit dampfendem Essen nach draußen zu tragen.

Als Frau Hadjikyriacou mich sah, strahlte sie von einem Ohr zum anderen. »Wir hatten einen fantastischen Tag«, verkündete sie begeistert. »Aber langsam werde ich müde.« Sie ließ den Saum ihres Rocks los, der ihr bis zu den Knöcheln reichte, und bestand darauf, dass ich mich zum Abendessen zu ihnen gesellte.

Wir setzten uns alle gemeinsam um den Tisch. Aliki musste am Verhungern gewesen sein, weil sie nämlich auf der Stelle Messer und Gabel zur Hand nahm und es offensichtlich kaum erwarten konnte, endlich loszulegen. Sie beäugte das aufgetragene Essen – ein nepalesisches Gericht aus dünnen Nudeln mit Gemüse, das mich sofort wieder an die herrlich exotischen Düfte im Blue Tiger denken ließ. In der Tischmitte stand außerdem ein Krug selbst gemachter, leuchtend gelber Zitronenlimonade, Schälchen mit cremig weißem Ziegenjoghurt und ein Korb warmes Brot.

»Ich wollte Sie fragen, wie es gelaufen ist, aber Sie sehen aus, als hätten Sie schon länger nichts im Magen gehabt, also essen wir lieber erst.«

Ruba machte die elektrischen Heizstrahler an und brachte für mich und Aliki zwei bunte Häkeldecken mit, die wir uns um die Schultern legten. Sie waren aus wunderbar weicher Wolle gearbeitet und dufteten zart nach Jasmin. »Die habe ich nach dem Krieg selbst gemacht«, sagte Frau Hadjikyriacou. »Ich war gerade erst hergezogen. Das sind alles Blumen, die bei uns zu Hause im Garten gewachsen sind.« Und während wir aßen, zählte sie die einzelnen Namen in alphabetischer Reihenfolge auf.

Aliki mochte dieses Spiel, weil sie Frau Hadjikyriacou mit noch viel selteneren Blumenarten herausforderte, die sie kannte.

»Wie sieht's mit *Cyclamen cyprium* aus?«

»Nein, die wächst nur in den Bergen.«

»Und was ist mit der Kotschys Ragwurz? Die ist sehr hübsch. Unser Lehrer liebt Blumen. Er bringt uns das alles bei.«

»Nein. Die Ragwurz wächst normalerweise auf Grasland und in luftigen Kiefernwäldern.«

»Und die *Tulipa cypria*? Mein Lehrer, Herr Thomas, hat uns erzählt, sie sei unendlich selten und habe die tiefrote Farbe von Blut. Hatten Sie welche von denen im Garten?«

»Nein, aber ich bin mir fast sicher, dass sie bei meiner Tante Lucia im Garten standen. Sie hatte drei Daumen. Wo wir schon bei drei Daumen wären ... Hast du von dem Monster gehört, das in den Unterwasserhöhlen in der Nähe vom Kap Greco lebt?«

Aliki schüttelte den Kopf und sah sie mit großen runden Augen an.

»Manche Leute behaupten, es habe mehrere Köpfe und unzählige Gliedmaßen. Aber jeder, der der Kreatur schon einmal begegnet ist, lobt ihr freundliches Wesen. Man sagt, das Monster käme aus der Tiefsee an die Oberfläche, angezogen von den vollen Fischernetzen. Manche beschreiben es als riesige Seeschlange oder vergleichbar mit einem großen Krokodil, das ausgebüxt ist, vielleicht aus einem Zoo, aber ich sage dir, ich habe es mit eigenen Augen gesehen, und ich kann dir versichern, dass es wie ein prähistorischer Plesiosaurus aussieht. Es ist viele Jahre her, ich war ungefähr in deinem Alter,

Aliki. Es war Sommer, und ich machte mit meinen Eltern und meinen sieben Geschwistern einen Ausflug an die Ostküste mit ihrem kristallklaren Wasser …«

Gebannt lauschte ich der Erzählung und verschlang dabei gierig das Essen auf meinem Teller. Es war köstlich. Ruba aß mit uns, achtete aber wie ein Schießhund darauf, dass es uns an nichts fehlte – sie füllte regelmäßig Gläser mit Limonade auf oder reichte Brot und Joghurt herum. Ihr Blick huschte ständig umher, und zwischendurch lächelte sie Aliki und mir zu, doch sie sprach die ganze Zeit über keinen Ton.

In der Wohnung über unserer brannte Licht. Yiannis saß auf seinem Balkon und blickte auf die Straße hinunter. Mir war klar, dass ich mit ihm reden musste, dass ich ihm vom Blue Tiger erzählen und ihn in das einweihen musste, was ich von Tony erfahren hatte. Innerlich flehte ich, er möge irgendetwas wissen und Informationen beisteuern können, die uns weiterhalfen.

Der Mann mit den schweren Kampfstiefeln und dem Windbreaker sitzt auf einem Felsen. Er trinkt heißen Tee aus einer Thermosflasche und starrt, ohne zu blinzeln, auf das stille Gewässer des Sees. Neben ihm liegt ein schwarzer Koffer. Nach einer Weile korrigiert er seine Haltung, setzt sich kerzengerade hin und schaut sich konzentriert um. Dabei legt er eine Hand auf den Koffer.

Fünf oder mehr Käfer krabbeln über das Fell des Hasen. Einige tun sich an den Fliegeneiern, Larven und Maden gütlich, andere bevorzugen das Fleisch. Diese Tiere lieben die Dunkelheit. Es ist die Zeit, in der sie sich am freisten fühlen. Mit ihren flachen Leibern kriechen sie in die leeren Augenhöhlen, tasten sich mithilfe ihrer langen Fühler voran. Eine schwarze Pfeilnatter gleitet vorüber, hebt kurz den Kopf und setzt ihren Weg dann fort in Richtung Kraterrand. Wie ein glänzendes Rinnsal bewegt sie sich auf das Seeufer zu, bleibt dem Wasser aber fern.

Heute Abend ist es absolut windstill, der Himmel sternenklar. Ein heller Halbmond wirft sein knochenweißes Licht auf die Pekannuss- und Obstbäume, scheint auf den fernen Fluss, über dem Libellenschwärme stehen, auf die Sonnenblumen und den Feldweg, der zum Dorf führt, wo die Bewohner in ihren Häusern inzwischen größtenteils schlafen. Hinter einem der Fenster flimmert ein Fernseher; in einem anderen sieht man ein Nachtlicht leuchten. Im Gästehaus, angelockt durch die gezuckerten Mandeln, knabbert eine Küchenschabe an einem alten Märchenbuch, das auf einem hölzernen Regalbrett steht. Die Witwe schnarcht. Sie hat die Wäsche draußen auf der Leine hängen lassen. Eine getigerte Katze sitzt hinter einem Rosmarinstrauch und lauert einer einsamen Libelle auf, die sich weitab vom Frischwasser des Flusses verirrt hat – scharlachrot mit hauchzarten, geisterhaften Flügeln, durchzogen von einer roten Aderung.

Als der Wind leicht auffrischt, ist der Mann mit den Kampfstiefeln und dem Windbreaker und dem Koffer nirgends mehr zu sehen.

18

Yiannis

Überall in der Nachbarschaft hingen Flugblätter, von denen mir Nisha entgegenlächelte. An jeder Straßenecke stieß ich auf ihr Foto. Selbst von meinem Balkon aus konnte ich sie sehen, am Pfosten einer Straßenlaterne direkt vor Yiakoumis Antiquitätenladen. Auf meinen Spaziergängen sah ich den Flyer an der Markise vom Theo's hängen, und er klebte an den Holzbalken und den Wänden des Restaurants. Passanten warfen im Vorübergehen flüchtige Blicke darauf, nahmen aber nicht weiter Notiz von ihr. Nur die anderen Hausangestellten blieben neugierig davor stehen und betrachteten Nishas Gesicht, und in ihren Augen lag ein besorgter Ausdruck – vielleicht war es eine tiefere Einsicht, wie ein furchtsamer Blick in den Spiegel.

Die Kühlschränke in meinem Arbeitszimmer waren randvoll mit den in Akrotiri gefangenen Vögeln. Ich musste sie säubern, fand aber nicht die Muße, mich hinzusetzen und mich auf diese eintönige Tätigkeit zu konzentrieren.

Mit einem flauen Gefühl im Magen schnappte ich mir meine Jacke und ging nach unten. Ich überquerte die Straße, riss das Flugblatt vom Laternenpfahl und ging damit schnurstracks zur Polizeistation in Lykavitos.

Man ließ mich eine Dreiviertelstunde warten, bis man mich endlich zum Revierchef Vasilis Kyprianou rief.

»Wie ich höre, sind Sie hier, um eine Vermisstenanzeige aufzugeben«, sagte er, während er eine Akte aufschlug und mit einem silbernen Kugelschreiber klickte.

Ich nickte und legte den Flyer vor ihm auf den Schreibtisch.

Er warf einen kurzen Blick darauf und sah dann wieder mich an. »Verstehe. Kann ich Ihnen einen Kaffee bringen lassen?«

»Nein danke.«

Er griff zum Hörer und bat um einen Kaffee und ein paar Kekse. Sobald er aufgelegt hatte, begann ich meinen Bericht von Nisha und dass sie ohne ihren Reisepass spurlos verschwunden war.

»Ich weiß, dass ihre Arbeitgeberin bereits bei Ihnen war, um sie als vermisst zu melden, Sie aber nichts unternommen haben«, schloss ich.

Jetzt legte er den Stift ab und schlug die Akte mit einer Geste zu, die mir deutlich sein Desinteresse signalisierte. »Und in welchem Verhältnis stehen Sie zu ihr?«, fragte er und tippte mit dem Zeigefinger mit Nachdruck auf den Flyer.

Ich zögerte.

»Sind Sie ihr Liebhaber?« Sein Mund war zu einem anzüglichen Grinsen verzogen.

»Nun, so würde ich es nicht ausdrücken.«

Jetzt lachte er. »Wer sollte es Ihnen verdenken, viele von

denen sind wahre Schönheiten. Manchmal frage ich mich allerdings, ob sie wirklich so schön sind, wie es den Anschein hat, oder ob es schlicht daran liegt, dass sie anders, exotisch aussehen, wenn Sie verstehen, was ich meine?«

Eine Antwort darauf sparte ich mir. Ich spürte, wie mir die Zornesröte ins Gesicht schoss.

»Nun denn. Wie würden Sie es dann ausdrücken?«, fragte er.

»Nisha bedeutet mir sehr viel. Seit fast zehn Jahren arbeitet sie fleißig, um ihrer Familie zu Hause in Sri Lanka Geld zu schicken …«

Seine Mundwinkel zogen sich abermals in die Breite, und er winkte ab, als bräuchte er den Rest gar nicht zu hören. »Diesen Leuten sind ihre Familien doch egal. Sie haben keine richtigen Wurzeln. Die würden ihre Angehörigen doch jederzeit im Stich lassen! Nur deshalb sind sie dazu imstande, hierherzukommen oder sich in noch fernere Länder in Europa oder in die Arabischen Emirate und Gott weiß wohin durchzuschlagen. Mal ehrlich, eine Zyprerin würde nie im Leben eine solche Entscheidung treffen, denken Sie nicht? Und ihre eigenen Kinder zurücklassen? Das wäre undenkbar, ganz gleich, wie bitter die Umstände. Diese Frauen führen in ihrer Heimat ein beschissenes Dasein, keine Frage. Es sind einfache Landarbeiterinnen. Ohne jegliche Zukunftsperspektive. Sie kommen hierher, wo wir ihnen alles nachschmeißen, mehr, als sie sich jemals erträumt hätten – ein sicheres Dach über dem Kopf, genug gutes Essen, höhere Löhne. Und trotzdem, von Dankbarkeit keine Spur – die einen klauen, die anderen verkaufen ihre Körper, wieder andere hauen einfach ab. Man möchte doch meinen, dass sie unsere Gastfreundschaft mehr zu schätzen wissen müssten. Machen Sie nicht den Fehler, zu glauben, die wären wie wir. Sie sind aus einem komplett anderen Holz geschnitzt, das versichere ich Ihnen.«

»Wie auch immer, jedenfalls ist sie verschwunden, und ich möchte gerne eine Vermisstenanzeige aufgeben.«

»Hören Sie, ich bin nicht dazu da, um diesen Frauen hinterherzujagen. Sie kommen hierher. Sie finden nicht, was sie suchen. Sie laufen weg, um sich vor den Schulden zu drücken, die sie bei den Agenturen haben. Denken Sie nicht, dass wir das Geld der Steuerzahler sinnvoller nutzen sollten, statt sie für Ermittlungen auszugeben, die letzten Endes reine Zeit- und Ressourcenverschwendung sind?«

Dieser Typ war ein Arschloch, anders konnte man es nicht ausdrücken. Sein Schädel eine undurchdringliche Wand. Ich betrachtete konzentriert die blauen Venen, die sich von seinen Geheimratsecken aus nach unten über die Schläfen zogen, den steilen Nasenrücken, die gelben Zähne. Unter der Tischplatte ballte ich eine Faust, um meinem Ärger Luft zu machen.

Eine Frau kam mit einem Kaffee und einem Teller Kekse ins Zimmer und stellte alles vor ihm ab. Ohne ein Wort des Dankes nahm er einen Schluck und stieß ein zufriedenes Seufzen aus. Im selben Moment sprang ich auf und beugte mich über den Schreibtisch, um nach dem Flyer zu greifen, beschloss aber im letzten Moment, ihn hierzulassen. Sollte er ihn doch wegwerfen.

Wieder zu Hause machte ich mich ans Putzen der Vögel. Mechanisch, systematisch. Der unliebsame Job musste nun mal erledigt werden. Ich rupfte die Mönchsgrasmücken, die Singdrosseln und die Zilpzalpe. Diese Vögel würde man pökeln, braten, frittieren, als Ganzes essen, und das alles heimlich, still und leise. Die kleine Mönchsgrasmücke saß neben mir, ließ gelegentlich ein Zwitschern hören und kämpfte sich mühsam flatternd auf den Tisch hoch, um ein paar Beeren zu fressen. Das Manöver gelang, und gleich im Anschluss segelte sie unbeholfen wieder hinunter auf den Boden, um ein Bad in der Schüssel zu nehmen, die ich extra aufgestellt hatte. Der Vogel wurde immer kräftiger, die Flügel heilten offensichtlich gut, aber es brauchte noch ein wenig Zeit und Geduld. Ich platzierte sein Fressen ganz bewusst auf dem Tisch und das Bad auf dem Boden, damit er gezwungen war, seine Flügel zu trainieren und ihre Kraft auszutesten.

Als ich mit der Wilderei anfing, las ich einiges zur Intelligenz von Vögeln, in der Hoffnung, die Vogelhirn-Theorie bestätigt zu finden. Natürlich nur damit ich mich bei dem, was ich tat, nicht ganz so mies fühlte. Stattdessen erfuhr ich in diesen Büchern, dass manche Vogelarten so schlau sind, dass sie sogar als »gefiederte Affen« bezeichnet werden. Jahrzehntelang war die Wissenschaft in dem Glauben, Vögel wären zu keinen höheren Denkleistungen fähig, weil bei ihnen die Großhirnrinde fehlt; aber mittlerweile ist man schlauer und weiß, dass ein anderer Teil des Gehirns – der Hirnmantel nämlich – sich im Laufe der Evolution so weit entwickelt hat, dass er deren Funktion übernehmen konnte.

Im Grunde meines Herzens war ich von dieser Erkenntnis nicht sonderlich überrascht. Denn tatsächlich hatte ich schon als Kind geahnt, dass diese Tiere ein reiches Innenleben hatten – genauer gesagt seit dem Moment, wo ich diesen toten Vogel mit dem goldgelben Gefieder in der Hand hielt. Während meiner Jugendzeit hatte ich selbst mehrmals miterlebt, wie Vögel Probleme lösten, und zwar mit einem kognitiven Geschick, das über den reinen Instinkt weit hinausging. Ihr Verstand war flexibel und messerscharf. Ich hatte sogar eine

Krähe zum Freund gehabt, die ich Batman nannte. Diesen Vogel hatte ich dabei beobachtet, wie er Zweige und anderes Material als Werkzeug verwendete. Manchmal bot ich Batman Metalldraht an und stellte ihn vor ein künstlich erzeugtes Problem – eine Art Rätsel –, und dann setzte ich mich mit ihm unter einen Baum und sah ihm dabei zu, wie er eine Lösung austüftelte.

Seraphim war es, der Batman bei einem seiner Besuche tötete. Er erschoss den Vogel mit einem Luftgewehr. Sein Vater hatte ihm die Waffe gegeben, um seine Zielkontrolle zu üben. Er sollte mit den Männern auf die Jagd gehen, sobald er die Waffe beherrschte. Normalerweise benutzte er Feigen als Zielscheiben. Er war ein ziemlich guter Schütze: Ich weiß noch, wie er immer das linke Auge zukniff, das Gewehr fest an der rechten Schulter verankert. Zielen. Feuern. Zielen. Feuern. Er wurde von Mal zu Mal besser. Dann, eines Tages, als wir auf einem unserer Streifzüge zusammen zu Mittag aßen, stieß Batman vom Himmel herab und tauchte zwischen den Kiefern hindurch. Seraphim hob lässig das Gewehr an die Schulter, zielte und feuerte ab. Der Vogel war nicht auf Anhieb tot. Seraphim packte ihn an den dürren Beinchen, ließ ihn kopfüber baumeln und lief mit seiner zappelnden Trophäe hinunter ins Tal, um sie stolz seinem Vater zu präsentieren.

Während ich mich nun durch den Müllsack arbeitete – eine einzige undefinierbare Masse aus Leibern, Federn und Schnäbeln, die ineinander verkeilt waren –, fiel mein Blick auf ein Eulenjunges. Ich streckte die Hand danach aus. Es war kleiner als meine Handfläche, aber sein Körper hatte ein beachtliches Gewicht, und seine Federn waren unendlich weich und fein. Ich fragte mich, ob es ins Netz geflogen war, während es seiner Mutter bei der nächtlichen Jagd folgte. Die riesengroßen tiefschwarzen Augen in dem hellen herzförmigen Gesicht sahen blicklos zu mir auf.

Unwillkürlich musste ich an Nishas Geschichte von der Eule denken, daran, dass sie Kiyoma, ihre Schwester, verloren hatte, und um ein Haar wäre mir das Tier aus der Hand gefallen. Wie hatte mir dieser Vogel entgehen können, als wir unseren Fang in Akrotiri vorsortierten? Hatte Seraphim ihn gesehen und absichtlich mit in den Sack wandern lassen? Ich konnte mir gut vorstellen, wie er auch ihm eiskalt das Genick durchbiss. Für ihn war ein Vogel wie der andere, ohne Ausnahme. Ich persönlich arbeitete ganz mechanisch. Eine Jagd war ein Job, war Geld.

Ratlos, was ich tun sollte, bedeckte ich das Eulenjunge sanft mit der anderen Hand und schuf so einen schützenden Kokon. Ich musste an Nishas erste Verlustgeschichte denken, daran, wie sie sich gefühlt hatte, als sie zum ersten Mal die Stille und Geräuschlosigkeit des Todes wahrgenommen hatte. Ich betrachtete die anderen Vögel. Diejenigen, die ich gefangen, getötet und gerupft hatte. Jetzt weichten sie nackt im Waschbecken und in der Wanne ein. Und all die anderen, die ich achtlos in einen Müllsack geworfen hatte, weil sie sich nicht verkaufen ließen. Da drin würde auch die Babyeule landen. Doch ich brachte es nicht übers Herz, sie wegzuwerfen wie Müll. Also saß ich da. Ich saß auf dem Stuhl mit dem Eulenjungen zwischen den Handflächen und regte mich bestimmt mehr als eine Stunde lang nicht vom Fleck.

Musik drang durch die offene Balkontür in die Wohnung. Es war wieder diese Sängerin, die im Theo's auftrat. Ihre Stimme war wie pures Gold. Irgendwann hörte ich Aliki vor dem Haus lachen; sie war wohl gerade von der Schule nach Hause gekommen. Dann drang auch Frau Hadjikyriacous

Stimme an mein Ohr. Es klang, als spielten die beiden ein lustiges Spiel.

Ich dachte darüber nach, wie einfach mir früher alles erschienen war. Wie ich abends draußen auf dem Balkon zu sitzen pflegte, nachdem die Geräusche aus der Nachbarschaft verklungen waren, weil alle zu Bett gegangen waren, und auf Nisha gewartet hatte. In den Nächten unmittelbar nach der Fehlgeburt kam sie mit schmerzerfülltem Blick zu mir. Aber sie kam. Denn so läuft es nun einmal. Wo Liebe ist, haben wir einen sicheren Hafen für unsere Trauer.

Nisha hat mir noch eine weitere Geschichte des Verlusts erzählt, in der zweiten Nacht nach der Totgeburt. Sie legte sich aufs Bett und faltete ihre Hände auf dem Bauch, wie schon zuvor. Sie lag da wie eine Leiche. Seufzend saugte sie die Luft tief in ihre Lunge, und ihre Brust bebte. Sie war den Tränen nahe, ganz sicher, aber sie hielt sie tapfer zurück.

»Welche ist deine Lieblingsfarbe?«, fragte sie.

»Ich weiß nicht, hab ich nie drüber nachgedacht.«

»Aber was, wenn du die Wahl hättest? Wenn du jetzt und hier entscheiden müsstest, welche Farbe die letzte ist, die du vor deinem Tod siehst, welche wäre es dann?«

»Ich bin mir nicht sicher. Das ist keine leichte Entscheidung.«

»Aber du musst eine Wahl treffen!«

»Das ist ein Spiel, das Aliki gefallen würde.«

»Ja, sie liebt diese Sorte Spiele. Aber jetzt entscheide dich, los.«

Sie neigte den Kopf zu mir und sah mich aus großen Augen an, als hätte sie mir eine alles entscheidende Frage gestellt.

»Bernsteingelb«, sagte ich.

Sie nickte, wie zu sich selbst.

»Ich habe keine Ahnung, welche Farbe Mahesh gewählt hätte«, sagte sie. Bei der Erwähnung dieses Namens, dem ihres Ehemanns, von dem sie im Übrigen nur sehr selten sprach, hielt ich die Luft an. »Ich hatte nie die Gelegenheit, ihm diese Frage zu stellen.«

Und dann erzählte sie mir mit leiser, entrückter Stimme die zweite Verlustgeschichte.

Nishas Eltern arbeiteten beide auf den Reisfeldern. Sie pachteten ein Stück Land von einem reichen Großgrundbesitzer, pflügten die Erde, bauten Reis an und verkauften ihn auf dem Markt. Sie wohnten in einem recht bescheidenen Häuschen, nicht gerade eine Lehmhütte, das nicht, aber mit behelfsmäßigen Wänden aus Asbestplatten. Im Garten hinter dem Haus gab es einen Brunnen, aus dem kühles, frisches Wasser tief aus den dunklen Adern der Erde sprudelte, selbst bei der größten Hitze im Sommer. Sie besaßen einen Jackfruchtbaum sowie Papaya, Mango und Passionsfrucht. Spaliere aus Jasmin grenzten ihren Garten von dem der Nachbarn ab. Nishas Vater baute in Beeten Yams und Muskatnuss an. Er war ein hochgewachsener Mann, mit etwas hellerer Haut – es war weithin bekannt, dass seine Vorfahren sich der Dutch East India Company angeschlossen hatten, auf der Flucht vor dem Katholizismus im siebzehnten Jahrhundert. Aus diesem Grund trug ihre Familie den Nachnamen Van de Berg, was so viel bedeutete wie »die vom Berg«. Die Hautfarbe ihrer Mutter war satt und dunkel, wie Nishas und Kiyomas, aber Nisha hatte die bernsteinfarbenen Augen ihres Vaters geerbt. Die Kinder in der Schule nannten sie »Mango-Auge«.

Das Haus ihrer Familie befand sich am Ende einer langen

Straße, die die Reisfelder vom Meer trennte, mit Blick auf eine Kokosnussplantage zur einen und den Indischen Ozean auf der anderen Seite. Von ihrem Schlafzimmerfenster aus konnte Nisha die Fischer nachts mit ihren Booten rausfahren sehen. Sie wachte regelmäßig in den frühen Morgenstunden auf und sah zu, wie sie kurz vor der Dämmerung ihre Netze auswarfen, um sie gegen neun wieder einzuholen, bevor es zu heiß wurde. An den Samstagen zog sie mit ihrem Vater los, um frischen Fisch zu kaufen. Sie mochte die silbrigen Schuppen, aber das Meer mochte sie nicht. Es war kein freundliches, friedliches Meer, sondern rau und unerbittlich, weshalb die meisten Menschen in Sri Lanka nie lernten zu schwimmen.

Der Reisanbau war traditionell eine Familienangelegenheit. Ehemann und Ehefrau arbeiteten Seite an Seite auf den Feldern, und von den Kindern wurde erwartet, dass sie irgendwann in deren Fußstapfen traten. Doch als Nisha zum Teenager herangewachsen war, verließen immer mehr Menschen die Farmen, um in den Fabriken zu arbeiten – wo Bekleidung, Keramik, Edelsteine oder Schmuck verarbeitet wurden. Nach Kiyomas Tod ermutigte Nishas Vater seine verbliebene Tochter, sich Arbeit zu suchen, bei der sie unabhängig sein konnte, statt den vermögenden Grundbesitzern die Pacht zu schulden. Das Land begann sich zu verändern. Seit den Sechzigerjahren hatte die Regierung Sri Lankas seine Kontrolle über den Handel ausgeweitet und die Zölle für Importe stark erhöht. Der Import einiger Waren war sogar gänzlich verboten worden. Dann, im Jahr 1977, kam eine neue Regierung an die Macht, die den Handel durch eine neue politische Ausrichtung wieder erstarken ließ. Nishas Vater saß oft mit ihr im Garten und erklärte ihr all diese Dinge; er brachte ihr Bücher und Zeitungsartikel zum Lesen mit – damit sie die Zusammenhänge begriff, damit sie etwas über das Leben und die Menschen lernte und darüber, wie alles zusammenhing, auch in wirtschaftlicher Hinsicht, sodass sie für sich und ihre Zukunft die besten Entscheidungen treffen konnte.

Im Jahr 1995, als sie sechzehn Jahre alt war, verließ Nisha ihre Heimatstadt Galle und ging nach Elahera in die dortigen Edelsteinminen. Entlang des Ufers des Flusses Kalu Ganga war das Land fruchtbar und von einem satten Grün, aber das Laub war beseitigt worden, und man hatte die schlammige rote Erde bloßgelegt. In Rathnapura stiegen Männer in tiefe Minenschächte hinab, um Schotter in Körbe zu schaufeln und diese an die Oberfläche zu ziehen.

In einem riesigen Wasserreservoir unweit der Mine wuschen Arbeiterinnen und Arbeiter diesen Kies in Weidenkörben sauber, immer ein paar Handvoll in einem Waschgang. Das war auch Nishas Job, und es war richtig schwere körperliche Arbeit. Sie verbrachte den Großteil des Tages vornübergebeugt in diesem Wasserbecken, mitten in der prallen Sonne, oder watete durch die trübe Brühe, bis sie inmitten des Drecks einen Kristall funkeln sah: blaue, gelbe und pinkfarbene Saphire, Rubine, Topaze, Chrysoberylle. Nisha war überglücklich, wenn sie einen blauen Saphir fand: Diese Steine fand sie am schönsten. Sie erinnerten sie an die Farbe des Meeres in den frühen Morgenstunden, wie sie es von ihrem Schlafzimmerfenster aus gesehen hatte, und an die Netze, in denen silbern glänzende Fische zappelten.

Mahesh arbeitete in den Minenschächten. Nisha fiel ihm sofort auf. Er fand, ihre Augen sähen aus wie gelbe Saphire. Das gestand er ihr einmal in der Mittagspause, als sie beide unter einem Dach aus Baumkronen saßen und heißen Tee tranken, und dabei blickten sie auf das unfruchtbare Land hinaus, unter dem sich die Minen befanden und wo Arbeiterinnen und Arbeiter den Kies wuschen, bis zur Brust in schmutzig braunem Wasser stehend. Sie lächelte ihm zu und meinte, sein Kommentar sei doch sehr kitschig, aber das hinderte ihn nicht daran, sie gleich noch mehr ins Herz zu schließen.

Sie trafen sich von da an immer öfter zum gemeinsamen Mittagsmahl, wo Mahesh ihr von der Reise hinunter in den Schacht und entlang der dunklen Tunnel tief unter der Erde erzählte, von der unerträglichen Hitze, der hohen Luftfeuchtigkeit und der Angst davor, dort unten lebendig begraben zu werden. Er war ein eher kleingewachsener, sanftmütiger Mann mit einem Lächeln, das ihm bis über beide Ohren hinausreichte. Er schwitzte in den Minen und hatte Mühe zu atmen, biss aber Tag für Tag die Zähne zusammen und machte todesmutig weiter. Nisha bewunderte seine Tapferkeit, seinen freundlichen Charakter und seine Entschlossenheit. Das sagte sie ihm auch, woraufhin er meinte, er würde ihre Worte immer im Gedächtnis behalten, sie würden ihm Mut machen. Von da an betete sie jeden Morgen für ihn, sobald sie ihn in die Minen hinabsteigen sah.

Für ihn ging es ungefähr fünfzehn Meter in die Tiefe, hinein in die Erde unter Rathnapura, wo er nach Topasen und Saphiren suchte. Dafür bohrte er eine Metallstange in die porösen Minenwände und lauschte auf den entstehenden Klang, in dem Versuch, die Vibrationen des Erdreichs über die Stange zu erspüren. Normalerweise konnte er sofort sagen, wenn er auf abgelagerten Kies oder Saphire gestoßen war, aber manchmal inspizierte er die Stange, nachdem er sie herausgezogen hatte, weil härtere Diamanten das Material verkratzten. Er war gut in dem, was er tat, schnell und wendig; er beförderte mehr

Säcke voll gutem, diamantenreichem Schotter an die Erdoberfläche als irgendein anderer Arbeiter.

Einige Jahre später fand ihre Hochzeit in Galle statt, und sie kauften ein Haus in Rathnapura, das größer war als ihr Elternhaus.

Nisha liebte diesen Mann von ganzem Herzen. Er war eine Seele von Mensch. Nie erhob er seine Stimme, ganz anders als der Nachbar, der seine Frau Tag und Nacht nur anbrüllte. Er putzte seine Schuhe selbst und warf seine schmutzigen Klamotten zuverlässig in den Wäschekorb. Sein Lachen klang hoch und schrill, was Nisha ihrerseits zum Lachen brachte. Ganz gleich, wie müde oder missgestimmt oder gereizt er war, sie konnte stets das Kind in ihm in seinem Blick ausmachen. Das war es, was sie so an ihm mochte. Es ist möglich, jemanden zu lieben, ohne ihn wirklich zu mögen, aber sie mochte Mahesh sehr gern.

Jeden Abend kam er mit schmerzenden, geschwollenen Händen nach Hause. Nach der gemeinsamen Mahlzeit rieb Nisha sie ihm deshalb mit einer Salbe ein. »Du musst das nicht schon wieder tun«, sagte er dann jedes Mal mit einem breiten Lächeln. »Du bist doch auch müde. Wie wäre es, wenn ich dir die Füße massiere?«

Aber Nisha wollte nichts davon hören. »Was, mit diesen Reibeisen da?« Damit deutete sie auf seine Hände und verzog kopfschüttelnd das Gesicht. »Außerdem kann ich mir die Füße selbst massieren. Und jetzt leg dich hin und denk an die Weiten des Himmels.« Er mochte den offenen Himmel. Er war das Gegenteil von den Minen.

Mahesh mochte keinen Kaffee, er trank lieber süßen Tee. Jeden Sonntag gingen sie runter zum Markt, um *kottu* mit scharfer Soße zu essen, ein knusprig gebratenes Fladenbrot, das Godamba Roti, das klein geschnitten und zu einer Art Salat verarbeitet wird. An manchen Abenden bereitete Mahesh ein köstliches grünes Curry aus Jackfrucht zu, mit Pandanblättern und Kokosmilch. Er kletterte sogar eigens auf den Baum, um frische Kokosnüsse zu pflücken. Er war unheimlich sexy, wenn er Gemüse schnibbelte, weil sein dichter Pony ihm dabei über die Augen fiel. Nisha nannte ihn immer liebevoll ihren zottigen Hütehund. Dann lachte er und leckte ihr vom Kinn bis zur Stirn übers Gesicht.

Als sie herausfand, dass sie schwanger war, rannte Mahesh wie von Sinnen durchs Viertel und verkündete lauthals: »Ich werde Vater! Ich werde Vater!« Anschließend kehrte er, schwitzend und von einem Ohr zum anderen strahlend, nach Hause zurück, lief aufgeregt in der Küche auf und ab und schmiedete Pläne.

Eines Tages, viele Monate später, sie hatte Kumari eben erst zur Welt gebracht, saß Nisha in der Küche und gab ihrem Baby die Brust. Ein Geräusch ließ sie aufhorchen. Sie blickte auf und sah jemanden am Fenster vorbeilaufen und fast über die eigenen Beine stolpern. Es war eine der Nachbarinnen, eine Frau namens Shehara. Sie lief durch die Straßen und über Felder und schrie etwas, das Nisha im ersten Moment nicht verstand. Doch wenig später wehten die unheilvollen Worte durchs offene Fenster herein: »Sie ist eingestürzt! Sie ist eingestürzt! Die Erde hat sie alle verschluckt!«

Wieder und wieder rief sie es, bis der Satz jegliche Bedeutung verlor. *Sie ist eingestürzt. Sie ist eingestürzt. Die Erde hat sie alle verschluckt.*

Nisha begriff sofort, was geschehen war. Nämlich das, wovor ihr Mann sich immer am meisten gefürchtet hatte. Das, weshalb Nisha jeden Morgen gebetet hatte, seit dem Tag, an dem sie sich das erste Mal im Schatten der Bäume unterhalten hatten. Mahesh steckte dort unten in der tiefen, feuchten Grube fest, ohne jeden Ausweg. Sie kannte ihn so gut, dass sie beinahe das ängstliche Klopfen seines Herzens zu hören glaubte, meinte, das Blut durch seine Adern pulsieren zu spüren. Sie sah das Wasser von der Decke tropfen, sah die feuchten Wände, die glänzenden Kristalle im Licht seiner Stirnlampe. Und auch riechen konnte sie sie – die feuchte Erde. Die Erde, die so wunderschöne Edelsteine hervorbrachte, die Erde, die solch leuchtende Farben in sich barg – jetzt hatte sie ihn verschluckt.

Hier endete Nishas Geschichte. Sie konnte nicht weitererzählen. Stattdessen richtete sie sich auf und begann zu husten, als wäre sie diejenige, die in der Mine eingeschlossen war und um Atem rang.

Ich stand auf, ging in die Küche und brachte ihr ein Glas kaltes Wasser. Sie nahm ein paar Schluck und reichte es mir zurück.

»Ich kann nicht weiterreden«, sagte sie schließlich. »Die Tränen schnüren mir die Kehle zu.«

Es war extrem heiß in dieser Nacht. Wir lagen auf dem Bett, über uns der Ventilator, der ein schwaches Lüftchen heranwehen ließ, die Terrassentür weit geöffnet. Wie so oft lag Nisha auf dem Rücken, ihre Hände auf den Bauch gelegt. All die verlorene Zukunft strömte durch Nisha hindurch in mich hinein. Ich empfand tiefe Trauer um das verlorene Kind. Hatte das Gefühl, innerlich zu weinen; ich erinnerte mich an dieses Gefühl aus der Zeit, als ich noch ein Junge war, als mein Vater heimkehrte, mit blutunterlaufenen Augen, gefangen in einem Kerker voll mit den Bildern und Geräuschen des Krieges. Er nahm mich nicht mehr wahr. Er baute mir einen Schreibtisch aus frischem Eichenholz, das er im Wald geholt hatte. Er stellte diesen Schreibtisch ein ganzes Stück vom Fenster entfernt auf, damit ich nicht rausschauen konnte. Meine Bildung wurde für ihn zu einer Art Obsession. Ich durfte von da an nicht mehr herumstreunen und Vögel und andere wilde Tiere beobachten. Ich durfte nicht mehr mit ihm zum Markt gehen. Er wollte, dass ich fleißig lernte. Er wachte mit Argusaugen über mich. Wenn er mich am Fenster stehen sah, schloss er schnell die Jalousien.

Der Gedanke, dass man einen solchen Verlust nicht rückgängig machen kann – dass ich weder die verlorene Seele meines Vaters noch das Kind zurückzubringen vermochte –, dieser Mangel an Kontrolle, diese Hilflosigkeit ließen meine Hand über Nishas zittern.

»Ich wünschte, ich hätte diesem Kind in mir mehr Sicherheit bieten können«, sagte sie.

»Du weißt genau, dass es nicht deine Schuld war«, sagte ich.

»Ich *weiß* es, ja.«

Durchs Fenster sah sie hinauf in den nächtlichen Himmel. Der Mond war nicht zu sehen, nur Sterne. Ich legte die flache Hand auf ihre Hände, und so verharrten wir eine ganze Weile.

Ich musste an den todgeweihten Mann in der von Diamanten gespickten Dunkelheit der Mine denken. Wie lange es wohl gedauert hatte, bis er seinen letzten Atemzug tat? Hatte er noch Zeit, im Dunkeln zu sitzen und über sein Leben nachzudenken, über seine Frau, seine kleine Tochter dort oben, über all die Dinge, die er liebte, und diejenigen, die er hasste, über seine Triumphe und Niederlagen? Was er wohl gefühlt hatte, im Angesicht des unausweichlichen Todes? Welche Art von Hunger hatte er verspürt? Welchen Durst? Welche Schmerzen hatten seinen Körper geplagt? Welche Erinnerungen seinen Geist? Oder war er derart in Panik geraten, dass der Tod sehr viel schneller eingetreten war als vermutet?

»Ich habe nie erfahren, welche seine Lieblingsfarbe war«, hörte ich Nisha sagen.

Die kleine Eule immer noch schützend in der hohlen Hand haltend, trat ich hinaus auf den Balkon und sah Petra und Aliki zusammen mit Ruba und Frau Hadjikyriacou draußen vor deren Haus zu Abend essen. Das war ein guter Zeitpunkt, um runter in den Garten zu gehen. Ich nahm einen Spaten mit und begrub das Eulenjunge im weichen Erdreich unter dem Orangenbaum. Ich verscharrte es tief genug, dass die Katzen und andere wilde Tiere es nicht ausbuddeln konnten. Anschließend setzte ich mich auf den Balkon und hielt den kleinen Vogel in der Hand, der sich tief in sein Gefieder zurückgezogen hatte, und lauschte dem Gelächter und dem unaufhörlichen Stimmengewirr von unten.

Um Punkt fünf Uhr früh klingelte das iPad. Ich ging ran. Kumari starrte mich verdutzt an. Auch diesmal steckte sie bereits in ihrer Schuluniform, den lila Rucksack auf den Schultern. Nur dass sie die Haare zur Abwechslung offen trug, glatt und gerade wie Stricknadeln.

»Hallo, Herr Yiannis«, begrüßte sie mich.

»Hallo, Kumari.«

»Kann ich mit Amma sprechen?«

Für einen Sekundenbruchteil zögerte ich: Ich wollte nicht, dass sie meine Besorgnis spürte.

»Tut mir leid, Kumari, deine Mum ist schon wieder arbeiten gegangen.«

Sie überlegte einen Moment, offensichtlich skeptisch. Ihre Augen waren rund und ernst. »Aber es ist noch sehr früh in Zypern. Warum arbeitet sie schon?«

»Sie hatte etwas zu erledigen.«

»Sind es die Hühner?«

»Ähm, ja. Die Hühner.«

Sie nickte nachdenklich.

»Sie hat mich gebeten, dir auszurichten, dass sie dich liebt, mehr als alles andere auf dieser Welt. Und du sollst dich in der Schule anstrengen.«

»In Ordnung, Herr Yiannis. Und Sie strengen sich in der Arbeit an.«

Ein letztes Lächeln, dann war sie fort.

19

Petra

Am darauffolgenden Tag, als ich von der Arbeit nach Hause fuhr, beschloss ich, noch einmal mit Yiannis zu reden. Während ich den Wagen parkte, fiel mir auf, dass das Flugblatt mit Nishas Foto, das direkt gegenüber unserem Haus an einem Laternenpfahl geklebt hatte, nicht mehr da war. Ich hatte es selbst dort aufgehängt. Aber ein Stück weiter die Straße hinunter lächelte mir ihr Gesicht von einem weiteren Flyer entgegen.

Ich ging durch den Garten zur hinteren Treppe und klopfte oben an Yiannis' Tür. Ich war das erste Mal hier oben, seit ich ihm die Wohnung vermietet hatte. Er hielt sie sauber und ordentlich und hatte die Räume so spärlich möbliert, dass man fast den Eindruck gewann, er würde nur ein paar Tage bleiben. Die Balkontüren im Wohnzimmer standen fast immer weit offen, sodass das winterliche Licht und ein leichter Wind ins Zimmer fluteten. Als Yiannis mein Frösteln bemerkte, zog er die Türen zu und bot mir ein Heißgetränk an, was ich dankend annahm.

Er ging in die Küche und brühte Kaffee in einem Edelstahltopf auf dem Herd auf. Auf dem Fensterbrett standen zwei Pflanzen: ein kleiner Kaktus und ein Jasmin, dessen sommerlicher Duft mich an den alten Mann im Bus auf der Fahrt nach Troodos erinnerte.

»Ich sehe was, was du nicht siehst, und das beginnt mit N.«

»Hm, das ist schwer.«

Fast glaubte ich, sie in echt zu hören: Alikis Lachen, Nishas gespielte Konzentration, während sie angestrengt zum Fenster hinausspähte.

»Ich war bei der Polizei«, sagte Yiannis.

»Ach ja?«

»Ich konnte nicht länger tatenlos herumsitzen.«

»Und, was haben die gesagt?«

»Im Grunde nichts.«

Er sah zu, wie der Kaffee auf kleiner Flamme vor sich hin köchelte, und achtete darauf, dass er nicht zu heiß wurde, sonst wäre der *kaimaki* ruiniert gewesen – der marmorierte Film aus cremig weißem Schaum auf der Oberfläche.

»Hören Sie«, sagte ich, »ich weiß von Ihrer Affäre mit Nisha.«

»Affäre? Warum, wen hätte ich denn mit ihr betrogen?«

»Wie würden Sie es denn nennen?«

»Ich liebe sie. Wir führen eine Beziehung.«

Das brachte er in vollkommen sachlichem Ton hervor, während er den Kaffee in Becher goss und diese auf den schweren Eichenholztisch stellte, der mehr wie ein Schreibtisch als ein Küchentisch aussah.

Der eine Stuhl schien von derselben Hand aus demselben Holz gearbeitet worden zu sein, und auf der gegenüberliegenden Seite stand ein schwarzer Plastikstuhl, der so gar nicht zum Tisch passen wollte. Auf dem ließ ich mich nieder.

Yiannis nahm einen Schluck Kaffee und warf mir einen kurzen Blick über den Rand seiner Tasse zu.

Im selben Moment vernahm ich ein Zwitschern und entdeckte unter dem Tisch einen winzigen Vogel, direkt neben seinen Füßen. Es war ein Singvogel, eine Art, die im Winter von Westen her zu uns kommt. Früher hörte ich ihre Schreie immer über dem Meer, wenn ich mit meinem Vater mit dem Fischerboot rausfuhr.

Yiannis bückte sich und hielt seinen Handteller auf, damit der Vogel draufhopsen konnte. Er holte ihn hoch auf den Tisch, wo er sich neben der Kaffeetasse niederließ.

»Das ist ja ein außergewöhnliches Haustier«, bemerkte ich.

»Er ist kein Haustier. Sein Flügel war verletzt. Ich kümmere mich um ihn, bis er wieder fliegen kann.« Einen Moment schwieg er und betrachtete den Vogel. Dann sagte er: »Gibt es Neuigkeiten wegen Nisha – sind Sie deshalb hier?«

Ich brachte den Zettel zum Vorschein, den Tony mir ausgehändigt hatte, sowie Nishas Armband und legte beides auf den Tisch.

»Was ist das?«, wollte er wissen. Schlagartig saß er da wie versteinert.

»Zwei weitere Frauen werden vermisst«, sagte ich und gab mir alle Mühe, das Beben in meiner Stimme zu überspielen. »Das sind ihre Namen und das jeweilige Datum des Verschwindens.«

Yiannis starrte mich an, ohne einen Blick auf das Papier zu werfen.

»Und das hier ist Nishas Armband, Sie kennen es sicher. Es war ein Geschenk von Aliki, Nisha hat es immer getragen. Ein anderes Hausmädchen hat es auf der Straße unweit des Maria's gefunden.«

Ich sah Furcht in seinen Augen aufblitzen, aber er sagte nichts. Sein hartnäckiges Schweigen erinnerte mich an Muyias hölzerne Skulpturen, erstarrt in der Zeit.

Dann erzählte ich Yiannis von meinem Besuch im Blue Tiger und meinem Treffen mit Tony und was der mir von den anderen beiden Hausangestellten berichtet hatte. Während ich die Einzelheiten schilderte, saß er mit beiden Händen flach auf der Tischplatte da, die Brauen tief gefurcht. Erst als ich fertig war mit meinem Bericht, kam wieder Bewegung in ihn. Er hob die linke Hand an den Kopf, um sich mit Daumen und Zeigefinger die Schläfen zu massieren. Dabei verkniff er das Gesicht, genau wie letztes Mal, als er bei mir in der Wohnung dieses Glas Zivania hinuntergestürzt hatte.

Eigentlich hatte ich erwartet, dass er sich irgendwie äußern würde, aber es kam kein Wort von ihm. Lange Zeit saßen wir uns schweigend gegenüber, Yiannis mit an die Schläfen gepressten Fingern, ich mit auf dem Schoß gefalteten Händen. Das Küchenfenster stand einen kleinen Spalt weit offen, und eine kühle Brise wehte ins Zimmer und trug den Duft von Jasmin mit sich.

»Aliki, das ist viel zu schwer.«

»Versuch es weiter!«

»Nylon? Und bevor du fragst, die Frau mit dem Notizbuch, da rechts von dir, sie trägt Nylonstrümpfe.«

»Das ist ziemlich gut. Aber nein.«

»Nase.«

»Nein.«

»Nasenring!«

»Nein.«

»Nonne?«

»Nisha, wo siehst du hier eine Nonne?«

»Wir sind gerade an einer Kirche vorbeigefahren, da war eine Nonne draußen im Garten.«

»Dir entgeht aber auch gar nichts.«

»Du solltest aufmerksamer sein.«

»Okay, gibst du auf?«

»Warte, ein letzter Versuch noch … Nasenloch!«

»Die Antwort ist Nisha.«

»Ich? Das ist Betrug! Ich kann mich doch nicht selbst sehen!«

»Warum nicht? Ich sehe dich doch auch!«

»Darauf wäre ich nie im Leben gekommen. Ich hätte die ganze Fahrt lang so weitermachen können, ich hätte es niemals erraten.«

»Ist das nicht witzig, dass du alles sehen kannst, nur nicht dich selbst?«

»Da ist irgendwas faul«, sagte Yiannis schließlich.

»Ich weiß.«

»Irgendwas stinkt da ganz gewaltig zum Himmel«, wiederholte er seinen Verdacht, diesmal mehr zu sich selbst als zu mir, und dabei kratzte er mit dem Fingernagel an einem Astloch in der Tischplatte herum. Nervös zappelte er unter dem Stuhl mit dem Fuß, sodass der ganze Tisch wackelte und die Kaffeetassen auf den Untertassen klapperten. Er schien zu überlegen und zu überlegen, kam aber auf keinen grünen Zweig. Ich stellte mir vor, wie sich die kleinen Rädchen in seinem Hirn drehten, und versuchte, meine Gedanken zu sortieren.

»Im ersten Moment dachte ich, ich hätte sie vielleicht vergrault«, meinte er.

»Wieso das denn?«

»Am Abend vor ihrem Verschwinden habe ich ihr einen Antrag gemacht.«

»Sie wollten sie heiraten?«

Der Tisch hörte auf zu beben. Er seufzte tief und hob wieder die Hand ans Gesicht, nur dass er sich diesmal mit Daumen und Zeigefinger die Augen rieb, als müsste er Tränen auffangen, bevor sie hinuntertropften.

»Ich habe einen Ring auf ihrer Kommode gefunden. Der stammt also von Ihnen.«

Er nickte und sah mich von unten her an, als wäre er besorgt, wie ich auf diese Nachricht reagieren würde.

Das brachte mich zu der Überlegung, welche Gespräche sie wohl geführt hatten: Diskussionen darüber, ob Nisha ihren Job verlieren würde, wie so viele andere Hausangestellte, die sich auf Beziehungen eingelassen hatten? Von diesen Frauen wurde erwartet, dass sie ihre Arbeit verrichteten, sonst nichts, und selbst wenn sie offiziell freihatten, glaubten wir, sie gehörten uns. Die bittere Wahrheit war: Wir betrachteten sie als unser Eigentum. In der Hinsicht musste man sich nichts vormachen.

Hatte sein Antrag sie derart verstört, dass sie weggelaufen war? War das eine mögliche Erklärung für ihr plötzliches Verschwinden? Es wäre tatsächlich einfacher und weniger beängstigend gewesen, sich an diesen Gedanken zu klammern, aber das Stück Papier vor uns legte eine andere Vermutung nahe. Es flatterte ganz leicht im Wind, als wollte es sich in die Luft erheben und wegfliegen.

»Bitte«, sagte ich. »Sehen Sie sich die Namen hier an. Kennen Sie einen davon?«

Er griff nach dem Zettel und las die Namen darauf. »Nein, tut mir leid. Sie hat sie mir gegenüber nie erwähnt.«

»Sind Sie sicher?«

Er nickte. »Ich würde mich erinnern, wenn es so wäre.«

»Frau Hadjikyriacou hat mir erzählt, sie hätte Nisha in der

Nacht vor ihrem Verschwinden gesehen, gegen halb elf. Sie war unterwegs in Richtung Norden, zur Pufferzone.«

»Das ist die Straße, die auch zum Maria's führt«, bestätigte er mit einem nachdenklichen Nicken.

»Ganz genau.«

Er schien eine Weile zu überlegen. »Spyros – der Postbote –, er hat mir erzählt, er habe sie die Straße entlanglaufen sehen. Sie hatte es wohl eilig. Offenbar hat sie ihm gesagt, sie sei unterwegs zum Maria's, um sich mit Seraphim zu treffen.«

Ich runzelte die Stirn. »Seraphim, Ihr Kollege?«

»Ja.«

»Ich bin ihm Freitagabend im Maria's begegnet. Ich war da, um ein paar von den Flugblättern vorbeizubringen und mit dem Manager zu reden. Was hatten denn Seraphim und Nisha miteinander zu schaffen?«

»Nichts, soviel ich weiß. Sie ist ihm und seiner Frau ein paarmal begegnet, mehr nicht.«

»Haben Sie mit ihm gesprochen?«

»Er hat geleugnet, sie gesehen oder eine Verabredung mit ihr gehabt zu haben.«

»Und, glauben Sie ihm?«

Er blieb mir die Antwort schuldig.

»Da ist wirklich was faul«, sagte ich.

Yiannis ging ins Wohnzimmer und kehrte mit einer Handvoll roter Beeren zurück. Die legte er auf den Tisch. Der Vogel pickte eine nach der anderen auf und fraß sie. Ich beobachtete Yiannis, wie er dem Vogel beim Fressen zusah. Dieser Mann hatte etwas unheimlich Sanftes; er schien eine gleichermaßen gutmütige wie geplagte Seele zu sein.

»Was ist mit Kumari?«, fragte ich. »Wird sie nicht versuchen, ihre Mutter zu kontaktieren? Das Mädchen muss ja vor

Sorge inzwischen völlig außer sich sein, immerhin hat sie die ganze Zeit nichts von ihrer Mutter gehört.«

»Nisha hat immer bei mir in der Wohnung mit Kumari telefoniert.«

Ich nickte, weil ich nicht wusste, was ich dazu sagen sollte, und mich schämte, dass ich davon keine Ahnung hatte.

»Ich habe mit Kumari gesprochen«, fuhr er fort. »Ich gebe mir Mühe, sie nicht vorschnell in Alarmstimmung zu versetzen, solange wir nicht hundertprozentig wissen, was los ist.«

Wieder nickte ich betroffen.

»Überlassen Sie das mir«, sagte er. »Kumari kennt mich. Ich regle das schon.«

»Vielen Dank«, sagte ich.

»Wenigstens haben wir jetzt Gewissheit, dass sie in Richtung Maria's unterwegs war.«

»Ja, zumindest das ist sicher.« Trotzdem hatte ich nicht das Gefühl, dass wir besonders weit gekommen waren. »Können wir nicht ihr Bankkonto überprüfen?«, fragte ich. »Sehen, ob Geld abgehoben wurde?«

»Ich befürchte, ohne die Polizei haben wir keine Möglichkeit, auf ihr Konto zuzugreifen.«

Er bot mir eine weitere Tasse Kaffee an, die ich dankend ablehnte. Ich hatte Aliki allein zu Hause gelassen und musste noch das Abendessen vorbereiten. Bald würde es dunkel werden.

»Hören Sie«, sagte ich, während ich schon auf die Küchentür zuging, »dieser Typ – Tony –, er wird sich bei mir wegen eines Treffens mit den Arbeitgebern und der Schwester von einer der verschwundenen Frauen melden. Würden Sie mich begleiten?«

»Selbstverständlich«, meinte er ohne Zögern. »Danke, Petra.«

»Ich habe zu danken«, sagte ich.

Als ich die Treppe hinunterstieg, waren meine Beine bleischwer, und ich merkte, wie sich ein Kloß in meiner Kehle bildete. Ich war kurz davor, in Tränen auszubrechen. Und weil ich Aliki so nicht gegenübertreten konnte – ich wollte nicht, dass sie mich weinen sah –, ging ich rüber zum Ruderboot und setzte mich rein. Die Arme fest um den Oberkörper geschlungen, saß ich auf der rauen Holzplanke und dachte an den Tag, als Nisha aus Sri Lanka zu uns gekommen war.

Es war im Frühling gewesen, gerade mal eine Woche nach Stephanos' Tod. Ich war damals in der zweiunddreißigsten Woche schwanger. Ich hatte gebetet, er möge die Geburt unseres Babys noch miterleben. Bevor das mit seiner Krankheit bekannt wurde, hatte ich mir unsere Zukunft wie aus dem Bilderbuch ausgemalt: Wir würden einen wunderschönen Garten voller Obst und Blumen haben; Stephanos würde uns einen kleinen Grill aus Backstein bauen, ganz rechts im Garten, gleich neben dem Kaktus; wir würden zwei Kinder bekommen. All diese Pläne hatten wir schon vor meiner Schwangerschaft geschmiedet. Wenn mir jemand erzählt hätte, dass ich mich bald an die Hoffnung würde klammern müssen, dass Stephanos sein Kind wenigstens ein einziges Mal zu sehen bekäme, bevor er starb, hätte ich denjenigen für verrückt erklärt. Damals ahnten wir nicht, wie schlimm es tatsächlich werden sollte: Keiner von uns hatte irgendwelche Erfahrungen mit einer Krebserkrankung. Wir waren davon ausgegangen, dass wir eine Weile hart zu kämpfen haben würden, wir dann aber wieder zur Normalität zurückkehren könnten. Behandlung. Remission. Wie bei so vielen anderen Krebspatienten auch.

Dann, eines Tages, hatte ich meinen Mann zum Auto tragen müssen. Tatkräftig unterstützt von Nachbarn, hob ich ihn auf den Sitz, und dann fuhren wir schweigend zum Krankenhaus. Die Augen meines Mannes waren gelb, seine Hände schwarz, und ich schleppte ihn, hochschwanger mit meiner Verbitterung, über die Schwelle ins Niemandsland.

Am Weihnachtsabend, als er weder Arme noch Augenlider bewegen, geschweige denn die Mundwinkel zu einem Lächeln heben konnte, küsste ich ihn. Ich fütterte ihn und kämmte ihm die Haare und tupfte ihm Creme in die Fältchen in den Augenwinkeln. Anschließend zog ich ihm das weiße Laken bis unters Kinn und steckte es um seinen knochigen Leib herum fest. Dann wartete ich darauf, dass er sagte: »Ich bin noch da.«

Er lag in seinen eigenen Ausscheidungen mit einem Katheter und einem Erinnerungsstück aus der Kirche. Seine Suppe trank er durch einen Strohhalm. Er hatte keine Stimme und keine Hoffnung und keine Tage mehr übrig.

Nachdem er fort war, kam eine ganze Prozession von Besuchern vorbei, an die ich mich nur noch schemenhaft erinnere. Zu jener Zeit war meine Mutter noch am Leben, deshalb tauchten sie und mein Vater stets zu zweit auf, zu jeder erdenklichen Tages- und Nachtzeit, mit vollen Einkaufstüten und Ofenformen mit warmem Moussaka, meiner Leibspeise. Sie taten alles, um zu verhindern, dass ich immer tiefer in meiner Trauer versank. Später, nach dem tödlichen Schlaganfall meiner Mutter, kaufte mein Vater sich ein Boot und zog nach Griechenland, wo er Trost auf dem Meer fand, denn dort hatte er von jeher hingehört.

Freunde und Nachbarn kamen vorbei. Sie klingelten an der Tür, kamen und gingen, schattenhafte Wesen. Ich bekam warmes Essen und warmen Tee. Sie versuchten, das Haus in Ordnung zu halten. Sie vergewisserten sich, dass ich aß und mich wusch und schlief. Sie brachten Geschenke für das Baby: gelbe

Geschenke – bonbongelb, sonnenscheingelb. Ein Leben-vor-dem-Tod-Gelb. Stephanos und ich hatten das Zimmer mit Blick auf den Orangenbaum als Kinderzimmer auserkoren, deshalb stapelte ich dort die Geschenke, wie ein Schloss, das sich auf der Wickelkommode auftürmte.

Einem Gespenst gleich schwebte ich durch die Stunden und Tage, ohne je richtig anwesend zu sein. Mein Verstand klammerte sich an dem Leben, wie wir es uns ausgemalt hatten, fest; diese neue Realität konnte er einfach nicht begreifen. Alles deutete darauf hin, dass Stephanos immer noch da war. Seine Kleidung und seine Militäruniform hingen im Schrank. Sein Aftershave und seine Manschettenknöpfe lagen auf der Kommode. Sein Rasierer lag am Waschbeckenrand im Badezimmer. An der Düse der Sprühflasche mit Rasierschaum klebte noch Schaum. In seinem Kamm steckten seine Haare. Seine Schuhe standen im Kleiderschrank. Unser Bett strömte nach wie vor seinen Geruch aus.

Nisha traf wenig später ein. Eine Vertreterin ihrer Agentur setzte sie bei mir ab. Sie hatte einen kleinen Koffer bei sich und sah mich mit ihren kupferfarbenen Augen an. Sie trug ein schwarzes Kleid, der Stoff viel zu dünn für das kalte Wetter. Sie stand an der Tür, verbarg sich hinter der Dame von der Agentur und sah sich scheu um, bis ihr Blick auf mir zu ruhen kam. Die Frau – Koula oder Voula – trug einen grauen Hosenanzug und hatte einen blonden Bob, und sie redete wie ein Wasserfall, aber ich hörte ihr gar nicht richtig zu. Ich weiß noch, wie ich den Vertrag auf dem Esstisch unterzeichnete, während Nisha uns von der Tür aus beobachtete.

»Sie haben Glück mit der da«, sagte die Agenturdame. »Sie spricht Englisch. Mein Mädchen kommt aus Nepal und versteht kein Wort. Es ist ein Albtraum, sage ich Ihnen.«

Zum Glück war das Gespräch damit beendet.

Als die Frau sich verabschiedet hatte, zeigte ich »meinem Mädchen« ihr Zimmer. Sie stellte ihren Koffer neben dem Bett ab und fragte, ob sie die Jalousien öffnen dürfe. Zum ersten Mal seit langer Zeit kam die Sonne herein.

Im Lichtschein sah man Staub schweben. Ich war seit einer halben Ewigkeit nicht in diesem Raum gewesen. Mein neues Hausmädchen ging umher, strich im Vorbeigehen mit den Fingerkuppen über Bettdecke, Kommode und Stuhl.

»Madam«, sagte sie, »vielen Dank für dieses wunderschöne Zimmer. Sie sind sehr freundlich. Einige meiner Freundinnen sagten, ich würde vielleicht ein sehr dunkles Zimmer bekommen und auf dem Boden schlafen.«

»Da täuschen sie sich«, sagte ich. »Wir kümmern uns hier gut um unsere Hausmädchen.«

Sie nickte. »Wann kommt das Baby?«, fragte sie dann.

»In ein paar Wochen.«

»Ich habe ein kleines Mädchen in Sri Lanka. Ihr Name ist Kumari. Sie ist zwei Jahre alt.«

Ich wusste nicht, was ich darauf erwidern sollte. Ich hatte weder die Kraft noch das gesteigerte Bedürfnis, etwas über ihr Leben zu erfahren. Ich hatte keinerlei Fragen in mir, da war nur Leere.

Ihr Blick flackerte zu meinem Bauch, dann sah sie sich noch einmal in ihren vier Wänden um.

»Du kannst dich jetzt ausruhen«, sagte ich, »du wirst müde sein nach der langen Reise. Richte dich ein, pack deine Sachen aus, gönne dir ein wenig Schlaf, und morgen fängst du frisch erholt mit der Arbeit an.«

»Vielen Dank, Madam.«

»Du arbeitest von sechs Uhr morgens bis sieben Uhr abends.

Von Montag bis Samstag, mit einer zweistündigen Pause am Nachmittag. Sonntags hast du frei. In deiner arbeitsfreien Zeit am Abend möchte ich, dass du dich entspannst, damit du am nächsten Tag mit neuem Schwung an die Arbeit gehen kannst.«

Sie nickte, ohne ein Wort zu sagen.

»Du hast ganz außergewöhnliche Augen«, bemerkte ich.

»Vielen Dank, Madam. In der Schule haben mich die Kinder ›Mango-Auge‹ genannt.« Jetzt lächelte sie, sie strahlte übers ganze Gesicht. Ich verließ das Zimmer und zog die Tür hinter mir zu.

Nach und nach brachte Nisha frischen Wind ins Haus und erweckte es zu neuem Leben. Jeden Morgen machte sie Toast mit frischen Eiern und Tee für mich. Sie putzte und schrubbte, bis die Marmorböden glänzten und die Küche makellos war. Auf dem Kaminsims stand das Foto von Stephanos in seinem silbernen Rahmen, auf Hochglanz poliert.

Die meiste Zeit ging ich ihr aus dem Weg. Das Baby sollte bald kommen, doch ich flüchtete mich in die Arbeit, legte sogar Extraschichten im Laden ein. Abends kam ich völlig erschöpft nach Hause und fiel sofort ins Bett, ohne das Essen, das Nisha zubereitet hatte, groß anzurühren.

Eines Abends allerdings blickte ich vom Sofa, auf das ich müde gesunken war, zu Nisha auf und lächelte. »Vielen Dank«, sagte ich. »Du machst deine Arbeit wirklich gut, einfach fantastisch.«

Sie nickte und erwiderte mein Lächeln. »Ich bin froh, dass Sie zufrieden sind, Madam«, entgegnete sie. Dann, nach kurzem Zögern, fügte sie hinzu: »Aber es gibt da etwas, bei dem ich Ihre Hilfe benötige.«

Ich folgte ihr ins Kinderzimmer. Sie hatte die ganzen gelben Kleidungsstücke ordentlich zusammengelegt und in den Schubladen und Schränken verstaut. Sie hatte die Bettbezüge und Überwürfe gewaschen und gebügelt und das Kinderbettchen hergerichtet.

»Das ist sehr hübsch, Nisha.«

»Aber etwas fehlt noch«, meinte sie.

Auf dem Wickeltisch türmten sich Dekoartikel und Spielsachen, Geschenke, an die ich mich kaum erinnerte.

»Ich habe mich gefragt, ob Sie mir wohl helfen könnten zu entscheiden, wo was hinsoll?«

Damit griff sie nach einer Schneekugel und schüttelte sie – weißer Glitzer wirbelte um eine Katze herum, die vier Katzenbabys säugte. »Wo soll die hin?«

»Wo immer du es gut findest.«

»Ich denke, die Mutter sollte entscheiden, wo der richtige Platz ist.«

»Na schön«, sagte ich. »Dann auf die Frisierkommode.«

Sie ging also zur Frisierkommode und stellte die Schneekugel links vom Spiegel auf. »Hier?«, fragte sie.

»Ja, da ist es okay.«

»Oder wie wäre es mehr in der Mitte?« Sie schob die Schneekugel ein paar Zentimeter nach rechts und drehte sich zu mir um. Ich sah sie nur ratlos an.

Dann griff sie nach einer Wandgirlande. Fluffige weiße Wölkchen und Holzsterne. »Und die hier, Madam? Über das Bettchen? Oder lieber auf der anderen Seite an die Wand?«

»Beides gut.«

Sie überlegte einen Moment, hielt sie über das Bettchen und beschloss dann doch, sie neben der Terrassentür an die Wand zu hängen. Ich sah ihr untätig dabei zu. Sie arbeitete konzentriert und sorgte dafür, dass alles hübsch ordentlich hing. Dann waren da noch eine Lichterkette mit kleinen Monden und Sternen, eine Nachttischlampe in Form eines kleinen Häuschens, bei dem die Fenster leuchteten, Bauklötze in Regenbogenfarben, eine ganze Teddybärenfamilie, Kaktusdeko, ein gelbes Kissen mit dem aufgestickten Wort »Dream« und ein paar kleine Filztiere – ein Vogel, ein Igel und zwei Hasen. Sie platzierte jedes einzelne Stück mit allergrößter Sorgfalt, und schon bald war das Zimmer wie verwandelt. Die Nachttischlampe spendete in der Abenddämmerung ein zauberhaftes, heimeliges Licht, als wir schließlich unser Werk begutachteten.

Dann brachte sie mich in mein Zimmer. Das Bett war ordentlich gemacht, die spiegelbildlich angeordneten Schränke waren frisch gewischt, und das ganze Zimmer duftete zart nach Möbelpolitur.

»Ich lasse die Sachen von Ihrem Mann im Schrank, bis Sie mir sagen, ich soll sie wegtun.«

Dafür war ich ihr unendlich dankbar.

Irgendwann, als das Baby längst da war, ließ ich sie dann doch Stephanos' Habseligkeiten ausräumen. Ich schämte mich zutiefst, dass ich das nicht selbst übernahm, aber mittlerweile war ich so sehr daran gewöhnt, Aufgaben an sie zu delegieren, dass ich kein Problem mehr damit hatte, mich ans Fenster zu stellen und genüsslich meinen Kaffee zu trinken, während Aliki in ihrer Wiege schlief und Nisha die letzten Spuren meiner Ehe aus dem Schlafzimmer beseitigte.

Während ich im Boot saß und nachsann, merkte ich plötzlich, dass Aliki im Garten stand und mich ansah. Sie hielt Monkey auf dem Arm.

»Gehört diese Katze jetzt etwa uns?«, fragte ich und tat so, als wäre ich nicht einverstanden damit.

»Frag ihn«, sagte sie. Damit ließ sie Monkey herunter, der die Gelegenheit nutzte, sich im Gras auszustrecken und sich ausgiebig das Fell zu lecken. Dann kletterte meine Tochter zu mir ins Boot.

»Ich habe Hunger«, sagte sie. »Machst du bald Abendessen?«

»Ja. Ja, mein Schatz, ich koche gleich was. Tut mir leid, dass es so spät geworden ist.«

»Schon gut. Aber ich sterbe vor Hunger.«

»Natürlich«, sagte ich. »Aber würdest du mir vielleicht vorher noch vom Meer über dem Himmel erzählen? Ich bin traurig. Ich vermisse Nisha, deshalb würde ich die Geschichte gern hören.«

Sie sah mich einen Moment schweigend an, dann sagte sie: »Einverstanden. Mach die Augen zu.«

Ich tat, worum sie mich bat.

»Du darfst aber nicht gucken. Ich merke das, wenn du trotzdem guckst!«

Also kniff ich die Augen ganz fest zusammen, wie um zu beweisen, dass ich nicht schummeln würde.

»Die meisten Boote fahren vorwärts und rückwärts, aber dieses hier fährt nach oben«, sagte sie. »In den Himmel. Wir müssen erst durch viele Wolkenschichten und gelangen dann zum Meer.«

»Ist das Meer nicht eigentlich unten?«, fragte ich.

»Nein. Und unterbrich mich nicht. Sei nicht so ungeduldig«, sagte Aliki.

Ihre Rüge brachte mich zum Schmunzeln. *Sei nicht so ungeduldig*. Diese Worte erinnerten mich an Stephanos. Ich war immer voller Eifer und wollte die Dinge möglichst schnell anpacken, ganz anders als er. Ich wollte Pläne schmieden, heiraten, schwanger werden. *Entspann dich, Petra. Sei nicht so ungeduldig*. Es lag nicht daran, dass er mich nicht geliebt hätte, daran zweifelte ich nicht im Geringsten, aber er war ein Mensch, der lieber gemütlich einen Schritt nach dem anderen machte, als hätten wir alle Zeit der Welt. So war es auch, wenn wir uns liebten, völlig ohne Eile, ganz bedächtig, und deshalb war ich jedes Mal total verrückt nach ihm.

»Wir sind da«, sagte Aliki. »Aber lass die Augen zu.«

Ich nickte und hielt sie brav geschlossen.

»Hier oben sind wir in der Zeit acht Stunden voraus«, sagte sie, »deshalb geht bald die Sonne auf. Aber es fängt eben erst zu dämmern an, also ist es immer noch dunkel. Das Meer ist so weit wie der Himmel, es hat kein Ende, man kann ungehindert über jedes Land der Erde hinwegsegeln. Wenn man durchs Wasser nach unten blickt, sieht man die Welt von oben, mit Bäumen und Flüssen und Häusern. Und Menschen.«

»Gibt es hier oben denn auch Menschen?«, fragte ich.

»Manchmal, aber heute ist keiner da. Dafür gibt es unendlich viele Vögel. Es sind Vögel, die gestorben sind, und jetzt sind sie hier und machen sich gegenseitig Versprechungen. Manche von ihnen waren mal Menschen, die hergekommen sind, um einander wiederzufinden. Aber nicht alle – manche von ihnen waren auch früher schon Vögel.«

Jetzt schlug ich die Augen auf und sah meine Tochter an. Ihr Haar hing ihr in einer wilden Mähne um die Schultern und glänzte dunkelbraun. Sie trug einen Pyjama, aus dem ihre Handgelenke und Fußknöchel viel zu weit hervorragten. Wann war dieses Kind so gewachsen, *mein* Kind? Ihre Augen waren wie ein Tor in die Vergangenheit, und es kam mir vor, als würde mich Stephanos daraus ansehen, nur für einen flüchtigen Moment, bevor sich mir die Erinnerung an ihn wieder entzog und ich nur noch Aliki vor mir hatte. Aliki. Aliki in Person. Mit ihrer wunderschönen, fast durchscheinenden Haut und den silbernen Äderchen am Augenlid und den leicht geröteten Wangen und den sanft geschwungenen Brauen und Wangenknochen wie Halbmonde. Ihr Anblick raubte mir schlicht den Atem.

Die Katze sprang auf meinen Schoß und rieb ihr Köpfchen an meinem Arm, meiner Schulter, meinem Gesicht, ihr leises Schnurren dicht an meinem Ohr.

»Können wir jetzt zu Abend essen, Mami?«, fragte Aliki.

Mami. »Ja«, sagte ich.

»Mami?«

»Ja?«

»Ich vermisse Nisha.«

»Ja«, sagte ich. »Ich auch.«

»Kommt sie zurück?«, wollte Aliki wissen.

»Ich denke nicht, aber sicher weiß ich es auch nicht.«

»Versuchst du, sie zu finden?«

»Das tue ich.«

Aliki schwieg eine Weile, bevor sie mit todernster Stimme sagte: »Sie hat sich wegen der Vögel Sorgen gemacht.«

»Wegen der Vögel?«, fragte ich.

»Die, die mit ihren Federn und Beinchen an den Leimruten kleben bleiben. Sie wollte dem Mann sagen, dass er aufhören und nicht die ganzen Vögel vom Himmel klauen soll.«

»Welcher Mann?«

»Er heißt Seraphim.«

Ich hatte große Mühe, mir nichts anmerken zu lassen. Als ich wieder sprach, wählte ich meine Worte mit Bedacht. »Ist sie gegangen, um mit ihm zu reden?«, fragte ich so behutsam wie möglich.

»Ja. Nachdem wir aus den Bergen zurück waren. Als sie mich

ins Bett steckte und zudeckte, hat sie mir erzählt, dass sie noch mal rausgehen und mit dem bösen Mann wegen der Vögel reden würde und dass ich ein braves Mädchen sein und im Bett bleiben soll. Du weißt doch, manchmal muss ich nachts raus zum Pipimachen, und dann klopfe ich an ihre Tür, weil ich mich im Dunkeln fürchte, wenn ich allein aufs Klo gehe.«

Das war mir neu, aber ich nickte.

»Ich denke, wir sollten jetzt reingehen«, sagte sie. »Die Wellen werden höher. Wir können an einem anderen Abend wiederkommen.«

Ich nickte erneut.

»Möchtest du mich bald mal wieder hier rauf begleiten?«, fragte sie.

Und noch einmal nickte ich, weil ich merkte, dass ich einen Kloß in der Kehle hatte und keinen Ton rausbrachte.

Der Mann mit den Kampfstiefeln watet aus dem Wasser, nass bis zum Brustkorb. Er ist komplett in Schwarz gekleidet und trägt einen Windbreaker mit orangefarbenem Zierstreifen am Kragen.

Im schwachen Mondlicht beugt er sich runter, um sein Telefon aufzuheben, das er auf dem gelblichen Gestein am Ufer abgelegt hat, und macht sich an den Aufstieg zum Kraterrand, bis er auf den verwesenden Hasen stößt. Mit der Taschenlampe seines Handys betrachtet er den Kadaver. Ein Käfer krabbelt aus der leeren Augenhöhle.

Der Mann wendet sich ab, entfernt sich vom See und hebt einen schwarzen Rucksack auf, den er unter einem Thymianstrauch versteckt hat; im Bücken bemerkt er den Geruch und hält für einen kurzen Moment inne, um die Augen zu schließen und den würzigen Duft in sich aufzusaugen. Vielleicht will er so den Fäulnisgeruch vertreiben, der ihm in den Nasenlöchern haftet. Mit dem Rucksack über der Schulter geht er weiter zu seinem Wagen. Ohne die Scheinwerfer anzustellen, fährt er weg.

20

Yiannis

Früh am Morgen hörte ich ein Klopfen an der Tür. Ich sprang aus dem Bett, in der Hoffnung, es wäre Nisha, aber es war Petra, die vor mir stand, bleich wie der Mond.

»Kann ich reinkommen?«, fragte sie.

»Bitte.«

Sie trug eine Pyjamahose und ein weißes T-Shirt. Unter ihren Augen zeichneten sich dunkle Ringe ab. »Ich konnte nicht schlafen«, meinte sie entschuldigend.

Ich führte sie in die Küche und setzte Kaffee auf. Sie warf einen Blick auf die Wanduhr.

»Meine Güte, mir war nicht bewusst, wie spät es ist.«

Sie wirkte nervös, fast orientierungslos, wie sie so auf dem Stuhl saß, die zitternden Hände im Schoß vergraben, mit hängenden Schultern. Irgendwie erinnerte sie mich an eine Motte. Normalerweise war sie die Ruhe in Person. Ich konnte mir nicht vorstellen, wie sie sich aufregte oder weinte. Sie geriet nie aus der Fassung. Ihr Name, Petra, bedeutet »Stein«. Wenn ich ehrlich bin, hatte ich sie nie besonders gemocht. Sie war wie eine Wand, die zwischen Nisha und mir aufragte. Sie und das ganze verdammte System.

Der kleine Vogel hopste auf dem Fensterbrett herum und wackelte mit dem Köpfchen, während er die Welt draußen vor der Scheibe betrachtete.

»Er will fliegen«, murmelte sie.

»Ja. Aber er ist noch nicht so weit. Er überlebt es nicht, wenn ich ihn vorzeitig freilasse.« Ich stellte den Kaffee vor ihr auf den Tisch, und sie nahm ein paar große Schlucke. »Passen Sie auf«, sagte ich, »der ist noch brühend heiß«, aber sie schien mich nicht zu hören.

»Ich habe Neuigkeiten«, sagte sie.

Ich nahm ihr gegenüber Platz. Mein Herz schlug schnell, aber ich versuchte, mich nach außen hin ruhig zu geben.

»Ich habe mich gestern Abend mit Aliki unterhalten. Sie meinte, Nisha habe ihr in der Nacht ihres Verschwindens beim Zubettbringen erzählt, dass sie sich mit einem Mann treffen wolle, wegen der Vögel.«

Ich streckte den Rücken durch und merkte, wie mir die Hitze in die Wangen schoss. »Mit wem?«

»Seraphim. Aliki zufolge hat er Vögel vom Himmel gestohlen, und Nisha wollte ihn bitten, damit aufzuhören.«

Mir wurde übel.

»Die Sache ist die«, fuhr sie fort, »ich lag die ganze Nacht wach und habe gegrübelt, um mir einen Reim auf die Geschichte zu machen, aber mir fehlen ein paar Puzzleteile. Wenn es etwas gibt, das Sie mir verheimlichen, Yiannis, dann wäre jetzt ein guter Zeitpunkt, um mich ins Bild zu setzen.«

Es klang verbittert, wie sie meinen Namen sagte, als wüsste sie genau, dass ich Dreck am Stecken hatte. Und so war es ja auch. Ich sah ihr an, dass sie genau Bescheid wusste, denn jetzt hatte sie die Schultern gestrafft und blickte mich herausfordernd an. Das war Petra, wie ich sie kannte.

»*Gibt* es etwas, das ich wissen sollte?«, fragte sie erneut.

Instinktiv wanderte mein Blick zum Arbeitszimmer.

»Hören Sie, das ist kein Spaß.«

»Ich weiß«, sagte ich.

»Was soll das mit Seraphim und den Vögeln? Ich bin mir sicher, dass Sie etwas wissen.«

Langsam erhob ich mich von meinem Stuhl und bat sie, mir zu folgen. Ich sperrte die Tür zum Arbeitszimmer auf, und wir traten ein. Sie sah sich um, bemerkte die Kühlschränke, die Leimruten und die Jagdausrüstung.

»Na schön.« Sie zog die Tür des nächstgelegenen Kühlschranks auf und warf einen Blick hinein. Sofort wandte sie sich ab und schloss ihn wieder. »Das ist es also, was Sie tun.«

»Ich bin da reingerutscht, nachdem man mich entlassen hatte. Ich bin in die Sache reingeschlittert, und jetzt komme ich nicht wieder raus.«

»Nisha wusste davon?«

»Am Ende ja.«

»Sie wollte Sie dazu bringen, auszusteigen?«

»Ja.« Eine Woge an Schuldgefühlen brandete durch mich hindurch. So überwältigend, dass mir heiße Galle in die Kehle stieg, was mich prompt an Nishas Blut und das Gewebe in der Toilette denken ließ.

»Und Seraphim?«

»Er ist quasi mein Vorgesetzter. Der Mittelsmann.«

»Und was hindert Sie am Aussteigen?«

»Sie drohen mit Brandstiftung. Dafür kommen sie nachts. Das ist aber nur eine erste Warnung.«

»Und die zweite?«

Ich antwortete nicht auf ihre Frage.

Jetzt nickte sie und sah sich nachdenklich im Zimmer um.

»Nisha wollte also mit Seraphim reden. Sie wollte Ihnen helfen, dafür sorgen, dass Sie wieder frei sind. Halten Sie es für möglich, dass er ihr was getan hat?«

»Ich denke nicht.«

»Sie klingen nicht recht überzeugt.«

Ich stand auf und öffnete sämtliche Fenster; meine Wangen glühten.

»Sie hat sich mit ihm getroffen, um mit ihm zu reden, und plötzlich verschwindet sie. Sie hat ihn getroffen, und dann war sie *verschwunden*. Verstehen Sie, was ich sage?«

»Natürlich verstehe ich.«

»Wir können nicht zur Polizei gehen.«

»Nein.«

»Sie müssen rausfinden, was passiert ist, Yiannis.«

»Ja«, sagte ich. »Das werde ich.«

Ich rief Seraphim an und vereinbarte ein Treffen für denselben Abend. Er meinte, er sei ab zehn im Maria's anzutreffen.

»Stoß jederzeit dazu, wenn es dir passt«, sagte er. »Ich bin da. Ich bin eigentlich immer da.«

Bis es so weit war, fand ich keine Ruhe, ich konnte nicht still sitzen, ich konnte nichts essen, ich konnte an nichts anderes mehr denken. Eigentlich sollte ich die Vögel auf die verschiedenen Behälter verteilen und sie für die Auslieferung fertig machen, aber ich saß den ganzen Tag nur auf dem Bett, auf dem Nisha und ich immer redeten und uns liebten, und starrte durchs Fenster auf die Straße, während ich versuchte, die Abläufe zu rekapitulieren: Ich hatte sie gefragt, ob sie mich heiraten will. Sie war mit dem Ring in der Hand gegangen. Sie verließ das Haus, weil sie mit Seraphim reden wollte. Um mir meine Freiheit zurückzuholen. Danach hat sie niemand mehr gesehen.

In dieser Nacht ging ich an den Flugblättern mit Nishas Foto vorüber, die überall in der Nachbarschaft hingen. Niemand hatte sich bei Petra gemeldet. Ich sah Menschen an Nishas lächelndem Gesicht vorbeigehen. Keiner von ihnen nahm sie wahr.

Ich traf Seraphim an einem runden Tisch unweit der Bar an. Bei ihm saß eine junge Frau, zierlich und mit großen braunen Augen – fast kindlich –, die Haare rabenschwarz. Gerade beugte sie sich zu ihm vor und schnupperte an seinem Hals.

»Verschwinde«, sagte er zu ihr, als ich mich ihm näherte. Sie gehorchte aufs Wort. Ich sah ihr nach, als sie zu einem anderen Tisch ging, an dem zwei ältere Männer saßen und rauchten. Einer von ihnen pulte sich mit dem Fingernagel ungeniert Speisereste aus den Zähnen. Der andere drückte seine Zigarette aus. Wessen nikotinvergilbten Atem würde sie heute Nacht einatmen? Ich hasste Kerle wie sie. Ich war anders, dessen war ich mir sicher. Hatte Nisha sich am Ende auf Sexarbeit eingelassen? Hatte sie sich in was reinziehen lassen? Vielleicht wollte sie unbedingt mehr Geld verdienen, weil sie nur noch wegwollte von hier, zurück zu Kumari. An diesem Ort drang die Verzweiflung aus jeder Ritze: Sie kondensierte an den Fenstern und rann in Tropfen daran herunter, hinterließ einen feuchten Film auf den Tischen.

Seraphim schnipste mit den Fingern. Das Geräusch war so durchdringend, dass mein Kopf schlagartig herumschnellte und ich ihn entgeistert ansah. Eine Kellnerin kam auf uns zu, ein leeres Silbertablett in den Händen.

»Zwei Whisky, Püppchen«, sagte Seraphim.

»Danke, ich möchte keinen Drink.«

Er achtete nicht auf mich.

»Ich war gestern Nacht mit ihr zusammen«, sagte er, und dabei zuckte sein Blick zu der Frau, die jetzt bei den alten Knackern saß. »Sie ist entzückend.«

Ich wandte mich von ihm ab. Beim Anblick seiner Visage wurde mir kotzübel.

»Du bist ziemlich nervös in letzter Zeit«, meinte er. »Ich hoffe, du wirst nicht krank.«

Er hoffte natürlich nichts dergleichen. Wenn, dann hatte er höchstens Angst, dass ich die Reißleine zog. Das Gleiche hatte ich ihn nämlich zu Louis sagen hören, bevor sie seinen Wagen abgefackelt haben – in dem sein Sohn saß.

Die Kellnerin kam mit zwei Gläsern Whisky zurück. Sie stellte sie vor uns auf den Tisch, einen für mich, einen für Seraphim.

»Los, trink schon«, forderte er mich auf, »du siehst aus, als hättest du es dringend nötig.«

Ich stürzte das Glas in einem Zug hinunter, ohne mit der Wimper zu zucken, nur um es hinter mir zu haben. »Seraphim«, sagte ich dann, »Nisha fehlt mir, ich muss wissen, was aus ihr geworden ist. Zwei Zeugen haben bestätigt, dass sie sich hier mit dir treffen wollte, in der Nacht, in der sie verschwunden ist. Bitte. Sag mir, was an dem Abend passiert ist.«

Ich wusste nicht, wie ich es sonst formulieren sollte. Ich merkte selbst, wie verzweifelt ich klang, sah seinem Blick an, was für ein jämmerliches Bild ich abgab.

Er funkelte mich finster an. Dann grinste er. Tiefe Falten bildeten sich um seine Mundwinkel.

»Das ist das Problem mit dem *Verlieben*«, sagte er. »Es endet immer im Chaos, und ich hab gern Ordnung, wenn du verstehst, was ich meine?«

»Sie hat sich also mit dir getroffen?«, beharrte ich.

Er sah sich über die Schulter um. »Ich sag dir was«, meinte er dann. »Ich rede nicht gerne in der Öffentlichkeit über solche Dinge. Was hältst du davon, wenn wir zu mir gehen und dort was trinken?«

Er stürzte ebenfalls seinen Whisky hinunter und stand auf, bevor ich antworten konnte. Er hinterließ ein paar Zettel an der Bar, zwinkerte der Bardame zu, und dann folgte ich ihm nach draußen und die Straße entlang zu seinem Auto.

Wir stiegen in seinen Jaguar, dessen Türen sich öffneten wie Flügel. Die Innenverkleidung bestand aus butterweichem Leder. Er hatte die allerneuste Soundanlage, absolute High-End-Qualität, und der Motor schnurrte wie ein Tiger. Ich wandte mein Gesicht zum Seitenfenster, als er das Gaspedal durchtrat, und wir flogen durch die Nacht davon.

Ich war noch nie bei Seraphim zu Hause gewesen. Es war eine weiße Monstrosität mit einem großen Tor, Säulen und blau gefärbten Fenstern, die kaum vom Himmel zu unterscheiden waren. Das Gebäude thronte auf einer Anhöhe mit Ausblick auf das Famagusta-Stadttor. Es schien in einem sonderbaren Winkel aus der Erde zu ragen; irgendwie erinnerte es mich an einen dieser Ozeanriesen auf schwerer See.

Als wir das Wohnzimmer betraten, stand mitten im Zimmer eine Hausangestellte auf einem Stuhl. Sie sah aus wie Mitte bis Ende fünfzig, eine kleinwüchsige Frau mit riesigen Brüsten, die sie wie ein Extragewicht vor sich herzutragen schien. Es brannten einige kleinere Lampen, sie war gerade dabei, den Kronleuchter zu säubern – für mein Empfinden ein überdimensionaler Schandfleck. Als sie uns sah, stieg sie eilig vom Stuhl herunter und machte das große Licht an. Die Kristalle am Lüster funkelten, das Licht warf Tausende winzige Punkte, wie kleine Planeten, auf sämtliche Oberflächen im Raum.

»Ich bin fertig, Sir«, sagte sie mit Blick auf Seraphim.

»Gutes Mädchen. Hast du auch alles andere auf der Liste erledigt?«

Sie nickte.

»Du hast auch nichts übersehen, so wie letztes Mal?«

»Nein, Sir.«

»Na schön. Dann geh und hol uns ein paar Nüsse und Whisky. Stell die Sachen ins hintere Zimmer.« Dann wandte er sich mir zu und sagte: »Lampen sollte man immer schön sauber halten.«

Die Hausangestellte sammelte die Reinigungsutensilien auf und huschte zur Tür hinaus.

»Wir geben morgen Abend eine Dinnerparty – meine Nichte feiert die Taufe ihres ersten Kindes, die ganze Familie wird da sein. Meine Frau ist vermutlich schon zu Bett gegangen. Gehen wir doch in die Garage, da sind wir ungestört«, schlug Seraphim vor.

Wir durchquerten einen Flur aus weißem Marmor – komplett mit dem kostbaren Stein gefliest, vom Boden bis unter die Decke. Farbenfrohe Gemälde zierten die Wände, sie waren so außergewöhnlich, dass sie beinahe lebendig wirkten. Bilder von Troodos, von Obstplantagen, von Flüssen und Farmen. Insbesondere eins hatte es mir angetan: Es zeigte einen alten Mann mit weißem Ziegenbärtchen, riesigen Pranken und in schwarzer Hose, eine tiefe Furche zwischen den Brauen. Er trug etwas, das wie ein Sack Wolle aussah, über eine Wiese.

»Ist das …?«

»Ja«, sagte Seraphim in meinem Rücken.

»Wie kommst du darauf?«

»Das sind meine Erinnerungen.«

Ich sah mir das Gesicht des Alten näher an und rief mir meinen Großvater ins Gedächtnis. Fast glaubte ich den Mief nach Schaf zu riechen, der stets an ihm haftete. Dann erst bemerkte ich den Hintergrund, eine üppige grüne Vegetation, aber unten im Tal wütete ein Feuer, drohte sich auszuweiten und auf die Hügel überzugreifen. Soweit ich mich erinnerte, hatte es nie eine solche Brandkatastrophe gegeben.

»Warum brennt da ein Feuer?«, fragte ich.

»Es steht sinnbildlich für den Krieg«, entgegnete er sachlich. »Und für andere Dinge.«

»Was für andere Dinge?«

»Dinge, die alles bedrohen, was in dieser Welt natürlich und schön und richtig ist.«

In dem Moment fiel mir der betrübte Ausdruck in seinen Augen auf. Er erinnerte mich an Seraphim als kleiner Junge, vor den Gewehren, vor der toten Krähe. Allmählich kamen die Erinnerungen zurück; ein Junge mit traurigen Augen, der auf einem gefällten Baumstamm steht und so tut, als befände er sich auf dem Gipfel eines Berges, und dabei sagt er: »Sieh mal, da unten, Yiannis!«

Das Echo der Vergangenheit hallte durch den Korridor. Seraphim legte mir eine Hand auf die Schulter. »Jetzt sieh dir das hier an«, forderte er mich auf.

Das nächste Gemälde zeigte einen Apfelbaum voll reifer Früchte, vor einem strahlend blauen Himmel. Leuchtende Grün-, Gelb- und Blautöne kontrastierten scharf mit den tiefroten und violetten Schatten.

»Das ist der Baum draußen vor unserem Haus damals, stimmt's?«

»Ja.«

»Die Bilder sind phänomenal.« Ich spürte den Sog, der mich zurückbeförderte in eine vergessen geglaubte Zeit. Schlagartig hatte ich das Gefühl, von meiner eigenen Vergangenheit umgeben zu sein.

»Hast du die gemalt?«

»Klar«, meinte er.

Dann erinnerte ich mich an Seraphims Vater. Ein prominenter Herzchirurg und passionierter Jäger. Immer geschniegelt und gebügelt, selbst mit der Pistole in der Hand. Er hatte harte Augen, dieser Mann, und einen ruhigen, aber schneidenden Ton am Leib, bei dem Seraphim und ich jedes Mal vor Ehrfurcht erzitterten.

Bevor ich noch etwas sagen konnte, hatte Seraphim sich wieder in Bewegung gesetzt. Am Ende des langen Korridors befand sich eine Holztür, die sich mit einem silbernen Schlüssel aufsperren ließ. Sie führte in eine riesige Garage, die eher an einen Showroom für Luxusschlitten erinnerte. Drei nagelneue Autos funkelten unter den Halogenleuchten.

»Unglaublich«, entfuhr es mir. Ich war nicht hergekommen, um mir seine Karren anzusehen. Ich wollte über Nisha reden. Er wollte mich ablenken, das war sonnenklar.

»Das hier ist ein Lamborghini Miura. Ein Superwagen mit Mittelmotor.« Er deutete mit einer ausholenden Geste auf das nächststehende Fahrzeug und strahlte von einem Ohr zum anderen. Ich beschloss, Seraphim seinen Willen zu lassen und mitzuspielen, um ihn bei Laune zu halten.

»Metallicgrün«, sagte ich, »mit hellbraunen Ledersitzen. Extrem stylisch.«

»Und jetzt sieh dir den hier an«, verkündete er voller Stolz.

»Wow. Der Porsche 911er.«

»Magisch! Sonderanfertigung in Lava-Orange.«

Ich sah mir scheinbar interessiert die Innenausstattung aus schwarzem Leder mit orangefarbenen Nähten und Sitzgurten an.

»Diese Schönheit hat ein 7-Gang-Doppelkupplungsgetriebe.«

»Und einen zuschaltbaren Sportauspuff?«

»Klare Sache.«

»Beeindruckend«, sagte ich.

Wir gingen weiter zu einem silbernen Mercedes SL 300 »Gullwing«. Ein sagenhaftes Fahrzeug. Seraphim schob die Hand in die Hosentasche und drückte auf einen Schlüssel, sodass die Lichtanlage aufleuchtete und die Türen zu beiden Seiten hochklappten. Er bat mich, einen Schritt zurückzutreten, als könnte der Wagen jederzeit explodieren.

»Und jetzt sieh hin«, forderte er mich auf. »Hab ich's dir nicht gesagt? Er sieht aus, als würde er gleich losfliegen, nicht wahr?«

»Höher als jeder Adler. Das ist ein Traum von einem Auto.«

Er lächelte auf eine Art und Weise, die mich an ihn als Jungen erinnerte, damals, nachdem er Batman getötet hatte.

»Jetzt wird das Eis schon schmelzen.«

»Das Eis?«

»In unseren Whiskys. Die hätten wir beinahe vergessen.« Er schloss die Wagentüren wieder und drückte auf den Schlüssel, um abzusperren.

»Ich möchte mit dir über Nisha reden.«

»Klar«, meinte er und wartete ab. Als ich nichts sagte, setzte er hinzu: »Schieß los.«

»Sie hat sich in der Nacht, in der sie verschwunden ist, mit dir getroffen?«

»Sie ist nicht gekommen.«

Seine ausweichende Art brachte mich zur Weißglut. Es war nicht zu übersehen, dass er mit mir spielte. »Aber sie hatte sich mit dir verabredet?«

»Ja.« Er hielt meinem Blick unbeirrt stand.

»Warum hast du mir das nicht erzählt, als ich dich vor drei Tagen gefragt habe?«

»Sie hat Mumm, dein Mädchen, das sag ich dir. Sie hat mich angerufen, meinte, sie hätte meine Nummer von dir. Sie sagte, sie müsse mit mir über dich reden – sie wollte, dass ich dich rauslasse. Ich hab ihr natürlich erklärt, dass das nicht geht, und sie freundlich darauf hingewiesen, ihre Nase nicht in fremde Angelegenheiten zu stecken. Dass das nichts ist, in das sie sich einmischen sollte, dass sie sich damit nur Ärger einhandelt. Sie aber blieb hartnäckig – lässt nicht so schnell locker, dein Mädchen, das sag ich dir. Sie meinte, sie habe mir im Gegenzug etwas anzubieten, das ich nicht ablehnen könne.«

»Was?«

»Ich habe nicht die leiseste Ahnung. Sie hat es mir nie verraten. Sie sollte eigentlich an dem Abend ins Maria's kommen. Ich habe auf sie gewartet. Sie ist nicht aufgetaucht. Ich habe es nicht erwähnt, weil ich auf deine Loyalität uns gegenüber zähle, ist doch so, oder? Ich wollte sinnlose Diskussionen vermeiden, verstehst du? Ich schätze, früher oder später taucht dein Mädel schon wieder auf.« Ehe ich etwas entgegnen konnte, machte er eine wegwerfende Handbewegung und grinste, als bestünde kein Grund zur Sorge. »Und jetzt sag, welches Auto würdest du nehmen, wenn du könntest?«, wollte er wissen.

»Entschuldige bitte?«

»Welches von den drei Autos gefällt dir am besten?«

»Ich habe keine Präferenzen«, sagte ich.

»Such dir eins aus, okay?«

»Der Gullwing.«

»Er ist deiner.«

Ich schwieg.

»Da bist du sprachlos, was? Hättest nie gedacht, dass du je so ein Prachtexemplar besitzen würdest, oder? Hör zu, falls du dein Ziel vor Saisonende übertriffst, gehört die Karre dir.«

»Ich will den Wagen nicht«, sagte ich.

»Betrachte ihn als dein Eigentum. Du hast mich noch nie enttäuscht.«

»Seraphim«, sagte ich und sah ihn dabei fest an. »Ich sag es dir noch einmal: Ich will dein Scheißauto nicht. Oder sonst irgendeine Belohnung, wenn du es genau wissen willst.«

»Verstehe«, meinte er und nickte. Das leichte Zucken unter seinem rechten Auge entging mir keineswegs.

Ich warf einen Blick auf meine Armbanduhr. »Ich muss los«, sagte ich.

»Es gibt doch noch Whisky und Snacks«, wandte er ein, aber ich blieb bei meinem Entschluss. Ich musste hier raus, und zwar schnell.

Um kurz nach Mitternacht war ich zu Hause. Gerade wollte ich die Stufen zu meiner Wohnung hinaufsteigen, als mich etwas zögern ließ. Ich sah mich auf der Straße um, fast, als könnte ich Nishas Fußabdrücke entdecken, als hätte sie Spuren im Staub hinterlassen, denen ich folgen konnte, oder Brotkrumen, wie für einen kleinen Vogel. Aus einem Impuls heraus setzte ich mich wieder in Bewegung und ging die Straße hinunter. Den Weg musste sie an dem Abend eingeschlagen haben, in Richtung Maria's.

Silberne Motten schwirrten im Schein der Straßenlaternen

umher. Theo machte gerade alles dicht für die Nacht. Er hob den Arm zum Gruß; ich antwortete mit einem Nicken. Was hatte sie angehabt? Ob sie wohl eine Handtasche bei sich hatte? Die Haare hochgesteckt oder offen? Warum hatte ich Spyros das nicht gefragt? Ich malte mir in meiner Vorstellung aus, wie sie ausgesehen haben könnte. Nisha in Jeans und orangefarbenem Pulli, dem mit der Sonnenblume vorn drauf. Vermutlich trug sie ihre neuen schwarzen Turnschuhe, die Petra ihr gekauft hatte. Die Haare zu einem Pferdeschwanz frisiert. Sie war voller Sorge, mit ernstem Gesicht, auf einer Mission, um mein Leben wieder in geregelte Bahnen zu lenken. Ich sah sie fast vor mir hergehen, dann rechts abbiegen in die Straße, in der ich Spyros getroffen hatte, jene von Zitronenbäumen gesäumte Gasse, an deren Ende rostige Metallbleche die Insel in zwei Hälften teilt. Wo nur noch Unkraut wächst. Dort steht auch ein abgestorbener Apfelbaum. Und es gibt eine Reihe von Läden und Werkstätten, bei denen die Rollläden immer unten und die Türen verriegelt sind, wobei manche nicht mal eine Eingangstür oder eine vordere Hauswand haben – früher waren das Stoff- und Teppichgeschäfte; in manchen wurde Kupfergeschirr verkauft. Jetzt standen sie zum Großteil leer.

Als Nächstes kam Muyias Atelier. Hier war alles dunkel, keine Menschenseele zu sehen, die Skulpturen unter weißen Laken verborgen. Es war schon eine Weile her, seit ich mit Muyia gesprochen hatte. War es möglich, dass er in der fraglichen Nacht hier war und etwas mitbekommen hatte?

Und dort, am Ende der Straße, wohnte Christos in seiner verfallenen Bretterbude – ob er sie gesehen hatte? War er vielleicht zufällig draußen, als sie vorbeikam? Hätte sie ihm zugewinkt oder wäre sogar stehen geblieben, um ein paar Worte mit ihm zu wechseln? Jetzt schien kein Licht hinter den Fenstern. Ich klopfte an. Nichts. Ich versuchte es erneut. Dann hörte ich Schritte, die zur Tür schlurften. »Wer ist da?«

»Yiannis!«

Er hörte mich nicht. »Ich sagte, wer ist da?« Die Tür flog auf, und er stand in Boxershorts vor mir, den Lauf eines Jagdgewehrs auf mich gerichtet. Als er mein Gesicht erkannte, ließ er die Waffe sinken. »Was zur Hölle hast du hier zu suchen? Verdammter Mist, du hast mir einen gehörigen Schrecken eingejagt!« Die wenigen Haare, die er noch hatte, standen ihm wirr vom sonnengebräunten Kopf ab.

»Entschuldige, Christos. Ich weiß, es ist spät, sehr spät.«

Er sah mich aus verengten Augen an. »Komm rein«, sagte er schließlich.

Das Wohnzimmer und die Küche bildeten einen Raum. Überall lagen zierliche Spitzendeckchen herum – auf dem Couchtisch, dem Kaminsims, der Rückenlehne des Sofas. Von unzähligen Schwarz-Weiß-Fotografien, die über den gesamten Raum verteilt waren, starrten mir die Gesichter von Menschen entgegen. Wir hatten uns schon öfter unterhalten, draußen im Garten vor dem Haus, aber ich war nie hier drinnen gewesen.

»Nimm Platz.« Er deutete auf einen Sessel direkt am kalten Kamin. Es war sehr frostig in der Wohnung, aber ihn schien das nicht zu stören.

»Tut mir leid, dass ich dich geweckt habe.«

»Ich habe mich eben erst hingelegt. Kein Ding. Kann ich dir was zu trinken anbieten oder was Süßes?«

»Nur ein Glas Wasser bitte«, sagte ich. Nach dem Whisky vorhin war meine Kehle wie ausgetrocknet.

»Seit wann rauchst du?«, fragte er, während er an der Küchenspüle ein Glas mit Wasser aus dem Hahn füllte. »Du stinkst nach Rauch.«

»Ich war im Maria's.«

»Ach ja?« Er sah mich mit hochgezogenen Augenbrauen an und stellte das Glas auf einem Spitzendeckchen vor mir auf dem Sofatisch ab.

Ich stürzte es in einem Zug hinunter.

»Immer noch am Wildern?«

Ich nickte. Christos war Jäger, kein Wilderer. Er hielt sich an die saisonalen Jagdregeln, arbeitete unter Berücksichtigung der geltenden Bestimmungen und verdiente sich so einen lumpigen Hungerlohn.

»Ich muss dich was fragen«, sagte ich.

»Schieß los. Schätze, es muss verdammt wichtig sein, wenn du dafür nach Mitternacht bei mir anklopfst.«

»Erinnerst du dich an Sonntag vor drei Wochen? Warst du da zu Hause?«

»Tja, mal überlegen.« Er platzierte sein Wasserglas auf seinem großen, haarigen Bauch. »Letzten Sonntag war ich in Larnaka, das weiß ich sicher. Am Sonntag davor habe ich mein Auto gewaschen.« Er lehnte sich vor, stellte das Glas auf dem Tisch ab und griff nach seinem Handy. Er scrollte eine Weile. »Der Sonntag davor war dann wohl der dreißigste?«

»Ja.«

»Da war ich daheim.«

»Bist du dir sicher?«

»Ganz sicher. Hier steht es: Loula zu Besuch mit wilder Horde Kinder. Ja. Meine Schwester war mit ihren Enkelkindern da. Ich habe Mittagessen für uns alle gekocht. Gegen acht Uhr abends sind sie wieder gefahren.«

»Und danach?«

»Da hab ich mit Pavlo, der ein Stück die Straße runter wohnt, draußen gesessen. Ich erinnere mich so gut, weil er am selben

Abend Entwarnung bekommen hatte. Er hatte Krebs, der arme Kerl. Wir haben ein paar Stunden Backgammon gespielt.«

»Hast du Nisha an dem Abend gesehen?«

»Wen?«, fragte Christos.

»Oh, äh, Petras Hausmädchen. Ihr Name ist Nisha.«

»Tja, mal überlegen …« Er hob den Blick zur Decke. »Ich bin mir ziemlich sicher, dass ich Spyros mit seinem nervigen Köter gesehen habe, weil er stehen geblieben ist und sich nach Pavlos Untersuchungsergebnis erkundigt hat. Es war recht ruhig in dieser Nacht, nicht viel los. Dann war da dieses Mädchen. Ja, es war Petras Hausangestellte, glaube ich. Sie hetzte an uns vorbei, als käme sie zu spät zu einer Verabredung.«

»War das bevor oder nachdem Spyros vorbeikam?«

»Tatsächlich war das kurz davor. Nur wenige Minuten früher. Pavlo hat einen Kommentar losgelassen, das weiß ich noch – er rief so was wie: ›Komm her, Kleine! Du bist eine Knallerfrau! Ich besorg's dir ordentlich, sobald mein Schwanz wieder einsatzfähig ist.‹ Er hatte zu viel intus. War hackedicht.« Dann lachte er, dass sein Bauch unter dem T-Shirt schwabbelte.

Ich schwieg einen Moment und versuchte, diese widerlichen Worte aus meinem Kopf zu bekommen, aber es war zu spät, sie waren mir tief unter die Haut gegangen, meine Handflächen schwitzten.

»Hat sie irgendwas gesagt?«

»Nichts.«

»Erinnerst du dich, was sie anhatte?«

»Ich erinnere mich nur an was Schwarzes … Ja, ein schwarzes Kleid. Als sie außer Sicht war, meinte Pavlo, er würde ihr nur zu gern an die Wäsche gehen. Den Reißverschluss aufziehen und sehen, wie sie untendrunter aussieht – das waren seine im Suff geäußerten Worte.«

Ich musste die Zähne zusammenbeißen. Christos lachte noch immer, ein kehliges, verschleimtes Lachen, und rieb sich dabei den Wanst.

»Hatte sie die Haare hochgesteckt oder offen?«

»Offen. Ach, diese Haare, so lang und dicht. Wem wären die nicht aufgefallen? Stell dir vor, du würdest dein Gesicht darin vergraben. Ich wette, sie riecht nach Äpfeln.«

Wieder wallte Zorn in mir hoch. Ich sprang auf, entschuldigte mich noch einmal, dass ich ihn aus dem Bett gescheucht hatte, und verabschiedete mich hastig.

Auf dem Heimweg folgte ich abermals Nishas Fußspuren. Ich sah sie jetzt noch viel deutlicher vor mir. Schwarzes Kleid, die leicht welligen Haare offen, sodass sie im Schein der Straßenlaternen geglänzt haben mussten. Ich sah, wie sie vorwärtshastete, um die Ecke bog … Pavlo, der ihr hinterherrief, *Komm her, Kleine! Du bist eine Knallerfrau! Ich besorg's dir ordentlich, sobald mein Schwanz wieder einsatzfähig ist.* Dann dreckiges Gelächter. Sicher hatten sie gelacht. Und Nishas Augen, die sich verengten, die Lippen fest aufeinandergepresst, hoch erhobenen Hauptes, während sie überlegte, dass sie ihn am liebsten mit dem Gürtel auspeitschen würde. So stellte ich mir die Szene vor. Und wenn man Seraphims Aussage vertraute und davon ausging, dass sie nie im Maria's ankam, was dann? Was kann ihr zwischen Christos' Hütte und dem Maria's zugestoßen sein? War es möglich, dass sie über den Zaun geklettert ist? Um in die Pufferzone zu gelangen? Aber wozu? Es gab doch keinen Grund, weshalb sie das hätte tun sollen?

Jetzt sah ich ihre Finger vor mir, an Händen, die seitlich herabhingen. Wadenmuskeln, schlank und stark bei jeder

Gehbewegung. Ich konnte sie förmlich riechen, ihren schwachen Duft nach Garten und Gewürzen und Sauerstoffbleiche.

Als Nächstes war sie vermutlich Spyros über den Weg gelaufen, hatte ihn gegrüßt, sich runtergebeugt, um den Pudel zu streicheln. Vielleicht hatte sie über das ulkige Outfit gelacht, in das Sypros seinen Hund gesteckt hatte. Vielleicht hatte er die Titelmelodie von *Indiana Jones* gesummt, und vielleicht hatte sie ebenso geantwortet. Vielleicht hatte sie die Melodie noch im Kopf, als sie weiterlief und um die nächste Ecke bog.

Ich konnte ihr Herz schlagen hören. Eine klare, kalte Nacht mit Vollmond. Warum hatte sie es so eilig gehabt? Seraphim war nicht der Typ, der einfach abhaute, nur weil man zu spät dran war. Es sei denn, es hatte einen anderen Grund gegeben.

Als ich wieder heimkam, verteilte ich zum letzten Mal die gefangenen Vögel auf die entsprechenden Behälter. Ich schuftete wie besessen. Nie wieder würde ich diese Art von Tätigkeit wiederholen. Ich hätte im selben Moment aufhören müssen, als ich Nisha das Versprechen gab, und mich den Konsequenzen stellen sollen. Sie hatte mir nur helfen wollen, hatte versucht, mich aus dieser verfahrenen Situation rauszuhauen, und dann war sie plötzlich weg. Hätte ich sofort aufgehört, wie sie mich gebeten hatte, wäre Nisha bestimmt noch da. Davon war ich felsenfest überzeugt. Mein Körper war bleischwer; ich hatte das Gefühl, Gewichte an den Hand- und Fußgelenken zu haben.

Ich brauchte Stunden, bis ich den Job erledigt hatte, arbeitete die ganze Nacht hindurch. Und währenddessen folgte ich gedanklich Nishas Fußspuren, wieder und wieder. Ich sah sie in ihrem schwarzen Kleid vor mir. Und am Ende von Christos' Straße verlor sich ihre Spur. Sie verschwand jedes Mal. Ich hatte keinen Schimmer, wie es weitergegangen war. Es war fast so, als hätte sich die Erde aufgetan und sie verschluckt. Wieder einmal musste ich daran denken, wie Nisha vom Tod ihres Ehemanns erzählt hatte: *Sie ist eingestürzt, sie ist eingestürzt, die Erde hat sie alle verschluckt.*

Beim ersten Klingeln des Tablets sprang ich aus dem Bett, um den Anruf entgegenzunehmen. Der Anblick von Kumari in ihrer Schuluniform, die Haare zum Pferdeschwanz hochgebunden, genau wie ihre Mutter sie immer getragen hatte, den lila Rucksack geschultert, versetzte mir einen schmerzhaften Stich in den Schläfen.

»Kümmert Amma sich wieder um die Hühner?«

»Ganz genau.«

Sie blickte zum Himmel auf. Ich stellte fest, dass sie diesmal draußen im Freien war. Sie sog an einem Strohhalm und trank.

»Sind die Hühner krank?«

»Ja. Sieht ganz so aus.«

»Herr Yiannis, Sie lügen!«

»Nein, tu ich nicht.«

»Doch. Ich weiß genau, wenn jemand lügt.«

»Woher?«

»Weil die Leute dann dumme Sachen sagen und gar nicht merken, wie bescheuert es klingt.«

»Was habe ich denn Dummes gesagt?«

»Sie sagten, Amma kümmert sich um die Hühner.«

»Ja, weil du mich danach gefragt hast.«

»Aber meine Frage war geschwindelt. Weil ich genau wusste, dass Sie sich eine Lüge ausgedacht haben. Bei Ihnen ist es fünf Uhr früh. Ich weiß genau, dass Amma sich niemals mitten in der Nacht um die Hühner kümmern würde!«

Ich konnte nicht anders, ich musste lachen. »Dein Englisch ist sehr gut.«

»Ich weiß. Amma unterrichtet mich über das iPad, und ich lerne es auch in der Schule. Und ich habe eine Tante, die ist mit einem Engländer verheiratet und wohnt oben in den eisigen Bergen, die bringt es mir auch bei.«

»Tja«, meinte ich, »das ist ausgezeichnet.«

»Heute habe ich in der Schule mein Lieblingsfach.«

»Welches ist das?«

»Geschichte.«

»Toll. Was gefällt dir daran besonders?«

»Ich mag das Fach, weil man sieht, wie dumm die Menschen in der Vergangenheit waren.«

»So wie meine Lüge mit den Hühnern?«

»Ja.« Jetzt grinste sie abermals ihr freches Grinsen. Dann wurde ihre Miene schlagartig wieder ernst. »Also, wo ist meine Amma?«

»Ich weiß es nicht, Kumari.« Jetzt konnte ich das Mädchen schlecht weiter anlügen. »Ich bin mir nicht sicher. Normalerweise spricht sie von meiner Wohnung aus auf meinem iPad mit dir, aber sie hat mich schon eine ganze Weile nicht mehr besucht.«

»Das ist seltsam.« Ihre Stimme klang zwar unbeschwert, aber in ihren Blick stahl sich ein düsterer Ausdruck.

»Ach ja? Warum?«

»Tja, weil Sie Herr Yiannis sind, und meine Amma hat gesagt, dass sie Herrn Yiannis sehr liebt, weil er ein guter und freundlicher Mann ist. Warum sollte sie Sie nicht mehr besuchen, wenn sie Sie so sehr liebt?«

Auf diese Frage hatte ich keine Antwort. Trotz ihrer Verunsicherung und ihrer Besorgnis funkelten ihre Augen jetzt wieder.

»Ich rufe morgen wieder an und hoffe, dass sie dann da ist. Seien Sie tüchtig in der Arbeit, Herr Yiannis«, sagte sie noch, dann war sie verschwunden.

21

Petra

Immer noch keine Spur von Nisha?«

Keti lehnte am Verkaufstresen und sah mich an.

Ich brachte meine Mitarbeiterin auf den neusten Stand und erzählte ihr von Nishas Beziehung zu Yiannis, von unserer Entdeckung, dass Nisha sich mit Seraphim treffen und dass Yiannis ihn darauf ansprechen wollte.

»Donnerwetter«, sagte sie. »Das ist ja ganz schön viel auf einmal. Sie war also auf dem Weg zu einem Treffen mit diesem Mann, Seraphim, wegen der Vogelwilderei, und dann löst sie sich plötzlich in Luft auf?«

»Genau.«

»Das gefällt mir nicht.«

Bei ihren Worten ließ ich mich fröstelnd auf den nächstbesten Stuhl sinken.

»Und Yiannis – kann man ihm trauen?«

»Ich denke schon.«

»Sie wirken erschöpft«, sagte sie.

»Ich habe gestern Nacht kein Auge zugetan.«

Sie untersuchte das Armband so eingehend, als wäre sie felsenfest entschlossen, Antworten darin zu finden. Dann seufzte sie, offensichtlich genauso ratlos wie ich. Sie legte mir das Armband auf den Handteller und schloss meine Finger darum. »Gehen Sie nach Hause«, sagte sie, »ruhen Sie sich aus. Wenn Sie sich bis ans Limit verausgaben, ist auch keinem geholfen.«

Ich hatte dumpfe, pochende Kopfschmerzen, meine Sicht war wie benebelt. Ich brauchte dringend eine Mütze Schlaf. Aliki würde noch die nächsten Stunden in der Schule sein, Frau Hadjikyriacou hatte sie heute Morgen hingebracht. Ich konnte gut noch ein kleines Nickerchen einschieben, bevor ich losmusste, um sie zu holen.

Aber nachdem ich den Wagen geparkt hatte, wollten meine Beine mich nicht zur Haustür bringen. Stattdessen marschierten sie los in Richtung von Muyias Atelier.

»Hallo?«, rief ich, erhielt aber keine Antwort. Muyia war nicht da, ganz wie ich gehofft hatte. Die Leute in Zypern ließen früher ständig ihre Haustüren offen stehen, und es war, als steckte Muyia in diesen längst vergangenen Zeiten fest. Aber das war gut so, weil ich nicht seinetwegen hier war: Ich war wegen Nisha hier. Rasch begab ich mich zu der Skulptur neben der Werkbank. Ich zog das weiße Laken herunter, und da war sie, die Madonna mit Kind. Ich legte meine Hand auf ihre und ließ die Stirn auf die Arbeitsfläche sinken. Nisha hatte so unendlich große Opfer erbracht, um hierherzukommen, und ich hatte nie auch nur einen Gedanken daran verschwendet. Jetzt war sie fort.

Ich stellte mir vor, dass das Holz innen hohl und sie dort drinnen eingeschlossen war. Ich bräuchte nur die Fuge im

Holz zu finden, damit ich es anheben und die Skulptur öffnen könnte wie eine von diesen russischen Puppen, um sie daraus zu befreien.

»Petra«, hörte ich eine scharfe Stimme in meinem Rücken sagen.

Ich riss die Augen auf, fuhr herum und starrte in ein kaltes, gleißendes Licht, über mir ein leichter Luftzug. Eine Gestalt stand vor mir.

»Petra. Was tun Sie hier?«

Ich richtete mich auf. Muyia starrte mich völlig verdattert an.

»Wie lange sind Sie schon hier?«

Verunsichert wich ich einen Schritt zurück. Seine Augen waren fest auf mich geheftet.

»Nicht lange«, sagte ich. Ich sah noch einmal zu der Statue, und er folgte meinem Blick. »Ist das Nisha?«, presste ich mühsam hervor.

»Ja. Und das kleine Kind ist ihre Tochter, Kumari.«

»Warum?«

Seine Stirn legte sich in Falten, und ich registrierte eine Bewegung: Er kratzte sich den Arm.

»Nisha besucht mich jede Woche ein paarmal. Auf dem Weg zum Einkaufen zum Beispiel. Sie schenkt mir Obst aus Ihrem Garten, was auch immer gerade Saison hat. Bis vor Kurzem hat sie mir Orangen mitgebracht, noch leicht bitter im Geschmack, aber sie waren gut.«

Ich starrte ihn wortlos an.

»Sie sagt, ich bin ein einsamer Mann und brauche eine Frau in meinem Leben.« Er lachte. »Außerdem erzählt sie mir gerne Geschichten.«

»Geschichten?«

»Nun ja, über Kumari und ihr Leben in Sri Lanka. Und über ihre Schwester und die Eule.«

Die Eule. Ich hatte keinen Schimmer, was er damit meinte, wegen ihrer Schwester und der Eule.

»Ich gestalte Skulpturen von Menschen und Tieren, die bei mir Eindruck hinterlassen. Nisha hat mir so viele Anekdoten aus ihrem Leben erzählt, sie hat mir so viele Orangen und Trauben und Kaktusfeigen, Tomaten und … mal überlegen … ach ja, Eier und manchmal Wildkräuter mitgebracht. Sie sagt, an mir sei nichts dran, ich sähe aus wie eine Eidechse, ich müsse bei Kräften bleiben, wenn ich weiter die Schönheit und die Traurigkeit dieser Welt einfangen will. Deshalb wollte ich ihr eine Freude bereiten.« Er machte eine kurze Pause. »Aber was haben Sie nun hier zu suchen?«

»Wann haben Sie Nisha das letzte Mal gesehen?«, fragte ich.

»Oh, ich dachte, Sie hätten sie im Haushalt so sehr eingespannt. Richten Sie ihr aus, dass ich ihre Geschichten und ihre Orangen vermisse, ja? Und nehmen Sie sie nicht zu hart ran – sie würde alles tun, um Sie zufriedenzustellen, das ist nun mal ihre Art.« Als er lächelte, brachte das kalte Morgenlicht die tiefen Falten in seinem Gesicht zum Vorschein.

»Ich habe sie seit fast drei Wochen nicht mehr gesehen«, gestand ich.

»Wie das? Ist sie weggegangen?«

»Ich weiß es nicht.«

Sein Lächeln erstarb.

»Sie hat vor drei Sonntagen das Haus verlassen und ist nicht wieder zurückgekehrt.«

»Und sie hat sich nicht bei Ihnen gemeldet, kein Brief, kein gar nichts?«

»Nein, absolut nichts.«

»Nun, das sieht ihr überhaupt nicht ähnlich.«

Er ließ sich auf einem Hocker nieder und verhielt sich ganz still, während er nachdenklich an seinem Bart herumzupfte. Er wirkte besorgt, ja sogar aufgewühlt.

»Ich dachte, sie hätte so viel zu tun«, meinte er schließlich. »Wenn ich das geahnt hätte. Es kann also sein, dass ich sie nie wiedersehe?«

Er blickte zu mir auf und wartete auf eine Antwort, die ich ihm nicht geben konnte. Er hatte etwas beinahe Kindliches an sich, als trüge er diese Frage schon seit einer Ewigkeit mit sich herum, und jetzt war sie ihm endlich von der Seele.

»Sie ist ein so guter Mensch«, sagte er. »Schlimme Dinge passieren immer den guten Menschen.«

»Wir wissen noch nicht, ob ihr etwas Schlimmes zugestoßen ist.«

»Tut mir leid, hören Sie nicht auf mein Gerede.« Damit erhob er sich, als würde er aus einer Art Trance erwachen. »Ich neige dazu, immer gleich den Teufel an die Wand zu malen – war schon immer so. Ich bin mir sicher, dass es ihr gut geht. Sicher gibt es eine logische Erklärung für alles.«

Auf dem Heimweg verfolgten seine Worte mich wie ein Schatten. Ich hielt den Blick auf die Straße gesenkt, damit ich Nishas Foto nicht sehen musste.

Als ich heimkam, fühlte sich das Haus schrecklich leer an, wie ausgehöhlt. Ich ließ mich erschöpft aufs Bett sinken. Mit geschlossenen Augen stellte ich mir vor, ich befände mich im Inneren einer Muschel. Das Echo der Vergangenheit hallte darin wider, ein weit entferntes Meer, vor langer Zeit, die warme Stimme meines Vaters, die deutlich über den blauen Wellen erklang: *Sieh dir das an, Petra, sieh dir diese Qualle an, wie sie leuchtet, sieh nur, wie wunderschön! Nein, auf keinen*

Fall anfassen, Liebes. Sie tut dir sonst weh. Manchmal sind die schönsten Dinge die schmerzhaftesten.

Und Stephanos, sein Lachen. Das hörte ich ebenfalls – Stephanos, wie er über einen Kuchen lachte, den ich gebacken hatte und der flach wie eine Frisbeescheibe aus dem Ofen gekommen war. Wir hatten Marmelade darauf verteilt, ihn gegessen, uns geliebt. Dann Nisha, wie sie Nacht für Nacht in ihrem Zimmer weinte, als sie gerade erst hier angekommen war. Ich, wie ich draußen vor ihrer Zimmertür stand und lauschte. »Können Sie das Baby weinen hören?«, hatte Nisha eines Abends gefragt und sich aus dem Fenster gebeugt. »Ich höre ein Baby weinen, als würde es nach mir verlangen.«

Und Aliki.

Mami.

Das Wort hatte sich verflüchtigt. Sie hatte es verschluckt und nicht mehr herausgelassen. Sie wusste es, nicht wahr? Sie wusste, dass ich weit weg war, vom Tag ihrer Geburt an. Jetzt hörte ich es, dieses eine so wunderschöne Wort; ich hörte es in der hohlen Schale der Muschel, über das Rauschen des Meeres und die Stimme meines Vaters und Stephanos' Lachen und Nishas Tränen hinweg.

Ich sah es wie eine Qualle im Ozean davontreiben, und ich wollte am liebsten die Hand danach ausstrecken und es berühren.

Mami.

Im selben Moment verstand ich die Ursache von Nishas Tränen. Endlich spürte ich ihn auch, diesen Schmerz.

Mami.

Ich wachte auf, weil Aliki meine Wange tätschelte.

»Mami, Mami, Mami, bist du wach? Was tust du denn um diese Uhrzeit zu Hause?«

»Ach, nun hör schon auf, Mädchen, ganz ruhig. Weck deine Mutter nicht auf.« Frau Hadjikyriacou erschien in der Tür und bedeutete Aliki, aus dem Zimmer zu kommen.

»Schon gut«, sagte ich. »Ich bin wach.«

Ich bedankte mich bei Frau Hadjikyriacou, ließ sie nach Hause zu Ruba gehen und machte Aliki den Vorschlag, zusammen zu kochen.

»Wie wäre es, wenn wir Moussaka machen?«

Alikis Augen leuchteten auf, und sie nickte begeistert. Moussaka war auch ihr griechisches Lieblingsgericht, sie hatte Nisha immer gern dabei geholfen, die Auberginen zu braten und die Béchamelsoße anzurühren.

Ich lag im Bett, kurz davor, wegzunicken, als mein Handy klingelte. Beim Blick auf die Uhr blieb mir fast das Herz stehen. Es war schon elf. Um diese Zeit konnte ein Anruf nichts Gutes bedeuten.

»Spreche ich mit Petra?«, fragte eine männliche Stimme.

»Ja, ich bin dran.«

Einen Moment herrschte Stille, ehe der Anrufer fortfuhr: »Petra, hier spricht Tony vom Blue Tiger.«

Ich richtete mich blitzschnell im Bett auf. »Ja, Tony, hallo.«

»Ich wollte fragen, ob Sie vielleicht herkommen und mich treffen könnten. Ich habe Informationen für Sie, aber das ist nichts, was ich gern am Telefon bespreche. Ich würde ein persönliches Gespräch vorziehen.«

Ich strich mir mit der Hand durchs Haar, um richtig wach zu werden. »Gut. Ich komme morgen vorbei«, sagte ich. »Vielleicht bringe ich diesmal jemanden mit, wenn das für Sie okay ist?«

»Solange Sie sich sicher sind, dass man dieser Person vertrauen kann, klar.«

»Ich vertraue ihm. Keine Sorge.«

Am folgenden Morgen brachte ich Aliki zur Schule und rief wieder einmal Keti an, um sie zu bitten, all meine Termine für den Tag abzusagen. Wieder zu Hause stieg ich die schmiedeeiserne Treppe nach oben und klopfte bei Yiannis an die Tür. Es dauerte eine Weile, bis er aufmachte. Er war unrasiert und sah ziemlich zerzaust aus. Seine Bartstoppeln durchzog ein Hauch von Silber.

»Habe ich Sie geweckt?«

»Nein«, meinte er. »Kommen Sie rein.«

In der Küche fiel helles Morgenlicht durch die Jalousien auf den Tisch, und der Vogel hopste zwischen den einzelnen Strahlen herum. In der Mitte stand eine Schüssel Wasser, daneben eine Handvoll Samen und Körner.

Diesmal setzte Yiannis Kaffee auf, ohne lange zu fragen, ob ich welchen wollte. Ich nahm auf dem Plastikstuhl Platz. Der Vogel flatterte vom Tisch hinüber zur Arbeitsplatte, nicht weit von der Stelle, wo Yiannis stand. Er hob schützend die Hand, damit der Vogel nicht aus Versehen in die Flamme am Herd geriet, und behielt sie zur Sicherheit als Barriere dort.

»Dem Vogel scheint es besser zu gehen«, sagte ich.

»Ja, sieht so aus.«

»Lassen Sie ihn bald frei?«

»Denke schon.« Langsam rührte er im Kaffee. Dann öffnete er ein Glas mit Glyko Karydaki, platzierte je zwei von den Walnüssen, die mitsamt grüner Hülle und Schale in Honigsirup kandiert werden, auf kleinen Tellerchen und legte winzige Silbergabeln dazu. Ich hatte schon seit Jahren keine mehr gegessen, allein der Geruch weckte Erinnerungen an genau diese Wohnung, vor vielen, vielen Jahren, als meine Tante noch lebte. Plötzlich fielen mir die limettengrünen Vorhänge wieder ein, bestickt mit Pfauen und Zitrusbäumen. Was war aus denen eigentlich geworden?

»Sie haben also Neuigkeiten?«, fragte Yiannis, während er den Kaffee vor mich hinstellte und sich setzte.

»Ich habe einen Anruf von Tony erhalten – der Typ, von dem ich Ihnen erzählt habe.«

Er nickte.

»Es war gestern, ziemlich spät am Abend. Er rief an, um mir zu sagen, dass er Informationen hätte, allerdings beunruhigende.« Ich musste schlucken und versuchte krampfhaft, meine Panik vor Yiannis zu verbergen. Tatsächlich war ich den Tränen nahe.

Yiannis richtete sich auf, und eine tiefe Furche bildete sich auf seiner Stirn.

»Er wollte es mir am Telefon nicht sagen. Heute Nachmittag treffe ich mich mit ihm. Ich dachte, Sie möchten mich vielleicht begleiten?«

»Sicher«, sagte er ganz sanft, aber mir entging nicht, dass er beide Hände zu Fäusten ballte und seine Fingerknöchel weiß hervortraten. Er fing meinen Blick ein. »Ich habe Angst«, sagte er leise.

»Wovor?«

Doch er blieb mir eine Antwort schuldig. Wir aßen die Nüsse und tranken den Kaffee in einträchtigem Schweigen, während der Vogel zwischen uns von einem Sonnenstrahl zum anderen hüpfte.

»Da ist noch was«, sagte ich schließlich.

»Ja?«

»Kumari, Nishas Tochter. Ich habe viel über sie nachgedacht. Haben Sie noch mal mit ihr gesprochen?«

An dieser Stelle entwich ihm ein tiefes Seufzen. »Das habe ich«, gestand er. »Aber ich weiß einfach nicht, was ich ihr sagen soll.«

Ein Taxi nähert sich dem Dorf. Es hält vor dem Haus der Witwe.

Da wären wir, sagt der Fahrer und blickt gähnend zum Fenster hinaus.

Die Frau auf dem Rücksitz gleicht noch einmal die Adresse auf ihrem Handy ab.

Es geht bereits auf Mitternacht zu, aber die Witwe ist extra wach geblieben und hat auf ihre Ankunft gewartet. Sie tritt hinaus auf die Veranda und hebt den Daumen. Ja, sagt sie, willkommen. Hier sind Sie richtig.

Der Taxifahrer öffnet die Kofferraumklappe und trägt zwei mittelgroße Koffer, in jeder Hand einen, bis zur Schwelle des Hauses, in dem die Witwe wohnt.

Hintenrum, sagt sie. Guter Junge.

Die Witwe führt das Paar durch den Hof zum Gästehaus und zeigt ihnen die Räumlichkeiten. Der Mann klaubt eine kandierte Mandel vom Kissen, steckt sie sich in den Mund und bemerkt, sie erinnert ihn an etwas, auch wenn er sich trotz aller Anstrengung nicht entsinnen kann, woran.

Morgen besuchen wir das byzantinische Museum und das Museum der Barbarei, sagt die Frau.

Die sind beide hochinteressant, sagt die Witwe noch, ehe sie ihre Gäste sich selbst überlässt.

Ich mag das Wort Barbarei, sagt die Frau zu dem Mann. Es befreit die Gewalt von jeglicher Ideologie – sodass sie irgendwie nackt zurückbleibt, findest du nicht auch?

In den anderen Häusern im Dorf ist mittlerweile alles dunkel, genau wie die Straße, die zum Dorf hinausführt.

Unten am See hat sich das Fleisch vom Schädel des Hasen gelöst, ebenso vom Bauch und von den Hinterläufen. Drei Mäuse nagen an ihm: Eine trippelt über seinen Körper, als würde sie einen Berg erklimmen.

Der Himmel ist schwarz. Wolken sind aufgezogen, dicht und schwer, ein Sturm braut sich zusammen.

22

Yiannis

Yiannis, mein Freund. Ich möchte, dass du kommendes Wochenende noch mal mit mir auf die Jagd gehst. Gerade sind ein paar größere Bestellungen reingekommen. Die Zeit der Weihnachtsfeiern und dem ganzen Quatsch steht bevor. Die Nachfrage wird groß sein, so wie letztes Jahr, weißt du noch?«, sagte Seraphim am Telefon.

Ich war im Schlafzimmer, die Fenster geschlossen, die Rollläden unten, um den Winter und das Licht auszusperren, während ich fieberhaft darüber nachgrübelte, was dieser Tony wohl Neues erfahren hatte.

Woran genau sollte ich mich laut Seraphim erinnern? Dass ich alles erledigte, ohne je irgendetwas infrage zu stellen? Dass ich den Jungen, der ich einmal war, in mir abgetötet hatte? Dass ich Nisha angelogen hatte?

Ich schwieg.

»Also, hör zu«, fuhr er fort, »diesmal fahren wir an die Küste, Richtung Larnaka. Dort hast du vergangenen Monat einen Riesenfang gemacht. Diesmal begleite ich dich, dann sind wir produktiver.«

Ich schwieg weiter beharrlich.

»Wir fahren am Freitag«, setzte er seine Anweisungen fort. »Ich hole dich ab wie gewohnt, um drei, also warte bitte draußen, mit der kompletten Ausrüstung.«

Ich sagte immer noch keinen Mucks.

»Du hast wohl deine Zunge verschluckt.«

»Gerade schaue ich in meinen Terminkalender. Ich habe ja noch die Auslieferungen von der letzten Jagd zu erledigen.«

Ich sah mich selbst in meinem Kinderzimmer am Schreibtisch aus Eichenholz sitzen, während mein Vater sich drohend hinter mir aufbaut. Zu dem Zeitpunkt hatte ich ihn schon längst nicht mehr »Vater« genannt: Er war für mich einfach nur *Er*. Mein Vater war im Krieg gestorben. Diesen neuen Mann mit dem unfokussierten Blick kannte ich nicht. Er schimpfte ununterbrochen. Er wollte, dass ich pausenlos lernte, fortkam aus dem Dorf, etwas aus mir machte. Aber mal ehrlich, war das denn so dumm?

Tja, jedenfalls folgte ich artig. Und jetzt seht mich an. Hat er mir nicht eingebläut, um jeden Preis Geld zu verdienen? Als er starb, konnte er sich nicht mehr an meinen Namen erinnern. Trotzdem marschierte er im Pflegeheim den grünen Korridor entlang, auf und ab, über grünes Linoleum, ohne zu wissen, wer er war oder wer ich war. Ich schätze, man kann viele verschiedene Tode sterben.

Seraphim räusperte sich. Er hatte mir die Stille gegönnt, doch jetzt dauerte ihm das Ganze deutlich zu lange.

»In Ordnung«, sagte er, »dann sehen wir uns Freitag.«

Ich lag im Dunkeln und dachte an Nisha, daran, wie sie sich in jener Nacht an mir festgeklammert hatte, in ihrer Trauer um das verlorene Baby. Es gibt viele Arten, einen Menschen zu verlieren, das war etwas, das ich durch Nisha gelernt hatte. Zu dem Zeitpunkt erzählte sie mir die dritte Verlustgeschichte.

Nachdem ihr Mann in den Diamantminen von Rathnapura den Tod gefunden hatte, beschloss Nisha, nach Galle zu ihrer Mutter zu ziehen, in das Haus zwischen Meer und Reisfeldern, wo sie schon als Kind gelebt hatte. Ihr Vater war mittlerweile gestorben, ihre Mutter in Rente gegangen, die deshalb auf Kumari aufpassen konnte, solange Nisha in der Arbeit war.

Sie fand einen Job als Straßenverkäuferin an der Uferpromenade und bereitete *kottu* zu. Manchmal gab es dort Kundgebungen oder Feiern, und in der guten alten Zeit hatte man hier sogar Pferderennen veranstaltet, die sie als kleines Mädchen mit ihrem Vater besucht hatte. Entlang des Grünstreifens reihte sich jetzt ein bunter Regenbogen an brutzelnden Speisen, die feilgeboten wurden. Jeden Tag machte Nisha *kottu,* schnitt Roti, Fleisch, Gemüse und Ei mit einer Silberklinge klein, alles zubereitet auf einer heißen Platte, gab eine würzige Soße dazu, die sogenannte *salna,* und vermischte dann alles zu einem Salat.

Der Eigentümer des Stands war fett und unfreundlich. In den ersten Wochen behielt er sie genauestens im Auge, insbesondere beim letzten Schritt der Zubereitung des Gerichts, wo sie die ganzen Zutaten klein schnitt und mit der stumpfen Metallklinge vermengte. Er wollte sichergehen, dass sie sich genau ans Prozedere hielt. Als er endlich zufrieden war – »Das ist das beste verdammte *kottu* in ganz Galle. Ich bin mit dem Zeug aufgewachsen und weiß, was gut ist« –, überließ er sie mehr oder weniger sich selbst und kümmerte sich fortan um seine anderen Stände. Er bezahlte ihr einen kläglichen Hungerlohn, aber es war der einzige Job, den sie hatte finden können: Sie war durch die Straßen gelaufen, rauf und runter, und hatte praktisch um Arbeit gebettelt. Den ganzen Tag lang bis spätnachts war sie vom aromatischen Duft nach Gewürzen umgeben, und ihr Schweiß und ihre Tränen tropften ins Essen, denn es verging kein Tag, an dem sie nicht um ihren Ehemann weinte, den sie immer noch schmerzlich vermisste.

Ein paar Stände weiter drehte ein Karussell seine Runden, ununterbrochen war das Gedudel der Musik zu hören, und direkt gegenüber verkaufte eine alte Frau farbenprächtige Saris. Neben ihr stand ein Mann mittleren Alters mit einem Wagen, an dem er grellorange *isso vadai* verkaufte – würzige Linsenküchlein mit Garnelen –, und wieder eins weiter pries eine junge Frau knallbunte Desserts aus geraspelter Kokosnuss an, eingewickelt in Betelblätter.

Der Grünstreifen war gesäumt mit Essensständen, die nachts von kleinen Lämpchen beleuchtet waren. Überall Farben und Gerüche und Geräusche, was Nisha noch mehr erschöpfte. Die Rente ihrer Mutter war sehr spärlich, deshalb musste Nisha sie beide über Wasser halten. Solange ihr Ehemann am Leben war, hatten sie beide gearbeitet, um die Rechnungen begleichen zu können, und auch wenn es jedes Mal ein harter Kampf war, war sie nicht allein gewesen. Mit ihren beiden Gehältern waren sie einigermaßen über die Runden gekommen. Es war ihnen sogar gelungen, ein wenig für Kumaris Ausbildung beiseitezulegen. Es war Maheshs Wunsch gewesen, dass seine Tochter eine gute Ausbildung bekam und als Erste in der Familie die Universität besuchen würde.

Doch kaum war Nisha zur Arbeit aufgebrochen, begann Kumari jedes Mal zu weinen. Tatsächlich weinte sie, bis sie blau anlief. Ihre Großmutter konnte nichts tun, um sie zu beruhigen.

»Deine Tochter ist ein verdammtes Genie«, pflegte Nishas Mutter zu sagen. »Sie durchschaut alles. Ich kann sie mit nichts ablenken, so wie ich es bei dir getan habe. Sie ist schrecklich stur. Woher hat sie das nur?«

»Von dir, Amma!«, sagte Nisha darauf jedes Mal, weil sie sich sehr gut daran erinnerte, wie besessen ihre Mutter vor all den Jahren wegen des Herzens ihrer kleinen Schwester gewesen war. Auch an den Anhänger, den Kiyoma in die Lagune geworfen hatte, musste sie denken.

Kumari war immer wach, wenn Nisha nach der Arbeit nach Hause kam. Nishas Mutter gelang es einfach nicht, die Kleine zum Einschlafen zu bringen. Sie ließ dabei nichts unversucht: Sie sang ihr vor, sie ging mit ihr an der Ozeanpromenade spazieren. Nichts – Kumari schaute auf die Wellen und lachte. Dann ging Nishas Mutter vom Vorsingen zu Gebeten über und stimmte in der Stille des Gartens die immer gleichen Zeilen an. Einmal überlegte sie sogar, ob sie ein *thovil* organisieren sollte: »Nisha. Ich bin mit meinem Latein am Ende. Dein Kind ist besessen.« Das war natürlich nur ein Witz; Kumari lächelte unbeirrt weiter.

Wann immer Nisha nach Hause heimkehrte, ob das nun um neun Uhr abends oder um elf oder um eins war, Kumari fing jedes Mal an zu weinen. Wenn sie es sich recht überlegte, kamen sie Nisha wie Tränen der Erleichterung vor. Sie nahm ihre Tochter dann hoch, setzte sich mit ihr aufs Bett und bildete ein kuscheliges Nest, indem sie die Beine zum Schneidersitz hochzog. Daraufhin begann Kumari zu schmatzen und leise zu glucksen, während Nisha sie an ihre Brust zog. Kumari fing jedes Mal an, gierig zu saugen, und schob die linke Hand unter Nishas Brust, während sie mit der rechten deren Finger umklammert hielt. Sobald Kumari fertig war, zog Nisha ihre verschwitzte Kleidung aus und legte sich rücklings auf den Teppich, ihr Baby auf dem nackten Oberkörper. Sie mochte es, auf dem Boden zu liegen und den festen Untergrund unter sich zu spüren: Es gab ihr ein Gefühl von Sicherheit, getragen von der Erde. Und dann, endlich, seufzte Kumari zufrieden und glitt in einen sanften Schlaf.

In Augenblicken wie diesen war Nisha glücklich. Wenn sie ihr Baby in den Armen hielt, versiegten ihre Tränen. In warmen Nächten blieb sie länger als eine Stunde so im Garten liegen und dachte über die Welt nach, über alles vom Mutterschoß bis zu den Sternen. Sie dachte über Zeit und Raum und das Dasein nach und darüber, dass wir alle irgendwo zwischen Geburt und Himmel existieren und dass irgendwo dort draußen die entkörperte Energie ihres Mannes entweder auf sie oder auf die Wiedergeburt wartete.

Ganz gleich aber, wie hart Nisha arbeitete, reichte das Geld hinten und vorn nicht aus. Sie hatten bereits den Notgroschen aus Kumaris Ausbildungstopf angreifen müssen, wofür sie sich zutiefst schämte. Binnen nur weniger Monate war nichts mehr übrig. Sie drei schlugen sich mit Ach und Krach von Gehaltsscheck zu Gehaltsscheck durch.

Eines Tages tauchte die junge Frau vom Stand gegenüber, die mit den Kokossüßigkeiten in Betelblättern, einfach nicht mehr auf. Sie wurde schnellstmöglich ersetzt durch eine ältere Frau mit fleckiger Haut, die immer denselben lila Sari trug. Monatelang hatte Nisha Isuri dabei beobachtet, wie sie sorgsam Süßigkeiten gewickelt hatte – die dunklen Augen niedergeschlagen, die sie nur gelegentlich hob, um die vorüberziehenden Menschenscharen zu mustern. Nisha und Isuri tauschten untereinander *kottu* gegen Süßes aus, freundliche Worte gegen ein Lächeln und schließlich persönliche Nöte gegen Umarmungen. Isuri war noch nicht verheiratet, sondern auf der Suche nach dem passenden Partner, und hatte ihr Leben allmählich satt; sie verdiente nie genug, um ihren kranken Vater und zwei sehr viel jüngere Schwestern mit durchzubringen.

Nisha und Isuri waren sehr enge Freundinnen geworden, deshalb hatte Isuris plötzliches Verschwinden Nisha tief getroffen. Isuri hatte immer wieder davon gesprochen, Sri Lanka zu verlassen, hatte gehofft, nach Europa zu gehen und als Hausmädchen zu arbeiten. »So viele Frauen machen diesen Schritt!«, erzählte sie Nisha eines Morgens mit glänzenden Augen. »Ich könnte das Doppelte von dem verdienen, was ich hier in einem Monat bekomme! Ich könnte Geld nach Hause schicken und hätte immer noch ausreichend für mich selbst. Ich hätte eine hübsche Unterkunft und genug zu essen. Und stell dir nur vor, was für Freiheiten man dort hat! Stell dir vor, du könntest einfach so rausgehen, völlig frei, und niemandem Rechenschaft schuldig sein. Ich werde Herrin über mich selbst sein!« Sie war so aufgeregt gewesen, und Nisha würde Isuris freudestrahlendes Gesicht an diesem Morgen nie vergessen, das Herz so voller Hoffnung und Zuversicht.

An den Abenden daheim, wenn Kumari friedlich auf ihrer nackten Brust eingeschlafen war, mit getrockneten Tränen auf den Wangen, fingen ihr Körper an zu schmerzen und ihre Gedanken zu rasen. Wie konnte sie Kumari ein gutes Leben bieten? Wie konnte sie dem Wunsch ihres verstorbenen Mannes nachkommen und ihre Tochter eines Tages auf die Universität schicken? Hier in Galle steckten sie in einer Sackgasse fest. Sie hatte drei hungrige Mägen zu füllen, und zwar komplett aus der eigenen Tasche. Im Vorratsschrank wurde das Mehl knapp, genau wie der Reis auch. Ihre Mutter hatte angefangen, die Portionen zu rationieren. Kumari trug die abgetragene Kleidung der Nachbarskinder – was an und für sich ja kein Problem gewesen wäre, wäre Nisha dafür wenigstens in der Lage gewesen, Geld für die Ausbildung ihrer Tochter beiseitezulegen und dafür zu sorgen, dass sie immer genug zu essen hatten. Aber sie konnte noch so achtsam mit dem Geld haushalten, konnte noch so viele Überstunden schieben oder Trinkgeld bekommen, sie konnte sich trotzdem nicht all die Lebensmittel leisten, die sie für eine Woche gebraucht hätten. Ans Sparen für die Zukunft war da nicht zu denken.

Nisha spürte die zarten Fingerchen ihres Babys, weich und warm im Schlaf; sanft drückte sie ihre molligen Schenkel und umschloss ihre kleinen Füßchen mit den Händen, um sie festzuhalten. Kumari seufzte, regte sich aber nicht und wachte auch nicht auf. Nisha saugte ihren süßen Atem in sich auf. Und beim Ausatmen stand ihr Entschluss. »Ja«, sagte sie laut. *Ja. Ich muss diese wunderbaren Momente für Kumaris Zukunft opfern.* Und dann küsste sie Kumaris Hände an die hundertmal, während diese friedlich schlief, und beschloss, ihr alles zu opfern, dafür zu sorgen, dass ihr alle Möglichkeiten offenstanden.

Es dauerte mehr als ein Jahr, bis sie ihre Pläne in die Tat umsetzen konnte, doch letzten Endes fand Nisha eine Agentur und füllte die nötigen Formulare aus, und als nach einigen weiteren Monaten alles erledigt war, wartete sie geduldig ab, bis man eine passende Position für sie fand.

Es hatte ein paar Angebote gegeben, die nicht infrage gekommen waren – einmal bei einer großen Familie in Singapur, einmal bei einem alten Mann in einem Dorf in Saudi-Arabien, einmal bei einem jungen Paar irgendwo in einer Stadt auf Zypern. Dann kam Petra: eine schwangere Geschäftsfrau, die

Hilfe im Haushalt und bei der Versorgung ihres Babys benötigte, sobald dieses auf der Welt wäre. Nisha hatte sofort das Gefühl, dass das die perfekte Anstellung für sie war – nicht dass sie eine echte Wahl gehabt hätte. Sie musste letztlich nehmen, was ihr angeboten wurde, sonst hätte sie noch länger warten müssen. Die Insel Zypern erschien ihr überschaubar und heimelig, und man hatte ihr erzählt, dass viele Frauen aus Sri Lanka bereits dorthin aufgebrochen waren und dass jeder dort Englisch sprach und das Wetter gut war.

Die Gebühren für die Agentur waren astronomisch hoch, umgerechnet etwa zehntausend Euro. Natürlich konnte sie die Summe nicht im Voraus bezahlen, deshalb war der Plan, dass sie sie in Raten abstotterte, beginnend mit ihrem ersten Gehaltsscheck. Sie hatte sich ausgerechnet, dass ihr so genug bleiben würde, um einen Anteil nach Hause zu schicken und noch dazu ein wenig für Kumaris Ausbildung beiseitezulegen.

Währenddessen wollte Kumari plötzlich nicht länger auf Nishas Brust liegen, wenn sie von der Arbeit heimkehrte. Sie wand sich und greinte und krallte die Finger in ihre Haut, und dann schluchzte sie jedes Mal so herzzerreißend, als wäre sie es, der man wehgetan hatte. Nisha war überzeugt, dass Kumari instinktiv ahnte, dass ihre Mutter mit dem Kopf und auch mit dem Herzen woanders war. Den Gedanken, dass ihre Tochter es wusste, ertrug Nisha nicht. Kumari wurde von Tag zu Tag größer und entwickelte eine ernst zu nehmende Stärke. Aus dem Greinen und Wimmern wurden richtige Worte. »Nein!«, sagte sie zu ihrer Großmutter, wenn sie noch nicht schlafen wollte, und »Nein!« sagte sie zu ihrer Mutter, wenn die sie zu umarmen oder zu küssen versuchte, wenn sie von der Arbeit heimkam. Als sie zwei Jahre alt war und die ersten zusammenhängenden Sätze bilden konnte, brauchte man gar nicht mehr mit ihr zu diskutieren. »Nein, Amma! Geh sofort zurück zur Arbeit!«

»Aber du hast doch die ganze Zeit auf mich gewartet, und jetzt willst du mich auf einmal nicht mehr?«

»Nein. Nicht gewartet. Kumari spielt mit Ziya. Ziya hat Hunger.« Ziya war Kumaris Lieblingspuppe. Ihre Großmutter hatte sie aus alten Lumpen für sie genäht.

Kumari sah Nisha zu, wie sie ihre Sachen packte.

»Große Tasche, Amma?«

»Ich muss meine Kleidung unterkriegen, *ba-baa.*«

»Warum?«

»Amma geht fort.«

»Kumari kommt auch mit?«

»Nein.«

»Und Ziya?«

»Nein, *ba-baa.*«

Nisha traf an einem Sonntag in Zypern ein, mit einem kleinen Koffer, gekleidet in ein schwarzes Leinenkleid, das eine Nachbarin in Galle für sie genäht hatte. Die örtliche Vertreterin der Agentur holte sie am Flughafen ab und brachte sie zu einem alten, dunklen Haus in einer alten, dunklen Stadt, wo sie von einer verloren wirkenden Schwangeren mit einem gebrochenen Lächeln und abwesendem Blick in Empfang genommen wurde.

Isuri hatte in einem Punkt absolut recht gehabt – sie bekam ein hübsches Zimmer mit antiken Möbeln und Blick auf einen Garten mit üppiger Bepflanzung, Hühnern, einem Kaktus, einem Feigenbaum und einem Orangenbaum. Außerdem stand in diesem Garten ein kleines Boot, das sie an die Fischer in ihrer Heimat erinnerte. Nisha fühlte sofort, dass sie hier am richtigen Ort war.

In dieser Nacht wurde sie wach, weil sie ein Weinen hörte. Sie stieg aus dem Bett und legte ihr Ohr an die geschlossene Tür. Es war ein Kind, sehr jung noch, schätzungsweise ungefähr in Kumaris Alter. Die Laute waren so klar und gegenwärtig wie die Dunkelheit. Sie ging durch den Flur, folgte dem Geräusch hinaus in den Garten. Dort wurden die Laute deutlicher. Zunächst ging sie davon aus, dass es sich um ein Nachbarskind handelte, doch es war unmöglich, die Richtung zu bestimmen. Das Weinen kam von überallher gleichzeitig, oder zumindest erweckte es bei ihr diesen Eindruck. Sie setzte sich in das ungenutzt herumstehende Boot und versuchte, sich einen Reim darauf zu machen, was der Ursprung des Geräuschs war. Es kam aus der Erde und den Bäumen und dem Himmel. Sie saß da, bis sie einschlief, und wachte im Morgengrauen mit dem ersten Hahnenschrei auf. Das Weinen hatte aufgehört.

Ihr blieb noch eine Stunde, bis sie an die Arbeit musste, deshalb beschloss sie, gleich damit zu beginnen. Sie wischte und schrubbte jede Oberfläche im Haus, bis alles glänzte und die Erinnerung an die nächtliche Störung zu verblassen begann.

Petra war sehr zufrieden mit Nishas Leistung. Es war das Einzige, worüber sie glücklich schien. Es machte den Anschein, als lebte sie in einem dauernden Zustand der Verzweiflung, und sie trug ihren Bauch vor sich her wie ein Objekt, als würde sie die ganze Last der Welt mit sich herumtragen.

In der folgenden Nacht, als sie nach einem langen Tag im Bett lag, hörte Nisha wieder dieses Weinen. Und wieder stieg sie aus dem Bett und folgte dem Geräusch hinaus in den Garten, durch die gläsernen Terrassentüren ihres Schlafzimmers. Es war eine klare Nacht, frostig und kalt. Über ihr eine Kuppel voller Sterne. Kein Lüftchen regte sich, nicht der leiseste Windhauch, und sie lauschte, wachsam wie eine Katze, um den Ursprung des Weinens zu lokalisieren. Doch auch diesmal kam es von überallher gleichzeitig: von den Blättern der Bäume, von den Ästen und der Rinde, ja sogar von den Wurzeln darunter schien es auszugehen – man hatte den Eindruck, als schlängelte es sich wie ein Fluss durchs Erdreich, wie das tiefe Tönen der Bäume. Doch genauso kam es von oben, aus dem Himmelsgewölbe, von den Wellen und von den Molekülen, die unsere Existenz ausmachen; es wurde auf den Schwingen von Fledermäusen und Eulen mitgetragen, und noch höher, viel weiter oben, kam es von den Sternen.

An diesem Punkt ihrer Geschichte machte Nisha eine Pause. Sie verstummte und sah mir direkt in die Augen, ehe sie mir mit beiden Händen über die Arme strich, als wollte sie sich meiner Existenz vergewissern, um sich so in der Gegenwart zu verankern.

»Und, hast du herausgefunden, woher es kam?«, hatte ich sie gefragt.

Doch statt einer Antwort schob sie ihren Körper dicht an meinen, sodass kein Blatt mehr zwischen uns passte; sie schmiegte sich an mich, vergrub ihr Gesicht an meiner Halsbeuge, und dann brach sie zum ersten Mal seit ihrer Fehlgeburt in Tränen aus.

23

Petra

Wann hat das angefangen?«, fragte ich. »Das mit Ihnen und Nisha?«

Yiannis und ich waren unterwegs nach Limassol. Das Autoradio spielte leise vor sich hin. Draußen schüttete es in Strömen, deshalb hatte ich die Heizung angemacht und die Fenster geschlossen. Gerade fuhren wir an einer Orangenplantage und einem Gehöft vorbei. Jetzt ließ ich das Fenster einen Spalt herunter und atmete die frische Luft ein; der Geruch nach feuchter Erde und Mist drang ins Wageninnere.

»Vor zwei Jahren«, gab Yiannis zurück.

»Gleich nachdem Sie eingezogen waren?«

»Genau. Wobei, damals kamen wir das erste Mal ins Gespräch. Es dauerte natürlich seine Zeit, bis wir uns näher kennenlernten.«

Ich hoffte, er möge noch mehr erzählen, aber er starrte nur in die Ferne, zu einem Dorf, das sich weit oben an einen Hang schmiegte.

»Wie konnten Sie das so lange geheim halten?«

»Sie kam jede Woche ein paarmal nachts zu mir. Sonntags und dienstags telefonierte sie mit Kumari, immer gegen fünf Uhr morgens, manchmal auch an anderen Tagen, und um kurz vor sechs verschwand sie dann aus meiner Wohnung und huschte zurück in ihr Zimmer, bevor Sie aufwachten.«

Ich behielt weiter die Straße im Auge, nahm aber am Rande meines Blickfelds wahr, dass er mich ansah, vielleicht, um meine Reaktion einzuschätzen.

»Verstehe«, sagte ich nur. »Ich wünschte, Nisha hätte mir davon erzählt.«

Darauf sagte er nichts. Was hätte er auch sagen sollen? Ich hätte eine solche Beziehung doch niemals gutgeheißen? Schließlich wollte ich Nisha ganz für mich allein haben – und für Aliki.

Nie im Leben hätte ich ihr zum damaligen Zeitpunkt ein Recht auf ein Privatleben zugesprochen.

Ich schämte mich zutiefst, weil ich all die Jahre so sehr mit mir selbst beschäftigt war, dass mir so etwas gar nicht in den Sinn kam. Jetzt stellte sich mir die Frage: Hätte ich mich anders verhalten, wäre Stephanos noch am Leben gewesen? Hätte er mir den Spiegel vorgehalten? Meine Welt war mit seinem Tod derart in sich zusammengeschrumpft, dass darin kaum mehr Platz für meine eigene Tochter blieb. Ich hatte einen Großteil von Alikis Kindheit einfach so verpasst, und dabei hatte sich das alles direkt vor meinen Augen abgespielt. Was hatte sie mir alles gezeigt, das ich nicht wahrgenommen hatte? Was hatte sie mir in all den Jahren erzählt, das ich nicht gehört hatte?

Und dann waren da noch diese Vögel. Yiannis hatte Tausende von ihnen in seine Wohnung geschmuggelt und auf dem Schwarzmarkt verkauft, ein schweres Verbrechen. Er war Teil einer kriminellen Organisation. Das Meer vor uns war wegen der starken Regenfälle aufgewühlt. Wir wären bald am Ziel.

Tony saß wie beim letzten Mal in seinem Glaskabuff. Heute herrschte im Blue Tiger eine etwas andere Atmosphäre, vielleicht lag das daran, dass es ein ganz gewöhnlicher Wochentag war. Hinter dem Tresen stand ein Mann, ein waschechter Zyprer, der Sandwiches schmierte. An vereinzelten Tischen saßen ein paar wenige Gäste, und im großen Saal dröhnte nicht wie beim letzten Mal laute Musik aus den Lautsprechern, niemand eilte mit Tabletts voll Essen und Getränken umher. Es war fast so, als hätte ich das andere Blue Tiger nur geträumt. Doch dann entdeckte ich Devna, die gerade aus der Küche kam und auf uns zuhielt. Diesmal trug sie knallroten Lippenstift. Sie hatte ein anderes Paar Jeans an, dazu eine rosa-weiß karierte Bluse, bei der nur der Ansatz eines Dekolletés zu sehen war.

»Madam«, sagte sie. »Und Sir.« Sie nickte Yiannis zu. »Sehr erfreut, Sie wiederzusehen, Madam. Herr Tony ist in fünf Minuten so weit. Kann ich Ihnen beiden etwas zu trinken bringen?«

Yiannis schüttelte den Kopf. Sein Gesicht war aschfahl. »Nein danke.«

Ich bat um einen Kaffee, schwarz und ohne Zucker.

Devna ging los, um mein Getränk zu holen, während Yiannis und ich betreten herumstanden, bis Tony endlich den Arm hob und uns zu sich reinwinkte.

Yiannis schüttelte ihm die Hand und stellte sich ihm vor, einfach nur mit Vornamen. Er sah aus, als wäre er gekommen, um irgendeinen Handel abzuwickeln, in seinem frisch gestärkten weißen Hemd und der feinen grauen Stoffhose. Er wirkte jetzt noch attraktiver, wo er neben Tony stand, dessen

Haare zerzaust und unfrisiert waren und an dessen Oberteil sich unter den Achseln riesige Schweißflecke abzeichneten. Im Aschenbecher qualmte eine einsame Zigarette vor sich hin.

Er reichte auch mir die Hand, dann setzten wir uns. Tony beäugte Yiannis misstrauisch und griff nach seiner heruntergebrannten Zigarette, an der er jetzt gierig zog. Dabei fiel ihm ein langes Stück Asche direkt neben die Füße. Er trat mit dem Schuh darauf, als könnte sie den Boden in Brand stecken, und sagte: »Also … Yiannis, nicht wahr? Was führt Sie zu mir?«

»Nisha und ich sind sehr enge Freunde.«

Tony zog eine Augenbraue nach oben. Im selben Moment trat Devna mit Kaffee und Keksen auf einem Tablett ins Büro. Sie hatte auch einen Kaffee für Yiannis mitgebracht, und er nahm die Tasse aus reiner Höflichkeit an. Tony stellte den Ventilator an, der die verrauchte Luft im Zimmer zum Zirkulieren brachte.

»Hast du eine neue Jeans, Devna?«, fragte er, und Devna lächelte ihm mit knallroten Lippen zu. Sie stellte den Teller mit Keksen auf dem Schreibtisch ab, zwinkerte mir kurz zu und ging dann wieder.

»Diese Mädchen lernen es nie«, sagte er jetzt an uns gewandt. »Ihr Arbeitgeber ist ein Mann mittleren Alters, ein Witwer, der sie wie eine Prinzessin behandelt. Er hat ihr ein Auto gekauft, spendiert ihr jede Woche neue Klamotten, hat ihr sogar seine Kreditkarte mit unbegrenztem Verfügungsrahmen überlassen. Also frage ich Sie: Woran liegt das wohl?« Er grinste anzüglich und entblößte dabei seine gelben Zähne, aber sein Blick war hellwach und lauernd, und er fixierte Yiannis, der nervös auf seinem Stuhl hin und her rutschte und jetzt einen Schluck von seinem Kaffee trank. »Jedenfalls bin ich mir sicher, dass Sie beide hier sind, weil Sie sich um Nisha sorgen. Doch leider habe ich beunruhigende Neuigkeiten.«

Yiannis stellte seine Tasse auf dem Schreibtisch ab und richtete sich auf. Ich sah aus den Augenwinkeln, wie er krampfhaft seine Knie umklammerte.

»Seit Ihrem letzten Besuch, Petra, waren noch zwei Leute bei mir. Einmal eine rumänische Hausangestellte, die am Stadtrand von Nikosia arbeitet. Sie kam her, um mir von einer Jugendfreundin zu erzählen, einer Cristina Maier, ebenfalls aus Rumänien, die mit ihrer fünfjährigen Tochter Daria spurlos verschwunden ist. Das kleine Mädchen wohnt mit seiner Mutter hier in unserem Land. Für eine rumänische Staatsbürgerin ist das kein Problem. Es sieht so aus, als wären Mutter und Tochter vor zwei Monaten verschwunden. Die Freundin hat alles versucht, um ihre Arbeitgeber und die Polizei zu alarmieren, aber die zeigen kein Interesse. Im zweiten Fall geht es ebenfalls um eine Frau aus Rumänien, eine Ana-Maria Lupei mit ihrer Tochter Andreea. Sie wurden vergangenen Mittwoch als vermisst gemeldet, exakt vor einer Woche also, in einer Stadt unweit von Nikosia. Ihr Arbeitgeber, ein alter Veteran, war erst gestern mit seinem Sohn bei mir, um mit mir zu reden. Ihnen zufolge hat sie eines Abends das Haus verlassen, um sich mit einer Freundin zu treffen. Sie nahm ihre Tochter mit zu diesem Treffen – keine von ihnen kam zurück. Der alte Mann war außer sich vor Sorge. Er hat sie beide sehr gern. Er war bei der Polizei, wo er aber nichts ausrichten konnte.« Tony zuckte mit der Schulter. »In beiden Fällen sind die Frauen ganz ohne Vorwarnung verschwunden, in beiden Fällen beharren Freunde und Arbeitgeber darauf, dass es völlig untypisch für sie sei, dass sie ganz ohne ihre persönlichen Habseligkeiten und ihren Reisepass gegangen seien, aber in keinem der Fälle wollte die Polizei Ermittlungen einleiten. Der einzige Unterschied zu den ersten Fällen ist der, und das ist gleich noch beunruhigender, dass diese Frauen nicht allein verschwunden sind, sondern zusammen mit ihren Töchtern.«

Tony schwieg und sah zu, wie seine Worte auf uns wirkten. Er hielt seine Zigarette in der Hand, den Ellbogen auf den Tisch gestemmt, während sein Blick zwischen Yiannis und mir hin- und her wanderte.

Yiannis holte tief Luft und ließ sie dann stoßweise entweichen. Ich sah nicht zu ihm. Ich brachte es nicht über mich. In diesem Moment kam mir noch der letzte Rest Hoffnung abhanden: Die Vermisstenfälle verwoben sich zu einem komplizierten Netz. Das Ganze hatte völlig neue Dimensionen angenommen; jetzt streckte etwas Dunkles, gänzlich Verderbtes seine Klauen nach uns aus.

Tony warf seinen Zigarettenstummel in den Aschenbecher und zündete sich augenblicklich eine neue an. Das Klicken des Feuerzeugs war überlaut, die Flamme züngelte empor, Rauchfäden wirbelten um uns herum und hüllten uns ein.

Unvermittelt sprang Yiannis auf, riss die Hand nach oben, strich sich mit der Innenfläche in einer fließenden Abwärtsbewegung über Augen und Mund.

»Alles in Ordnung, Yiannis?«, fragte ich.

»Tut mir leid«, meinte er. »Ich verstehe das alles nur nicht.«

»Eins ist klar«, sagte Tony. »Es muss eine Verbindung zwischen den Fällen geben. Das wäre sonst schon sehr viel Zufall auf einmal. Hinter alldem steckt mit Sicherheit eine Person oder eine Personengruppe. Es ist nämlich durchgesickert, dass eine der Frauen eine Verabredung zu einem Date hatte. Leider habe ich keine Informationen darüber, wen sie treffen wollte, daran arbeite ich noch, aber bevor sie das Haus verließ, hat sie einer Freundin davon erzählt. Das ist für mich ein weiterer Beweis dafür, dass die Polizei sich irrt. Diese Frauen haben nicht einfach nur beschlossen, wegzulaufen und sich in den Norden durchzuschlagen. Ich werde gleich morgen noch mal aufs Präsidium gehen und die Fakten darlegen, die ich zusammengetragen habe.« Er legte seine Hand auf das Notizbuch. »Und ich werde nicht wieder weggehen, bis man sich dort entschließt, die Sache ernst zu nehmen.«

Yiannis stand immer noch, den Kopf wie zum Gebet gesenkt. Ohne ein Wort ließ er sich zurück auf den Stuhl sinken und legte wieder die Hände auf die Knie, nur dass sich die Angst diesmal deutlich auf seinem Gesicht abzeichnete.

»Habe ich Ihre Erlaubnis, die Informationen weiterzugeben, die ich von Ihnen zu Nisha habe?«, fragte Tony jetzt.

»Selbstverständlich«, sagte ich.

»Gibt es noch irgendwas, das Sie mir darüber hinaus mitteilen möchten?«

Es entstand eine Pause. Dann ergriff Yiannis das Wort, und seine Stimme gewann mit jedem Wort an Sicherheit: »Wir wissen inzwischen«, sagte er, »dass Nisha an dem Abend losgezogen ist, um sich mit einem Kollegen von mir zu treffen. Sein Name ist Seraphim Ioannou. Er und ich sind in ein illegales Netzwerk verwickelt, das Wilderei im großen Stil betreibt. Es geht speziell um Wildvögel. Nisha hatte davon erfahren und wollte sich deshalb mit ihm treffen. Aber wie es aussieht, ist sie zu dieser Verabredung nie aufgetaucht.«

Tonys Augen verengten sich zu schmalen Schlitzen. Er schlug das Notizbuch auf und bat Yiannis, den Namen zu wiederholen. »Haben Sie einen Beweis dafür, dass sie sich mit ihm treffen wollte?«

»Ja, Seraphim hat es mir selbst bestätigt.«

Tony nickte und machte sich ein paar weitere Notizen. Dann schloss er das Buch wieder, lehnte sich in seinem Stuhl zurück und blickte durch die Glasscheibe nach draußen ins Restaurant, das sich allmählich zu füllen begann.

Schweigend fuhren wir zurück. Es war bereits später Nachmittag, die Sonne begann im Meer zu versinken. Aliki wäre inzwischen von der Schule zu Hause. Frau Hadjikyriacou wollte sie abholen und ihr mit Geschichten die Zeit vertreiben, während Ruba ihnen ein warmes Abendessen zubereitete.

Yiannis starrte trübsinnig hinaus in den Regen, der gegen die Windschutzscheibe trommelte, und sprach erst wieder, als wir Nikosia erreichten.

»Macht es Ihnen was aus, wenn ich die Heizung ausschalte?«, fragte er.

»Nein, natürlich nicht.«

Ein kurzer Seitenblick auf ihn verriet mir, dass sein Hals und sein Gesicht gerötet waren. Ich wollte ihn gern fragen, was ihm durch den Kopf ging, aber die Worte wollten nicht über meine Lippen.

Die sintflutartigen Regenfälle der letzten Tage haben den See überlaufen lassen. Der Tunnel des Minenschachts beginnt sich mit Wasser zu füllen.

Alles wird fortgespült, die Ameisen und Maden, die den Hasenkadaver belagern, ja, selbst die Mäuse haben sich einen Unterschlupf gesucht. Die Haut des Hasen hat sich größtenteils abgeschält, nur an den Hinterläufen sieht man noch vereinzelt durchnässte Fellreste. Die Tropfen landen im offenen Fleisch, in der leeren Höhle, in der bis vor Kurzem ein Auge saß, in der leeren Höhle, wo zuvor sein Herz schlug. Eine Rippe liegt frei, leuchtet daraus hervor wie die schmale Sichel eines Neumonds.

Unablässig plätschert der Regen in den roten See, er prasselt auf das gelbliche Gestein herunter, rinnt am rostigen Skelett des Förderturms entlang und dringt in die Tiefen des Minenschachts ein. Dort, auf der dunklen Wasseroberfläche, sieht man weißen Stoff schimmern, Leinen vielleicht, in den etwas eingewickelt ist. Es ist nur ein winziger Streifen sichtbar, der aus der Finsternis hervorragt, wie die Spitze eines leuchtenden Eisberges.

Im Gästehaus legen sich der Mann und die Frau nebeneinander auf das Doppelbett: Sie liegt auf der Fensterseite, wo sie das Regenwasser über die Scheibe strömen sieht; er liest Nachrichten auf seinem Smartphone. Der Schein des Displays erhellt sein Gesicht. Er ist noch jung.

Die Frau streckt die Hand nach der Broschüre auf dem Nachtschränkchen aus und blättert darin.

Lass uns morgen zu dem roten See fahren, sagt sie.

Der rote See?, fragt er, nur mit halbem Ohr hinhörend.

Ja, ich hab dir doch davon erzählt. Es gab da früher eine Kupfermine. Jetzt ist an der Stelle ein roter See, so rot wie der Mars. Man sagt, er sei einzigartig, wunderschön und wie von einer anderen Welt. Wir können uns auch den dortigen Förderturm ansehen. Was meinst du?

Ja, sagt der Mann abwesend. Klingt toll.

24

Yiannis

Seraphim holte mich am Freitag in den frühen Morgenstunden ab. Draußen war es noch stockdunkel. Die Straßen glänzten vom Regen der letzten Tage. Ich hatte die Ausrüstung bereitgelegt und wartete wie immer vor dem Haus auf ihn.

Ohne ein Wort der Begrüßung sagte er: »Hast du die Bestellungen ausgefahren?«

»Ja«, sagte ich. Nachdem ich die Sachen im Ladebereich des Wagens verstaut hatte, setzte ich mich auf den Beifahrersitz und legte den Gurt an.

»Wann?«

»Die letzte Fuhre habe ich gestern Nachmittag ausgeliefert.«

»Gut.«

Die Straße vor uns lag im Dunkeln, lediglich beschienen vom schwachen Licht des Neumonds. Eine feine Frostschicht überzog die umliegenden Felder und Wiesen, sodass sie trotz der Finsternis zu leuchten schienen. Das erinnerte mich an diesen ungewöhnlich kalten Morgen gegen Ende Oktober vor gar nicht langer Zeit, als ich dem Mufflon im Wald begegnet war und ich schnell nach Hause fuhr, um es Nisha zu erzählen.

Schließlich bogen wir auf einen Feldweg ab, auf dem die Dunkelheit im Schatten der Bäume noch undurchdringlicher war. Man sah kaum die Hand vor Augen, wir hätten jederzeit auf eine Klippe zusteuern und ins Meer stürzen können, nur dass das Meer zum Glück meilenweit entfernt war. Der Lieferwagen rumpelte den Weg entlang, bis wir auf einer Lichtung unter einer riesigen Eiche abrupt zum Stehen kamen.

Ohne ein Wort stieg Seraphim aus und öffnete die Türen zur Ladefläche. Ich folgte ihm ebenso wortlos, und er reichte mir die Schultertaschen mit den Leimruten, die Lockgeräte, die drei zugedeckten Käfige mit den Vögeln, ein großes Japannetz und schließlich ein Gewehr heraus.

»Ein Gewehr?«, fragte ich.

»Wir haben Jagdsaison. Ich dachte, wir könnten nach Wild Ausschau halten. Im November ist es mittwochs und freitags erlaubt.«

Ich nahm die Waffe entgegen, woraufhin er mich mit einem übertrieben breiten Grinsen ansah. Seit wann kümmerte Seraphim sich um irgendwelche Jagdregeln? Ich wusste natürlich, dass der November ein guter Zeitpunkt ist, um Hasen, Chukarhühner, Halsbandfrankoline, Ringeltauben und Waldschnepfen zu jagen, aber dennoch gibt es bestimmte Höchstgrenzen für die Menge an Tieren, die zum Abschuss freigegeben sind – so was wie zwei Hasen und zwei Fasane pro Jäger pro Tag. Aber ich kam mir ziemlich heuchlerisch vor, dass ich jetzt über Jagdkontingente nachdachte, wo zu meinen Füßen das zusammengerollte Japannetz lag – das keinen Unterschied machte, welche Vogelarten es einfing, und sich nicht für irgendwelche Höchstmengen interessierte.

Wir schleppten unsere Ausrüstung in den Wald. Als wir das Netz auseinanderrollten und es mithilfe der Stangen zwischen zwei Wacholdersträuchern aufspannten, erinnerte ich mich an die Streifzüge, die ich früher zusammen mit meinem Großvater im Wald unternahm, und wie er mir dabei erklärte, dass unsere Insel in früheren Zeiten komplett von dichtem, undurchdringlichem Urwald bedeckt war.

»Stell dir vor, wie das damals hier ausgesehen haben muss!«, hatte er gesagt. »Die Tierwelt noch völlig unberührt von menschlicher Hand, die sich mittlerweile so viel mehr nimmt als benötigt.«

»Wo bist du?«, rief Seraphim.

»Hier drüben.«

Er schüttelte den Kopf und rammte den Pfahl tiefer in den Boden. »Du bist überhaupt nicht bei der Sache. Konzentrier dich, Mann. Stell dir vor, du hättest vierzehn Paar Augen. Sei auf der Hut.«

Als ich nickte, gab er mir das Zeichen, die Decken von den Käfigen zu ziehen, was ich tat. Die Vögel reagierten der Dunkelheit entsprechend kaum auf diese Veränderung und behielten ihr Lied vorerst für sich.

»Oksana ist schwanger«, sagte Seraphim jetzt.

Ich zwang mich, einigermaßen erfreut zu klingen. »Wow, das sind ja tolle Neuigkeiten! Glückwunsch, mein Freund.«

»Wir hatten neulich den ersten Ultraschall. Du hättest den Herzschlag hören sollen. Das ist wirklich das Wunderbarste auf der Welt, dass dieser kleine Mensch in ihr heranwächst. Ich werde Vater!«

Seine Augen funkelten, aber in seinem Lächeln verbarg sich auch eine Spur Bangigkeit oder Besorgnis. Plötzlich sah ich in ihm den Jungen von früher, wie ich ihn gekannt hatte.

»Du wirst ein toller Vater sein«, sagte ich.

»Ich habe schon angefangen, das Kinderzimmer herzurichten. Ich bemale die Wände.«

»Mit welchen Motiven?«, fragte ich.

»Ach, so Kindersachen. Du weißt schon, einen Wasserfall, Berge, einen Heißluftballon, solches Zeug eben.«

»Klingt nett.«

Wir gingen weiter, um im Dunkeln die Leimruten im Gebüsch und auf den Bäumen zu verteilen. Wir benutzten zur Sicherheit diesmal keine Taschenlampen, nur für den Fall, dass die Gegend kontrolliert wurde. Schweigend erledigten wir unsere Arbeit und lauschten konzentriert auf irgendwelche ungewöhnlichen Geräusche, hielten Ausschau nach Bewegung.

Seraphim wurde also Vater. Seraphim. Bei dem Gedanken drehte sich mir der Magen um. Rot leuchtendes Blut in einer Toilettenschüssel. Nisha mit auf dem Bauch gefalteten Händen. Ich beobachtete Seraphims Bewegungen in der Dunkelheit – sie waren ruhig und fließend, wie von einem Schatten. Am liebsten hätte ich ihn noch einmal zu diesem Sonntag befragt. War Nisha wirklich nicht zum Treffen erschienen? Hatte er etwas mit ihrem Verschwinden zu tun? Es war unmöglich. Ich meine, nein, es war einfach undenkbar. Seraphim war ein Arschloch, ganz klar, und in vielerlei Hinsicht war er einfach nur Abschaum. Aber dass er in eine so ernste Sache wie das Verschwinden eines Menschen verstrickt war? Oder vielmehr das Verschwinden von fünf Frauen und zwei Kindern, wenn da wirklich ein Zusammenhang bestand? Ich sah die undeutlichen Umrisse seines Munds und seiner Augen. Er schien zu lächeln, sichtlich mit sich zufrieden.

Und jetzt wurde Seraphim, ausgerechnet er, Vater. Dieser Mistkerl.

Als wir mit dem Verteilen der Ruten fertig waren, entfachten wir ein kleines Feuer und warteten den Anbruch der Dämmerung ab. Dann würden die Vögel herunterkommen und in den Bäumen landen. Die Lockgeräte spielten bereits vorbereitend auf die Jagd ihr Lied, und die mechanischen, aber nichtsdestotrotz lieblichen Laute drangen zu uns wie aus einem Traum. Die Vögel in den beiden Käfigen würden erst anfangen zu zwitschern, sobald die Sonne aufging. Wir hielten Stöcke mit Oliven und Halloumi übers Feuer, um sie zu rösten.

»Was hast du vor zu schießen?«, fragte ich irgendwann.

»Vielleicht einen oder zwei Hasen, so was in der Art, sobald wir die Vögel eingesammelt haben. Warte nur, bis die Tierwelt erwacht.«

Ich nickte und zog mit den Zähnen eine warme Olive vom Stock. Eine schwarze Olive, bitter und faserig. Zwischen uns kam kein rechtes Gespräch zustande. Seraphim war die ganze Zeit extrem angespannt und riss jedes Mal den Kopf herum, wenn er nur das leiseste Geräusch vernahm. Ich behielt das Gewehr im Blick. Es beunruhigte mich, wie er ständig am Abzug herumfingerte, dass er es ganz nah bei sich behielt.

Es war ungefähr zu der Zeit, als das erste Licht des Tages die Dunkelheit durchbrach und die Vögel in den Käfigen ebenso wie die Vögel in Freiheit ihr Lied anstimmten, als ich im Unterholz ein Rascheln hörte. Seraphim hatte es offensichtlich auch mitbekommen, denn er sprang sofort auf und spähte ins dämmrige Zwielicht hinein. Mein erster Gedanke war, das war's, jetzt haben sie uns erwischt, aber was das Erstaunlichste war: Ich war einfach nur grenzenlos erleichtert.

Doch was dann nur wenig später auf der Lichtung auftauchte, war kein Mann in Ranger-Uniform, sondern das Mufflonschaf.

Jetzt stand ich ebenfalls auf. Es starrte mich an wie beim letzten Mal, mit müden bernsteinfarbenen Augen. Auch diesmal stand es stolz aufrecht und war voller Kraft, und sein Fell und die Hörner glänzten golden.

»Sieh dir das an«, flüsterte Seraphim. »Unglaublich!«

Ganz behutsam ging er in die Hocke und hob das Gewehr auf, ohne den Blick von dem Tier abzuwenden.

Der Mufflon, der jede seiner Bewegungen genau mitverfolgte, wich einen Schritt zurück, sodass er jetzt direkt im Licht der aufgehenden Sonne stand. Genau in dem Moment kamen Tausende von Vögeln angeflogen und stoben kreischend über den Himmel.

»Seraphim«, sagte ich mit einem warnenden Unterton. »Nicht schießen!«

»Sei doch nicht dumm! Das ist ein Prachtstück!« Sein heiseres Flüstern klang aufgeregt.

Er setzte das Gewehr an der Schulterbeuge an und machte sich bereit, den Blick fest auf das Tier geheftet.

»Das ist eine geschützte Art«, sagte ich.

Er lachte in sich hinein, ein leiser Laut, der tief aus seiner Brust drang. Das Tier wich einen weiteren Schritt zurück, in den schützenden Schatten der Bäume, und schien knapp an Seraphim vorbeizusehen, direkt zu mir.

Ich schob mich näher heran und packte Seraphim am Ellbogen. Daraufhin rempelte er mich mit solcher Wucht an, dass ich seitwärts wegkippte.

»Was zur Hölle tust du da, Mann?« Seine Stimme klang wieder normal. Das Tier zog sich tiefer in den Schatten unter den Zweigen zurück, doch in seinem Fell und den Hörnern fing sich das Licht.

Ich rappelte mich auf und schob mich blitzschnell zwischen Seraphim und das Tier, während er das Gewehr erneut anlegte.

Er hielt die Waffe sicher in der Hand, das linke Auge zugekniffen, während er mit dem rechten durch die Mündung zielte. »Jetzt mach schon«, sagte er. »Geh aus dem Weg.«

Seraphim versuchte es links an mir vorbei, dann rechts, um den Mufflon aus einem anderen Winkel zu erwischen.

Und dann sah ich, wie sich sein Finger am Abzug spannte.

Im nächsten Augenblick warf ich mich, ohne lange nachzudenken, mitten in die Schusslinie, und ehe ich michs versah, hatte er abgedrückt.

Ich spürte ein heißes Glühen im linken Arm, als hätte ich mich verbrannt.

Doch selbst im größten Schmerz hörte ich das Tier hinter mir zu Boden gehen. Ich hörte, wie es zusammensackte und auf dem laubbedeckten Untergrund landete. Und auch wenn ich ihm den Rücken zugekehrt hatte, glaubte ich sein rasches Dahinsiechen vor meinem geistigen Auge mitzuerleben – eine Szene, die ich heute noch von Zeit zu Zeit vor Augen habe.

Seraphim senkte das Gewehr. »Scheiße«, stieß er hervor.

Ich hatte die Hand an meinen Arm hochgerissen und spürte warmes Blut aus einem länglichen Riss in meiner Jacke hervorsickern. Die Kugel hatte mich auf ihrer Fluglinie zum Mufflon gestreift.

Ich drehte mich um, um nach dem Tier zu sehen. Es lag auf der Seite, mit einem klaffenden Loch in der Brust, inmitten einer immer größer werdenden Blutlache. Seine Augen waren geöffnet. Es war noch am Leben. Ich ging neben dem verwundeten Mufflon in die Hocke, legte ihm meine blutige Hand auf den Rücken und streichelte sein Fell. »Schon gut«, flüsterte ich, obwohl ich wusste, dass gar nichts gut war.

Das Mufflonschaf sah mich von der Seite her an. Jetzt erinnerten seine bernsteinfarbenen Augen an flüssiges Gold. Ich streichelte über seinen Kopf. Mehr konnte ich nicht für das Tier tun. Es atmete nur flach und unter großer Anstrengung. Schließlich machte es seinen letzten Atemzug, und die Augen verloren ihren Fokus.

Neben dem Tier kauernd, begann ich zu weinen, und zwar so hemmungslos, wie ich es seit meiner Kindheit nicht mehr getan hatte. Ich weinte um meine Liebe zu Nisha, weil ich sie so schrecklich vermisste, weil ich solche Angst um sie hatte. Ich weinte um diese einzigartige Kreatur, deren Leben so sinnlos vergeudet worden war. Ich weinte wegen des Blicks, mit dem das Schaf mich angesehen hatte, während es im Sterben lag, und ich weinte wegen des sinnlosen Tods von so vielen Tieren.

Als Seraphim sich hinter mir bewegte, wurde ich mir seiner Gegenwart wieder bewusst und drehte mich zu ihm um. Er hatte die Waffe heruntergenommen und hielt sie locker an seiner Seite.

Ich stand auf. Keine Ahnung, welchen Gesichtsausdruck ich dabei hatte, jedenfalls trat er einen Schritt zurück, obwohl er doch derjenige mit der Waffe in der Hand war.

»Alles in Ordnung?« Er wirkte verstört und irgendwie, als wäre er in sich zusammengeschrumpft.

»Sag mir, was du Nisha angetan hast.«

Er starrte mich wortlos an. Ich machte einen Schritt auf ihn zu; er wich wieder ein Stück zurück und verfestigte seinen Griff um das Gewehr.

»Wo ist sie?«

»Ich weiß es nicht.«

»Seraphim!«

»Ich sag die Wahrheit! Sie ist nie zu unserer Verabredung

erschienen. Ich schwöre es beim Grab meiner Mutter.« Er bekreuzigte sich und hielt meinem Blick stand. »Es tut mir leid. Bitte entschuldige, du blutest. Bringen wir dich ins Krankenhaus.«

Vielleicht war es meine Miene, oder irgendwas war in ihm vorgegangen, als ich geweint hatte, jedenfalls waren seine Augen weit aufgerissen, und es lag ein alarmierter Ausdruck darin. Jetzt hatte ich einen zutiefst verunsicherten, reumütigen Mann vor mir stehen, der bis ins Mark seiner verdorbenen Seele erschüttert war.

Zitternd ließ er das Gewehr fallen und hob beschwichtigend die Hände. »Ich schwöre es«, sagte er wieder. »Wenn du mir nicht glaubst, dann lass mich dir was zeigen.«

Flehend sah er mich an, gebannt meine Reaktion abwartend. Ich nickte. Er griff in seine hintere Hosentasche und zog sein Handy heraus, scrollte und hielt es mir hin.

Er hatte seinen Chatverlauf mit Nisha geöffnet.

31/10 22:16
Sehr geehrter Herr Seraphim, ich bin spät dran, weil ich nicht weggekommen bin, aber in einer halben Stunde bin ich im Maria's.

31/10 22:19
Gut. Bitte kommen Sie nicht zu spät, weil ich heute Abend früher gehen muss.

31/10 22:21
Sehr geehrter Herr Seraphim, ich versuche, so schnell wie möglich zu kommen. Danke, dass Sie mich treffen. Es ist sehr wichtig.

31/10 23:15
Ich warte auf Sie. Sind Sie unterwegs?

31/10 23:43
Hallo, Nisha?

01/11 00:01
Es tut mir leid, ich muss jetzt gehen.

Dann nahm er mir das Telefon wieder ab und scrollte erneut. Diesmal sollte ich mir eine Reihe von Textnachrichten zwischen ihm und seiner Frau ansehen.

31/10 22:10
Bitte komm heut früher nach Hause, ja? Es war ein langer Tag. Ich brauche eine Umarmung.

31/10 22:18
Mach ich. Keine Sorge. Ich liebe dich.

31/10 22:22
Ich bin bald bei dir. Bin noch verabredet, aber es sollte nicht lange dauern. Die Umarmung ist unterwegs! Ich liebe dich.

»Was soll das beweisen? Es könnte ja noch jemand anders beteiligt gewesen sein?«, sagte ich.

Seraphim stieß frustriert die Luft aus. »Was glaubst du denn, was passiert ist? Was fantasierst du dir da zusammen? Du kannst dir gern mein komplettes Handy ansehen. Los, nur zu! Ich habe nichts zu verbergen.«

Mit dem Telefon in der Hand drehte ich mich zu dem Mufflon um. Friedlich lag es vor mir, völlig unbewegt, das rechte Horn in einem seltsamen Winkel in den lockeren Waldboden gebohrt. Seine Augen waren immer noch geöffnet, wobei eins direkt durch die Baumkronen hinauf in den morgendlich düsteren Himmel starrte.

Noch einmal setzte ich mich neben das Tier. Ich legte ihm die Hand auf die Brust, und während die Sonne höher stieg, schien ihr Licht dem Körper und den Augen des Mufflons die goldene Farbe zu entziehen.

Und dann sah ich es. Es war, als würde goldener Dampf entweichen, sich mit der umliegenden Luft verbinden und zum Himmel aufsteigen. Ich sah, wie das Gold aus seinem Körper strömte und sich erhob, ungefähr so, wie wenn man sich vorstellt, dass eine Seele daraus emporschwebt. Das Gold wurde vor meinen Augen zu einem Teil des Sonnenaufgangs. Das Fell an seiner Unterseite war reinweiß, das an Kopf und Körper von einem hellen Graubraun. Die hübsch geschwungenen Hörner waren von einem gebrochenen Weiß, das mich mit seinem Stich ins Gräuliche an Stein erinnerte.

Zitternd lag meine Hand auf seiner Brust. Unter Tränen holte ich bebend Luft, zerrissen von einer heftigen Traurigkeit, die tief aus meinem Innersten empordrängte.

Seraphim stand schweigend hinter mir.

»Hast du das gesehen?«, fragte ich.

»Was gesehen?«

»Das Gold, wie es seinen Körper verlassen hat. Es hat sich in den Himmel verflüchtigt.«

Er antwortete nicht gleich, erst nach ein paar tiefen Atemzügen sagte er: »Du bist nicht mehr der Alte, seit Nisha fortgegangen ist.«

»Sie ist nicht fortgegangen. Du bist ein Arschloch, weißt du das?«

Jetzt sah ich ihn an, und plötzlich war alles wieder da: die Hoffnungen, die Nisha in mich gesetzt hatte, die Dinge, die sie gesagt hatte, wie sie wegen dieses Fotos von mir als kleiner Junge geweint hatte. *Du warst ein so niedliches, hübsches Kerlchen.* Waren das ihre Worte gewesen?

»Seraphim, ich bin raus«, sagte ich. »Von jetzt an lässt du mich in Ruhe. Du musst mich nicht für diese Jagd bezahlen und auch nicht für die letzte. Ich will nichts mehr mit alldem zu tun haben. Du kannst mein ganzes Hab und Gut abfackeln, das ist mir egal, aber wenn irgendjemand zu Schaden kommt, ich schwöre dir, dann bringe ich dich um.«

Die Vögel in den Käfigen zwitscherten immer noch aus vollem Herzen.

Die Sonne stieg höher. Die Zeit schien sich zu beschleunigen. Wie lange wir wohl so dastanden und einander anstarrten?

»Womit willst du deinen Lebensunterhalt verdienen?«, war alles, was er sagte.

Ich blieb ihm die Antwort schuldig.

Um fünf Uhr früh klingelte das iPad. Ich war hellwach. Man hatte mir den Arm genäht und bandagiert, aber darüber, wie das passiert war, hatte ich Stillschweigen bewahrt.

Als ich den Anruf entgegennahm, starrten mich Kumari und Nishas Mutter an.

»Was ist mit Ihrem Arm passiert, Herr Yiannis?«

»Ich bin gestürzt, Kumari. Keine Sorge, ist nichts Schlimmes.«

Sie sah mich aus zusammengekniffenen Augen an. Offenbar war sie nicht recht überzeugt.

Die alte Frau sagte etwas auf Singhalesisch. Ihr Gesicht war so glatt wie Stein, und sie fixierte mich mit großen Augen. Beim Sprechen öffnete und schloss sie ihre Finger. »Sagen Sie es mir!«, verlangte sie schließlich auf Englisch. Dann stieß sie Kumari mit dem Ellbogen an.

»Meine Großmutter macht sich große Sorgen«, erklärte Kumari. »Sie will wissen, wo meine Amma ist. Sie sagt, Amma hat noch nie vergessen, ihre geliebte Tochter und geliebte Mutter anzurufen. Sie fragt, was haben Sie mit ihr gemacht?«

Mir wurde schlagartig bewusst, dass meine Hände, die das Tablet hielten, zitterten.

Eine ganze Weile bekam ich keinen Ton heraus, und die beiden sahen mich abwartend an. Die alte Dame mit dem glatten Gesicht hatte Kumari die Hand auf die Schulter gelegt und klammerte sich angstvoll daran fest.

Das Mädchen funkelte mich unter einem frisch geschnittenen Pony hervor an.

»Kumari.« Ich seufzte tief. »Kumari, es tut mir so leid. Bitte sag deiner Großmutter, dass ich nicht weiß, wo deine Mutter steckt. Sie ist vor fast drei Wochen eines Abends aus dem Haus gegangen, und sie ist bis jetzt nicht zurückgekommen.«

Das Mädchen schien einen Moment zu überlegen und öffnete den Mund, um etwas zu erwidern, doch dann besann sie sich offenbar eines anderen und wandte sich ihrer Großmutter zu, um ihr meine Worte zu übersetzen.

Die alte Frau war völlig aufgelöst. Sie fing an zu weinen und redete so hastig auf das Mädchen ein, dass dieses vor den Augen seiner Großmutter mit der Hand herumfuchtelte, um sie zum Schweigen zu bringen. Die alte Frau aber ließ sich in ihrem Redefluss nicht bremsen, obwohl sie bereits völlig außer Atem war, und nun begann Kumari über die Stimme ihrer Großmutter hinweg zu übersetzen: »Sie fragt, wo sie ist. Warum sollte sie weggehen? Warum nicht zurückkommen? Ist etwas passiert?«

»Ich kann es dir nicht sagen, Kumari«, gab ich zurück. »Aber wir tun alles, um sie zu finden. Das kann ich dir versprechen. Wir tun alles.« Beim letzten Wort versagte meine Stimme.

»Sie will mehr Informationen, Herr Yiannis. Sie sagt, dass das, was Sie uns gesagt haben, nicht reicht. Sie muss mehr erfahren.«

»Ich weiß nur, dass vier weitere Frauen, allesamt Hausangestellte aus dem Ausland, sowie zwei von deren Kindern, ebenfalls vermisst werden. Mehr kann ich euch nicht sagen.«

Kumari übersetzte wieder für ihre Großmutter, und die alte Dame redete noch drängender auf sie ein. Sie stellte Fragen, so viel hörte ich heraus, so viele Fragen, aber das Mädchen wandte sich unbeirrt mir zu. Ihre Miene hatte sich schlagartig verdüstert, wirkte todernst. Sie erinnerte mich stark an ihre Mutter.

»Herr Yiannis«, sagte sie sehr leise, »warum haben Sie mir das nicht gesagt? Sie wissen es doch schon länger, nicht wahr?«

»Ja«, gab ich zu.

»Warum haben Sie es mir nicht gesagt?«

»Ich hatte Angst.«

»Wovor hatten Sie Angst, Herr Yiannis?«

»Ich hatte Angst, dir das Herz zu brechen.«

Kaum hatte ich diese Worte ausgesprochen, wurde der Bildschirm schwarz. Sie waren fort.

Ich saß da, starrte auf das Tablet und fragte mich, wie es Nisha gelungen war, die Nähe zu ihrer Tochter über dieses winzige Display aufrechtzuerhalten. Am liebsten hätte ich das Glas zerschmettert, um Kumari die Hand entgegenzustrecken, sie in meine Arme zu ziehen und ihr zu sagen, sie solle sich keine Sorgen machen. Ich wollte diesem Mädchen, das mich so sehr an seine Mutter erinnerte, Mut zusprechen, es trösten, aber es ging nicht. Nicht nur dass sie viel zu weit weg war, nein, ich hätte auch gar nicht gewusst, was ich hätte sagen sollen, um sie zu beruhigen.

Aasgeier gleiten unter den Wolken hindurch, die Schwingen v-förmig ausgebreitet. Tief unter ihnen starrt die leere Augenhöhle des Hasen zu ihren schwarz-silbernen Flügelunterseiten auf.

Was für ein herrlicher Morgen. Saphirblau und strahlend, mit schnell dahinziehenden Winterwolken. Vor Jahren kamen die Aasgeier in großen Scharen in diese Gegend geströmt, so zahlreich wie Schafe oder Ziegen in einer Herde; mittlerweile sind sie wieder zu einem seltenen Anblick geworden. Sie machen einen Schlenker und steuern auf den Hasen zu, die Schatten ihrer Flügel auf der Oberfläche des Sees werden länger, je tiefer sie sinken. Sie werden den Leichnam verschwinden lassen. Jetzt landen sie auf dem gelben Gestein des Kraterrands, recken die kleinen, kahlen roten Köpfe, die auf spindeldürren Hälsen sitzen. Sie mustern interessiert den Hasen.

Schließlich machen sie sich über die Fleischreste am Kadaver her, die vom Regen ganz breiig, fast schon verflüssigt sind. Der See glänzt in der mittäglichen Sonne.

Im vollgelaufenen Minenschacht hat sich weißes Leinen in Streifen gelöst, das angestaute Regenwasser schwappt sachte über das bläulich violette Fleisch einer weiblichen Brust.

Im Gästehaus schnüren der Mann und die Frau ihre Wanderstiefel.

Es wird ein wundervoller Tag, sagt sie, als das Sonnenlicht durch die Schlitze der Jalousien ins Zimmer strömt.

Ich habe was zu der alten Mine gelesen, sagt er. Das erzähle ich dir unterwegs.

Er referiert über die Frühgeschichte von Kupfer und Bronze, während sie an den Feldern mit Gerste und Weizen vorbeiwandern. Bei den Sonnenblumenfeldern erzählt er ihr alles, was er über die Minen gelesen hat, dass die Männer an ihren Quarzstaublungen gestorben sind, bis sie die ausgedörrte Ebene erreichen, die sich in völliger Einsamkeit bis zum Horizont erstreckt. Die Sonne ist stark, und die Frau schirmt die Augen mit der Hand ab, wie ein Matrose, der in See sticht.

Beim Anblick des Paars lassen die Aasgeier von dem Kadaver ab und entfernen sich mit trägen Flügelschlägen.

25

Petra

Ich pflückte gerade Blätter vom Weinstock im Garten, als das Telefon klingelte. Heute plante ich, für Aliki etwas Leckeres zu kochen. Wir hatten den Samstag in aller Ruhe mit Brettspielen verbracht, hatten so getan, als würden wir lesen, während wir uns in Wirklichkeit um Nisha sorgten.

Ich hatte vor, gefüllte Weinblätter für ein Sonntagspicknick zu machen. Diese würde ich in Alufolie wickeln, damit wir sie unterwegs mit den Fingern essen konnten, unter dem Famagusta-Tor.

Tonys Stimme am anderen Ende veränderte alles: »Petra, ich würde Sie ja bitten herzukommen, um es Ihnen persönlich zu sagen, aber das hier kann nicht warten. Man hat einen Leichnam gefunden, im Minenschacht beim roten See von Mitsero.«

Ich begann zu zittern. Mit letzter Kraft legte ich den Hörer auf, dann lief ich rasch Aliki holen und brachte sie rüber zu Frau Hadjikyriacou. Beim Anblick meiner verzweifelten

Miene nahm diese meine Tochter in Empfang, ohne irgendwelche Fragen zu stellen.

Gerade als ich mich zum Gehen wandte, rief Aliki mir nach: »Was ist passiert? Wo gehst du hin? Ist es wegen Nisha?«

Ich fand nicht die Worte, um ihr zu antworten, aber ich begegnete ihrem Blick und nickte, ehe ich losstürmte.

Zwei Treppenstufen auf einmal nehmend, lief ich hinauf zu Yiannis' Wohnung und hämmerte gegen die Tür.

Mit blutunterlaufenen Augen machte er mir auf, und ich bemerkte, dass sein Arm in einer Schlinge steckte. Es sah aus, als hätte er die ganze Nacht durchgeweint.

»Was ist passiert?«, fragte ich irritiert.

»Kein Grund zur Besorgnis.«

Als ich ihm von Tonys Anruf erzählte, machte er ein bestürztes Gesicht. Hastig schnappte er sich seine Wohnungsschlüssel und schlüpfte wortlos in seine Turnschuhe.

Von unserem Haus aus braucht man etwa zwanzig Minuten bis Mitsero. Die ganze Fahrt über musste ich an diesen See und die verlassenen Minenschächte und an das rostrote Gerippe denken, das wie ein Geist darüber wachte.

Wir fuhren bis ganz ans Ende der befestigten Zufahrtsstraße, die am Dorf Agrokipia vorbeiführt. Dort ließ ich den Wagen am Rand der aufgebrochenen Fahrbahn stehen, da man von dort aus nur zu Fuß über einen Feldweg zum See gelangte.

Es hatte sich bereits eine kleinere Menschenmenge versammelt, Gaffer, die wissen wollten, was geschehen war.

Dass so was bei uns passiert, unglaublich!

So etwas hier – niemals.

Wen sie da wohl gefunden haben?

Ich bemühte mich, die Stimmen auszublenden.

Der Bereich rund um den See war mit Absperrband gesichert. Hubschrauber kreisten über uns in der Luft. Wir standen an einem schroffen Hang aus gelbem Gestein, der zum Wasser hin steil abfiel. Ich spürte, dass Yiannis neben mir stand, wagte es aber nicht, ihm ins Gesicht zu sehen. Denn wenn ich darin auch nur eine Spur von Angst entdeckt hätte, wäre ich daran zerbrochen; es gelang mir mit Müh und Not, die Fassung zu wahren. Aber ich hörte ihn atmen. Es klang zittrig.

Der Leichnam war in ein weißes Leintuch gewickelt.

Touristen, sie waren wandern.

Der Minenschacht ist durch den vielen Regen mit Wasser vollgelaufen.

Ja, das habe ich auch gehört!

Und das hat den Leichnam rausgeschwemmt.

Ja. Die Leiche ist hochgekommen.

Ich sah Nisha vor meinem geistigen Auge, als würde sie leibhaftig vor mir stehen: in Flip-Flops und kurzer Hose, ein leichter dunkler Haarflaum auf den Schenkeln, der geflochtene Zopf, der ihr bis zum Steißbein ging, Perlenkettchen an den Handgelenken – Schmuckstücke, die ihre Tochter für sie gemacht und in einem zerfledderten Umschlag geschickt hatte. Meine Gedanken schweiften weiter: Nisha, wie sie gelbe Gummihandschuhe von den Händen zog, wie sie Orangenmarmelade auf Toast verteilte, mit einem langen Löffel im Kaffee auf dem Herd rührte, mich mit dieser ständigen Neugier im Blick fragend ansah, Augen, in denen sich auch immer ihre Vergangenheit spiegelte, düster, dunkel.

Irgendwo jenseits der Felder und Wiesen läutete eine Kirchenglocke. Wieder und wieder ertönte ihr tiefer Klang, und dennoch drangen die Stimmen der Schaulustigen an mein Ohr.

Der Leichnam ist bereits verwest.

Sie werden DNA-Tests durchführen müssen.

Ich wagte es nicht, die Gedanken, die mir durch den Kopf gingen, laut auszusprechen, aber ich wusste, dass Yiannis das Gleiche dachte, denn als ich mich am Ende doch zu ihm drehte, sah ich, dass er kreidebleich war und am ganzen Leib zitterte.

Im nächsten Moment war er losgelaufen. Ich sah, wie er sich durch die Menschenmenge kämpfte und auf den Förderturm zuhielt. Eine Zeit lang verlor ich ihn aus den Augen, dann hörte ich einen Tumult. Ich drängelte mich weiter vor und sah, dass Yiannis mit einem Polizisten diskutierte: Es war ihm gelungen, hinter die Absperrung zu gelangen, mitten hinein in den Ermittlungsbereich. Der Beamte hatte die Arme ausgestreckt, um ihn zurückzuhalten; ein weiterer Polizist näherte sich ihm von rechts. Dieser zweite Polizist legte Yiannis eine Hand auf die Schulter und versuchte, ihn mit Gesten zu beschwichtigen.

»Hey!«, rief ich. »Lassen Sie ihn in Ruhe! Schon gut, er kennt sie.«

Erst als sie sich allesamt zu mir umgedreht hatten – die Polizeibeamten, die Schaulustigen –, begriff ich, was ich gesagt hatte.

Völlig gedankenverloren entfernten wir uns vom See. Die Polizei hatte uns gebeten, wieder nach Hause zu fahren, man würde erst verschiedene Tests durchführen müssen, irgendwas mit DNA, Vermessung der Knochen – ich verstand kaum ein Wort von dem, was sie sagten.

Jetzt saßen wir im Auto und fuhren zurück. Mein Blick wanderte verstohlen zu Yiannis. Er war nur noch ein Schatten seiner selbst. Seine Augen waren tief eingesunken, die Lippen zu einer schmalen Linie gepresst. Er sah aus wie ein verschrumpelter Vogel, alt und ohne Gefieder.

Gerade wollte ich auf die Straße Richtung Nikosia abbiegen, als er das Wort ergriff, seine Stimme trocken und heiser.

»Petra«, sagte er.

»Ja?«

»Begleiten Sie mich?«

»Wohin denn?«

»Ich kann noch nicht zurück.«

»Aber wohin?«

»In den Wald.«

»Weshalb?«

»Ich muss etwas nachsehen. Kommen Sie mit? Fahren Sie mich zu der Stelle?«

»Sicher«, sagte ich.

Ich folgte also Yiannis' Wegbeschreibung und fuhr mit ihm südwärts, in einen Wald unweit des Dorfes Zygi. Der Duft von wildem Thymian und Rosmarin schlug mir entgegen. In der Ferne sah ich die Zitrusplantagen, herrlich leuchtende gelbe und orange Farbtupfer. Er lotste mich zu einem abgelegenen Flecken ein Stück abseits der Straße, wo ich den Wagen parkte. Er stieg aus, bedeutete mir, ihm zu folgen, und ging einen schmalen Pfad entlang, der zwischen hohen Sträuchern hindurchführte. Wir bewegten uns in eine dichte dunkle Bewaldung aus Eukalyptusbäumen und Akazien hinein. Nach einigen Minuten Marschzeit durchs Unterholz erreichten wir eine Lichtung.

Dort lag, umschwärmt von unzähligen Fliegen, ein Mufflonschaf. Ich wollte näher herantreten, doch Yiannis hielt mich mit der Hand seiner unverletzten Seite am Arm zurück.

»Nein«, sagte er. »Nicht das.«

Also folgte ich ihm tiefer in den Wald hinein, wo uns eine Kakofonie aus verschiedensten Vogelstimmen empfing. Ein so wildes Gezwitscher hatte ich noch nie gehört, so viele unterschiedliche Laute, die sich überlagerten. Es waren Unmengen, über unseren Köpfen, um uns herum, Tausende und Abertausende von Vögeln flatterten hilflos in Netzen, die sich über die Länge der gesamten Lichtung spannten.

»Was ist das hier?«, fragte ich erschüttert.

»Japannetze«, entgegnete er mit tonloser Stimme. »Gestern waren wir auf der Jagd …«

Ich warf ihm einen scharfen Blick zu.

»Ja«, fuhr er fort und senkte betreten den Kopf. »Wir waren auf der Jagd, Seraphim und ich. Nach meiner Verwundung sind wir völlig überstürzt aufgebrochen. Ich wusste nicht, ob Seraphim anschließend noch mal hergefahren ist. Wie es aussieht, war er nicht mehr da.«

Ich blickte erneut zu den Netzen auf. Es war ein Höllenlärm. Das Gepfeife und Gekreische von Tausenden von Vögeln, gefangen auf engstem Raum. Am liebsten hätte ich mich auf der Stelle übergeben. Die Tiere flatterten hilflos in dem Versuch zu entkommen.

»Helfen Sie mir, die Vögel zu befreien?«, fragte Yiannis.

Er fing an, mit der rechten Hand am Netz zu zerren, bis es sachte zu Boden fiel. Er ging auf die Knie und kümmerte sich um einen Vogel nach dem anderen. Er hatte große Mühe damit, weil er nur mit dem einen Arm arbeiten konnte, deshalb kauerte ich mich neben ihn und half mit.

»Du lieber Himmel«, sagte ich. Einige von den Tieren waren bereits tot, aber diejenigen, die noch am Leben waren, umschloss ich vorsichtig mit den Händen, streichelte ihr Gefieder, während ich sie aus den Maschen befreite, und setzte sie dann am Boden ab, um zu sehen, ob sie sich rührten. Einige hopsten sofort davon, andere flogen in die Baumkronen hinauf oder erhoben sich in den Himmel. Einer nach dem anderen. Vogel für Vogel. Yiannis und ich arbeiteten mit vereinten Kräften, auch wenn er sich recht unbeholfen anstellte und nicht ganz so viel schaffte wie ich. Sein Frust war deutlich spürbar, weil ihm seine Rettungsversuche immer wieder missglückten, aber ich würde mich hüten, ihn zu bitten, es lieber bleiben zu lassen.

Wir waren fast eine Stunde lang beschäftigt und befreiten unermüdlich Vögel. Es waren viele Zugvögel darunter, aber auch heimische Arten. Zwischen Mönchsgrasmücken fanden sich Graureiher und Blaumerlen, aber auch wunderschöne winzige Mauerläufer mit ihren strahlend purpurroten Schwungfedern.

Mittlerweile flossen bei mir Tränen, und mein Schluchzen verschmolz mit den Schreien der Vögel.

»Da sind Kreuzschnäbel und Kohlmeisen, Blauhäher und Baumläufer«, sagte Yiannis, als würde er sie zum ersten Mal richtig wahrnehmen. »Da, sogar ein Schwarzmilan«, fuhr er fort, »und Mäusebussarde und Wespenbussarde. Ach, sehen Sie, da … das sind ja Hunderte von Finken.«

»Ist es nicht total traurig, dass sie trotz allem so munter zwitschern?«, sagte ich.

»Sie zwitschern, bis sie sterben«, gab Yiannis zurück.

»Hören Sie sich doch nur ihren Gesang an«, sagte ich. »Oh, sehen Sie, da!«

Mitten im Netz hatte sich ein Turmfalke verheddert und bäumte sich zappelnd auf.

»Er lebt noch«, sagte ich. Einer der Flügel steckte im Netz fest, also zog ich mit den Fingern an den Fäden, versuchte, sie vorsichtig mit den Nägeln zu entwirren, ganz behutsam, um dem Falken keine Angst einzujagen oder ihn noch unnötig zu verletzen.

»Er wäre einen langsamen, qualvollen Tod gestorben«, bemerkte Yiannis schuldbewusst.

Ich hielt den Vogel auf dem Schoß, während ich ihn Millimeter für Millimeter aus den Maschen befreite. Er hielt sich ganz still und sah mich mit seinen großen Knopfaugen an. Die bereits befreiten Vögel flogen über unsere Köpfe hinweg, segelten um uns herum. Auf dem Boden neben uns lagen die Tiere, die wir nur noch tot hatten herausholen können.

Endlich hatte ich den Falken frei. Yiannis und ich sahen zu, wie er seine getupften Flügel ausbreitete und sich in die Lüfte hinaufschwang. »Nisha hat ihr Lächeln nie verloren«, sagte ich, »ganz gleich, was war. Sie hat meine Tochter großgezogen, mein Haus sauber gehalten und dabei immer gelächelt, und es kam stets von Herzen. Ist Ihnen das je aufgefallen?«

»Nisha hat mir mal erzählt«, entgegnete Yiannis, während er der Flugbahn des Falken in den Himmel folgte, »dass sie Aliki vor ihrem eigenen Schmerz schützen wollte. Sie trug so viel davon in sich – vom Schmerz, meine ich. Ich weiß nicht, ob Ihnen das bewusst war. Aber sie wollte, dass Aliki sie immer nur glücklich erlebte, damit das Kind das Gefühl haben konnte, die Welt sei voller Freude. ›Kinder erfahren die Welt durch unsere Augen. Wenn sie darin Freude oder Glück oder Liebe sehen, können sie sich sicher sein, dass diese Dinge existieren.‹«

Im selben Moment wurde mir bewusst, dass das das größte Geschenk war, das Nisha meiner Tochter bereitet hatte – dass Aliki die Welt durch ihre Augen zu begreifen lernen durfte.

Es war zwei Abende später, als ich Aliki zu Bett brachte. »Weißt du noch, wie du mir von den Vögeln erzählt hast, die vom Himmel gestohlen werden?«, fragte ich sie, während ich ihr die Decke bis hoch unters Kinn zog, um sie dann umzuklappen und um ihre Arme herum festzustecken. Sie mochte es, wenn sie fest eingepackt war, wie in einen Kokon.

Sie nickte.

»Ich habe sie befreit. Yiannis und ich, wir sind rausgefahren und haben sie gerettet. Wir haben sie aus den Netzen herausgeholt, damit sie wieder fliegen können.«

»Und jetzt können sie ihre Reise fortsetzen?«

»Ja.«

Wieder nickte sie, ihre Augen groß und glänzend im Schein der Nachttischlampe.

»Sind welche von den Vögeln gestorben?«

Ich zögerte. »Ein paar, ja.«

»Nisha wird traurig sein.«

Am Dienstag rief Tony mich an und fragte, ob er am Abend vorbeikommen könne. Er klang sehr besorgt.

»Stimmt irgendwas nicht?«, fragte ich. Ich kannte ihn bereits gut genug, dass mir sein zögerlicher, banger Ton sofort auffiel. Er rief fast jeden Tag an, um sich zu erkundigen, wie es mir ging, um mich auf den neusten Stand zu bringen, um zu hören, ob Yiannis oder ich irgendwelche Neuigkeiten hatten.

»Am besten reden wir persönlich«, wehrte er ab.

Ich lief sofort hinauf zu Yiannis, um ihm mitzuteilen, dass Tony gegen sieben vorbeikommen würde, ging aber nicht näher auf unser Telefonat ein.

Dann brachte ich Aliki zu Frau Hadjikyriacou.

»Es kommt jemand vorbei, der dir was zu Nisha sagen kann,

stimmt's?«, fragte Aliki, als wir bei unserer Nachbarin an die Tür klopften.

»Ich denke schon, ja«, gab ich zurück.

»Hm«, war ihre einzige Reaktion darauf. Ein winziger Laut, wie von einer Maus.

Yiannis traf als Erster ein, um kurz vor sieben. Er hatte sein Tablet dabei, für den Fall, dass Kumari anrief: Er machte sich große Sorgen um das Mädchen. Seine Haare waren länger geworden, er war unrasiert, und er hatte dunkle Ringe unter den Augen. Außerdem sah er aus, als hätte er seine Kleider seit Tagen nicht gewechselt. Sein Arm steckte immer noch in der Schlinge, und ich machte mir nicht die Mühe, noch einmal nachzuhaken, was passiert war. Er setzte sich auf das Sofa möglichst nahe ans Kaminfeuer. Keiner von uns beiden ging auf die gemeinsame Rettungsaktion der Singvögel ein, und auch Nisha erwähnte keiner von uns auch nur mit einem Wort.

»Wie geht's Aliki?«, fragte er.

»Ihr geht's gut, danke. Sie ist bei Frau Hadjikyriacou.«

Er nickte.

»Kann ich Ihnen was zu trinken anbieten?«

»Einfach nur Wasser, bitte.«

Ich war schon auf dem Weg in die Küche, als das Tablet klingelte.

»Wie geht es dir, Kumari?«, hörte ich Yiannis sagen.

»Herr Yiannis, ich mache mir Sorgen. Ich fantasiere mir alle möglichen Geschichten zusammen, was mit Amma passiert sein könnte. Vielleicht ist sie irgendwo in einem tiefen Tunnel eingeschlossen, so wie Baba damals. Amma hat mir die Geschichte von Baba erzählt. Sagen Sie mir von jetzt an nur wahre Sachen, Herr Yiannis? Weil mein Gehirn sich sonst andere Dinge ausdenkt.«

»Versprochen«, sagte er.

»Meine Großmutter möchte mehr Informationen wissen. Sie liegt im anderen Zimmer auf dem Bett. Sie hat geweint.«

»In Ordnung, Kumari«, sagte er. »Jetzt hör mir gut zu: Ich bin da, falls du oder deine Großmutter mit mir reden wollt.« Yiannis zögerte, als ich mit einem Krug Wasser und drei Gläsern auf einem Tablett ins Wohnzimmer zurückkehrte und die Sachen auf dem Sofatisch abstellte. »Hier auf der Insel hat man in einem See eine Frau gefunden«, begann er. Ich stand hinter ihm, wo mich das Licht des Displays nicht erreichte. Kumari sagte zunächst kein Wort, bevor sie mit zittriger Stimme fragte: »Lebt diese Dame im See noch?«

»Nein.«

»Könnte die Dame in dem See meine Amma sein?«

»Ich weiß es nicht. Ich glaube nicht. Eigentlich bin ich mir sicher, dass sie es nicht ist.«

Wie zuvor folgte längeres Schweigen.

»Sie denken, es könnte Amma sein. Ich weiß, dass Sie das denken«, sagte sie. »Wenn Sie nämlich denken würden, dass es ganz sicher nicht meine Amma ist, würden Sie mir diese Information nicht sagen. Sie wollen mir sagen … ich muss vorbereitet sein. Ist es nicht so, Herr Yiannis?«

»Ja, Kumari.«

Dann war sie fort.

Yiannis saß reglos da und starrte auf sein eigenes Spiegelbild auf dem dunklen Bildschirm. Ich machte einen Schritt auf ihn zu und legte ihm die Hand auf die Schulter.

Es klingelte an der Tür.

Ich ließ Yiannis allein im Wohnzimmer sitzen und ging zur Haustür, um Tony reinzulassen. Es war seltsam, ihn außerhalb seines gläsernen Büros zu sehen. Er war viel größer und breiter, als mir bewusst gewesen war. Langsam und schwerfällig wie ein Bär kam er herein.

Er setzte sich auf den Sessel gegenüber von Yiannis, und ich schenkte ihm ein Glas Wasser ein.

»Kann ich Ihnen noch was anderes anbieten?«, fragte ich. »Einen Kaffee oder Tee? Die Fahrt von Limassol hierher ist lang und anstrengend.«

»Nein danke, Petra«, gab er zurück. »Und danke für Ihre Gastfreundschaft.«

Ich rang mir ein schwaches Lächeln ab und setzte mich ebenfalls. Als Yiannis und ich ihn beide abwartend anstarrten, begann er nach kurzem Zögern seinen Bericht.

»Ich bin hergekommen, um es Ihnen persönlich zu sagen, bevor Sie es aus den Nachrichten erfahren.«

»Sie haben den Leichnam identifiziert?«, fragte Yiannis ungeduldig. Er war zur Sofakante vorgerutscht, und ich merkte, dass seine Hände, die auf den Knien lagen, zitterten.

»Ja, das haben sie.«

»Ist es Nisha?«

»Nein«, sagte Tony, und ich hörte Yiannis aufatmen. »Aber lassen Sie mich zu Ende erzählen«, sagte Tony. »Die Frau wurde als eine gewisse Rosamie Cotabu identifiziert. Petra, Sie erkennen den Namen vielleicht wieder. Sie war eine der Frauen, von denen ich Ihnen bei Ihrem ersten Besuch erzählt habe.«

Ich nickte und warf einen kurzen Blick zu Yiannis, der beunruhigter wirkte denn je und sich die rechte Schläfe massierte.

»Rosamie Cotabu«, wiederholte Tony ganz langsam. »Würde es Sie stören, wenn ich eine rauche?«

»Nein, ganz und gar nicht«, sagte ich und stand im selben

Atemzug auf, um eine Untertasse zu holen, die er als Aschenbecher benutzen konnte. Als ich wieder ins Wohnzimmer zurückkam, hatte er die Zigarette bereits angezündet, und Rauchschwaden wirbelten im Schein des Kaminfeuers durch die Luft. Jetzt sah ich, dass auch Tonys Hand zitterte, als er die Zigarette zum Mund führte und drei Mal hintereinander kräftig daran zog, bis die Asche fast herunterfiel. Vorsichtig bewegte er sie Richtung Untertasse und stippte sie darüber ab.

»Ich habe einen Freund bei der Polizei«, sagte er, den Blick auf mich gerichtet. »Er gehört dem niedrigsten Dienstgrad an, deshalb ist er nicht in die Ermittlungen involviert, aber er hat sich als recht nützlicher Informant erwiesen.«

Ich nickte und setzte mich wieder.

»Rosamie Cotabu«, fuhr er fort, »ich habe Ihnen von ihr erzählt, nicht wahr? Das ist die, deren Arbeitgeber sie geschlagen hat.«

»Ja«, sagte ich. »Ich erinnere mich.«

»Sie hat sich Hilfe suchend an die Polizei gewandt, aber dort hat man ihr lediglich empfohlen, Zypern zu verlassen, wenn sie nicht glücklich ist. Niemand wollte ihr helfen.« Er legte eine Pause ein und zog mit schwermütiger Miene an seiner Zigarette, bevor er sie ausdrückte. »Ich wusste, dass Rosamie niemals weggelaufen wäre. Deshalb stand für mich fest, dass etwas nicht stimmte. Warum habe ich nicht gleich alle Hebel in Bewegung gesetzt?« Er hob den Arm und ließ ihn schwer auf die Sessellehne sinken. Er fischte sofort wieder eine neue Zigarette aus der Packung und hielt sie zwischen den Fingern, ohne sie anzuzünden. »Oh«, sagte er jetzt lächelnd, »was für ein fröhliches Mädchen sie war! Sie hatte so viele Freunde. Sie meinte, ich habe ihr das Leben gerettet.« An diesem Punkt brachen bei Tony die Schleusen, und plötzlich flossen die Tränen; unablässig quollen sie aus ihm heraus, er war machtlos dagegen und entschuldigte sich wieder und wieder zwischen unterdrückten Schluchzern.

»Es tut mir so leid, Petra. Ich wollte Ihnen nicht zur Last fallen«, presste er hervor und versuchte, sich zu sammeln, indem er die Zigarette anzündete und den Rauch in seiner Lunge behielt, als könnte er ihm das Leben retten.

»Keine Sorge, Tony«, sagte ich. Yiannis verhielt sich währenddessen so mucksmäuschenstill, dass ich um ein Haar vergessen hätte, dass er noch da war. Doch als ich mich jetzt zu ihm wandte, stellte ich fest, dass er absolut präsent war und innerlich bebte. Ich sah, wie sehr er litt. Er erinnerte mich an eine Weizenähre, die allein auf weiter Flur zitternd im Wind steht.

»Die Polizei hat sich ihr Handy angesehen. Man hat es auf einem Feld ganz in der Nähe gefunden«, fuhr Tony fort. »Sie entdeckten, dass sie Textnachrichten mit einem Mann ausgetauscht hatte, den sie auf einer Dating-Seite kennengelernt hatte. An diesem Abend, der Nacht, in der sie verschwand, war sie ausgegangen, um ihn zum ersten Mal in echt zu treffen. Er war der Letzte, dem sie eine Nachricht schrieb. Die Polizei stellte fest, dass sein Profil auf dieser Dating-Seite unter falschem Namen lief, doch man konnte seine Spur trotzdem zurückverfolgen und ihn als einen fünfunddreißig Jahre alten griechischen Zyprer, einen Soldaten in der Nationalgarde, identifizieren. Man hat ihn zum Verhör aufs Revier gebracht. Die Autopsie hat ergeben, dass sie Verletzungen am Oberkörper sowie Würgemale am Hals hatte.« Er schüttelte den Kopf. »Ich sag Ihnen, es sieht nicht gut aus.«

»Nein«, bestätigte Yiannis, und seine Stimme klang in meinen Ohren fremd, ein heiseres Krächzen, als hätte er seit Jahren mit keiner Menschenseele mehr gesprochen. »Aber ich weiß zufällig genau, dass Nisha sich niemals auf ein Date mit jemandem eingelassen hätte. Da bin ich mir sicher. Sie hat mich geliebt.«

Tony nickte mitfühlend. »Früher oder später werden wir Klarheit haben«, meinte er, »aber vorerst bleibt uns nur abzuwarten.«

Nachdem der Mann sich verabschiedet hatte, saß ich wie gelähmt da und fror. Ein heftiger Sturm rüttelte an den Fenstern und brachte den Olivenbaum vor dem Haus in Schieflage. Ich ging in Alikis Zimmer. Sie schlief tief und fest. Ich schlüpfte zu ihr unter die Decke und schmiegte mich an sie, roch den Duft ihrer Haare, küsste sie im Schlaf liebevoll auf die Wange.

26

Yiannis

Die Nachricht vom Mord an Rosamie Cotabu schlug ein wie eine Bombe. Die Leute wurden unruhig. Die vietnamesischen Hausmädchen mit ihren Reishüten behielten misstrauisch jeden Passanten im Auge. Vor dem Haus nebenan stand Ruba, Frau Hadjikyriacous Angestellte, einen Besen in der Hand. Sie wirkte verängstigt.

Diesmal rief ich bei Kumari an. Und sie war auch diesmal allein.

»Guten Morgen, Herr Yiannis, haben Sie neue Informationen? Meine Großmutter macht Frühstück für mich, sie weint die ganze Zeit. Sie wischt immerzu Tränen mit dem Ärmel ihrer Strickjacke fort.«

»Hast du denn geweint, Kumari?«

»Nein. Ich weine erst, wenn ich alle Fakten kenne. Gibt es denn neue Fakten?«

»Man weiß jetzt, wer die Frau im See ist. Es ist nicht deine Mutter.«

Kumari stieß ein lang gezogenes Seufzen aus, als hätte sie die Luft angehalten. Bei den folgenden Worten lag ein Beben in ihrer Stimme, das ihre tiefe Erschütterung verriet: »Vielen Dank. Ach, Herr Yiannis, was bin ich froh. Es ist nicht meine Amma.«

Sie legte das Tablet auf den Tisch, sodass ich nur noch die Decke sah und sie im Hintergrund mit ihrer Großmutter reden hörte. Diese bedrängte sie unter Tränen mit immer weiteren Fragen.

Kumari nahm das Tablet wieder zur Hand.

»Wie lautet der Name der Dame, die man in diesem See gefunden hat?«

»Ihr Name ist Rosamie Cotabu.«

»War sie eine der vermissten Frauen, von denen Sie gesprochen haben?«

»Ja, das war sie.«

»Eine von den fünf Vermissten.«

»Ja.«

»War sie eine Hausangestellte wie meine Amma?«

»Ja.«

Kumari verstummte schlagartig. Im Hintergrund hörte ich ihre Großmutter immer noch reden.

»Denken Sie, man wird meine Amma so finden wie diese Dame, Herr Yiannis?«

»Nein«, beeilte ich mich zu sagen. »Das glaube ich nicht.«

»Aber sie wurde auch vermisst wie meine Amma. So ist es doch, Herr Yiannis, nicht wahr?«

Weil Rosamie Cotabu Christin war, begleiteten Kirchenglocken ihren Abschied ins Jenseits. Unterdessen begann es zu brodeln. Denn die Hausangestellten im Land waren nicht nur verängstigt, sondern auch voller Wut. Immerhin hatte man Rosamie Cotabu als vermisst gemeldet, aber die Polizei hatte es vorgezogen, die inständigen Bitten und Bedenken ihrer Arbeitgeber zu ignorieren. Schließlich hatte man sie in einem Minenschacht gefunden, in ein weißes Leinentuch gewickelt.

Unten auf der Straße gingen Frauen vorüber, mittlerweile nur noch paarweise. Sie steckten die Köpfe zusammen und tuschelten angeregt, doch ihre Augen waren immer auf der Hut und hielten nach möglichen Gefahren Ausschau. Es war ein wenig so wie in den ersten Stunden und Tagen nach einem schweren Erdbeben, wo die Menschen in der ständigen Erwartung der nächsten Erschütterung in konstanter Alarmbereitschaft sind. Die Wände um einen herum und der Boden unter den Füßen wecken mit einem Mal kein Vertrauen mehr, wirken instabil, man fühlt sich nirgends mehr sicher.

Ein Mann war in Gewahrsam genommen worden, doch sein Name war bislang nicht an die Öffentlichkeit gedrungen. Tony wusste genauso wenig wie alle anderen.

Irgendwann im Laufe der Woche klopfte Seraphim bei mir an die Tür. Es war das erste Mal überhaupt, dass er mir einen Besuch abstattete, noch dazu unangekündigt.

Ich machte ihm auf und trat ohne ein Wort der Begrüßung beiseite, um ihn einzulassen.

»Was macht dein Arm?«, fragte er mit einem Blick auf den Verband. Die Schlinge brauchte ich zum Glück nicht mehr.

»Besser.«

»Ich habe von der Frau in den Minen von Mitsero gehört«, sagte er.

Ich nickte nur und bedeutete ihm, sich zu setzen.

»Hast du was von Nisha gehört?«

»Nein«, gab ich zurück.

Er blickte zur offenen Balkontür hinaus, sagte aber nichts weiter.

Als Nächstes zog er den Reißverschluss an dem Rucksack auf, den er zu seinen Füßen abgestellt hatte. Daraus zog er ein dickes Bündel Geldscheine. Wie es aussah, war es weit mehr als das, was er mir für die vorangegangene Jagd schuldete.

»Das sieht aus, als wären es mindestens zehntausend Euro«, bemerkte ich.

»Da liegst du richtig.« Er legte das Geld auf den Couchtisch zwischen uns. »Es gehört dir«, sagte er.

»Bestechungsgeld?«

»Warum sollte ich dich bestechen?«

»Damit ich den Mund halte.«

Der kleine Vogel hopste hoch auf den Tisch und inspizierte den Packen Geldscheine. Seraphim runzelte die Stirn, dann sah er mich scharf an.

»Hast du neuerdings einen Vogel als Haustier?«

»Er ist kein Haustier«, gab ich zurück. Zu mehr fehlte mir die Kraft.

»Das Geld soll dir helfen, über die Runden zu kommen, bis du was Neues gefunden hast.«

Ausdruckslos starrte ich ihn an.

»Wir kennen uns schon eine halbe Ewigkeit, stimmt's?«, versuchte er es weiter.

Ich nickte misstrauisch und fragte mich, was er diesmal im Schilde führte.

»Ich weiß noch gut, wie ich früher immer mit meinem Dad bei euch auf der Farm zu Besuch war, erinnerst du dich?«

Auf mein Schulterzucken hin fuhr er fort:

»Ich war gerne bei euch, endlich mal raus aus der Stadt. Ich war total neidisch auf euch und euer Leben. Ich war immer so was von eifersüchtig auf dich und die ganzen Freiheiten, die du hattest. Die einzigen Gelegenheiten, wo ich draußen im Freien sein durfte, war mit einem Gewehr in der Hand.«

Sein Blick ging eine Zeit lang ins Leere, ehe er die Augen wieder auf mich richtete.

»Neulich, als ich deine Reaktion auf den Tod des Mufflons miterlebte, da … da hat mich das erinnert an …«

Ich wartete ab, aber er führte den Satz nicht zu Ende.

»Ich sag denen da oben, dass du bei einem Unfall schwer verletzt wurdest und nicht mehr für sie arbeiten kannst.«

»Vielen Dank«, sagte ich.

»Ich werde sie davon überzeugen, dass es nicht nötig ist, dich zum Schweigen zu bringen.«

Ich nickte.

»Hör zu, ich war nicht immer so ein verdammter Arsch. Weißt du das nicht mehr?«

Woran ich mich sehr gut erinnerte, war Seraphim, wie er mit meiner Krähe, die er getötet hatte, stolz den Berg hinunterlief. Er hatte sie kopfüber an den Beinen festgehalten.

Offenbar war ihm meine zweifelnde Miene nicht entgangen, denn jetzt sagte er: »Komm schon, Yiannis! Erinnerst du dich nicht? Erst als sie mir diese Waffe in die Hand drückten, wurde aus mir ein anderer. Davor haben wir immer friedlich im Wald gespielt. Du hast mir alle möglichen Insekten gezeigt, die im Laub herumkrabbeln. Du hast mir beigebracht, wie man eine Schlange fängt und dann wieder freilässt. Wir haben im Olivenhain Domino gespielt. Wir haben uns ein Iglu aus Ästen und Zweigen gebaut und zusammen den Nordpol erforscht! Wir haben im Pazifik Seite an Seite gegen Haie gekämpft!«

Er hatte natürlich vollkommen recht. Klar hatte ich all das

nicht vergessen. Genau diese Erinnerungen waren es, die mich davon abgehalten hatten, ihn einfach nur abgrundtief zu hassen. Plötzlich hatte ich ein Bild vor Augen, wie er auf einem umgefallenen Baumstumpf steht und mich ermutigt, unter Lebensgefahr einen reißenden Fluss aus Gras zu überqueren.

»Wir haben ein Katapult gebaut, um damit die reifen Äpfel vom Baum zu schießen«, sagte er, »damit wir im Amazonasgebiet genug Proviant hatten, um überleben zu können.«

»Stimmt«, sagte ich.

»Du weißt es also.«

Ich nickte ganz langsam.

»Nimm das Geld«, sagte er. »Bitte.«

»Okay.«

Ich bedankte mich mit keinem Wort bei ihm und bot ihm auch nichts zu trinken an.

»Ich habe einen neuen Lehrling«, sagte er, bereits auf dem Sprung zur Tür. »Ein junger Kerl, ziemlich pfiffig. Genau, was ich brauche. Aber weißt du, Oksana möchte, dass ich mit der ganzen Sache aufhöre. Sie versteht nicht, dass ich dafür einen hohen Preis bezahle. Wir erwarten ein Kind. Ich kann kein Risiko eingehen.«

Sein Blick war gleichzeitig traurig und voller Angst.

»Wie *geht* es Oksana?«, fragte ich.

»Sehr gut. Ich bin endlich mit dem Wandbild im Kinderzimmer fertig und habe es ihr gezeigt, die große Enthüllung sozusagen. Sie war außer sich vor Begeisterung.«

»Das freut mich«, sagte ich, und für einen flüchtigen Moment empfand ich tatsächlich so.

»Wenn ich dich ernsthaft verletzt hätte, hätte ich mir das nie verziehen«, gestand er.

»Ich weiß.«

Dann ging er.

Ich betrachtete den Packen Geldscheine auf dem Wohnzimmertisch und wusste sofort, was ich damit tun würde. Ich würde es Kumari schicken, zusammen mit all meinem Ersparten.

Was mich betraf, so würde ich einen kompletten Neuanfang machen. Ich würde mir einen Job irgendwo in der Gastronomie suchen, vielleicht sogar im Theo's, sofern er einen Kellner brauchte. Das würde ich tun, und falls Nisha doch zurückkäme, würde sie sehen, dass ich mein altes Leben hinter mir gelassen hatte, dass ich letztlich doch zur Einsicht gekommen war.

Es würde keine weiteren Beben mehr geben. Eins reichte vollkommen. Dennoch glaubte ich jetzt wieder die Stimme meines Großvaters zu hören: *Die Wahrheit verbirgt sich in der Erde, im Gesang der Vögel, im Rhythmus und im Flüstern der Tierwelt. Wenn du es sehen und hören willst, wenn du es wirklich willst, dann ist es da.*

Erst etwa eine Woche nach Tonys Besuch hörten wir wieder von ihm. Petra klopfte eines Abends bei mir an die Tür, um mir zu sagen, dass er angerufen hätte und zu späterer Stunde vorbeikommen würde. Sie fragte, ob ich um zehn runterkommen könne, dann wäre Aliki im Bett.

Um kurz vor zehn erschien ich wie vereinbart, und Petra bot mir einen Platz am Kamin an. Ich setzte mich aufs Sofa, an die gleiche Stelle wie beim letzten Mal, und legte die Hände auf die Knie. Petra spähte immer wieder scheu zu mir herüber, als wäre ich ein Fremder, und ich lächelte in mich hinein. Meine Haare und mein Bart waren inzwischen richtig lang geworden, ich muss ausgesehen haben wie ein Bär. Aber ein freundlicher Bär, zumindest hoffte ich das.

»Ich habe die Wilderei an den Haken gehängt. Ich hätte gleich auf Nisha hören sollen«, erklärte ich und wartete gespannt auf ihre Reaktion.

»Ja, das hätten Sie«, sagte sie, schien ihre Schroffheit aber im selben Moment zu bereuen.

Wobei sie vollkommen recht hatte. Es war ein Fehler gewesen. Reumütig senkte ich den Blick.

»Tut mir leid«, sagte Petra. »Ich bin sicher, Nisha wird sehr froh und erleichtert sein, wenn sie zurückkommt.«

Ich sah sie scharf an und wollte gerade etwas sagen, als die Türklingel unser Gespräch unterbrach.

Wenig später führte Petra Tony ins Zimmer. Er blieb einen Moment stehen und sah uns mit versteinerter Miene an, ehe er sich setzte.

»Möchten Sie etwas trinken?«, fragte Petra.

»Nein danke«, gab er stumpf zurück. »Tja«, seufzte er dann, »ich will nicht lange um den heißen Brei herumreden. Der Mann, den man in Gewahrsam genommen hat, dieser Soldat, er hat den Mord an Rosamie Cotabu gestanden.«

»Warum?«, platzte ich, ohne zu überlegen, heraus. Vielleicht wollte ich möglichst schnell das Motiv für diesen Mord erfahren, damit niemand mehr auf die Idee kam, ihn mit Nishas Verschwinden in Verbindung zu bringen.

»Weil er verrückt ist!« Tonys Augen funkelten vor Zorn. Er sah aus, als würde er jeden Moment aufspringen, nach dem nächstbesten Gegenstand greifen und ihn gegen die Wand schleudern, doch stattdessen sackte er nach hinten gegen die Sessellehne und sah für einen Moment aus, als würde er kapitulieren. Dann aber holte er tief Luft, beugte sich vor und verschränkte die Hände auf seinen Oberschenkeln. »Dieses Monster ist angeblich ach so erschüttert von seiner Tat und bekundet Reue, als hätte er nichts weiter verbrochen, als etwas zu klauen. Er hat beschlossen, der Polizei zu helfen. Er meint, das ist das Mindeste, was er tun kann.« Tonys Stimme klang hart und verbittert, den letzten Satz presste er mit hasserfüllter Stimme hervor.

Er warf einen kurzen Blick zu Petra, dann sah er zu mir und fixierte mich. »Er hat nacheinander die Morde an vier weiteren Frauen und zwei von deren Kindern gestanden. Die Frauen waren allesamt Hausangestellte aus dem Ausland. Zwei von ihnen hat er über eine Dating-Seite kennengelernt, von den beiden kannte er die Namen, wobei die Polizei den zweiten Namen noch zurückhält, man will ihn nicht veröffentlichen, solange man keine Leiche geborgen hat. Den Rest hat er auf offener Straße überwältigt, über deren Identität kann er deshalb keine Auskunft geben. Der Typ ist geistesgestört. Das Töten war für ihn ein Zwang. Er brachte ausländische Hausangestellte um, weil es so schön einfach war. Er wusste genau, dass niemand nach ihnen suchen würde, deshalb glaubte er, er würde damit davonkommen. Und was lehrt uns das, hm? Los, sagen Sie, was lehrt uns das über diese beschissene Welt, in der wir leben?«

Weder Petra noch ich brachten einen Ton heraus.

»Er hat zwei der Ermordeten in den Minenschacht geworfen«, fuhr Tony fort. »Die anderen beiden Frauen und die Kinder stecken in Koffern, die er im roten See versenkt hat. Er hat sie in Koffer gesteckt und weggeschmissen, als wären sie wertloser Müll und keine Menschen.«

Tony verstummte. Er massierte sich mit Daumen und Zeigefinger die Schläfen und kniff die Augen fest zu. Ich hatte ein heftiges Brennen in der Brust, wie ein Feuer. Ich war wie gelähmt. Petra fing an, leise Namen vor sich hin zu murmeln und sie an den Fingern abzuzählen:

»Rosamie Cotabu,
Reyna Gatan,
Cristina Maier und
ihre Tochter Daria,
Ana-Maria Lupei und
ihre Tochter Andreea.
Und Nisha Jayakody.«

Petra starrte auf ihre Hände. Sieben Finger waren ausgestreckt. Sie sah zu mir, als hätte sie nach wie vor Mühe zu verstehen, als wäre sie immer noch dabei, alles, was sie soeben gehört hatte, Stück für Stück zusammenzusetzen.

»Die Suche beginnt heute Abend«, sagte Tony. »Bald werden wir Gewissheit haben.«

27

Petra

Als ich aufwachte, glaubte ich, Blut an den Händen zu haben. Ich spürte es ganz deutlich, klebrig und warm. Nachdem ich die Jalousien hochgezogen hatte und mir die Hände im morgendlichen Sonnenlicht vor die Augen hielt, waren sie jedoch sauber und weiß.

Ich musste an das Blut der Vögel denken. Wie es sich angefühlt und gerochen hatte, wie es sich unter meinen Fingernägeln festgesetzt hatte.

Es war Samstag, ein kalter Wintertag, im Haus herrschte Stille. Staub hatte sich angesammelt. Ich setzte mich an den kalten Kamin.

»Mum, Nisha kommt nicht zurück, stimmt's?« Aliki stand in der Tür und sah mich mit düsterem Blick an.

»Du bist ja wach, mein Schatz. Ich hatte gehofft, du würdest dich mal richtig ausschlafen.«

»Sie ist weg«, sagte meine Tochter schlicht.

»Ich befürchte ja«, gab ich zurück.

»Sie hat in meinem Herz Sterne zum Leuchten gebracht, jetzt ist es nur noch dunkel in mir.«

Aliki kam zu mir, als ich die Hand nach ihr ausstreckte. Ich zog sie auf meinen Schoß und stellte fest, dass ich sie mit ihren schlaksigen Beinen kaum mehr auf den Knien halten konnte. Ihre Jogginghose und das T-Shirt hatten einen leicht säuerlichen Bettgeruch an sich. Ich streichelte ihr Haar, strich es ihr aus der Stirn, woraufhin sie die Augen schloss.

Und plötzlich hörten wir es beide. Laute Rufe. Ein Raunen, das immer mehr anschwoll. Aliki sprang von meinem Schoß herunter und rannte zur Haustür. Ich folgte ihr. Wir standen beide auf der Schwelle und sahen Menschen vorübereilen.

Als Erstes sahen wir die beiden philippinischen Hausangestellten, die immer mit dem hübschen kleinen Mädchen mit den Zöpfen zwischen ihnen an unserem Haus vorbeigingen. Diesmal hatten sie das Kind nicht dabei, sondern schritten mit feierlicher Entschlossenheit die Straße entlang. Als Nächstes sahen wir Nilmini aus Yiakoumis Laden treten. Sie band ihre Schürze ab, legte sie auf einem Stuhl neben der Tür ab und lief dann in dieselbe Richtung.

Als ich nach Aliki sah, stellte ich fest, dass sie weinte. Ich zog sie in meine Arme, und sie schluchzte bitterlich an meiner Brust; ich spürte, wie sie sich mit ihrem ganzen Gewicht gegen mich lehnte, und ich hielt sie noch fester. Dann schien sie sich zu fassen, richtete sich wieder auf und sah zu, wie immer mehr Hausangestellte an uns vorbeizogen. Mittlerweile war es zu einer richtigen Prozession geworden, und sie alle schienen dasselbe Ziel zu haben. Ich griff nach Alikis Hand und hielt sie fest. Unablässig rollten ihr Tränen über die Wangen und landeten auf dem Kopfsteinpflaster. Ich stellte mir einen ganzen Strom aus Tränen vor, der in dieselbe Richtung floss, in die die Hausangestellten liefen.

Die beiden Hausmädchen, die bei Theo arbeiteten, ließen alles stehen und liegen und schlossen sich den anderen an. Schließlich trat auch Ruba nebenan aus dem Haus und zog die Tür hinter sich zu.

Ich hielt sie auf. »Wohin gehen sie? Was geschieht hier?«

»Kommen Sie mit und sehen Sie selbst«, sagte sie nur.

Aliki schlüpfte unaufgefordert in das nächstbeste Paar Converse, und dann folgten wir ihr.

Es strömten immer mehr junge Frauen aus den Häusern der Nachbarschaft, Frauen, die ich noch nie zuvor gesehen hatte. Sie sahen aus Fenstern und mischten sich unter die vorüberziehende Menge, ohne lange zu zögern. Die meisten von ihnen waren Immigrantinnen, die als Hausangestellte arbeiteten, es waren aber auch Kinder darunter, einige von ihnen in Alikis Alter, manche sogar jünger. Sie liefen an der Hand ihrer Nannys mit und folgten mit ihnen der Menschenflut. Wir liefen durch die Seitenstraßen vom Famagusta-Tor aus weiter Richtung Innenstadt, bis wir das Zypern-Museum erreichten und von da aus der Hauptstraße bis zum Präsidentenpalast folgten. Dort hatte sich ein Meer von Tausenden versammelt, alle in Schwarz, dicht gedrängt auf der Straße außerhalb des Palasts, mit Kerzen in den Händen, die Köpfe zum Gebet gesenkt. Andere hielten Banner hoch, auf denen Parolen standen wie »Nieder mit Misogynie und Rassismus« oder »Hört auf, Frauen und Ausländer zu diskriminieren« und »Wir opfern euch unser Leben«. Ich entdeckte Soneeya und Binsa inmitten des Gedränges. Ebenfalls mit Kerzen in den Händen standen sie dicht beieinander und riefen etwas in Richtung Präsidentenpalast. Binsa hielt außerdem ein Transparent hoch, auf dem einfach nur stand: »Wo sind sie?«

Wir verharrten stundenlang auf der Straße, bis die Sonne sich am späteren Nachmittag dem Horizont zuzuneigen begann. Jemand reichte Aliki eine Kerze, die sie hoch über ihren Kopf hielt, dann fiel sie in die Rufe und Sprechgesänge mit ein. Bei ihr flossen immer noch Tränen, sie reckte die Kerze aber tapfer in die Höhe. Als es nach und nach zu dämmern begann und die Dunkelheit sich verdichtete, sah man immer mehr Kerzen aufflammen, kleine Leuchtfeuer überall. Da waren so viele Frauen, so viele Gesichter, so viele Stimmen, die sich hoffnungsvoll zu einem Chor vereinten.

Das ist die Geschichte von Nisha Jayakody, wie ich sie kannte:

Nisha war Mutter zweier Kinder, die in verschiedenen Welten lebten.

Nishas Kind in Sri Lanka hatte glattes Haar, so weich wie der Flaum einer Eule.

Nishas anderes Kind war auch mein Kind.

Nisha hatte ihre erste Liebe verloren.

Nisha verstand es, zu lieben.

Nisha hatte im Herzen meiner Tochter Sterne zum Leuchten gebracht.

Ich schuldete Nisha mehr, als ich ihr je zurückgeben könnte.

An diesem Abend, als ich zu Aliki ins Zimmer kam, um ihr einen Gutenachtkuss zu geben, saß sie aufrecht im Bett und sah zum Fenster hinaus. Ich folgte ihrem Blick zu Monkey, der draußen saß und mit den Pfoten gegen die Scheibe schlug. Er wollte, dass man ihn reinließ.

»Sieh mal, Mum, da ist unsere Katze!«, sagte Aliki. Sie fing zu lachen an, dann stieß sie ganz plötzlich die Luft aus der Lunge und wurde von großer Erschöpfung überwältigt. Ihr Gesicht verzerrte sich vor Schmerz, und Tränen begannen zu fließen. Sie rannen ihr in einem stetigen Strom aus den Augen, als würden sie nie wieder versiegen. Schluchzend presste sie hervor: »Ich bin so müde.« Und: »Ich vermisse Nisha so sehr.« Ich setzte mich neben sie aufs Bett und schlang die Arme fest um ihren bebenden Körper. Ich hielt sie fest, wie ich sie noch nie festgehalten hatte, so wie ich es all die Jahre längst hätte tun sollen, wie Nisha es sich immer von mir gewünscht hätte. Ich spürte die Tränen meiner Tochter, wie sie meine Kleidung durchnässten, durch meine Haut, in meine Venen, bis in mein Herz hineinsickerten.

Ich rieb ihr zärtlich den Rücken und wiegte sie sanft hin und her. »Sag mir, was du auf dem Herzen hast«, flüsterte ich.

»Ich will Nisha, Mum«, sagte sie mit bebender Stimme, das tränennasse Gesicht an meiner Halsbeuge vergraben. »Ich will, dass Nisha zurückkommt. Ich will mit ihr in unserem Boot sitzen. Ich will, dass sie mir Geschichten erzählt und mich morgens für die Schule fertig macht und … und …«

»Und?«

»Und dass sie das bescheuerte Einmaleins mit mir durchgeht und … und … und …«

»Und?«

»Und nachts wache ich auf und habe Angst, weil Nisha nicht da ist. Manchmal kann ich nicht schlafen und klopfe bei ihr an die Tür und warte, dass sie aufmacht, aber sie macht nie auf. Sie macht nicht mehr auf.«

Meine Brust und meine Augen brannten, bis auch ich von

meinen Tränen überwältigt wurde, ich weinte und wiegte Aliki in den Armen.

»Ich wünsche mir so sehr, dass Nisha zurückkommt.«

»Ich weiß, Kleines, ich auch.«

Langsam wurden die Schluchzer weniger, und irgendwann hörte sie auf zu weinen. Jetzt wimmerte sie nur noch leise, und zu guter Letzt atmete sie langsam und gleichmäßig. Wir verharrten schweigend in dieser Position, ich streichelte über ihr Haar und sah zu, wie die Katze uns einen letzten Blick zuwarf, vom Fensterbrett runtersprang und schmollend in der Dunkelheit verschwand.

28

Yiannis

Es dämmerte bereits, als ich endlich in einen unruhigen Schlaf sank, und noch im Traum verfolgten mich die Bilder des roten Sees und die Erinnerungen an Nisha. Am späteren Nachmittag, als ich aufwachte, hörte ich von der Straße her Lärm, wie lautes Stimmengewirr. Ich trat hinaus auf den Balkon und sah, dass sich unten Hunderte von Demonstrantinnen drängten, dicht an dicht. Sie wogten durch die Straße wie ein reißender Fluss. Manche trugen Transparente. Sie marschierten vom Grenzgebiet weg in Richtung Innenstadt, vorbei an den Flugblättern mit Nishas Foto, auf den Spuren der Wurzel allen Übels, um sich dem Problem trotzig und hocherhobenen Hauptes entgegenzustellen.

Hier sind wir, riefen sie. *Wir kommen nicht einfach in einem Taxi aus dem Nichts, einen Koffer in der Hand, und verschwinden dann sang- und klanglos wieder.*

Wir sind Menschen.

Wir empfinden Liebe.

Wir empfinden Hass.

Wir haben eine Vergangenheit.

Wir haben eine Zukunft.

Wir sind Bürgerinnen souveräner Staaten und rechtmäßig hier.

Wir haben Stimmen.

Wir haben Familien.

Hier sind wir.

Der kleine Vogel saß neben mir auf dem Balkontisch und flatterte nun hinauf zum nächsten Baum, von wo aus er mit seinen schwarzen Knopfaugen die Menge beobachtete. Dann drehte er das Köpfchen zu mir. Ich wurde überwältigt von einer tiefen Traurigkeit.

»Flieg«, sagte ich zu ihm, auch wenn ich mir gewünscht hätte, der Vogel, und was er für mich bedeutete, würde für immer bleiben. »Los. Flieg weg. Verschwinde.«

Und als hätte er genau verstanden, breitete er die Flügel aus und schwang sich hinauf in den Himmel.

Während ich dem Vogel nachsah, in dem Bewusstsein, dass er vermutlich nie wieder zurückkommen würde, ging mit einem Mal ein Ruck durch mich hindurch wie ein großes Erwachen. Entschlossen eilte ich nach unten und trat hinaus auf die Straße. Ich entdeckte Frau Hadjikyriacou vor ihrer Haustür. Mit ihren stets wachsamen, aber trüben Augen beobachtete sie das Geschehen.

Ich ließ mich von dem vorüberziehenden Menschenstrom mitreißen. Tränen verschleierten meinen Blick, weshalb ich nicht sagen konnte, wohin wir gingen. Ich ließ mich in der Menge mittreiben, bis wir schließlich vor dem Präsidentenpalast standen, wo ich mich völlig entkräftet auf eine Bank sinken ließ.

Ich saß da und beobachtete die Frauen um mich herum, ihre Gesichter erhellt vom Schein der Kerzen, die sie in den Händen hielten. Diese Gesichter waren voller Schmerz und nackter Angst, aber auch voller Zorn, der sie dazu trieb, sich aufrecht hinzustellen und zu rufen: *Hier sind wir*.

Neben mir standen ein Reporter und ein Kameramann. Sie führten ein Interview mit einer der Frauen. Sie war schätzungsweise Mitte bis Ende zwanzig, mit einem runden Milchgesicht und einem französischen Zopf, der ihr über die rechte Schulter nach vorn hing. Sie stand da und sah geradewegs in die Kamera, und weil ich so nah dran war, konnte ich ihre Stimme über das Tosen der Menge sehr gut verstehen: »Ich bin eine der wenigen Glücklichen«, sagte sie. »Ich habe eine wunderbare Arbeitgeberin, eine freundliche Frau, sie behandelt mich sehr gut. Meine Schwester wurde von ihrem Sir sexuell missbraucht. Sie ist zur Polizei gegangen, aber die wollten ihr nicht helfen, deshalb hat sie diese Arbeitsstelle verlassen. Jetzt bleiben ihr noch drei Monate, um eine neue Anstellung zu finden, sonst muss sie nach Nepal zurückkehren. Wir müssen dringend Geld für unsere Eltern nach Hause schicken, sie sind sehr krank. Aber wenn ich an diese armen Frauen in dem See denke, und erst an die Kinder …« Sie hielt inne und seufzte tief.

»Wo soll das alles hinführen?«, meldete sich jetzt eine größere Frau mit dunklerer Haut neben ihr zu Wort. »Sollen wir uns glücklich schätzen, wenn wir nicht *umgebracht* werden?«

Der Wind frischte auf und löschte einige Kerzen aus. Ich entdeckte Ruba im Gedränge und auch die beiden Hausangestellten, die im Theo's arbeiteten, nur dass sie diesmal keine Reishüte auf den langen schwarzen Haaren trugen. Ruba zündete ihre ausgegangene Kerze an der ihrer Nachbarin an.

Dann reichte sie ihre Flamme weiter an ein Kind. Die Sonne sank noch tiefer und schien sich in der Erde zu verkriechen.

Wo war Nisha, um ihre Geschichte zu erzählen? Was würde ich ohne sie anfangen? Was würde aus Kumari ohne ihre Mutter werden? Und aus Aliki?

Meine Kehle war wie zugeschnürt. Es war, als stünde die Welt um mich her in Flammen. Aber gleichzeitig wirkten diese Flammen auf mich wie pures Gold.

Jetzt war ich mir sicher. Nisha war verschwunden und zu Gold geworden.

Sie wurde zu Gold in der untergehenden Wintersonne. Für einen Sekundenbruchteil meinte ich sie sogar zu sehen, und ich glaube, ich hörte sie auch, in den zornentbrannten Gesichtern und Stimmen der Frauen um mich herum.

In ihnen existiert Nisha weiter.

Hier und jetzt.

Und in der Erinnerung an den Moment, da sie mich küsste, hoch oben in den Bergen, als ein Teil von ihr bei mir war und ein anderer in der Welt, aus der sie gekommen war.

Der rote See bei Mitsero reflektiert das Abendrot, fängt es ein, hält es fest, selbst dann noch, wenn die Sonne längst untergegangen ist. Der rote See, Giftsee, Kupfersee. Mütter und Väter erzählen ihren Kindern Geschichten darüber, Geschichten von tiefen unterirdischen Gängen, durch die früher Menschen wie Tiere krochen und in der Finsternis umkamen.

Halte dich vom roten See bei Mitsero fern!

Das Abendrot birgt die Erwartung der Stille und Dunkelheit der Nacht, jene Zeit, wenn wir die Augen schließen und unserem wahren Selbst begegnen. Der See existiert am Rand der Finsternis, für immer.

Er hält sämtliche Sonnenuntergänge seit dem Anbeginn der Zeit fest.

Ein Helikopter schwebt darüber wie eine Libelle. Vier orangerote Rettungsboote gleiten übers Wasser. Taucher springen hinein. Es sind drei, mit leuchtend gelben Seilen an den Booten festgebunden.

Sie werden sich dort unten nicht verirren; sie haben ihre Kollegen, die sie jederzeit sofort herausziehen können.

Sie tauchen unter, und wie zuvor liegt die Wasseroberfläche völlig ruhig da.

Im Dorf steht die Witwe im Garten vor ihrem Haus. Sie hält eine brennende Kerze in der einen Hand, mit der anderen schirmt sie die Flamme gegen den Wind ab.

Die Gersten- und Weizenfelder leuchten golden im Abendrot. Die Wälder stehen in Flammen. Ein Hase schießt aus einem Busch hervor und nähert sich dem Kraterrand, hält aber einen gewissen Sicherheitsabstand.

Nach einer Weile taucht der erste Taucher aus dem Wasser auf. Er gibt den Leuten im Boot ein Signal, woraufhin sie ihm einige Seile mit Haken am Ende zuwerfen. Abermals taucht er ab, und als er zurück an die Oberfläche kommt, hebt er die Hand, den Daumen hochgereckt, das Zeichen für die Leute im Boot zu ziehen, bis ein Koffer zum Vorschein kommt.

29

Petra

Aliki wollte, dass ich ihr beim Anziehen und Haaremachen half. Erst ließ sie sich reichlich Zeit bei der Auswahl ihrer Kleidung, aber dann stand sie ganz brav da, während ich ihr den Pulli über den Kopf zog – es war Nishas orangefarbenes Sweatshirt mit der Sonnenblume vorn drauf. Ich half ihr in die Jeans und zog sie ihr über die Hüften hoch. Sie starrte zum Fenster hinaus in den Garten und auf das Boot, betrachtete den Orangenbaum, die Hühner, die in ihrem Gehege herumliefen. Dann holte ich das Armband aus der Tasche, dessen Verschluss ich notdürftig repariert hatte.

»Sieh dir das an«, sagte ich.

Jetzt wandte sie mir ihr Gesicht zu und begegnete für einen kurzen Moment meinem Blick. Ich sah eine Trauer darin, so tief und weit wie der Ozean.

»Das war mein Geschenk für sie!« Sie lächelte schwermütig.

»Ja. Du weißt, sie hat es niemals abgenommen. Sie hat es jeden Tag getragen, ohne Ausnahme.«

Ich befestigte das Armband an ihrem Handgelenk, und sie drehte die Hand hin und her, sodass das Schmuckstück in der späten Nachmittagssonne, die in Streifen durch die Terrassentür fiel, glänzte.

Wir gingen nach draußen in den Garten und setzten uns ins Boot, um auf die anderen zu warten. Als Erstes kam Frau Hadjikyriacou mit Ruba, dann Soneeya und Binsa, dann Nilmini, unmittelbar gefolgt von Muyia, der genau zu dem Zeitpunkt eintraf, als die Sonne endgültig unterging.

Abgesehen von knappen Begrüßungen sprach keiner von uns ein Wort. Wir alle wussten, weshalb wir hier waren – wir wollten uns von Nisha verabschieden. Ich fragte mich, wo Yiannis wohl war. Sein Küchenfenster war dunkel und verschlossen. Ich half Aliki, die Kerzen herumzureichen, und als ich noch einmal den Blick hob, weil ich wissen wollte, ob er nicht vielleicht doch da war, sah ich ihn am Fuß der Treppe stehen, mit hängenden Armen, die Hände leer. Sein Gesicht wirkte blass, die Lider schwer, sein Hemd war bis obenhin zugeknöpft.

Er stand da und sah zu, wie wir die Kerzen anzündeten und sie vor uns hochhielten, um die Finsternis aus unseren Gesichtern zu vertreiben. Eine plötzliche Stille umfing uns; das Boot war leer, aber ich stellte mir vor, Nisha säße darin.

»Nisha geht fort«, hörte ich Aliki in die Stille hinein sagen, und für einen Moment hoben sich die Blicke aller zu ihr und ruhten auf ihrem Gesicht. »Sie treibt fort auf den sanften Wellen des Meeres über dem Himmel.«

Ich legte Aliki die Hand auf die Schulter und spürte, wie ihr kleiner Körper zitterte. Es war nicht kalt heute Nacht, aber sie bebte, als wehte ein eisiger Wind.

Dann frischte es tatsächlich auf, und wir zogen uns zurück

in den Schutz des Hauses. Aliki führte die Prozession an und brachte alle ins Warme.

»Ich bin gleich da«, sagte ich zu ihr und durchquerte den Garten zur Treppe, wo Yiannis immer noch stand. »Kommen Sie auch mit rein?«

Er nickte. »Ich habe einen Flug nach Sri Lanka gebucht. Morgen bin ich weg.«

Ich fing seinen Blick ein, holte tief Luft, überlegte krampfhaft, was ich sagen könnte.

»Ich besuche Kumari«, sagte er.

Wortlos drückte ich seine Hand, und er fing zu weinen an. Mit hängendem Kopf und geschlossenen Augen stand er da, tränenüberströmt und von Schluchzern geschüttelt, und ich hielt seine Hand, während Nisha auf dem Meer über dem Himmel davontrieb.

Später an diesem Abend saß ich mit Aliki und Nilmini draußen im Garten. Das Mädchen öffnete das Tagebuch seiner Freundin und begann zu lesen. Wir saßen stundenlang da und lauschten Nishas Worten. Morgen würde ich das Tagebuch an Yiannis übergeben, damit er es Kumari brachte – der rechtmäßigen Besitzerin.

Nishas wahre Geschichte offenbarte sich uns in diesen Zeilen. Ich hörte die Geschichte von Kiyomas Tod und der Eule. Ich hörte, wie sie nach Rathnapura ging, wo sie ihren Mann kennenlernte, der später in den Minen ums Leben kam. Ich hörte, wie sie Tag und Nacht auf dem Markt in Galle schuftete, wie sie die schwierige Entscheidung fällte, aus der Heimat wegzugehen, und wie sie sich in diesem ersten Jahr damit fühlte, ihre süße Tochter Kumari nicht in den Armen halten zu dürfen.

Da war so viel mehr, das ich gerne gewusst hätte. Diese Briefe waren lediglich eine Handvoll Sterne im weiten Universum ihres Herzens. Doch es war zu spät. Wenn ich doch nur frühzeitig verstanden hätte, als es noch eine Chance gab, sie zu fragen.

Liebste Kumari,
als ich dich als kleines Baby in den Armen hielt, ganz dicht an meine Haut gepresst, und in deine Augen sah, da sah ich alles, was ich liebte, und alles, was ich fürchtete. Ich sah darin den Sonnenuntergang über Sri Pada (dazu gibt es eine Geschichte! Lies weiter, dann erfährst du mehr darüber!). Ich sah Flüsse und Wasserfälle in der Abenddämmerung (auch darüber schreibe ich weiter hinten mehr!). Ich sah die Augen meiner Mutter und mich selbst, wie ich am Ende des Tages neben ihr her durch die Reisfelder laufe. Ich sah Chilischoten, die in langen Reihen in der Sonne zum Trocknen ausgelegt waren, und dampfende Mahlzeiten, gewürzt mit Zitronengras und Kardamom und Zimt. Ich sah die Augen meiner Schwester, wie herzhaft sie immer gelacht hat, vor all diesen Jahren (du erinnerst mich sehr an sie, Kumari). Ich sah das Kleid, das ich am Tag meiner Hochzeit trug, und das glückliche Lächeln deines Vaters und wie er beim Tanzen seine Arme um mich gelegt hatte.

Ich sah auch deine Zukunft. Das machte mir Angst.

In dem Haus, in dem ich jetzt lebe, gibt es einen Garten, und in diesem Garten steht ein kleines Holzboot. Das Boot kommt von sehr weit her, weil hier kein Meer in der Nähe ist. Wir wohnen in einer Stadt, einer sehr alten Stadt, mit vier alten Toren, die so groß sind, dass man den Eindruck bekommt, sie müssten für Riesen gemacht sein.

Ich kümmere mich hier um ein kleines Mädchen namens Aliki. Sie ist zwei Jahre jünger als du.

Kumari, der Garten ist ein so besonderer Ort. Ein Ort, der mich daran erinnert, wer ich bin. Darin steht ein Orangenbaum (so wie zu Hause, nur mit süßeren Früchten), ein Kaktus, an dem Kaktusfeigen wachsen, unzählige Blumen, und es gibt sogar ein Hühnergehege. Ich wünschte, du könntest dir das ansehen. Ich habe einige Zeichnungen für dich in dieses Tagebuch gemalt! Die Hühner würden dir gefallen. Sie sind so lustig. Eine der Hennen schafft es immer, aus dem Gehege auszubrechen. Sie kommt sogar ins Wohnzimmer, wenn wir vergessen, die Tür zu schließen. Dann sitzt sie unter dem Sofatisch und sieht mit uns fern. Ich sorge meistens dafür, dass die Frau, für die ich arbeite, sie nicht sieht, damit sie sie nicht vor die Tür setzt. Manchmal kommt die Henne mit mir ins Bett, verkriecht sich unter der Decke und führt gackernd Selbstgespräche. Ihre Federn hängen ihr in die Augen, deshalb sieht sie nicht besonders gut, aber das scheint sie nicht zu stören.

Wenn du erst mal alt genug bist, um das hier zu lesen, hast du das alles vielleicht längst gehört, aber ich muss es trotzdem aufschreiben, damit ich mich dir nahe fühlen kann, wenn ich einsam bin.

Als ich hierherkam, konnte ich dich weinen hören. Es mag verrückt klingen, aber das warst eindeutig du, die ich gehört habe, das weiß ich jetzt. Ich dachte, es wäre ein Kind in einem der Nachbarhäuser, bis mir klar wurde, dass die Laute tief aus der Erde kamen, aber auch von den Bäumen und aus dem Himmel. Kumari, irgendwie hast du einen Weg gefunden, mir deine Tränen als Geschenk zu schicken. Also setzte ich mich in das kleine Boot im Garten und schickte Geschichten und Liebe über den Nachthimmel zu dir.

Du hattest leider nicht das Glück, deinen Vater zu kennen. Ich bin mir sicher, du hättest ihn geliebt, genauso sehr, wie ich ihn geliebt habe. Ich werde dir von ihm erzählen – wobei ich sicher bin, dass du von deiner Acci in den kommenden Jahren viele Geschichten hören wirst.

Eins aber wird deine Acci nicht erwähnen, weil sie nicht gerne darüber spricht, aber lass dir gesagt sein: Das Leben kann sich von einer Sekunde zur nächsten verändern. Von Sonne zu plötzlichen Regenschauern, so wie das Wetter während der Monsunzeit, wenn es sich aus den Wolken ergießt wie ein aufgepeitschtes Meer. Dein Vater hat immer gesagt: Der Regen hört irgendwann auf, und wenn die Sonne wieder scheint, bringt sie alles zum Funkeln. Er war ein ausgesprochener Optimist.

Dein Vater hätte eigentlich Schauspieler werden sollen. Er konnte Menschen und Tiere imitieren, gestikulierte mit den Händen, wenn er sprach, hatte dieses dauernde Blitzen in den Augen. Im echten Leben war er Arbeiter in den Edelsteinminen, und dort haben wir uns auch kennengelernt! Er ging hinunter in die dunklen Tiefen, während ich im knietiefen Wasser stand und Kies wusch, um die Edelsteine herauszufiltern.

Ich habe dir so vieles zu erzählen. Aber übe dich in Geduld. Die Realität und die Wahrheit benötigen Zeit, um sich dir zu offenbaren.

Danksagung

Ich schulde so vielen Menschen Dank, die mich bei meinen Recherchen zu diesem Buch unterstützt und mir zu tieferen Einsichten in teils sehr heikle Themen verholfen haben.

Zuallererst bedanke ich mich ganz herzlich bei Menaka Nishanthe Ramanayaka, für deine jahrelange unermüdliche Arbeit, für deine Kraft, für deine Freundschaft, für die vielen Tassen köstlichen sri-lankischen Tee, für die geteilten Gefühle und Erinnerungen, für dein stets offenes Ohr und dafür, dass du ein so wunderbarer und mitfühlender Mensch bist. Du warst der ursprüngliche Auslöser dafür, dass ich diesen Roman schreiben wollte.

Vielen Dank auch an Marissa Begonia, dass du mich mit deinem Hintergrundwissen und deiner Entschlossenheit inspiriert und eingeladen hast, der Organisation »The Voice of Domestic Workers« in Holborn einen Besuch abzustatten. Du bist ein echtes Unikat, und deine Arbeit und was du damit erreicht hast, ist wahrlich phänomenal. Ich möchte allen Frauen danken, die mir dort einen so herzlichen Empfang bereitet haben, auch dafür, dass ihr euer köstliches Essen mit mir geteilt und mich an euren Geschichten habt teilhaben lassen. Danken möchte ich auch Loucas Koutroukides in Limassol, Zypern, für deine wunderbare humanitäre Arbeit und deinen Einsatz für die Hausangestellten der Insel, für stundenlange Gespräche und dafür, dass du mich mit so vielen wunderbaren Menschen bekannt gemacht hast. Danke auch für all die interessanten, informativen und mutigen Artikel, die du geschrieben und mit mir geteilt hast, dafür, dass du den Mut hast, die Wahrheit ans Licht zu bringen und sie auch auszusprechen, wo andere es vorziehen, die Augen davor zu verschließen oder Stillschweigen zu bewahren. Danke auch allen Frauen im Blue Elephant, die bereitwillig mit mir gesprochen haben, die mir ihre Geschichten anvertraut haben, die ihre Gefühle und Ängste mit mir geteilt haben – vielen Dank, ich habe unendlich viel von euch gelernt.

Danke, George Konstantinou von der NGO Protection of the Natural Heritage and Biodiversity of Cyprus, dafür, dass Sie Antworten auf all meine Fragen hatten, für all Ihre Unterstützung und die vielen Ratschläge und für die wunderbaren Fotografien, die Sie mir geschickt haben. Ich wünschte, ich hätte an einer Ihrer Natur-Erkundungstouren teilnehmen können, was leider wegen des Lockdowns nicht möglich war, aber allein die Telefonate mit Ihnen waren unheimlich informativ. Danke auch für den wunderbaren, wichtigen Beitrag, den Sie mit Ihrer Arbeit zum Schutz der Wälder und der Tiere der Insel leisten.

Danke, Eva Spanou, für Ihre Hilfe bei den Recherchen zum Buch. Und danke, Nicolas und Sotiroulla Simou, für eure wertvollen Kenntnisse zum Thema Wilderei.

Mein Dank gilt außerdem Peter Louizou und Tassos Louizou, die sich letztes Weihnachten lange und ausgiebig mit mir über die illegale Jagd nach Singvögeln und insbesondere über die Herstellung von Leimruten unterhalten haben. Und ein herzliches Dankeschön meinem lieben Bruder, Mario Lefteri, für all deine Tipps und Infos zu Zypern und zu den beliebtesten Gegenden zum Wildern. Außerdem danke ich dir, dass du den Roman wie immer als einer der Ersten gelesen und ihn mit deinen Verbesserungsvorschlägen aufgewertet hast. Danke, Angela Stella Monaghan, für deine Hilfe und dafür, dass du mir deine Eltern vorgestellt hast. Ebenso danke ich Panayiotis und Andriana Michael, die sich ebenfalls ausführlich mit mir über die Wilderei unterhalten haben und allerlei hilfreiche Tipps für mich hatten.

Danke, Nishan Weeratunge und Sajeewa Dissanayake, für das umfangreiche Wissen, das ihr mir vermittelt habt, zu Sri Lanka, dem dortigen Essen sowie zu Kultur und Geschichte des Landes. Ihr wart mir eine unschätzbare Hilfe und habt mir jede Menge neue Freunde beschert. Danke, Maryvonne und Antony, dass ihr mich mit euren Geschichten inspiriert und mich mit Nishan bekannt gemacht habt.

Ein Dankeschön an meine wunderbare Freundin, Anna Petsas, der ich schon beim letzten Mal hätte danken sollen. Sie war es nämlich, die mich dazu ermuntert hat, mich als Ehrenamtliche zu engagieren, und die mir diesen ersten ausschlaggebenden Artikel geschickt hat, mit dem ich auf das Problem der ausländischen Hausangestellten aufmerksam wurde. Du bist mir eine grenzenlose Inspiration; die Gespräche mit dir haben mich im Leben jedes Mal einen großen Schritt weitergebracht!

Ich möchte außerdem meinem Freund Paul Lewis danken, für den äußerst inspirierenden, regen Austausch über das Schreiben an sich. Danken möchte ich auch der Conway

Road Writing Group – es bedeutet mir so unendlich viel, Teil dieser Gemeinschaft zu sein. Ich danke euch, ihr wunderbaren, hilfsbereiten und talentierten Menschen!

Danke, Mehr von Salt and Sage Books, dass du den Text so klug und kenntnisreich auf seine Authentizität hin geprüft hast; es war mir ein echtes Privileg, von dir Feedback zu meinem Manuskript zu erhalten. Es war mir eine große Hilfe.

Ein großes Dankeschön meiner Agentin, Marianne Gunn O'Connor – dafür, dass ich immer auf dich zählen kann und du mir den richtigen Weg weist. Danke, für deine Liebe, deine Zuwendung, deinen Beistand, deinen Zuspruch, deinen Weitblick und dafür, dass du ein so wunderbarer, inspirierender Mensch bist, dass du dich so um die Welt und deine Mitmenschen sorgst und mir eine so gute Freundin geworden bist. Ohne dich hätte ich das alles niemals geschafft.

Danke auch meiner Agentin für Auslandslizenzen bei MGOC, Vicky Satlow, für alles, was du in den vergangenen Jahren für mich getan hast, du bist einfach unglaublich.

Tausend Dank auch meinen Verlegerinnen bei Manilla Press. Danke, Kate Parkin, für die unermüdliche Unterstützung und für alles, was du für mich getan hast. Du bist einer der aufopferndsten, verständnisvollsten und leidenschaftlichsten Menschen, die ich kenne. Margaret Stead – du warst einfach der Hammer: Die vielen Gespräche, die wir während des Lockdowns am Telefon führten, dein tiefes Verständnis, deine Verbesserungsvorschläge, deine fantasievollen und kreativen Ideen und absolut alles, was du getan hast, haben mit dazu beigetragen, dass dieser Roman Wirklichkeit werden konnte.

Danke auch an Perminder Mann, für all deinen Support. Danke, Clare Kelly, Felice McKeown und Katie Lumsden – mit euch zu arbeiten war einfach großartig; danke für all die harte Arbeit, die ihr in die Entstehung dieses Buches gesteckt habt.

Danke all meinen Freunden und meiner Familie, für eure Zuneigung und Unterstützung in den letzten Jahren. Danke auch meinem Bruder Kyri und seiner Frau, dafür, dass ihr für mich da wart und mir immer wieder Mut gemacht habt. Danke, Maria und Anthony, ihr seid die besten Freunde, die man sich wünschen kann. Danke, Stellios Arseniyadis, dafür, dass du dir während der Überarbeitung des Manuskripts all meine Ideen angehört hast und mir in dieser Zeit eine unverzichtbare Stütze warst. Danke, Claire und Sam Afhim, für eure Freundschaft und euren Beistand. Danke, Louis Evangelou, für deinen Rat, deine Hilfsbereitschaft, dein Mitgefühl und deine grenzenlose Geduld. Danke auch der gesamten Familie Evangelou, Katerina, Tina und Chris – für euren Zuspruch und eure Hilfsbereitschaft und das viele leckere Essen und die bedingungslose Liebe.

Mein ganz besonderer Dank aber gilt meinem Dad und Yiota, dafür, dass ihr immer für mich da seid, mich ermutigt, niemals aufzugeben, und für all eure Liebe und Unterstützung. Danke auch dir, Mum, auch wenn du nicht mehr unter uns weilst – danke, für die Liebe, die du mir gegeben hast, dafür, dass du immer an mich geglaubt hast und ein so witziger und einfallsreicher Mensch warst. Ich trage all das immer bei mir, bei allem, was ich tue.

Mit jedem neuen Roman, den ich schreibe, lerne ich dazu, deshalb möchte ich mich ausdrücklich bei all jenen bedanken, die mir geholfen haben, Zusammenhänge zu begreifen, die mir zu Einsichten verholfen haben und die mich gelehrt haben, die Dinge in einem neuen Licht zu sehen.

Liebe Leserinnen und Leser,

vor ungefähr zehn Jahren freundete ich mich mit einer Hausangestellten an, die auf Zypern für eine enge Verwandte arbeitete. Menaka stammte aus Sri Lanka und hatte ihre beiden Töchter seit acht Jahren nicht gesehen. Sie telefonierte mit ihnen übers Tablet, über den Bildschirm ihres iPad war sie ihnen eine Mutter. Auf dem gleichen Weg stellte sie mir ihre Töchter vor, zeigte mir ihr Haus und die Straßen ihrer Heimatstadt. Sie ließ mich Bäume, Blumen, den Himmel, das Essen in Sri Lanka sehen – um mir zu zeigen, was Heimat für sie bedeutete, wie sie roch und schmeckte, wie sie sich anfühlte. Wir machten gemeinsam mit ihren Töchtern und ihrer Schwiegermutter virtuelle Spaziergänge durch ihre Stadt. Manchmal war sie, wie alle Eltern, gezwungen, ihren Töchtern die Leviten zu lesen oder sie zu ermahnen, ihre Hausaufgaben zu erledigen; und sehr oft sagte sie ihnen, dass sie sie liebe – aber immer nur über ein Display. Sie erzählte mir, wie sie zur Witwe wurde, als ihr Ehemann, die Liebe ihres Lebens, bei einem landwirtschaftlichen Betriebsunfall ums Leben kam. Daraufhin hatte sie die schwere Entscheidung zu treffen, ins Ausland zu gehen, um als Hausangestellte zu arbeiten. Nur so konnte sie für ihre Töchter sorgen – mit der Konsequenz, dass sie nicht da sein konnte, um sie aufwachsen zu sehen. Sie schickte ihnen Kleidung und Geld, konnte aber nicht bei ihnen sein, während sie zu jungen Erwachsenen heranreiften. Es war nicht zu übersehen, mit welch großer Kraft, Widerstandsfähigkeit und Liebe Menaka gesegnet war, und gleichzeitig sah ich das tiefe Leid, das ihre Aufopferungsbereitschaft mit sich brachte. Mehr und mehr fielen mir auch die vielen anderen Frauen auf, die in den Nachbarhäusern ihre Aufgaben im Haushalt verrichteten, oft völlig unbemerkt und leider auch missverstanden. »Ach was«, sagte eine Nachbarin einmal abfällig über sie, »diese Frauen interessieren sich doch nicht für ihre Familien. Sie lassen sich einfach ziellos treiben, wie es ihnen passt.«

Während ich mit meinem Buch *Das Versprechen des Bienenhüters* auf großer Lesereise war, bekam ich wiederholt die folgende Frage gestellt: »Wie können wir den Leuten begreiflich machen, dass Flüchtlinge keine Migranten sind, dass sie kommen, weil sie keine andere Wahl haben?« Diese Frage hat mich sehr traurig gemacht. Auch Migranten verlassen ihr Zuhause oft nicht freiwillig, sondern aus Gründen, die weniger offensichtlich sind als ein Krieg – und trotzdem geben sie ihr Leben in der Heimat auf, weil sie merken, dass sie keine andere Wahl haben.

Songbirds ist zum einen unter dem Vorzeichen dieser Frage, zum anderen in Anbetracht einer Tragödie entstanden, die sich zu der Zeit auf Zypern zugetragen hat. Dabei verschwanden fünf Migrantinnen und zwei ihrer Kinder spurlos. Als man die Frauen, allesamt Hausangestellte, als vermisst meldete, unternahmen die zuständigen Behörden nichts. Sie stellten keine

Ermittlungen zu den Umständen ihres Verschwindens an und suchten auch nicht nach ihnen, aus dem einfachen Grund, dass sie Ausländerinnen waren – man ging davon aus, dass sie weitergezogen waren. Später allerdings stellte sich heraus, dass die Frauen und Kinder Opfer eines krankhaften Mörders geworden waren. In der Realität vergingen fast zwei Jahre, bis ein Touristenpaar nach heftigen Regenfällen das erste Opfer in einem stillgelegten Minenschacht entdeckte. Es handelte sich um eine der Frauen, die als vermisst gemeldet worden waren und deren Verschwinden man schlichtweg ignoriert hatte.

Ich habe die Ereignisse damals hautnah mitverfolgt. Es brach mir fast das Herz, als ich Artikel dazu in den Zeitungen las und die zyprischen Nachrichten sah. Auch mit meinen zyprischen Freunden sprach ich darüber. Allerdings überraschte es mich nicht, dass niemand nach diesen Frauen und ihren Kindern gesucht hatte. Es überraschte mich nicht, dass man keine Ermittlungen in die Wege geleitet hatte, dass die Polizei das Ganze abgetan und behauptet hatte, die Verschwundenen seien einfach nur weggelaufen. Innerlich brodelte ich, ich war schrecklich wütend, denn im Laufe der Jahre war ich selbst wiederholt Zeugin jener Denkweise geworden, die zu einer schweren Nachlässigkeit wie dieser hatte führen können.

Der Großteil meiner Verwandtschaft lebt in Zypern. Ich selbst bin im Vereinigten Königreich geboren, weil meine Eltern nach dem Krieg im Jahr 1974 als Flüchtlinge hierherkamen. In Zypern nehmen sich die meisten Familien der Mittelschicht wie überall sonst auf der Welt auch Hausangestellte. Dazu muss man nicht reich sein, nur einigermaßen gut verdienen. Es ist also ganz normal, dass Frauen aus dem Ausland sich um den Haushalt kümmern, den Hund Gassi führen, für die Kinder sorgen, in Restaurants und Geschäften putzen und auch in allen anderen geschäftlichen Betrieben oder Immobilien ihrer Arbeitgeberinnen und Arbeitgeber mithelfen. Solche Hausangestellte gehören in Zypern zum Alltag.

Mein Roman soll keineswegs als Versuch verstanden werden, diesen Migrantinnen eine Stimme zu geben oder für sie zu sprechen. Vielmehr stellt er einen Versuch dar, den Ideologien, Vorurteilen und Denkweisen, die zu solch traurigen, ja katastrophalen Ereignissen führen können, auf den Grund zu gehen. Er ist der Versuch, ein kaputtes System unter die Lupe zu nehmen, das für bestimmte Personengruppen zur Sackgasse werden kann. Außerdem geht es in dieser Geschichte um verschiedene Formen von Unfreiheit – da wir alle zu Opfern dessen werden können, wie wir die Welt wahrnehmen und uns darin verhalten.

Und so begann die Idee hinter *Songbirds* zu reifen.

Ich beschloss, nach Zypern zu reisen, um mich mit möglichst vielen Frauen persönlich zu unterhalten, um zu einem tieferen Verständnis der Zusammenhänge zu gelangen. Ich traf mich mit dem Chef einer Menschenrechtsorganisation, die sich gezielt um die Belange der Hausangestellten kümmert; er betrieb nebenher ein Café, in dem sich diese sonntags trafen. Er war es, an den sich Angehörige und Arbeitgeber wandten, nachdem die Polizei kein Interesse daran zeigte, dem Verschwinden dieser Frauen und Kinder nachzugehen. Es gab ihm zufolge einen Zeitpunkt, da war er der Einzige, der nach einem Mörder suchte, von dessen Existenz er überzeugt war – und sein Verdacht stellte sich als richtig heraus.

Er arrangierte für mich Treffen mit den Hausangestellten, die sonntags zu ihm ins Café kamen. Die Geschichten, die ich dort zu hören bekam, bewegten mich zutiefst und öffneten mir die Augen für die vielen Schwierigkeiten und das

Leid, mit dem diese Migrantinnen und Migranten zu kämpfen haben. Unmittelbar nach meiner Rückkehr ins Vereinigte Königreich setzte ich mich mit Justice for Domestic Workers in Verbindung und half ehrenamtlich mit, die Geschichten zu überarbeiten, die die Besucherinnen dieses Zentrums zu Papier brachten. Ich wollte mehr über die Probleme und Hürden erfahren, denen Hausangestellte überall auf der Welt begegnen. Denn ich hatte den Verdacht, dass das Behördenversagen in diesem speziellen Fall keine Ausnahme war, sondern das Resultat von gesellschaftlichem Versagen.

Ich erfuhr, dass zwar einige von diesen Frauen ihre Heimat in erster Linie verlassen, um Geld zu verdienen und ihre Familien zu unterstützen, andere aber auch auf der Suche nach Freiheit sind. Viele geraten dabei allerdings in eine noch viel größere Abhängigkeit, ohne eine Möglichkeit, je wieder nach Hause zurückzukehren.

Ich lernte so viel Neues, einfach nur, indem ich zuhörte und die Augen öffnete; ich begann, die Zusammenhänge zu verstehen. Deshalb wollte ich diese Geschichte aus der Perspektive jener Menschen erzählen, die sich selbst erst ein Bild von Nisha machen müssen – die ihrer Arbeitgeberin und ihres Geliebten. Mit dem Ende allerdings hatte ich meine liebe Not. Es zu schreiben, fiel mir unheimlich schwer, weil ich wusste, dass Nisha sterben würde. Sie musste sterben, weil auch diese Frauen in der Wirklichkeit sterben mussten, grausam und sinnlos aus dem Leben gerissen. Und auch wenn mein Roman nicht auf einer wahren Geschichte basiert, ist sie doch im Kern von der Realität inspiriert, von Ideologien, die ihre Macht unterschwellig auf uns ausüben. Wir hören Nishas Geschichte aus dem Mund von anderen; wir müssen die Puzzleteile, die der Erinnerung von anderen entspringen, selbst zusammensetzen, um mehr über sie und ihre Existenz zu erfahren – und ganz ähnlich erging es mir bei meinem Besuch auf Zypern. Meine Erfahrung war: Wenn wir genau hinsehen und hinhören, stellen wir fest, dass jeder einzelne Mensch unendlich viel Schönheit und Tiefe und Hoffnungen und Ängste und Mut in sich trägt, darin ähneln wir uns alle. Diese Erkenntnis muss der Leser sich durch den Text erschließen. Erst am Ende kommt Nisha selbst zu Wort. Ich hoffe, diese Geschichte hinterlässt auch über den letzten Satz hinaus ihre Spuren und hallt in der folgenden Stille lange nach.

Songbirds ist eine Erzählung über Migration und das Überqueren von Grenzen: Es geht um die Suche nach Freiheit, nach einem besseren Leben, mit dem Resultat einer noch viel größeren Abhängigkeit. Es geht darum, dass systemischer Rassismus existieren kann, ohne groß hinterfragt zu werden, aufrechterhalten durch Vorurteile und nationalistische Ideale. Und es geht darum, zu lernen, jeden einzelnen Menschen als ein gleichwertiges Lebewesen zu betrachten – niemand ist besser oder schlechter, wir alle sind gleich.

Christy Lefteri

Eine tief berührende Geschichte über den Verlust der Heimat, die Kraft der Trauer und der Liebe und einen Neuanfang.

352 Seiten. ISBN 978-3-7341-0954-6

Nuri ist Bienenhüter, mit seiner Familie führt er ein einfaches, aber erfülltes Leben im syrischen Aleppo. Bis das Undenkbare passiert und der Krieg ihr Zuhause erreicht. Nuris kleiner Sohn Sami wird bei einem Bombenanschlag getötet, seine Frau Afra erblindet. Sie müssen fliehen, um zumindest ihr eigenes Leben zu retten. Die Trauer um Sami und Erinnerungen an das einst glückliche Leben begleiten sie auf dem langen, gefährlichen Weg durch eine Welt, die nicht auf sie gewartet hat und selbst die Mutigsten in die Knie zwingt. Doch in England wartet Nuris Cousin Mustafa mit einem Bienenstock, der neuen Honig und neues Leben verspricht. Aber die größte Herausforderung liegt noch vor Nuri und Afra: wieder zueinander zu finden und gemeinsam die Hoffnung an ein neues Leben zu bewahren.

Lesen Sie mehr unter: **www.blanvalet.de**